A Devastação de
SHARPE

Obras do autor publicadas pela Editora Record

1356
Azincourt
O condenado
Stonehenge
O forte

Trilogia *As Crônicas de Artur*

O rei do inverno
O inimigo de Deus
Excalibur

Trilogia *A Busca do Graal*

O arqueiro
O andarilho
O herege

Série *As Aventuras de um Soldado nas Guerras Napoleônicas*

O tigre de Sharpe (Índia, 1799)
O triunfo de Sharpe (Índia, setembro de 1803)
A fortaleza de Sharpe (Índia, dezembro de 1803)
Sharpe em Trafalgar (Espanha, 1805)
A presa de Sharpe (Dinamarca, 1807)
Os fuzileiros de Sharpe (Espanha, janeiro de 1809)
A devastação de Sharpe (Portugal, maio de 1809)
A águia de Sharpe (Espanha, julho de 1809)
O ouro de Sharpe (Portugal, agosto de 1810)
A fuga de Sharpe (Portugal, setembro de 1810)
A fúria de Sharpe (Espanha, março de 1811)

Série *Crônicas Saxônicas*
O último reino
O cavaleiro da morte
Os senhores do norte
A canção da espada
Terra em chamas
Morte dos reis
O guerreiro pagão

Série *As Crônicas de Starbuck*
Rebelde

BERNARD CORNWELL

A Devastação de SHARPE

Tradução de
ALVES CALADO

4ª edição

EDITORA RECORD
RIO DE JANEIRO • SÃO PAULO
2015

CIP-Brasil. Catalogação na fonte
Sindicato Nacional dos Editores de Livros, RJ.

C835d
4ª ed.
Cornwell, Bernard, 1944-
A devastação de Sharpe / Bernard Cornwell; tradução de Alves Calado. – 4ª ed. – Rio de Janeiro: Record, 2015.
(As aventuras de um soldado nas Guerras Napoleônicas)

Tradução de: Sharpe's havoc
Sequência de: Os fuzileiros de Sharpe
ISBN 978-85-01-07835-3

1. Sharpe, Richard (Personagem Fictício) – Ficção. 2. Guerras napoleônicas, 1800-1815 – Ficção. 3. Guerra peninsular, 1807-1814 – Ficção. 4. Britânicos – Portugal – Ficção. 5. Portugal – História – Maria I, 1777-1816 – Ficção. 6. Ficção inglesa. I. Alves Calado, Ivanir, 1953-. II. Título. III. Série.

08-2545

CDD – 823
CDU – 821.111-3

Título original inglês:
SHARPE'S HAVOC

Copyright © Bernard Cornwell, 2003

Revisão técnica: Adler Homero

Texto revisado segundo o novo Acordo Ortográfico da Língua Portuguesa.

Capa: Laboratório Secreto, sobre ilustração de Renato Alarcão

Todos os direitos reservados. Proibida a reprodução, no todo ou em parte, através de quaisquer meios.

Direitos exclusivos de publicação em língua portuguesa somente para o Brasil adquiridos pela
EDITORA RECORD LTDA.
Rua Argentina, 171 – Rio de Janeiro, RJ – 20921-380 – Tel.: 2585-2000, que se reserva a propriedade literária desta tradução.

Impresso no Brasil

ISBN 978-85-01-07835-3

Seja um leitor preferencial Record.
Cadastre-se e receba informações sobre nossos lançamentos e nossas promoções.

Atendimento e venda direta ao leitor:
mdireto@record.com.br ou (21) 2585-2002.

EDITORA AFILIADA

A devastação de Sharpe *é para William T. Oughtred, que sabe por quê.*

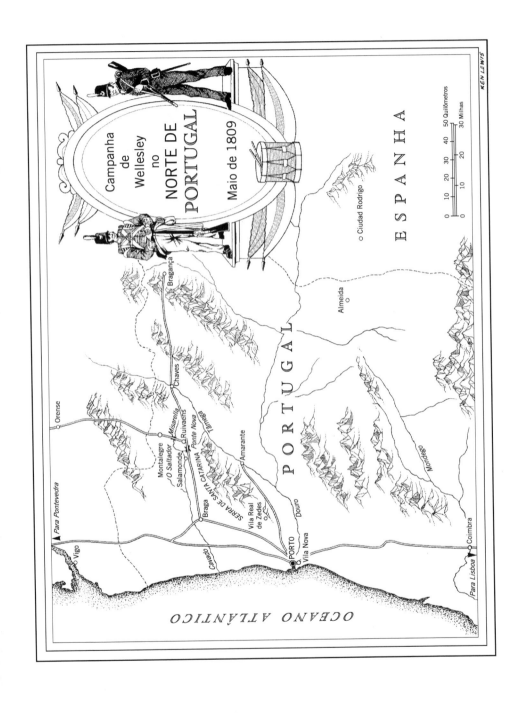

CAPÍTULO I

A Srta. Savage havia desaparecido.

E os franceses estavam chegando.

A aproximação dos franceses era a crise mais urgente. O ruído ensurdecedor do fogo contínuo de espingardas soava do lado de fora da cidade, e nos últimos dez minutos cinco ou seis balas de canhão haviam atravessado o teto das casas acima da margem norte do rio. A casa dos Savage ficava poucos metros abaixo, na encosta, e por um momento se manteve protegida do fogo errático dos canhões franceses, mas o ar quente da primavera já zumbia com balas de espingarda que algumas vezes acertavam as telhas grossas com um estalo alto ou então rasgavam os pinheiros escuros e brilhantes, provocando uma chuva de agulhas sobre o jardim. Era uma casa grande, construída de pedras pintadas de branco e com postigos verde-escuros fechados sobre as janelas. A varanda da frente era coroada por uma prancha de madeira, na qual letras douradas grafavam o nome Bela Casa, em inglês. Parecia um nome estranho para uma construção na colina íngreme onde a cidade do Porto se debruçava sobre o rio Douro no norte de Portugal, especialmente porque a grande casa quadrada não era nem um pouco bela, mas sim bastante severa, feia e angulosa, embora suas linhas duras fossem suavizadas por cedros escuros que ofereciam uma sombra bem-vinda no verão. Um pássaro estava fazendo ninho num dos cedros, e sempre que uma bala de espingarda rasgava os galhos ele guinchava alarmado e voava num pequeno círculo antes de retornar ao trabalho. Grupos de fugitivos passavam correndo pela Bela Casa, descendo o morro na direção das balsas e da ponte flutuante que os levariam em segurança para o outro lado do Douro. Alguns refugiados guiavam porcos, cabras e vacas, outros empurravam carrinhos de mão precariamente carregados com móveis, e mais de um levava um dos avós nas costas.

Richard Sharpe, tenente do segundo batalhão do 95º Regimento de Fuzileiros de Sua Majestade, desabotoou os calções e mijou nos narcisos do jardim da frente da Bela Casa. O terreno estava encharcado porque houvera uma tempestade na noite anterior. Raios haviam estalado sobre a cidade, o trovão ribombara no céu e os céus se abriram, de modo que agora os canteiros de flores soltavam um vapor suave enquanto o sol quente atraía a umidade da noite. Uma granada de obuseiro fez um arco acima, soando como um barril pesado que rolasse rapidamente sobre as tábuas de um sótão, e deixou um pequeno traço de fumaça cinza da espoleta acesa. Sharpe olhou para a trilha de fumaça, avaliando pela curva onde o obus devia estar.

— Eles estão chegando perto demais — disse a ninguém em especial.

— Você vai afogar aquelas pobres flores vermelhas, vai mesmo — disse o sargento Harper que, depois, percebendo a expressão de Sharpe, acrescentou um apressado "senhor".

A granada de obuseiro explodiu em algum lugar acima do emaranhado de becos perto do rio e um instante depois o canhoneio francês aumentou até formar um trovão contínuo, mas o trovão tinha um timbre nítido, claro, *staccato*, o que sugeria que alguns canhões estavam muito perto. Uma nova bateria, pensou Sharpe. Devia ter sido preparada do lado de fora da cidade, talvez a oitocentos metros da casa, e provavelmente estava batendo o grande reduto do norte, no flanco, e as espingardas, que até então haviam soado como a queima de um arbusto de espinheiro seco, agora haviam diminuído de intensidade até se transformar em um estalar intermitente, o que sugeria que a infantaria de defesa estava recuando. Alguns soldados, de fato, estavam correndo, e Sharpe não poderia culpá-

-los. Uma força portuguesa, grande e desorganizada, liderada pelo bispo do Porto, tentava impedir que o exército do marechal Soult capturasse a cidade, a segunda maior de Portugal, e os franceses estavam vencendo. A rota portuguesa para a segurança passava pelo jardim diante da Bela Casa, e os soldados do bispo, de casaca azul, debandavam morro abaixo o mais rápido que suas pernas podiam levá-los. No entanto, quando eles viram os fuzileiros ingleses, de jaquetas verdes, diminuíram o passo até estar caminhando, como se quisessem provar que não haviam entrado em pânico. E isso, admitiu Sharpe, era um bom sinal. Os portugueses evidentemente possuíam orgulho, e tropas com orgulho lutariam bem se tivessem outra chance, mas nem todas as tropas portuguesas demonstravam esse espírito. Os homens das Ordenanças continuaram correndo, mas isso não era de surpreender. As ordenanças eram um exército de voluntários, entusiasmado, mas sem preparo, convocado para defender a pátria, e as tropas francesas endurecidas pela batalha estavam despedaçando-os.

Enquanto isso a Srta. Savage continuava desaparecida.

O capitão Hogan apareceu na varanda da frente da Bela Casa. Fechou cuidadosamente a porta, depois olhou para o céu e xingou de modo fluente e impressionante. Sharpe abotoou a calça, e suas duas dúzias de fuzileiros inspecionaram as armas como se jamais tivessem visto esse tipo de coisa. O capitão Hogan acrescentou mais algumas palavras cuidadosamente escolhidas, depois cuspiu quando uma bala rasa de canhão francesa passou trovejando.

— Isso, Richard — disse quando o tiro de canhão havia passado —, é uma bagunça. Uma porcaria de uma bagunça desgraçada, pustulenta, completamente imbecil.

A bala redonda caiu em algum lugar da cidade baixa e precipitou o estrondo de um teto desmoronando. O capitão Hogan pegou sua caixa de rapé e inalou uma pitada enorme.

— Saúde — disse o sargento Harper.

O capitão Hogan espirrou e Harper sorriu.

— O nome dela — disse Hogan, ignorando Harper — é Katherine, ou melhor, Kate. Kate Savage, tem 19 anos e está precisando, meu Deus, como está precisando, de uma surra! Um espancamento! Umas boas palmadas, é do que ela precisa, Richard. Uma boa sova.

— E onde ela está, afinal? — perguntou Sharpe.

— A mãe acha que pode ter ido à Vila Real de Zedes, onde quer que isso possa ficar no santo inferno de Deus. Mas a família tem uma propriedade lá. Um lugar para o qual eles vão para escapar do calor do verão. — Ele revirou os olhos, exasperado.

— E por que ela iria para lá, senhor? — perguntou o sargento Harper.

— Porque é uma garota de 19 anos sem pai, que insiste em fazer o que quer. Porque se desentendeu com a mãe. Porque é uma porcaria de uma idiota que merece uma boa surra. Porque, ah, não sei por quê! Porque é nova e sabe tudo, por isso. — Hogan era um irlandês atarracado, de meia-idade, dos Engenheiros do Rei, com rosto astuto, sotaque leve, cabelo ficando grisalho e disposição caridosa. — Porque é uma porcaria de uma imbecil, por isso — terminou.

— Essa Vila Real não sei das quantas fica longe? — perguntou Sharpe. — Por que simplesmente não vamos pegá-la?

— Foi exatamente isso o que eu disse à mãe dela que você iria fazer, Richard. Você vai à Vila Real de Zedes, vai encontrar a amaldiçoada e vai atravessar o rio com ela. Vamos esperar vocês em Vila Nova, e se os franceses desgraçados capturarem Vila Nova, esperaremos vocês em Coimbra. — Ele fez uma pausa enquanto escrevia essas instruções num pedaço de papel. — E se os frogs* tomarem Coimbra, esperaremos vocês em Lisboa; e se os malditos tomarem Lisboa, vamos mijar nas calças em Londres, e você estará Deus sabe onde. Não se apaixone por ela — continuou, entregando o papel a Sharpe. — Não engravide a idiota, não lhe dê a surra que ela merece e, pelo amor de Deus, não a perca, e não perca o coronel Christopher também. Estou sendo claro?

— O coronel Christopher vem conosco? — perguntou Sharpe, consternado.

---

*Frogs — rãs, em inglês. Ao mesmo tempo uma aliteração com french e referência pejorativa ao fato de os franceses comerem rãs. (N. do T.)

— Eu não acabei de dizer isso? — perguntou Hogan com ar inocente, depois se virou, quando o som de cascos anunciou o surgimento da carruagem da viúva Savage, vindo do pátio do estábulo nos fundos da casa. A carruagem estava atulhada de bagagens; havia até mesmo alguns móveis e dois tapetes enrolados sobre o suporte de trás, onde um cocheiro, precariamente empoleirado entre meia dúzia de cadeiras douradas, puxava a égua preta de Hogan pelas rédeas. O capitão pegou o animal e usou o estribo da carruagem para subir à sela. — Você estará de novo conosco dentro de uns dois dias — garantiu a Sharpe. — Digamos que sejam seis, sete horas até Vila Real de Zedes. O mesmo tempo para retornar e pegar a balsa em Barca d'Avintas, e depois um calmo passeio até em casa. Sabe onde fica Barca d'Avintas?

— Não, senhor.

— Naquela direção. — Hogan apontou para o leste. — Sete quilômetros. — Em seguida enfiou a bota direita no estribo da égua, levantou o corpo e jogou para trás as abas da casaca azul. — Com sorte você pode se juntar a nós amanhã à noite.

— O que não entendo... — começou Sharpe, depois parou, pois a porta da frente da casa havia sido aberta e a Sra. Savage, viúva e mãe da filha desaparecida, saiu à luz do sol. Era uma mulher de boa aparência, com 40 e poucos anos: cabelos escuros, alta e magra, com rosto pálido e sobrancelhas altas e arqueadas. Ela desceu correndo os degraus enquanto uma bala de canhão ribombava acima e em seguida houve uma rajada de tiros de espingarda assustadoramente próximos, tão perto que Sharpe subiu os degraus da varanda para olhar para a crista do morro onde a estrada de Braga desaparecia entre uma grande taverna e uma bela igreja. Um canhão português de 6 libras acabara de ser posto junto à igreja e agora disparava contra o inimigo invisível. As forças do bispo haviam escavado novos redutos na crista e remendado a velha muralha medieval com paliçadas e montes de terra feitos às pressas, mas a visão do pequeno canhão disparando de sua posição improvisada no centro da rua sugeria que as defesas estavam se desmoronando rapidamente.

A Devastação de Sharpe

A Sra. Savage soluçou dizendo que seu bebê estava perdido, em seguida o capitão Hogan conseguiu convencer a viúva a entrar na carruagem. Duas empregadas cheias de bolsas estufadas de roupas seguiram a senhora, entrando no veículo também.

— O senhor vai encontrar Kate? — perguntou a Sra. Savage ao capitão Hogan, abrindo a porta da carruagem.

— A querida preciosa estará com a senhora muito em breve — respondeu Hogan, em tom tranquilizador. — O senhor Sharpe garantirá isso — acrescentou, depois usou o pé para fechar a porta da carruagem na cara da Sra. Savage, viúva de um dos muitos mercadores de vinho ingleses que viviam e trabalhavam na cidade do Porto. Era rica, presumiu Sharpe, sem dúvida rica o bastante para possuir uma bela carruagem e a luxuosa Bela Casa, mas também era idiota, porque deveria ter deixado a cidade há dois ou três dias, mas havia ficado porque evidentemente acreditara na garantia do bispo de que ele poderia repelir o exército do marechal Soult. O coronel Christopher, que já se hospedara na residência que tinha o estranho nome de Bela Casa, havia apelado às forças inglesas ao sul do rio que mandassem homens para escoltar a Sra. Savage em segurança, e o capitão Hogan fora o oficial mais próximo. E Sharpe, com seus fuzileiros, estivera protegendo Hogan enquanto o engenheiro mapeava o norte de Portugal. Assim, Sharpe atravessara o Douro para o norte com 24 de seus homens para escoltar a Sra. Savage e qualquer outro inglês habitante do Porto até a segurança, o que deveria ter sido uma tarefa bastante simples. No entanto, ao amanhecer a viúva Savage descobrira que sua filha havia fugido de casa.

— O que não entendo — insistiu Sharpe — é por que ela fugiu.

— Provavelmente está apaixonada — explicou Hogan distraidamente. — As garotas de 19 anos, de famílias respeitáveis, são perigosamente suscetíveis ao amor por causa de todos os romances que leem. Vejo você em dois dias, Richard, ou talvez até mesmo amanhã. Só espere pelo coronel Christopher, ele estará diretamente com você, e escute. — Ele se curvou na sela e baixou a voz, para que ninguém além de Sharpe o ouvisse. — Fique de olho no coronel, Richard. Eu me preocupo com ele.

— Deveria se preocupar comigo, senhor.

— Também me preocupo, Richard, também me preocupo. — Hogan empertigou-se, acenou em despedida e esporeou o cavalo atrás da carruagem da Sra. Savage, que havia saído pelo portão da frente e se juntado ao jorro de fugitivos que desciam em direção ao Douro.

O som das rodas da carruagem foi sumindo. O sol saiu de trás de uma nuvem no instante em que uma bala de canhão francesa acertou uma árvore na crista do morro e a fez explodir numa nuvem de flores avermelhadas que voaram sobre a encosta íngreme da cidade. Daniel Hagman olhou para as flores no ar.

— Parece um casamento — disse. Em seguida, olhando para cima quando uma bala de espingarda ricocheteou numa telha, tirou uma tesoura do bolso. — Quer que termine seu cabelo, senhor?

— Por que não, Dan? — Sharpe sentou-se nos degraus da varanda e tirou a barretina.

O sargento Harper verificou se as sentinelas estavam atentas ao norte. Uma tropa de cavalaria portuguesa havia aparecido na crista onde o canhão solitário disparava corajosamente. Uma saraivada de espingarda mostrou que alguns infantes continuavam lutando, mas um número cada vez maior de soldados recuava passando pela casa, e Sharpe percebeu que poderia ser apenas uma questão de minutos até que as defesas da cidade desmoronassem por completo. Hagman começou a cortar seu cabelo.

— O senhor não gosta dele em cima das orelhas, não é?

— Gosto curto, Dan.

— Curto como um bom sermão, senhor — disse Hagman. — Agora fique parado, senhor, só fique parado. — Houve uma pontada súbita de dor quando Hagman arrancou um piolho com a lâmina da tesoura. Em seguida cuspiu na gota de sangue que apareceu no couro cabeludo de Sharpe e depois o limpou. — Então os *crapauds** vão pegar a cidade, senhor?

— É o que parece.

Crapaud — sapo, em francês. (*N. do T.*)

— E em seguida vão marchar para Lisboa? — perguntou Hagman, cortando o cabelo.

— É um longo caminho até Lisboa.

— Talvez, senhor, mas eles são muitos, e nós somos muito poucos.

— Mas dizem que Wellesley vem para cá.

— Como o senhor vive nos dizendo — disse Hagman —, mas será que ele é mesmo capaz de fazer milagres?

— Você lutou em Copenhague, Dan, e no litoral daqui. — Ele estava falando das batalhas de Rolica e Vimeiro. — Pôde ver por si mesmo.

— Vistos da linha de escaramuça, senhor, todos os generais são iguais — disse Hagman. — E quem sabe se Sir Arthur vem mesmo? — Afinal de contas, era apenas um boato que Sir Arthur Wellesley iria substituir o general Cradock, e nem todo mundo acreditava nisso. Muitos achavam que os ingleses iriam recuar, que deveriam recuar, que deveriam desistir do jogo e deixar que os franceses ficassem com Portugal. — Vire a cabeça para a direita — disse Hagman. A tesoura estalava movendo-se, sem sequer fazer uma pausa quando uma bala rasa se enterrou na igreja do topo do morro. Uma névoa de poeira choveu ao lado da torre do sino, onde uma rachadura havia aparecido subitamente. A cavalaria portuguesa fora engolida pela fumaça dos tiros e um clarim chamava a distância. Houve uma saraivada de espingardas, depois silêncio. Uma construção devia estar queimando do outro lado da crista, porque havia uma grande mancha de fumaça deslizando para o oeste. — Por que alguém chamaria a própria casa de Bela Casa? — perguntou Hagman.

— Não imaginava que você soubesse ler.

— Não sei, senhor, mas Isaiah leu para mim.

— Tongue! — gritou Sharpe. — Por que alguém chamaria a própria casa de Bela Casa?

Isaiah Tongue, comprido, magro, moreno e educado, que entrara para o exército porque era um bêbado e, assim, perdera seu respeitável emprego, riu.

— Porque é um bom protestante, senhor.

— Porque é o quê?

— É de um livro de John Bunyan — explicou Tongue — chamado *Pilgrim's Progress*.

— Ouvi falar — disse Sharpe.

— Algumas pessoas consideram que é uma leitura essencial — respondeu Tongue em tom petulante. — É a história da jornada de uma alma do pecado à salvação, senhor.

— Perfeito para manter a gente de velas acesas à noite — disse Sharpe.

— E o herói, Christian, vai à Bela Casa — continuou Tongue, ignorando o sarcasmo de Sharpe —, onde fala com quatro virgens.

Hagman riu.

— Vamos entrar agora, senhor.

— Você é velho demais para uma virgem — disse Sharpe.

— Discrição — continuou Tongue —, Devoção, Prudência e Caridade.

— O que é que tem isso? — perguntou Sharpe.

— Esses eram os nomes das virgens, senhor.

— Que diabo! — exclamou Sharpe.

— A Caridade é minha — disse Hagman. — Baixe o colarinho, senhor, sim, desse jeito. — Em seguida cortou o cabelo preto. — Parece que ele era um velho tedioso, o tal do senhor Savage, se foi ele que deu o nome à casa. — Hagman curvou-se para manobrar a tesoura por cima da gola alta de Sharpe. — Então, por que o capitão nos deixou aqui, senhor?

— Quer que cuidemos do coronel Christopher.

— Que cuidemos do coronel Christopher — repetiu Hagman, evidenciando sua desaprovação pela lentidão com que disse as palavras. Hagman era o mais velho na tropa de fuzileiros de Sharpe, um caçador ilegal de Cheshire que era mortal com sua carabina Baker. — Então o coronel Christopher não pode cuidar de si mesmo?

— O capitão Hogan nos deixou aqui, Dan — disse Sharpe. — Portanto, deve achar que o coronel precisa de nós.

— E o capitão é um homem bom, senhor — observou Hagman. — Pode soltar o colarinho. Está quase pronto.

Mas por que o capitão Hogan havia deixado Sharpe e seus fuzileiros para trás? Sharpe pensou consigo mesmo sobre isso enquanto Hagman terminava o serviço. E será que houvera algum significado especial na última ordem, sobre ficar de olho no coronel? Sharpe só havia se encontrado com o coronel uma vez. Na ocasião, Hogan estava mapeando a parte alta do rio Cavado, e o coronel e seu empregado haviam saído das colinas e compartilhado um bivaque com os fuzileiros. Sharpe não gostara de Christopher, que se mostrara condescendente e até mesmo escarnecera do trabalho de Hogan. "Você mapeia o país, Hogan", dissera o coronel, "mas eu mapeio a mente deles. Uma coisa muito complicada, a mente humana, não é simples como colinas, rios e pontes." Além dessa declaração ele não havia explicado sua presença; simplesmente partira na manhã seguinte. Tinha revelado que estava baseado no Porto, presumivelmente o motivo para ter conhecido a Sra. Savage e sua filha, e Sharpe perguntou-se por que o coronel Christopher não havia persuadido a viúva a deixar o Porto muito antes.

— Está pronto, senhor — disse Hagman, enrolando a tesoura num pedaço de pelica —, e agora vai sentir o vento frio, senhor, como uma ovelha recém-tosquiada.

— Você deveria cortar seu cabelo, Dan.

— Isso enfraquece o homem, senhor, enfraquece pavorosamente. — Hagman franziu o cenho em direção ao morro quando duas balas rasas ricochetearam no topo da rua, uma delas arrancando a perna de um artilheiro português. Os homens de Sharpe olharam inexpressivos enquanto a bala saltava, espirrando sangue como uma girândola de artifício, até finalmente parar com um som forte contra um muro de jardim do outro lado da rua. Hagman deu um risinho. — É engraçado chamar uma garota de Discrição! Não é um nome natural, senhor. Não é gentil chamar uma garota de Discrição.

— Isso está num livro, Dan — disse Sharpe. — Portanto, não tem de ser natural. — Em seguida ele subiu até a varanda e empurrou a porta com força, mas estava trancada. Então, onde, diabos, estava o coronel Christopher? Mais portugueses recuavam descendo a encosta, e todos tão apavorados que não paravam ao ver as tropas inglesas; simplesmente continuavam correndo. O canhão português estava sendo engatado ao armão e balas de espingarda rasgavam os cedros e batiam ruidosas nas telhas, nos postigos e nas pedras da Bela Casa. Sharpe bateu com força na porta trancada, mas não houve resposta.

— Senhor? — O sargento Patrick Harper gritou um alerta. — Senhor? — Harper virou a cabeça em direção à lateral da casa e Sharpe, afastando-se da porta, viu o tenente-coronel Christopher sair cavalgando do pátio do estábulo. O coronel, armado com um sabre e um par de pistolas, estava limpando os dentes com um palito de madeira, algo que fazia com frequência, evidentemente porque tinha orgulho de seu sorriso branco e uniforme. Estava acompanhado por seu empregado português, que, montado no cavalo de reserva do patrão, carregava uma valise enorme, tão estufada de renda, seda e cetins que não podia ser fechada.

O coronel Christopher conteve o cavalo, tirou o palito da boca e olhou perplexo para Sharpe.

— Mas o que está fazendo aqui, tenente? — perguntou.

— Recebi ordens de ficar com o senhor. — Sharpe olhou de novo para a valise. Será que Christopher estivera saqueando a Bela Casa?

O coronel viu para onde Sharpe estava olhando e rosnou para o empregado.

— Feche isso, desgraçado, feche. — Embora seu empregado falasse inglês fluentemente, Christopher usou seu português igualmente fluente, depois olhou de novo para Sharpe. — O capitão Hogan ordenou que você ficasse comigo. É isso que está tentando dizer?

— Sim, senhor.

— E como se supõe que você faça isso, hein? Eu tenho cavalo, Sharpe; você, não. Você e seus homens pretendem correr, talvez?

— O capitão Hogan me deu uma ordem, senhor — respondeu Sharpe, imperturbável. Quando era sargento, aprendera como lidar com oficiais difíceis. Diga pouco, diga sem expressão e diga tudo de novo, se necessário.

— Uma ordem para fazer o quê? — perguntou Christopher com paciência.

— Para ficar com o senhor. Ajudá-lo a encontrar a senhorita Savage.

O coronel Christopher suspirou. Era um homem de cabelos pretos, de 40 e poucos anos, mas ainda com uma beleza juvenil e apenas um toque distinto de grisalho nas têmporas. Usava botas pretas, calça de montaria simples, também preta, um chapéu preto de bicos e uma casaca vermelha com acabamento em preto. Esses acabamentos em preto haviam levado Sharpe, no encontro anterior com o coronel, a perguntar se Christopher servira na Meia Centena Suja, o 50° Regimento, mas o coronel recebera a pergunta como uma impertinência. "Você só precisa saber, tenente, que sirvo ao general Cradock. Já ouviu falar do general?" Cradock era o general comandante das forças britânicas no sul de Portugal, e se Soult continuasse marchando, Cradock deveria enfrentá-lo. Sharpe havia ficado em silêncio depois da reação de Christopher, porém mais tarde Hogan sugerira que o coronel provavelmente era um soldado "político", o que significava que não era soldado coisa nenhuma, mas sim um homem que achava a vida mais conveniente se estivesse usando uniforme. "Não duvido que ele já tenha sido soldado", dissera Hogan. "Mas agora? Acho que Cradock o pegou em Whitehall."

"Whitehall? A Cavalaria da Guarda?"

"Minha nossa, não", dissera Hogan. A Cavalaria da Guarda era o quartel-general do exército, e estava claro que Hogan acreditava que Christopher viera de um lugar muitíssimo mais sinistro. "O mundo é um lugar complicado, Richard", explicara ele, "e o Ministério do Exterior acredita que nós, soldados, somos desajeitados, por isso gosta de ter seu pessoal em campo para remendar nossos erros. E, claro, para descobrir coisas." Exatamente o que o tenente-coronel Christopher parecia estar fazendo: descobrindo coisas. "Ele diz que está mapeando mentes", observara Hogan, "e acho que isso quer dizer que ele está descobrindo se vale a pena defender Portugal. Se eles vão lutar. E quando souber, contará ao Ministério do Exterior, antes de contar ao general Cradock."

"Claro que vale a pena defender", protestara Sharpe.

"Vale? Se você olhar com cuidado, Richard, vai notar que Portugal está em colapso."

Havia uma verdade lamentável nas duas palavras de Hogan. A família real portuguesa havia fugido para o Brasil, deixando o país sem líder, e depois da partida houvera tumultos em Lisboa, e agora muitos aristocratas de Portugal estavam mais preocupados em se proteger da turba do que em defender o país dos franceses. Uma enorme quantidade de oficiais do exército já havia desertado, juntando-se à Legião Portuguesa que lutava ao lado do inimigo, e os oficiais que restavam eram quase todos sem treino e seus homens, uma ralé com armas antigas, quando chegavam a ter armas. Em alguns lugares, como na própria cidade do Porto, todas as regras civis haviam desmoronado e as ruas eram dominadas pelos caprichos das Ordenanças, que, não tendo armas de verdade, patrulhavam as ruas com chuços, lanças, machados e enxadas. Antes da chegada dos franceses, as Ordenanças haviam massacrado metade dos fidalgos do Porto e obrigado a outra metade a fugir ou transformar suas casas em barricadas, mas deixaram os moradores ingleses em paz.

Portanto, Portugal estava em colapso, mas Sharpe também tinha visto como as pessoas comuns odiavam os franceses, e como os soldados haviam diminuído a velocidade ao passar pelo portão da Bela Casa. O Porto podia estar caindo diante do inimigo, mas restava muita capacidade de luta em Portugal, ainda que fosse difícil acreditar nisso enquanto mais soldados seguiam o canhão de 6 libras que se retirava em direção ao rio. O tenente-coronel Christopher olhou para os fugitivos, depois fixou os olhos em Sharpe de novo.

— O que, diabos, o capitão Hogan estava pensando? — perguntou, evidentemente sem esperar resposta. — Que utilidade você poderia ter para mim? Sua presença só pode me atrasar. Suponho que Hogan estava sendo cortês, mas o sujeito obviamente não tem mais bom senso do que uma cebola em conserva. Pode retornar a ele, Sharpe, e dizer-lhe que não preciso de ajuda para resgatar uma garotinha idiota. — O coronel teve de levantar a voz porque o som dos canhões e espingardas subitamente ficou alto.

— Ele me deu uma ordem, senhor — respondeu Sharpe, inflexivelmente.

— E eu estou dando outra — disse Christopher no tom indulgente que poderia usar com uma criança muito pequena. O arção de sua sela era largo e chato para formar uma pequena superfície de escrita, e agora ele pôs um caderno nessa mesa improvisada e pegou um lápis. Nesse momento outra árvore de flores vermelhas na crista do morro foi atingida por uma bala de canhão, de modo que o ar se encheu de pétalas voando. — Os franceses estão em guerra com as cerejeiras — disse Christopher em tom despreocupado.

— Com Judas — disse Sharpe.

Christopher lançou-lhe um olhar de perplexidade e ultraje.

— O que você disse?

— É uma árvore-da-judeia — respondeu Sharpe.

Christopher continuou parecendo ultrajado, e então o sargento Harper interveio:

— Não é uma cerejeira, senhor. É uma árvore-da-judeia. Do mesmo tipo que Judas Iscariotes usou para se enforcar, depois de ter traído Nosso Senhor.

Christopher continuou olhando para Sharpe, depois pareceu perceber que não houvera qualquer intenção maldosa.

— Então não é uma cerejeira, certo? — perguntou, em seguida lambeu a ponta do lápis. — Com este documento ordeno — falou enquanto escrevia — que retorne ao sul do rio imediatamente... observe isso, Sharpe, imediatamente... e se apresente para serviço ao capitão Hogan, dos Engenheiros do Rei. Assinado, tenente-coronel James Christopher, na tarde de quarta-feira, 29 de março do ano de Nosso Senhor de 1809. — Ele assinou a ordem com um floreio, arrancou a página do caderno, dobrou-a ao meio e entregou-a a Sharpe. — Sempre achei que trinta moedas de prata foi um preço pequeno demais para a traição mais famosa da história. Ele provavelmente se enforcou de vergonha. Agora vá — disse ele em tom grandioso — "e não vos demoreis a cumprir a ordem de partida". — Christopher viu a perplexidade de Sharpe. — *Macbeth*, tenente — explicou, enquanto esporeava o cavalo em direção ao portão. — Uma peça de Shakespeare. E se eu fosse você, realmente me apressaria, tenente — gritou Christopher para trás —, porque o inimigo vai chegar a qualquer momento.

Nisso, pelo menos, ele estava certo. Uma vasta nuvem de poeira e fumaça brotava dos redutos centrais das defesas no norte da cidade. Era ali que os portugueses vinham mantendo mais resistência, mas a artilharia francesa conseguira derrubar os parapeitos e agora a infantaria atacava os bastiões, e a maior parte dos defensores da cidade estava fugindo. Sharpe observou Christopher e seu empregado galoparem entre os fugitivos e entrarem numa rua que ia em direção ao leste. Christopher não estava recuando para o sul, mas sim indo resgatar a garota desaparecida, mas seria difícil escapar da cidade antes que os franceses entrassem.

— Certo, rapazes! — gritou Sharpe. — Hora de dar no pé. Sargento! Acelerado! Para a ponte!

— Já não era sem tempo — resmungou Williamson. Sharpe fingiu não ter escutado. Tendia a ignorar muitos comentários de Williamson, achando que o sujeito poderia melhorar, mas sabendo que quanto mais demorasse a tomar uma atitude, mais violenta seria a solução. Só esperava que Williamson soubesse a mesma coisa.

— Duas filas! — gritou Harper. — Fiquem juntos!

Uma bala de canhão ribombou acima deles enquanto corriam para fora do jardim e viravam na rua íngreme que ia até o Douro. A rua estava apinhada de refugiados, tanto civis quanto militares, todos fugindo para a segurança da margem sul do rio, mas Sharpe achava que os franceses também atravessariam o rio dentro de um ou dois dias, de modo que a segurança provavelmente era ilusória. O exército português estava recuando para Coimbra ou mesmo até Lisboa, onde Cradock tinha 16 mil soldados britânicos que alguns políticos de Londres queriam que fossem levados para casa. De que adiantava, diziam eles, uma força britânica tão pequena contra os poderosos exércitos da França? O marechal Soult estava conquistando Portugal, e mais dois exércitos franceses se encontravam do outro lado da fronteira com a Espanha, ao leste. Lutar ou fugir? Ninguém sabia o que os ingleses fariam, mas o boato de que Sir Arthur Wellesley seria mandado de volta para substituir Cradock sugeria a Sharpe que os ingleses pretendiam lutar, e ele rezava para que o boato fosse verdadeiro. Sharpe, que havia lutado na Índia sob o comando de Sir Arthur, estivera com ele em Copenhague e depois em Rolica e Vimeiro, achava que não existia melhor general na Europa.

Agora Sharpe estava na metade do morro. Sua mochila, o bornal, a carabina, a cartucheira e a bainha de seu sabre balançavam e batiam enquanto ele corria. Poucos oficiais carregavam uma arma longa, mas Sharpe já servira como soldado e sentia-se desconfortável sem a carabina no ombro. Harper balançava os braços para recuperar o equilíbrio, porque os pregos novos nas solas de suas botas ficavam escorregando nas pedras. O rio era visível entre as construções. O Douro, deslizando para o mar próximo, era largo como o Tâmisa em Londres, mas, diferentemente de Londres, aqui o rio corria entre grandes colinas. A cidade do Porto ficava na encosta íngreme do lado norte, ao passo que Vila Nova de Gaia ficava do lado sul, e era em Vila Nova que a maioria dos ingleses tinha residência. Apenas as famílias mais antigas, como os Savage, viviam na margem norte, e todo o vinho do Porto era feito do lado sul, nas vinícolas de Croft, Savage, Taylor Fladgate, Burmester, Smith Woodhouse e Gould, quase todos ingleses, e suas exportações contribuíam tremendamente para o tesouro de Portugal, mas agora os franceses estavam chegando e, nas partes altas de Vila Nova, voltadas para o rio, o exército português havia alinhado uma dúzia de canhões no terraço de um convento. Os artilheiros viram os franceses aparecerem no morro do lado oposto e os canhões deram coices, abrindo sulcos nas pedras do terraço. As balas rasas estrondeavam acima, o som alto e oco como um trovão. A fumaça de pólvora deslizava lentamente para o interior, obscurecendo o convento pintado de branco enquanto as balas de canhão se chocavam contra as casas mais altas. Harper perdeu o equilíbrio de novo — e desta vez caiu.

— Botas desgraçadas — disse, pegando a carabina. Os outros fuzileiros haviam diminuído a velocidade por causa do ajuntamento de fugitivos.

— Meu Deus. — O fuzileiro Pendleton, o mais novo da companhia, foi o primeiro a ver o que estava acontecendo no rio, e seus olhos se arregalaram diante da confusão de homens, mulheres, crianças e animais apinhados na estreita ponte flutuante. Quando o capitão Hogan havia levado Sharpe e seus homens para o norte pela ponte, ao amanhecer, havia apenas algumas pessoas indo na direção oposta, mas agora a ponte estava cheia, e a multidão só conseguia andar no ritmo dos mais lentos, e mais pessoas e animais continuavam tentando forçar a passagem na extremidade norte. — Como, diabos, vamos atravessar? — perguntou Pendleton.

Sharpe não tinha resposta.

— Continuem em frente! — disse, enquanto guiava seus homens por um beco que descia como uma estreita escada de pedra em direção a uma rua mais baixa. Uma cabra ia adiante, os cascos afiados, puxando uma corda amarrada no pescoço. Um soldado português estava deitado bêbado no fim do beco, sua espingarda ao lado e um odre de vinho sobre o peito. Sabendo que seus homens parariam para beber o vinho, Sharpe chutou o odre sobre as pedras do calçamento e esmagou-o com o pé, estourando o couro. As ruas ficavam mais estreitas e mais apinhadas à medida que se aproximavam do rio; ali as casas eram mais altas e se misturavam com oficinas e armazéns. Um homem que consertava rodas de carroças estava pregando tábuas sobre sua porta, uma precaução que só irritaria os franceses, que, sem dúvida, pagariam ao sujeito destruindo suas ferramentas. Um postigo pintado de vermelho bateu sob a força do vento oeste. Roupas abandonadas estavam penduradas para secar entre as casas altas. Uma bala rasa arrebentou telhas, partindo caibros e fazendo cascatear lascas na rua. Um cachorro, com o quadril cortado até o osso por uma telha que caíra, mancava descendo o morro e ganía de dar pena. Uma mulher berrava procurando uma criança perdida. Uma fileira de órfãos, todos com gibões brancos sem graça, que pareciam camisões de trabalhadores rurais, chorava de terror, enquanto duas freiras tentavam abrir uma passagem para elas. Um padre saiu correndo de uma igreja com uma enorme cruz de prata num ombro e uma pilha de vestes bordadas no outro. Dentro de dois dias seria a Páscoa, pensou Sharpe.

— Usem a coronha das carabinas! — gritou Harper, encorajando os fuzileiros a abrir caminho pela multidão que bloqueava o pequeno portão em arco que dava no cais. Uma carroça cheia de móveis havia derramado a carga na rua, e Sharpe ordenou que seus homens a empurrassem para o lado, a fim de criar mais espaço. Uma espineta, ou talvez um clavicórdio, estava sendo pisoteada, as delicadas incrustações do gabinete despedaçando-se em lascas. Alguns homens de Sharpe estavam empurrando os órfãos para a ponte, usando as carabinas para conter os adultos. Uma pilha de cestos caiu e dezenas de enguias vivas se retorceram pelas pedras. Artilheiros franceses haviam posto suas peças na cidade alta e agora se preparavam para devolver o fogo da grande bateria portuguesa disposta no terraço do convento do outro lado do vale.

Hagman gritou um alerta quando três soldados de casacas azuis saíram de um beco, e uma dúzia de carabinas girou na direção da ameaça, mas Sharpe gritou para os homens baixarem as armas.

— Eles são portugueses! — gritou, reconhecendo as barretinas de frente alta. — E baixem as pederneiras — ordenou, não querendo que uma carabina disparasse acidentalmente na confusão de refugiados. Uma mulher bêbada saiu cambaleando da porta de uma taverna e tentou abraçar um dos soldados portugueses, e Sharpe, olhando para trás por causa do protesto do soldado, viu dois de seus homens, Williamson e Tarrant, desaparecerem pela porta da taverna. Tinha de ser a porcaria do Williamson, pensou, e gritou para Harper ir em frente, depois foi atrás dos dois homens. Tarrant virou-se para desafiá-lo, mas foi lento demais, e Sharpe deu-lhe um soco na barriga, bateu a cabeça dos dois homens uma na outra, socou a garganta de Williamson e deu um tapa no rosto de Tarrant antes de arrastar os dois de volta para a rua. Não dissera uma palavra e continuou sem falar com eles enquanto os chutava na direção do arco.

E assim que passaram pelo arco, a pressão dos refugiados tornou-se ainda maior, à medida que as tripulações de cerca de trinta navios mercantes ingleses, presos na cidade por um obstinado vento oeste, tentavam escapar. Os marinheiros haviam esperado até o último instante, rezando pela mudança dos ventos, mas agora abandonavam suas embarcações. Os sortudos usavam os escaleres dos navios para atravessar o Douro, os sem sorte juntavam-se à luta caótica para chegar à ponte.

— Por aqui! — Sharpe guiou seus homens ao longo das fachadas em arco dos armazéns, lutando atrás da multidão, na esperança de chegar mais perto da ponte. Balas de canhão trovejavam muito acima. A bateria portuguesa estava envolta em fumaça, e a intervalos de segundos essa fumaça ficava mais densa, à medida que cada canhão disparava e surgia um súbito brilho rubro dentro da nuvem, um jato de fumaça suja voava longe acima do vale do rio e o som trovejante de uma bala rasa ou uma granada estrondeava no alto, indo na direção dos franceses.

Uma pilha de caixotes de peixe vazios deu a Sharpe uma plataforma de onde ele pôde ver a ponte e avaliar quanto tempo demoraria até que seus homens pudessem atravessar em segurança. Sabia que não tinham muito tempo. Mais e mais soldados portugueses desciam as ruas íngremes numa torrente e os franceses não podiam estar muito atrás deles. Sharpe podia ouvir os estalos das espingardas como um contraponto ao trovão dos grandes canhões. Olhando por cima das cabeças da multidão, ele viu que a carruagem da Sra. Savage conseguira chegar à margem sul, mas ela não havia usado a ponte. Em vez disso, atravessara o rio numa enorme barcaça de transporte de vinho. Outras barcaças continuavam atravessando o rio, mas eram controladas por homens armados que só levavam passageiros dispostos a pagar. Sharpe sabia que poderia forçar a passagem num daqueles barcos se conseguisse chegar perto do cais, mas para fazer isso teria de cruzar uma multidão compacta de mulheres e crianças.

Ele achou que a ponte poderia ser uma rota de fuga mais fácil. A ponte consistia em uma pista de tábuas dispostas sobre 18 grandes barcaças de transporte de vinho firmemente ancoradas contra a correnteza do rio e as grandes marés do oceano próximo, mas agora estava atulhada de refugiados em pânico que ficavam ainda mais frenéticos à medida que as primeiras balas de canhão francesas caíam no rio, espirrando água. Virando-se para olhar o morro, Sharpe viu as jaquetas verdes da cavalaria francesa aparecendo sob a grande fumaça dos canhões, enquanto as casacas azuis da infantaria francesa apareciam nos becos mais abaixo.

— Deus salve a Irlanda — disse Patrick Harper, e Sharpe, sabendo que o sargento irlandês só usava essa oração em situação desesperadora, olhou de novo na direção do rio, para ver o que havia provocado aquelas palavras.

Olhou, examinou e percebeu que eles não iriam atravessar o rio pela ponte. Ninguém ia, não agora, porque um desastre estava acontecendo.

— Santo Deus — disse baixinho. — Santo Deus.

No meio do rio, na metade da travessia, os engenheiros portugueses haviam inserido uma ponte levadiça para que as barcaças de vinho e outras embarcações pequenas pudessem seguir rio acima. A ponte levadiça, que cobria o maior dos vãos entre as barcaças, era construída de grossas traves de carvalho cobertas com tábuas de carvalho e podia ser suspensa por um par de sarilhos presos a cordas que passavam por polias fixadas num par de grossos postes de madeira firmemente unidos com suportes de ferro. Todo o mecanismo era pesadíssimo e a ponte era larga. Os engenheiros, pensando no peso total, haviam posto avisos nas duas extremidades da ponte, decretando que apenas uma carroça, uma carruagem ou uma equipe de canhão poderia usar a ponte levadiça em qualquer momento, mas agora a pista estava tão apinhada de refugiados que as duas barcaças que sustentavam o grande vão da ponte levadiça estavam afundando sob o peso. As barcaças, como todos os navios, tinham vazamentos, e deveria haver homens a bordo para bombear a água dos cascos, mas esses homens haviam fugido com o resto, e o peso da multidão e o lento vazamento das barcas haviam feito com que a ponte fosse descendo cada vez mais, até que as duas enormes barcas centrais estavam inteiramente sob a água. E o rio com correnteza rápida começava a se quebrar e espumar na beira da pista. As pessoas ali gritavam, enquanto algumas se imobilizavam e um número ainda maior pressionava na margem norte. Então a parte central da pista afundou lentamente na água cinzenta, enquanto as pessoas que estavam atrás empurravam mais fugitivos para cima da ponte levadiça desaparecida, que afundava ainda mais.

— Meu Deus — disse Sharpe. Dava para ver as primeiras pessoas sendo levadas para longe. Dava para ouvir os gritos.

— Deus salve a Irlanda — repetiu Harper, fazendo o sinal da cruz.

Os trinta metros centrais da ponte estavam agora embaixo d'água. As pessoas naqueles trinta metros haviam sido varridas da ponte, mas outras estavam sendo empurradas para a abertura que subitamente espumava branca, enquanto a ponte levadiça era arrancada do resto da estrutura pela pressão do rio. A grande estrutura emergiu negra, emborcou e foi varrida na direção do mar, e agora não havia travessia pela ponte sobre o Douro. Aqueles que estavam na margem norte, no entanto, ainda não sabiam que a passagem estava cortada, de modo que continuavam empurrando e forçando caminho para a ponte que oscilava, e como os da frente não podiam contê-los, eram inexoravelmente empurrados para a parte quebrada, onde a água branca espumava nas extremidades despedaçadas da ponte. Os gritos da multidão ficavam mais altos, e o som só fazia aumentar o pânico, de modo que mais e mais pessoas lutavam em direção ao ponto em que os refugiados se afogavam. A fumaça dos canhões, levada por um sopro de vento errante, mergulhou no vale e girou num redemoinho sobre o centro quebrado da ponte, onde pessoas desesperadas espadanavam na água enquanto eram varridas rio abaixo. Gaivotas gritavam e voavam em círculo. Agora alguns soldados portugueses estavam tentando conter os franceses nas ruas da cidade, mas era uma tarefa sem esperança. Eles estavam em menor número, o inimigo tinha o terreno elevado, e mais e mais tropas francesas desciam o morro. Os gritos dos fugitivos na ponte pareciam o som dos condenados no dia do Juízo Final. As balas de canhão estrondeavam acima, as ruas ressoavam com os tiros das espingardas, cascos ecoavam nas paredes das casas e chamas estalavam em prédios despedaçados pelos disparos de canhões.

— Aquelas criancinhas — disse Harper. — Que Deus as ajude. — Os órfãos, com seus uniformes sombrios, estavam sendo empurrados para o rio. — Tem de haver uma porcaria de um barco!

Mas os homens que tripulavam as embarcações haviam remado para a margem sul e as abandonado, de modo que não havia barcos para resgatar os que se afogavam; apenas horror num rio gélido e cinza e uma fileira de pequenas cabeças sendo levadas rio abaixo nas ondas espumantes,

A DEVASTAÇÃO DE SHARPE

e não havia nada que Sharpe pudesse fazer. Ele não podia chegar à ponte, embora gritasse para que as pessoas abandonassem a travessia, elas não entendiam inglês. Agora balas de espingardas batiam no rio e algumas acertavam os fugitivos na ponte quebrada.

— Que diabo podemos fazer? — perguntou Harper.

— Nada — respondeu Sharpe, asperamente —, a não ser dar o fora daqui. — Em seguida deu as costas à multidão agonizante e guiou seus homens para o leste, seguindo pelo cais. Um enorme número de pessoas fazia o mesmo, apostando que os franceses ainda não teriam capturado os subúrbios da cidade. O som das espingardas era constante nas ruas, e agora os canhões portugueses do outro lado do rio disparavam contra os franceses nas ruas mais baixas, de modo que o martelar das peças grandes era pontuado pelo barulho de alvenaria quebrando e caibros sendo lascados.

Sharpe parou no fim do cais para se certificar de que todos os seus homens estavam ali, em seguida olhou para a ponte e viu que um número tão grande de pessoas havia sido forçado pela extremidade que os corpos se entulhavam na abertura e a água se acumulava atrás deles, espumando em branco sobre as cabeças. Viu um soldado português, de casaca azul, pisar naquelas cabeças para chegar à barca em que a ponte levadiça fora montada. Outros o seguiram, pisando sobre os que se afogavam e os mortos. Sharpe estava suficientemente longe para não ouvir mais os gritos.

— O que aconteceu? — perguntou Dodd, em geral o mais quieto dos homens de Sharpe.

— Deus estava olhando para o outro lado — disse Sharpe, depois se virou para Harper. — Estão todos aí?

— Todos presentes, senhor — respondeu Harper. O grande irlandês parecia ter estado chorando. — Coitadas das criancinhas — disse, ressentido.

— Não havia nada que a gente pudesse fazer — reagiu Sharpe, e era verdade, ainda que essa verdade não o deixasse nem um pouco melhor. — Williamson e Tarrant estão de castigo — disse a Harper.

— De novo?

— De novo. — Sharpe ficou pensando na idiotice dos dois, que teriam preferido arranjar uma bebida a fugir da cidade, mesmo que essa bebida significasse a prisão na França. — Agora venham! — E seguiu os fugitivos civis que, chegando ao local onde o cais do rio era bloqueado pela antiga muralha da cidade, haviam subido por um beco. A antiga muralha fora construída quando homens lutavam de armadura e atiravam com bestas, e as pedras cobertas de liquens não suportariam dois minutos contra um canhão moderno. E como se para marcar essa redundância, a administração municipal havia aberto grandes buracos nas antigas fortificações. Sharpe guiou seus homens por meio de uma dessas aberturas, atravessou os restos de um fosso e em seguida correu para as ruas mais largas da cidade nova do outro lado da muralha.

— *Crapauds*! — alertou Hagman. — Senhor! Acima do morro!

Sharpe olhou à esquerda e viu uma tropa de cavalaria francesa indo interceptar os fugitivos. Eram dragões, cinquenta ou mais, com seus casacos verdes e todos levando sabres e clavinas curtas. Usavam elmos de latão que, na época da guerra, eram cobertos por tecido para que o metal polido não refletisse a luz do sol.

— Continuem correndo! — gritou Sharpe.

Os dragões não tinham visto os fuzileiros ou, se tinham, não estavam procurando confronto. Em vez disso esporearam os animais até onde a estrada rodeava uma grande colina encimada por um enorme prédio branco de teto plano. Uma escola, talvez, ou um hospital. A rua principal corria ao norte do morro, mas outra ia para o sul, entre o morro e o rio, e os dragões estavam na rua maior, de modo que Sharpe manteve a direita, na esperança de escapar pela trilha menor até a margem do Douro, mas os dragões finalmente o viram e impeliram os cavalos pela crista do morro para bloquear a rua mais baixa no ponto em que ladeava o rio. Sharpe olhou para trás e viu soldados da infantaria francesa seguindo a cavalaria. Desgraçados. Então ele viu que havia ainda mais tropas francesas perseguindo-o a partir da muralha quebrada. Provavelmente ele poderia correr mais rápido que a infantaria, mas os dragões já estavam à sua frente e os primeiros iam apeando e formando uma barricada na rua. As pessoas que fugiam da cidade estavam sendo arrebanhadas para longe e algumas subiam para a grande construção branca, enquanto outras, em desespero, retornavam para suas casas. Os canhões travavam sua própria batalha acima do rio, as peças francesas tentando responder à altura ao bombardeio da grande bateria portuguesa que havia provocado dezenas de incêndios na cidade caída, enquanto as balas redondas arrebentavam fogões, lareiras e forjas. A fumaça negra dos prédios em chamas se misturava à fumaça acinzentada dos canhões. E embaixo dessa fumaça, no vale das crianças afogadas, Richard Sharpe estava encurralado.

O tenente-coronel James Christopher não era tenente nem coronel, mas já servira como capitão dos milicianos de Lincolnshire e ainda tinha esse posto. Fora batizado com o nome de James Augustus Meredith Christopher, e em seus dias de estudante era conhecido como Jam. Seu pai fora médico na pequena cidade de Saxilby, uma profissão e um local que James Christopher gostava de ignorar, preferindo lembrar-se de que sua mãe era prima em segundo grau do conde de Rochford, e foi a influência de Rochford que levara Christopher da Universidade de Cambridge para o Ministério do Exterior, onde seu domínio de idiomas, sua cortesia natural e sua inteligência ágil haviam lhe garantido uma ascensão rápida. Ele recebera responsabilidades cedo, fora apresentado a grandes homens e ouvira confidências. Era considerado alguém de futuro, um rapaz íntegro cuja capacidade de avaliação costumava ser confiável, o que com frequência significava que meramente concordava com seus superiores, mas a reputação levara à sua nomeação atual, um cargo tão solitário quanto secreto. A tarefa de James Christopher era aconselhar o governo quanto à prudência de manter tropas inglesas em Portugal.

A decisão, claro, não seria de James Christopher. Ele podia ser um homem de futuro no Ministério do Exterior, mas a decisão de ficar ou se retirar seria tomada pelo primeiro-ministro, porém o que importava era a qualidade dos conselhos dados ao primeiro-ministro. Os soldados, claro, iam querer ficar porque a guerra trazia promoção, e o secretário do Exterior queria que as tropas permanecessem porque detestava os franceses, mas outros homens em Whitehall tinham uma visão mais amena e haviam mandado James Christopher para sentir a temperatura de Portugal. Os Whigs, inimigos da administração, temiam outro fracasso como o que havia levado a La Coruña. Diziam que era melhor reconhecer a realidade e chegar a um acordo com os franceses agora — e os Whigs tinham influência suficiente no Ministério do Exterior para mandar James Christopher a Portugal. O exército, que não fora informado de sua verdadeira missão, mesmo assim concordou em lhe dar o posto honorário de tenente-coronel e nomeá-lo assessor do general Cradock, e Christopher usava os mensageiros do exército para enviar informações militares ao general e despachos políticos à embaixada em Lisboa, onde, mesmo sendo dirigidas ao embaixador, as mensagens eram mandadas a Londres sem ser abertas. O primeiro-ministro precisava de bons conselhos, e James Christopher deveria fornecer os fatos que emoldurassem esses conselhos, mas ultimamente ele havia estado ocupado criando novos fatos. Havia enxergado além das realidades sujas da guerra e visto o futuro dourado. Resumindo, James Christopher tinha visto a luz.

Mas nada disso ocupava seus pensamentos enquanto ele cavalgava saindo do Porto, a uma distância menor do que o alcance de uma bala de canhão à frente das tropas francesas. Alguns tiros de espingarda foram disparados em sua direção, mas Christopher e seu empregado tinham montarias soberbas, excelentes cavalos irlandeses, e rapidamente deixaram para trás a perseguição pouco intensa. Foram para os morros, galopando ao longo do terraço de um vinhedo, e depois subindo para uma floresta de pinheiros e carvalhos, onde pararam para descansar os animais.

Christopher olhou para trás, para o oeste. O sol havia secado as estradas depois da chuva forte da noite e uma mancha de poeira no horizonte mostrava onde as carroças de bagagens do exército francês avançavam em direção à recém-capturada cidade do Porto. A cidade propriamente dita, agora oculta pelos morros, era marcada por uma grande nuvem de fumaça suja que subia das casas incendiadas e das baterias de canhões que, mesmo

A DEVASTAÇÃO DE SHARPE

abafadas pela distância, soavam como um trovão incessante. Nenhum soldado francês se incomodara em perseguir Christopher até tão longe. Uma dúzia de trabalhadores cavava um fosso no vale e ignorava os fugitivos na estrada próxima, como a sugerir que a guerra era problema da cidade, e não deles. Não havia fuzileiros ingleses entre os fugitivos, observou Christopher, mas ele ficaria surpreso se visse Sharpe e seus homens tão longe da cidade. Sem dúvida a esta altura já estariam mortos ou capturados. O que Hogan havia pensando quando mandara Sharpe acompanhá-lo? Será que o esperto irlandês havia suspeitado de alguma coisa? Mas como Hogan poderia saber? Christopher preocupou-se com o problema por alguns instantes, depois o descartou. Hogan não podia saber de nada, só estava tentando ajudar.

— Os franceses se saíram bem hoje — disse ao empregado português, um rapaz com cabelos que rareavam e um rosto fino e sério.

— No final o diabo vai pegá-los, senhor — respondeu o empregado.

— Algumas vezes os homens têm de fazer o serviço do diabo. — Christopher pegou uma pequena luneta no bolso e apontou-o para as colinas distantes. — Nos próximos dias — disse, ainda olhando através das lentes —, você verá algumas coisas que surpreenderão.

— Se o senhor diz...

— Mas há mais coisas entre o céu e a terra, Horácio, do que sonha a nossa vã filosofia.

— Se o senhor diz — repetiu o empregado, perguntando a si mesmo por que o oficial o inglês o chamou de Horácio, quando seu nome era Luís, mas achou melhor não perguntar. Luís fora barbeiro em Lisboa, onde algumas vezes cortara o cabelo de homens da embaixada inglesa, e esses homens o haviam recomendado como empregado confiável a Christopher, que lhe pagava um bom salário em ouro de verdade, ouro inglês, e se os ingleses eram loucos e trocavam os nomes, ainda assim cunhavam as melhores moedas do mundo, o que significava que o coronel Christopher podia chamar Luís do que quisesse, desde que continuasse lhe pagando com grossos guinéus gravados com a figura de São Jorge matando o dragão.

Christopher estava procurando qualquer sinal de perseguição francesa, mas sua luneta era pequena, velha e estava com uma lente arranhada, e ele podia enxergar pouco melhor com ela do que sem ela. Pretendia comprar outra, mas nunca tinha a oportunidade de fazer isso. Fechou a luneta, colocou-a na bolsa da sela e pegou outro palito que enfiou entre os dentes.

— Vamos indo — disse bruscamente, depois guiou o empregado pela floresta, atravessando a crista do morro e descendo até uma grande casa de fazenda. Estava claro que Christopher conhecia bem o caminho, porque não hesitava, tampouco estava apreensivo enquanto continha o cavalo ao lado do portão. — O estábulo fica ali — disse a Luís, apontando para uma passagem em arco. — A cozinha fica atrás da porta azul e as pessoas estão nos esperando. Vamos passar a noite aqui.

— Não na Vila Real de Zedes, senhor? Ouvi o senhor dizer que iríamos procurar a senhorita Savage.

— Seu inglês está ficando bom demais, se permite que você fique xeretando — disse Christopher, azedamente. — Amanhã, Luís; procuraremos a senhorita Savage amanhã. — Christopher desceu da sela e jogou as rédeas para Luís. — Refresque os cavalos, tire as selas, encontre alguma coisa para eu comer e leve ao meu quarto. Um dos empregados lhe dirá onde estou.

Luís conduziu os dois cavalos a passo para refrescá-los, depois os levou ao estábulo, deu água e comida. Em seguida foi à cozinha, onde uma cozinheira e duas empregadas não demonstraram surpresa à sua chegada. Luís havia se acostumado a ser levado a alguma aldeia ou casa remota onde seu patrão era conhecido, mas nunca estivera naquela casa de fazenda antes. Ficaria mais feliz se Christopher tivesse atravessado o rio, mas a fazenda era bem escondida nos morros e era possível que os franceses nunca chegassem ali. As empregadas disseram a Luís que a casa e as terras pertenciam a um comerciante de Lisboa que as havia instruído a fazer todo o possível para satisfazer os desejos do coronel Christopher.

— Ele costuma vir aqui, então? — perguntou Luís.

A cozinheira riu.

— Costumava vir com a mulher.

Isso explicava por que Luís nunca estivera ali antes, e ele se perguntou quem seria a mulher.

— Agora ele quer comida — disse. — Que mulher?

— A viúva bonita — respondeu a cozinheira, depois suspirou. — Mas não a vemos há um mês. Que pena. Ele deveria ter se casado com ela. — A cozinheira estava com sopa de ervilha no fogão e derramou um pouco numa tigela, cortou um pouco de carne de carneiro fria e pôs numa bandeja com a sopa, vinho tinto e um pequeno pão recém-saído do forno. — Diga ao coronel que a refeição para o hóspede dele estará pronta esta tarde.

— Hóspede? — perguntou Luís, perplexo.

— Um hóspede para o jantar, foi o que ele nos disse. Agora depressa! Não deixe essa sopa esfriar. Suba a escada e vire à direita.

Luís carregou a bandeja para cima. Era uma bela casa, bem-construída e bonita, com algumas pinturas antigas nas paredes. Ele encontrou a porta do quarto do patrão escancarada e Christopher deve ter ouvido seus passos, porque gritou para que ele entrasse sem bater.

— Ponha a comida perto da janela — ordenou.

Christopher havia trocado de roupa e agora, em vez das calças pretas, das botas pretas e da casaca vermelha de oficial inglês, usava calça azul-celeste que tinha reforços de couro preto em todos os pontos que pudessem tocar na sela. A calça era completamente justa, devido aos cordões que subiam pelas duas laterais desde os tornozelos até a cintura. A nova jaqueta do coronel era do mesmo azul-celeste da calça, mas enfeitada com luxuosos acabamentos em prata que subiam até se enrolar ao redor do colarinho vermelho e rígido. Sobre o ombro esquerdo havia uma peliça, um casaco falso com acabamento de pele, e numa mesa lateral havia um sabre da cavalaria e um alto chapéu preto com um curto penacho de prata preso por um distintivo esmaltado.

E o distintivo esmaltado tinha a bandeira tricolor da França.

— Eu disse que você ficaria surpreso — observou Christopher a Luís, que de fato estava olhando boquiaberto para o patrão.

Luís encontrou a voz.

— O senhor é... — começou a dizer, mas hesitou.

— Sou um oficial inglês, Luís, como você bem sabe, mas este uniforme é de um hussardo francês. Ah! Sopa de ervilha, adoro sopa de ervilha. Comida de camponês, mas boa. — Em seguida foi até a mesa e, fazendo uma careta porque a calça estava apertada demais, sentou-se na cadeira. — Vamos receber um convidado para jantar esta tarde.

— Foi o que me disseram — respondeu Luís, friamente.

— Você vai servir, Luís, e não será detido pelo fato de meu convidado ser um oficial francês.

— Francês? — Luís pareceu enojado.

— Francês — confirmou Christopher —, e virá para cá com uma escolta. Provavelmente uma grande escolta, e não seria bom que a escolta retornasse ao exército deles dizendo que o oficial se encontrou com um inglês, não acha? Motivo pelo qual estou usando isto. — Ele indicou o uniforme francês, depois sorriu para Luís. — A guerra é como o xadrez: há dois lados, e para que um vença, o outro deve perder.

— A França não deve vencer — disse Luís, asperamente.

— Há peças pretas e brancas — continuou Christopher, ignorando o protesto do empregado —, e ambas obedecem às regras. Mas quem faz essas regras, Luís? É aí que está o poder. Não com os jogadores, certamente não com as peças, mas com o homem que cria as regras.

— A França não deve vencer — repetiu Luís. — Sou um bom português!

Christopher suspirou diante da estupidez do empregado e decidiu tornar as coisas mais simples para que Luís entendesse.

— Você quer livrar Portugal dos franceses?

— O senhor sabe que quero!

— Então sirva o jantar esta tarde. Seja cortês, esconda seus pensamentos e tenha fé em mim.

Porque Christopher tinha visto a luz e agora ele reescreveria as regras.

Sharpe olhou adiante, para onde os dragões haviam tirado quatro esquifes do rio e usado os pequenos barcos para formar uma barricada de um lado ao outro da rua. Não havia como rodear a barricada que se estendia entre duas casas, porque para além da casa do lado direito ficava o rio e além da casa da esquerda ficava o morro íngreme por onde a infantaria francesa se aproximava, e havia mais soldados de infantaria francesa atrás de Sharpe, o que significava que o único caminho para sair da armadilha era pelo meio da barricada.

— O que vamos fazer, senhor? — perguntou Harper.

Sharpe xingou.

— A coisa está tão feia assim, é? — Harper tirou a carabina do ombro. — Poderíamos arrancar alguns daqueles garotos ali da barricada.

— Poderíamos — concordou Sharpe, mas isso só irritaria os franceses, não os derrotaria. Ele podia derrotá-los, tinha certeza, porque seus fuzileiros eram bons e a barricada do inimigo era baixa, mas Sharpe também tinha certeza de que perderia metade de seus homens na luta e que a outra metade ainda teria de escapar à perseguição de cavaleiros vingativos. Podia lutar, podia vencer, mas não podia sobreviver à vitória.

Na verdade, só havia uma coisa a fazer, mas Sharpe relutava em dizê-lo em voz alta. Nunca havia se rendido. O simples pensamento era horroroso.

— Calar baionetas — gritou.

Seus homens pareceram surpresos, mas obedeceram. Tiraram as longas baionetas das bainhas e prenderam-nas nos canos das carabinas. Sharpe desembainhou seu sabre, uma pesada arma de cavalaria que era um metro de aço mortal.

— Certo, rapazes. Quatro fileiras!

— Senhor? — Harper estava perplexo.

— Você me ouviu, sargento! Quatro fileiras! Depressa, agora!

Harper gritou com os homens, enfileirando-os. A infantaria francesa que viera da cidade agora estava apenas cem passos atrás, longe demais para um tiro preciso de espingarda, mas um francês tentou, e sua bala se chocou na parede caiada de um chalé à beira da rua. O som pareceu irritar Sharpe.

— Depressa, agora! — disse rispidamente. — Avançar!

Eles trotaram pela rua em direção à barricada recém-erguida, que ficava duzentos passos à frente. O rio deslizava cinza e cheio de redemoinhos à direita, e à esquerda havia um campo salpicado com os restos dos montes de feno do ano anterior, que eram pequenos e pontudos, parecendo precários chapéus de bruxa. Uma vaca com as patas amarradas com peia e um chifre quebrado olhou-os passar. Alguns fugitivos, desanimados com a ideia de passar pelo bloqueio feito pelos dragões, haviam se acomodado no campo, esperando seu destino.

— Senhor? — Harper conseguiu alcançar Sharpe, que estava uma dúzia de passos à frente de seus homens.

— Sargento?

Quando as coisas ficavam feias, era sempre "sargento", notou Harper, jamais "Patrick" ou "Pat".

— O que está fazendo, senhor?

— Vamos atacar aquela barricada, sargento.

— Eles vão fatiar nossas tripas, se me perdoa dizer, senhor. Os desgraçados vão nos virar pelo avesso.

— Sei disso, e você também sabe. Mas eles sabem?

Harper olhou para os dragões, que estavam apontando suas clavinas sobre as quilhas dos esquifes emborcados. A clavina, como a espingarda e diferente da carabina, tinha cano sem ranhuras e, portanto, era imprecisa, o que significava que os dragões esperariam até o último instante para disparar sua carga, e que essa carga prometia ser pesada, porque um número ainda maior de inimigos de casacos verdes estava se espremendo na rua atrás da barricada e apontando as armas.

— Acho que eles sabem, senhor — observou Harper.

Sharpe concordou, mas não diria isso. Havia ordenado que seus homens calassem as baionetas apenas porque a visão das baionetas caladas era mais amedrontadora do que a ameaça das carabinas, mas os dragões não pareciam preocupados com a ameaça das lâminas de aço. Eles estavam se apinhando, de modo que cada clavina pudesse se juntar à primeira descarga, e Sharpe sabia que teria de se render, mas não estava disposto a fazer isso sem que um único tiro fosse disparado. Apressou o passo, achando que um dragão iria disparar contra ele cedo demais e que esse tiro seria o sinal para ele parar, jogar o sabre no chão e assim salvar a vida de seus homens. A decisão doía, mas era sua única opção, a não ser que Deus realizasse um milagre.

— Senhor?— Harper lutava para acompanhar Sharpe. — Eles vão matá-lo!

— Para trás, sargento, é uma ordem — disse Sharpe. Queria que os dragões atirassem contra ele, não contra seus homens.

— Eles vão matá-lo! — disse Harper.

— Talvez eles se virem e corram — gritou Sharpe de volta.

— Deus salve a Irlanda. E por que eles fariam isso?

— Porque Deus usa casaco verde — rosnou Sharpe —, claro.

E nesse momento os franceses se viraram e correram.

CAPÍTULO II

Sharpe sempre tivera sorte. Talvez não nas maiores coisas da vida, certamente não na natureza de seu nascimento, filho de uma prostituta da Cat Lane que havia morrido sem fazer ao menos uma carícia no filho único, nem na sua criação num orfanato de Londres que não ligava a mínima para as crianças dentro de suas paredes severas. Mas nas coisas menores, naqueles momentos em que o sucesso e o fracasso estavam separados pelo tamanho de uma bala, ele tivera sorte. Havia sido a boa sorte que o levara ao túnel onde o sultão de Tipu estava preso, e uma sorte ainda melhor decapitara um ordenança em Assaye, de modo que Richard Sharpe estava cavalgando atrás de Sir Arthur Wellesley quando o cavalo do general foi morto por uma lança e Sir Arthur foi derrubado em meio ao inimigo. Sorte, algumas vezes sorte ultrajante, mas até mesmo Sharpe duvidou dela ao ver os dragões girando e se afastando da barricada. Será que estava morto? Sonhando? Sofrera uma concussão e estava imaginando coisas? Mas então ouviu o rugido de triunfo de seus homens e soube que não estava sonhando. O inimigo realmente havia se virado, e Sharpe iria viver e seus homens não teriam de marchar como prisioneiros da França.

Então ele ouviu os disparos, o matraquear gago das espingardas, e percebeu que os dragões haviam sido atacados por trás. Havia fumaça de pólvora pairando densa entre as casas à beira da rua, e mais fumaça vinha de um pomar mais acima no morro, onde ficava a grande construção branca de teto plano. E então Sharpe, que estava junto à barricada, saltou por cima do primeiro esquife, seu pé meio que se grudando no alcatrão novo que fora passado na parte inferior do casco do barco. Os dragões estavam de costas para ele, atirando contra as janelas, mas então um homem de casaco verde se virou, viu Sharpe e gritou um aviso. Um oficial saiu da porta da casa ao lado do rio, e Sharpe, pulando do barco, golpeou o ombro do sujeito com seu grande sabre, depois o empurrou com força contra a parede caiada, enquanto o dragão que havia gritado o alerta disparava contra ele. A bala acertou a mochila pesada de Sharpe, que em seguida deu uma joelhada na virilha do oficial e se virou para o homem que havia disparado nele. Esse homem estava recuando e murmurando *non, non*, e Sharpe bateu com o sabre em sua cabeça, tirando sangue, mas causando mais dano com o simples peso da arma, de modo que o dragão atordoado caiu e foi pisoteado pelos fuzileiros que passavam sobre a barricada baixa. Eles estavam soltando berros de chacina, surdos ao grito de Sharpe para dar uma saraivada de tiros contra os dragões.

Talvez três carabinas tenham disparado, mas o resto dos homens continuou atacando com as baionetas longas contra um inimigo que não poderia suportar um ataque pela frente e por trás. Os dragões haviam sofrido uma emboscada por parte de soldados que vinham de um prédio a uns cinquenta metros adiante, soldados que haviam se escondido no prédio e no jardim atrás, e agora os franceses estavam sendo atacados pelos dois lados. O pequeno espaço entre as casas estava coberto por fumaça de pólvora, cheio de gritos e ecos dos disparos, fedendo a sangue, e os homens de Sharpe estavam lutando com uma ferocidade que deixava os franceses perplexos e consternados. Eles eram dragões; haviam sido ensinados a lutar com sabres grandes montados em seus cavalos; não estavam prontos para aquela briga sangrenta a pé com fuzileiros endurecidos por anos de confusões em tavernas e conflitos nos alojamentos. Os fuzileiros com casacos verdes eram mortais no combate corpo a corpo, e os dragões sobreviventes fugiram para uma área gramada na margem do rio, onde seus cavalos haviam sido deixados. Sharpe rugiu para seus homens continuarem em direção ao leste.

— Deixem-nos! — gritou. — Larga! Larga! — As duas últimas palavras eram aquelas usadas nas rinhas de ratos, a instrução que se gritava para um terrier que tentava matar um rato que já estava morto. — Larga! Vão em frente! — Havia soldados de infantaria franceses logo atrás, havia mais homens de cavalaria no Porto, e agora a prioridade de Sharpe era se afastar o máximo possível da cidade. — Sargento!

— Já ouvi, senhor! — gritou Harper, em seguida foi pelo beco e arrancou o fuzileiro Tongue de cima de um francês. — Venha, Isaiah! Mexa essas porcarias de ossos!

— Estou matando o desgraçado, sargento, estou matando o desgraçado!

— O desgraçado já está morto! Agora anda! — Uma saraivada de balas de clavina chacoalhou no beco. Uma mulher gritava incessantemente numa casa próxima. Um dragão em fuga tropeçou numa pilha de armadilhas de peixe feitas de vime e se esparramou no quintal dos fundos da casa, onde outro francês estava caído em meio a uma pilha de roupa lavada que ele havia arrancado do varal enquanto tombava morto. Os lençóis brancos estavam vermelhos de seu sangue. Gataker apontou para um oficial dragão que havia conseguido montar em seu cavalo, mas Harper puxou-o. — Continue correndo! Continue correndo!

Então surgiu um enxame de uniformes azuis à esquerda de Sharpe e ele se virou, o sabre erguido, e viu que eram portugueses.

— São amigos! — gritou para seus fuzileiros. — Atenção aos portugueses! — Os soldados portugueses eram aqueles que o haviam salvado de uma rendição ignominiosa, e agora, tendo emboscado os franceses por trás, juntaram-se aos homens de Sharpe em sua fuga para o leste.

— Continuem! — gritou Harper. Alguns fuzileiros estavam ofegando e diminuíram o passo até que uma saraivada de tiros de clavina disparados pelos dragões sobreviventes os fez correr de novo. A maioria dos tiros passou alto, um bateu na rua ao lado de Sharpe e ricocheteou acertando um choupo, e outro acertou Tarrant no quadril. O fuzileiro tombou, gritando, mas Sharpe agarrou sua gola e continuou correndo, arrastando Tarrant. A estrada e o rio se curvavam à esquerda e havia árvores e arbustos na margem. A floresta não ficava longe, perto demais da cidade para que se sentissem à vontade, mas lhes daria cobertura enquanto Sharpe reorganizava seus homens.

— Vão para as árvores! — gritou Sharpe. — Vão para as árvores!

Tarrant estava sentindo dor, gritando protestos e deixando uma trilha de sangue na rua. Sharpe puxou-o até as árvores e deixou-o cair, depois parou junto à rua e gritou para seus homens formarem uma fileira na borda da floresta.

— Conte-os, sargento — gritou para Harper. — Conte-os!

A infantaria portuguesa misturou-se aos fuzileiros e começou a recarregar suas espingardas. Sharpe tirou a carabina do ombro e disparou contra um cavalariano que estava girando o animal na beira do rio, pronto para persegui-los. O cavalo empinou, derrubando o cavaleiro. Outros dragões haviam desembainhado seus sabres longos e retos, evidentemente decididos a uma perseguição vingativa, mas então um oficial francês gritou para que os cavalarianos ficassem onde estavam. Ele, pelo menos, entendia que uma investida contra árvores grossas onde a infantaria estava com armas carregadas e prontas era equivalente ao suicídio. Esperaria sua própria infantaria alcançá-lo.

Daniel Hagman pegou a tesoura que havia aparado o cabelo de Sharpe e cortou o calção de Tarrant no quadril ferido. O sangue escorria enquanto Hagman cortava, e então o velho fez uma careta.

— Acho que ele perdeu a junta, senhor.

— Não consegue andar?

— Nunca mais vai andar — disse Hagman. Tarrant soltou um palavrão. Ele era um dos encrenqueiros de Sharpe, um homem carrancudo de Hertfordshire, que nunca perdia a chance de ficar bêbado e violento. Quando estava sóbrio, no entanto, era um bom atirador, um homem que não perdia a cabeça durante a batalha. — Você vai ficar bem, Ned — disse Hagman. — Vai sobreviver.

— Você me carrega — apelou Tarrant para seu amigo Williamson.

— Deixe-o! — ordenou Sharpe, rispidamente. — Peguem a carabina dele, a munição e o sabre-baioneta.

— Vocês não podem deixá-lo aqui — disse Williamson, atrapalhando Hagman para que ele não desafivelasse a cartucheira do amigo.

Sharpe segurou Williamson pelo ombro e puxou-o para longe.

— Eu mandei deixar!

Ele não gostava de ter de fazer isso, mas não podia ser retardado pelo peso de um ferido, e os franceses cuidariam de Tarrant melhor do que qualquer homem de Sharpe seria capaz. O fuzileiro iria para um hospital francês, seria tratado por médicos franceses e, se não morresse de gangrena, provavelmente seria trocado por um prisioneiro francês ferido. Tarrant iria para casa, aleijado, e provavelmente morreria na casa de trabalhadores da paróquia. Sharpe meteu-se por entre as árvores para encontrar Harper. Balas de clavina atravessavam os galhos, fazendo com que pedaços de folhas caíssem sob as réstias de sol.

— Falta alguém? — perguntou a Harper.

— Não, senhor. O que aconteceu com Tarrant?

— Bala no quadril. Terá de ficar aqui.

— Não vou sentir falta dele — disse Harper, embora antes que Sharpe fizesse do irlandês um sargento, Harper tivesse sido amigo dos encrenqueiros chefiados por Tarrant. Agora Harper era o flagelo dos encrenqueiros. Era estranho o que três divisas podiam fazer, refletiu Sharpe.

Sharpe recarregou a carabina, ajoelhou-se perto de um loureiro, apontou a arma e olhou para os franceses. A maioria dos dragões estava montada; no entanto, um punhado continuava a pé e tentava a sorte com as clavinas, mas muito de longe. Porém, dentro de um ou dois minutos, pensou Sharpe, eles teriam uma centena de infantes prontos para atacar. Estava na hora de ir.

— Senhor. — Um oficial português muito jovem apareceu junto à árvore e fez uma reverência para Sharpe.

— Mais tarde! — Sharpe não queria ser grosseiro, mas não havia tempo para perder com cortesias. — Dan! — Ele passou pelo oficial português e gritou para Hagman. — Pegamos o equipamento de Tarrant?

— Está aqui, senhor. — Hagman estava com a carabina do ferido no ombro e a cartucheira pendurada no cinto. Sharpe odiaria se os franceses

A DEVASTAÇÃO DE SHARPE

pegassem uma carabina Baker. Eles já representavam problema suficiente sem que tivessem a melhor arma já dada a um escaramuçador.

— Por aqui! — ordenou Sharpe, indo para o norte e se afastando do rio.

Ele deixou deliberadamente a estrada. Ela acompanhava o rio, e as pastagens abertas da margem do Douro ofereciam poucos obstáculos para uma cavalaria em perseguição, mas uma trilha menor serpenteava para o norte por entre as árvores, e Sharpe pegou-a, usando o mato para esconder a fuga. À medida que o terreno ficava mais alto as árvores rareavam, transformando-se em bosques de sobreiros cultivados porque sua casca grossa era usada para produzir rolhas para o vinho do Porto. Sharpe estabeleceu um ritmo feroz, parando apenas depois de meia hora, quando chegaram ao limite dos carvalhos e estavam olhando para um grande vale de vinhedos. A cidade ainda estava à vista, a oeste, com a fumaça dos muitos incêndios pairando acima dos carvalhos e vinhedos. Os homens descansaram. Sharpe havia temido uma perseguição, mas os franceses evidentemente queriam saquear as casas do Porto e encontrar as mulheres mais bonitas — eles não tinham a intenção de perseguir um punhado de soldados que fugiam para as colinas.

Os soldados portugueses haviam mantido o ritmo dos fuzileiros de Sharpe, e seu oficial, que tentara falar com Sharpe antes, agora se aproximou de novo. Ele era muito jovem, muito magro e muito alto e usava o que parecia um uniforme novo em folha. Sua espada de oficial pendia de uma faixa de ombro branca com acabamento em prata e no cinto havia uma pistola num coldre, aparentemente tão limpa que Sharpe suspeitou de que jamais fora disparada. Tinha boa aparência, a não ser por um bigode preto fino demais, e algo em sua postura sugeria que era um cavalheiro, e por sinal um cavalheiro decente, porque seus olhos escuros e inteligentes estavam estranhamente pesarosos, mas talvez isso não fosse surpresa, já que ele havia acabado de ver o Porto cair diante dos invasores. Ele fez uma reverência para Sharpe.

— Senhor?

— Não falo português — respondeu Sharpe.

— Sou o tenente Vicente — disse o oficial em bom inglês. Seu uniforme azul-escuro tinha acabamento branco nas bainhas e era decorado com botões de prata, punhos vermelhos e alto colarinho azul. Usava uma barretina com frente falsa que acrescentava 15 centímetros à sua altura já considerável. O número 18 estava gravado na frente de latão da barretina. Estava sem fôlego e o suor brilhava em seu rosto, mas parecia decidido a se lembrar dos bons modos. — Dou-lhe os parabéns, senhor.

— Parabéns? — Sharpe não entendeu.

— Eu o observei na estrada abaixo do seminário. Achei que o senhor deveria se render, mas em vez disso atacou. Foi... — Vicente parou, franzindo o cenho enquanto procurava a palavra certa — foi de grande bravura — continuou, embaraçando Sharpe em seguida ao remover a barretina e fazer outra reverência. — E eu levei meus homens para atacar os franceses porque sua coragem mereceu isso.

— Eu não estava sendo corajoso — disse Sharpe. — Só idiota.

— O senhor foi corajoso — insistiu Vicente —, e nós o saudamos. — Por um momento pareceu que ele ia dar um elegante passo para trás, desembainhar a espada e erguer a lâmina numa saudação formal, mas Sharpe conseguiu afastar o floreio com uma pergunta sobre os homens de Vicente. — Somos 37, senhor — respondeu o jovem português muito sério — e somos do 18º regimento, o segundo do Porto. — O regimento, segundo ele, estivera defendendo as paliçadas improvisadas na borda norte da cidade e havia recuado para a ponte, onde se dissolvera em pânico. Vicente fora para o leste em companhia desses 37 homens, apenas dez dos quais eram de sua própria companhia. — Havia mais — confessou ele —, muito mais, porém a maioria continuou fugindo. Um dos meus sargentos disse que eu era tolo em tentar resgatar o senhor, e tive de lhe dar um tiro para impedi-lo de espalhar... como é a palavra? Desesperança? Ah, desespero, e então levei esses voluntários para ajudar o senhor.

Por alguns segundos Sharpe simplesmente olhou para o tenente português.

— Você fez o quê?

— Levei estes homens para auxiliar o senhor. Sou o único oficial que resta de minha companhia, então quem mais poderia tomar a decisão? O capitão Rocha foi morto por uma bala de canhão no reduto, e os outros? Não sei o que aconteceu com eles.

— Não — disse Sharpe. — Antes disso. Você atirou no seu sargento?

Vicente assentiu.

— Vou enfrentar um julgamento, é claro. Vou alegar necessidade. — Havia lágrimas em seus olhos. — Mas o sargento disse que todos vocês eram homens mortos e que nós estávamos derrotados. Ele estava insistindo para que os homens largassem os uniformes e desertassem.

— Você fez a coisa certa — disse Sharpe, atônito.

Vicente fez mais uma reverência.

— O senhor me lisonjeia.

— E pare de me chamar de senhor. Sou tenente, como você.

Vicente deu meio passo atrás, incapaz de esconder a surpresa.

— O senhor é...? — começou a perguntar, então entendeu que a pergunta era grosseira. Sharpe era mais velho do que ele, talvez dez anos, e se Sharpe ainda era tenente, presumivelmente não era um bom soldado, porque um bom soldado, aos 30 anos, devia ter sido promovido. — Mas tenho certeza, senhor — continuou Vicente —, de que é mais antigo do que eu.

— Talvez não.

— Sou tenente há duas semanas.

Foi a vez de Sharpe ficar surpreso.

— Duas semanas!

— Tive algum treinamento antes disso, claro, e durante meus estudos li os feitos dos grandes soldados.

— Seus estudos?

— Sou advogado, senhor.

— Um advogado! — Sharpe não conseguiu esconder o nojo instintivo. Ele vinha das sarjetas da Inglaterra, e qualquer um nascido e criado naquelas sarjetas sabia que a maior parte da perseguição e da opressão era infligida pelos advogados. Os advogados eram os serviçais do diabo, aqueles que mandavam homens e mulheres para o cadafalso; eles eram os vermes que davam ordens aos meirinhos, que faziam suas armadilhas com os estatutos e ficavam ricos em cima de suas vítimas, e quando já estavam ricos o bastante, se tornavam políticos, para tramar ainda mais leis para ficarem ainda mais ricos. — Odeio as porcarias dos advogados — resmungou Sharpe com intensidade genuína, porque estava se lembrando de lady Grace e do que acontecera depois de sua morte e de como os advogados lhe haviam arrancado cada centavo que ele ganhara, e a lembrança de Grace e de seu bebê morto trouxe de volta todo o velho sofrimento, e ele o empurrou para fora da mente. — Realmente odeio os advogados.

Vicente ficou tão perplexo com a hostilidade de Sharpe que pareceu simplesmente arrancá-la do pensamento.

— Eu era advogado antes de pegar a espada por meu país — disse. — Trabalhei para a Real Companhia Velha, que era responsável pela regulamentação do comércio do vinho do Porto.

— Se um filho meu quisesse virar advogado, eu o estrangularia com minhas próprias mãos e depois mijaria na sepultura — disse Sharpe.

— Então o senhor é casado? — perguntou Vicente, com educação.

— Não, não sou casado, merda.

— Entendi mal — disse Vicente, depois fez um gesto em direção aos seus soldados exaustos. — Então cá estamos, senhor, e achei que poderíamos unir forças.

— Talvez — respondeu Sharpe de má vontade —, mas que uma coisa esteja clara, advogado. Se o seu posto tem apenas duas semanas, eu sou seu superior. Estou no comando. Nenhum advogado desgraçado vai ficar reclamando disso.

— Claro, senhor — disse Vicente, franzindo o cenho como se estivesse ofendido por Sharpe ter declarado o óbvio.

Um advogado de merda, pensou Sharpe, que porcaria de azar! Sabia que havia se comportado mal, especialmente porque aquele jovem advogado cortês possuíra coragem para matar um sargento e guiar seus homens para resgatá-lo, e sabia que deveria pedir desculpas pela grosseria, mas em vez disso olhou para o sul e para o oeste, tentando decifrar a paisagem, procurando qualquer perseguição e se perguntando onde, diabos, ele estava. Pegou seu bom telescópio que fora presente de Sir Arthur Wellesley e apontou-o na direção de onde tinham vindo, olhando por cima das árvores, e por fim viu o que esperava. Poeira. Um monte de poeira levantada por cascos, botas ou rodas. Poderiam ser fugitivos vindo para o leste pela estrada junto ao rio, ou poderiam ser os franceses. Não dava para saber.

— O senhor tentará ir para o sul do Douro? — perguntou Vicente.

— Sim, tentarei. Mas não há pontes nesta parte do rio, não é?

— Não até chegar a Amarante, e isso fico no rio Tâmega. É um... como vocês dizem? Um rio lateral? Afluente, obrigado, do Douro, mas assim que se cruza o Tâmega, há uma ponte sobre o Douro, em Peso da Régua.

— E os sapos estão do outro lado do Tâmega?

Vicente balançou a cabeça.

— Ouvimos dizer que o general Silveira está lá.

Ter ouvido dizer que um general português esperava do outro lado de um rio não era o mesmo que saber disso, pensou Sharpe.

— E há alguma balsa que atravesse o Douro não muito longe daqui?

Vicente assentiu.

— Em Barca d'Avintas.

— A que distância fica?

Vicente pensou por um instante.

— Talvez meia hora de caminhada? Menos, provavelmente.

— Tão perto assim? — Mas se a balsa ficava perto do Porto, os franceses poderiam já estar lá. — E a que distância fica Amarante?

— Poderíamos chegar lá amanhã.

— Amanhã — ecoou Sharpe, depois fechou o telescópio. Olhou para o sul. Aquela poeira estaria sendo provocada pelos franceses? Será que eles estavam indo para Barca d'Avintas? Sharpe queria usar a balsa porque ficava muito mais perto, mas também era mais arriscado. Estariam os franceses esperando que os fugitivos usassem a balsa? Ou talvez os invasores nem soubessem de sua existência. Só havia um modo de descobrir.

— Como chegamos a Barca d'Avintas? — perguntou a Vicente, indicando a trilha que passava por entre as árvores de cortiça. — Pelo mesmo caminho por onde viemos?

— Há um caminho mais rápido — disse Vicente.

— Então vamos em frente.

Alguns homens estavam dormindo, mas Harper acordou-os com chutes, e todos seguiram Vicente, que saiu da estrada e desceu para um vale suave onde cresciam videiras em filas bem-cuidadas. Dali subiram outro morro e passaram pelas campinas salpicadas de pequenos montes de feno deixados do ano anterior. Flores espalhavam-se no capim e enrolavam-se nos montes de feno em forma de chapéu de bruxa, e outras cobriam as cercas vivas. Não havia caminho, mas Vicente guiava os homens com bastante confiança.

— Você sabe aonde está indo? — perguntou Sharpe, cheio de suspeitas depois de um tempo.

— Conheço esta paisagem — garantiu Vicente. — Conheço bem.

— Então cresceu aqui?

Vicente balançou a cabeça.

— Fui criado em Coimbra. Fica bem ao sul, senhor, mas conheço esta paisagem porque pertenço... — ele parou e se corrigiu — pertenci a uma sociedade que faz passeios aqui.

— Uma sociedade que faz passeios no campo? — perguntou Sharpe, curioso.

Vicente ficou ruborizado.

— Somos filósofos e poetas, senhor.

Sharpe ficou pasmo demais para responder imediatamente, mas por fim conseguiu fazer uma pergunta:

— Vocês eram o quê?

— Filósofos e poetas, senhor.

— Jesus Cristo, cacete!

— Acreditamos, senhor, que há inspiração no campo. Veja bem, o campo é natural, ao passo que as cidades são feitas pelo homem e, portanto, abrigam toda a maldade humana. Se quisermos descobrir nossa bondade natural, ela deve ser procurada no campo. — Ele estava tendo dificuldade para encontrar as palavras corretas em inglês para expressar o que queria dizer. — Acho que existe — tentou de novo — uma bondade natural no mundo, e nós a procuramos.

— Então vocês vêm aqui em busca de inspiração?

— Viemos, sim. — Vicente assentiu animado.

Dar inspiração a um advogado, pensou Sharpe azedamente, era como dar um conhaque de qualidade a um rato.

— E deixe-me adivinhar — disse, mal escondendo o desprezo —, os membros de sua sociedade de filósofos que fazem rimas são todos homens. Não há uma mulher entre vocês, não é?

— Como sabia? — perguntou Vicente, pasmo.

— Eu disse: adivinhei.

Vicente assentiu.

— Claro, não é que não gostemos de mulheres. O senhor não deve pensar que não desejamos a companhia delas, mas as mulheres relutam em se juntar às nossas discussões. Seriam muito bem-vindas, claro, mas... — Sua voz ficou no ar.

— As mulheres são assim — disse Sharpe. Havia descoberto que as mulheres preferiam a companhia de patifes às alegrias de conversar com rapazes sóbrios e sérios como o tenente Vicente, que abrigava sonhos românticos sobre o mundo e cujo fino bigode preto evidentemente fora deixado crescer numa tentativa de parecer mais velho e mais sofisticado, mas só conseguira torná-lo com a aparência mais jovem. — Diga-me uma coisa, tenente.

— Jorge — interrompeu Vicente. — Meu nome é Jorge. Como o santo de vocês.

— Então me diga uma coisa, Jorge. Você disse que teve algum treinamento como soldado. Que tipo de treinamento?

— Recebemos palestras no Porto.

— Palestras?

— Sobre a história das guerras. Sobre Aníbal, Alexandre e César.

— Aprendizado de livros? — perguntou Sharpe, sem esconder o escárnio.

— Aprendizado de livros — respondeu Vicente com bravura. — É natural para um advogado, e, além disso, um advogado que salvou sua vida, tenente.

Sharpe grunhiu, sabendo que merecera a leve censura.

— O que aconteceu lá atrás quando você me resgatou? — perguntou. — Sei que atirou num dos seus sargentos, mas por que os franceses não ouviram isso?

— Ah! — Vicente franziu a testa, pensando. — Vou ser honesto, tenente, e dizer que o crédito não é totalmente meu. Eu havia atirado no sargento antes de ver o senhor. Ele estava dizendo aos homens para tirar os uniformes e fugir. Alguns obedeceram, e outros não queriam me ouvir, por isso atirei nele. Foi muito triste. E a maioria dos homens estava na taverna perto do rio, perto de onde os franceses fizeram a barricada. — Sharpe não tinha visto a taverna; estivera ocupado demais tentando arrancar seus homens dos dragões para notar. — Foi então que eu o vi chegando. O sargento Macedo — Vicente indicou um homem atarracado e moreno que vinha atrás — queria ficar escondido na taverna, e eu disse aos homens que era hora de lutar por Portugal. A maioria pareceu não ouvir, por isso peguei minha pistola e fui para a rua. Achei que iria morrer, mas também pensei que poderia dar um exemplo.

— Mas seus homens o seguiram?

— Seguiram — respondeu Vicente com ênfase. — E o sargento Macedo lutou com bravura.

— Acho que — disse Sharpe —, apesar de ser uma porcaria de um advogado, você é uma porcaria de um soldado notável.

— Sou? — O jovem português ficou pasmo, mas Sharpe sabia que era necessário um líder natural para tirar homens de uma taverna e fazê-los emboscar um grupo de dragões.

— E todos os seus poetas e filósofos entraram para o exército?

Vicente ficou sem graça.

— Alguns se juntaram aos franceses, infelizmente.

— Aos franceses?

O tenente deu de ombros.

— Há uma crença, senhor, de que o futuro da humanidade está profetizado no pensamento francês. Nas ideias francesas. Em Portugal, somos antiquados, acho, e em reação a isso muitos de nós se inspiram nos filósofos franceses. Esses filósofos rejeitam a Igreja e os costumes antigos. Não gostam da monarquia e desprezam os privilégios não merecidos. Suas ideias são muito empolgantes. O senhor já os leu?

— Não.

— Mas eu amo meu país mais do que amo monsieur Rousseau — disse Vicente com tristeza. — Por isso devo ser soldado antes de poeta.

— Está certo, é melhor escolher algo útil para fazer com sua vida. — Eles atravessaram uma pequena elevação no terreno e Sharpe viu o rio adiante e um pequeno povoado, então conteve Vicente com a mão erguida. — É Barca d'Avintas?

— É — respondeu Vicente.

— Desgraça — disse Sharpe amargamente, porque os franceses já estavam lá.

O rio curvava-se suavemente ao pé de alguns morros tingidos de azul, e entre Sharpe e o rio havia campinas, vinhedos, a aldeia, um riacho correndo até o rio e a porcaria dos franceses desgraçados. Mais dragões. Os cavalarianos de casacos verdes haviam apeado e agora caminhavam pela aldeia como se não tivessem qualquer preocupação no mundo. E Sharpe, agachando-se atrás de alguns arbustos de tojo, sinalizou para que seus homens se abaixassem.

— Sargento! Ordem de escaramuça ao longo da crista. — E deixou Harper organizando os fuzileiros enquanto pegava o telescópio para observar o inimigo.

— O que eu faço? — perguntou Vicente.

— Só espere. — Sharpe focalizou o telescópio, maravilhando-se com a clareza de sua imagem ampliada. Podia ver os buracos das fivelas nos arreios dourados dos cavalos dos dragões que estavam reunidos num pequeno campo a oeste da aldeia. Contou os cavalos: 46, talvez 48. Era difícil dizer porque alguns animais estavam amontoados. Digamos cinquenta homens. Virou o telescópio para a esquerda e viu fumaça subindo atrás da aldeia, talvez da margem do rio. Uma pequena ponte de pedra atravessava a corrente que vinha do norte. Não pôde ver nenhum aldeão. Teriam fugido? Olhou para o oeste, de novo para a estrada que levava ao Porto, e não pôde ver mais franceses, o que sugeria que os dragões eram uma patrulha enviada para perseguir os fugitivos. — Pat!

— Senhor? — Harper aproximou-se e agachou-se ao lado dele.

— Podemos dominar esses desgraçados.

Harper pegou o telescópio de Sharpe emprestado e olhou para o sul durante um bom minuto.

— Quarenta? Cinquenta?

— Mais ou menos. Certifique-se de que nossos rapazes estejam com as armas carregadas. — Sharpe deixou o telescópio com Harper e voltou pela crista até encontrar Vicente. — Chame seus homens aqui. Quero falar com eles. Você vai traduzir. — Sharpe esperou até que os 37 portugueses estivessem reunidos. A maioria parecia desconfortável, sem dúvida perguntando a si mesmos por que estavam sendo comandados por um estrangeiro. — Meu nome é Sharpe — disse aos soldados de casacas azuis. — Tenente Sharpe, e sou soldado há 16 anos. — Esperou Vicente traduzir, depois apontou para o soldado português de aparência mais jovem, um garoto que não podia ter um dia a mais do que 17 anos e poderia muito bem ser três anos mais novo do que isso. — Eu carregava uma espingarda antes de você nascer. E quero dizer que carregava uma espingarda mesmo. Era soldado como vocês. Marchei nas fileiras. — Enquanto traduzia, Vicente lançou um olhar surpreso para Sharpe. O fuzileiro ignorou-o. — Lutei em Flandres, lutei na Índia, lutei na Espanha e lutei em Portugal... e nunca perdi uma luta. Nunca. — Os portugueses tinham acabado de fugir do grande reduto ao norte, diante do Porto, e essa derrota ainda doía; no entanto, ali estava um homem dizendo que era invencível; alguns olharam para a cicatriz no rosto dele e para dureza em seus olhos e acreditaram. — Agora vocês e eu vamos lutar juntos, e isso significa que vamos vencer. Vamos expulsar esses franceses desgraçados de Portugal! — Alguns sorriram diante disso. — Não liguem para o que aconteceu hoje. Não foi culpa de vocês. Vocês eram comandados por um bispo! De que serve uma porcaria de um bispo? Seria o mesmo que ir para a batalha com um advogado. — Vicente lançou um olhar rápido e reprovador para Sharpe antes de traduzir a última frase, mas deve ter feito isso corretamente, porque os homens riram na direção de Sharpe. — Vamos expulsar os desgraçados de volta para a França, e para cada português e britânico que eles matarem, vamos trucidar vinte. — Alguns portugueses bateram com as coronhas das espingardas no chão, aprovando. — Mas antes de lutarmos, é melhor vocês saberem que tenho três regras e que é melhor que todos se acostumem a elas agora. Porque se vocês violarem uma dessas três regras, que Deus me ajude, vou arrebentar vocês. — Vicente pareceu nervoso enquanto traduzia as últimas palavras.

Sharpe esperou, depois levantou um dedo.

— Vocês não vão se embebedar sem minha permissão. — Um segundo dedo. — Não vão roubar de ninguém, a não ser que estejam morrendo de fome. E não conto como roubo tomar coisas do inimigo. — Isso provocou um sorriso. Ele ergueu um terceiro dedo. — E vão lutar como se o próprio diabo estivesse atrás de vocês. É isso! Não vão ficar bêbados, não vão roubar e vão lutar como demônios. Entenderam? — Eles assentiram, depois da tradução.

"E agora — continuou Sharpe —, vocês vão começar a lutar. Vão fazer três fileiras e disparar uma descarga contra alguns cavalarianos franceses. — Ele teria preferido duas fileiras, mas apenas os ingleses lutavam em duas fileiras. Todos os outros exércitos usavam três, e assim, por enquanto, ele também faria isso, ainda que 37 homens em três fileiras oferecesse uma frente muito pequena. — E não vão puxar o gatilho enquanto o tenente Vicente não der a ordem. Podem confiar nele! O seu tenente é um bom soldado! — Vicente ficou ruborizado e talvez tenha feito algumas mudanças modestas na tradução, mas os risos no rosto de seus homens sugeriram que o advogado havia passado a essência das palavras de Sharpe. — Certifiquem-se de que suas espingardas estejam carregadas, mas não engatilhadas. Não quero que o inimigo saiba que estamos aqui porque algum idiota descuidado disparou uma espingarda antes da hora. Agora desfrutem a matança dos desgraçados. — Deixou-os com essa nota sanguinolenta e voltou à crista onde se ajoelhou ao lado de Harper. — Eles estão fazendo alguma coisa? — perguntou, apontando com a cabeça na direção dos dragões.

— Embebedando-se. O senhor fez o discurso para eles, não foi?

— Pareceu um discurso?

— "Não fiquem bêbados, não roubem e lutem como o diabo." O sermão do senhor Sharpe.

Sharpe sorriu, depois pegou o telescópio com o sargento e apontou-o para o povoado, onde uns vinte dragões, com as casacas desabotoadas, espremiam odres de vinho na boca. Outros revistavam as casas pequenas. Uma mulher com um vestido preto rasgado saiu correndo de uma casa, foi agarrada por um cavalariano e arrastada de novo para dentro.

— Achei que os aldeões tinham ido embora.

— Vi umas duas mulheres — respondeu Harper — e sem dúvida há muito mais que não podemos ver. — Ele passou a mão enorme pelo fecho da carabina. — Então, o que vamos fazer com eles?

— Vamos mijar no nariz deles até que decidam acabar conosco, então vamos matá-los. — Sharpe fechou o telescópio e disse a Harper exatamente como planejava derrotar os dragões.

Os vinhedos deram-lhe a oportunidade. As vinhas cresciam em fileiras densas que se estendiam desde o riacho à esquerda até um bosque a oeste e só eram interrompidas por um caminho que dava aos trabalhadores acesso às plantas, as quais, por sua vez, ofereciam uma densa cobertura aos homens de Sharpe, que se arrastaram até as proximidades de Barca d'Avintas. Duas descuidadas sentinelas francesas vigiavam da borda do povoado, mas nenhuma viu nada ameaçador no campo primaveril, e uma delas até mesmo pousou a clavina para encher um pequeno cachimbo com tabaco. Sharpe colocou os homens de Vicente perto do caminho e mandou seus fuzileiros para o oeste, de modo que ficassem mais perto do pátio cercado onde estavam os cavalos dos dragões. Em seguida engatilhou sua clavina, deitou-se de modo a fazer com que o cano se projetasse entre duas nodosas raízes de uma videira e apontou para a sentinela mais próxima.

Disparou, a coronha deu um coice em seu ombro e o som ainda estava ecoando nas paredes da aldeia quando seus fuzileiros começaram a atirar nos cavalos. A primeira descarga derrubou seis ou sete, feriu uma quantidade igual e provocou pânico entre os outros animais. Dois conseguiram arrancar do chão as estacas que os prendiam e pularam a cerca numa tentativa de escapar, mas então giraram de volta para os companheiros, no exato momento em que as carabinas eram recarregadas e disparadas outra vez. Mais cavalos relincharam e caíram. Meia dúzia de fuzileiros estava vigiando a aldeia e todos começaram a atirar contra os primeiros dragões que correram para o cercado. Os infantes de Vicente continuaram escondidos, agachados entre as videiras. Sharpe viu que a sentinela que ele havia acertado estava se arrastando pela rua, deixando uma trilha de sangue, e, enquanto a fumaça desse tiro se esvaía, ele disparou de novo, desta vez contra um oficial que corria para o cercado. Mais dragões, temendo a perda de seus preciosos cavalos, correram para soltar os animais, e as balas de carabinas começaram a matar homens, além de cavalos. Uma égua ferida relinchava de dar pena, e então o oficial comandante dos dragões percebeu que não poderia resgatar os cavalos enquanto não expulsasse os homens que os estavam matando, por isso gritou para seus cavalarianos avançarem para o vinhedo e expulsarem os atacantes.

— Continuem atirando nos cavalos! — gritou Sharpe. Não era um serviço agradável. Os relinchos dos animais feridos rasgavam a alma dos homens, e a visão de um capão tentando se arrastar pelas patas dianteiras era de partir o coração, mas Sharpe manteve seus homens atirando. Os dragões, agora poupados do tiroteio das carabinas, correram para o vinhedo, na crença confiante de que estavam lidando com apenas um punhado de guerrilheiros. Supostamente, os dragões eram uma infantaria montada, e, por isso, portavam clavinas, espingardas de cano curto, com as quais podiam lutar a pé, e alguns carregavam as clavinas enquanto outros preferiam atacar com seus sabres longos e retos, mas todos corriam instintivamente para a trilha que subia por entre as videiras. Sharpe havia adivinhado que eles seguiriam a trilha em vez de subir pelo emaranhado de plantas, de modo que havia posto Vicente e seus homens perto do caminho. Os dragões estavam se juntando enquanto entravam no vinhedo, e Sharpe sentiu uma ânsia de correr até os portugueses e assumir seu comando, mas nesse momento Vicente ordenou que seus homens se levantassem.

Os soldados portugueses apareceram como que por magia diante dos dragões desorganizados. Sharpe ficou olhando, com aprovação, enquanto Vicente deixava seus homens se acomodarem, depois ordenava que disparassem. Os franceses haviam tentado conter sua investida desesperada e virar para o lado, mas as videiras os obstruíram e a saraivada de Vicente acertou a confusão de cavalarianos amontoados na trilha estreita. Harper, no flanco direito, mandou os fuzileiros atirarem também, de modo que os dragões foram atacados pelos dois lados. A fumaça de pólvora pairava sobre as videiras.

— Calar baionetas! — gritou Sharpe. Havia uma dúzia de dragões mortos e os de trás já estavam fugindo. Eles haviam sido persuadidos de que lutavam contra alguns camponeses indisciplinados, mas em vez disso estavam em menor número diante de soldados de verdade, e o centro de sua linha improvisada fora destruído, metade de seus cavalos estava morta e agora a infantaria saía da fumaça com baionetas caladas. Os portugueses passaram por cima dos dragões mortos e feridos. Um dos franceses, que levara um tiro na coxa, rolou com uma pistola na mão, e Vicente mandou-a para longe com sua espada, depois chutou a arma para dentro do riacho. Os dragões que não estavam feridos corriam para os cavalos, e Sharpe ordenou que seus fuzileiros os espantassem usando balas em vez de lâminas.

— Só façam com que continuem correndo! — gritou. — Deixem-nos em pânico! Tenente! — E procurou Vicente. — Leve seus homens para a aldeia! Cooper! Tongue! Slattery! Mantenham esses desgraçados em segurança! — Ele sabia que precisava manter os franceses da frente correndo, mas não ousava deixar nenhum dragão com ferimento leve na retaguarda, por isso

A DEVASTAÇÃO DE SHARPE

ordenou que os três fuzileiros desarmassem os cavalarianos feridos pelas balas de Vicente. Os portugueses agora estavam no povoado, abrindo as portas com violência e convergindo para uma igreja perto da ponte que atravessava o riacho.

Sharpe correu para o campo onde os cavalos estavam mortos, morrendo ou aterrorizados. Alguns dragões haviam tentado desamarrar suas montarias, mas os tiros de carabina os haviam espantado. Portanto, Sharpe agora possuía uns vinte cavalos.

— Dan! — gritou para Hagman. — Acabe com o sofrimento dos feridos. Pendleton! Harris! Cresacre! Lá! — Indicou o muro do lado oeste do cercado para os três homens. Os dragões haviam fugido para lá, e Sharpe achava que eles haviam se refugiado entre algumas árvores que cresciam densas a apenas uns cem passos dali. Três sentinelas não bastariam para suportar sequer um ataque precário dos franceses, por isso Sharpe sabia que teria de reforçar esse grupo logo, mas primeiro queria garantir que não houvesse dragões escondidos nas casas, nos jardins nem nos pomares da aldeia.

Barca d'Avintas era um lugar pequeno, um amontoado de casas construídas junto à estrada que ia até o rio, onde um pequeno cais deveria ter acomodado a balsa, mas parte da fumaça que Sharpe havia visto anteriormente vinha de uma embarcação parecida com uma barca, de casco rombudo e uma dúzia de forquetas. Agora ela estava fumegando no rio, sua parte superior queimada até quase a linha d'água e a parte inferior do casco furada e meio afundada. Sharpe olhou para a embarcação inútil e para o outro lado do rio, que tinha mais de cem metros de largura, e então xingou.

Harper apareceu ao seu lado, a carabina no ombro.

— Meu Deus — disse ele, olhando para a balsa —, não serve de grande coisa para gente nem para animal, não é?

— Alguns dos rapazes se feriu?

— Nenhum, senhor, nem sequer um arranhão. O mesmo com os portugueses. Eles se saíram bem, não foi? — Em seguida olhou de novo para a embarcação queimada. — Meu Deus, aquela era a balsa?

— Era a porcaria da arca de Noé — respondeu Sharpe, rispidamente. — Que bosta você acha que era? — Ele estava com raiva porque havia tido esperança de usar a balsa para levar todos os seus homens em segurança até o outro lado do Douro, mas agora parecia que estava preso ali. Foi andando irritado, depois se virou bem a tempo de ver Harper fazendo cara feia para ele. — Encontrou as tavernas? — perguntou, ignorando a careta.

— Ainda não, senhor — respondeu Harper.

— Então encontre, ponha um guarda nelas e depois mande mais doze homens para o outro lado do cercado.

— Sim, senhor!

Os franceses haviam provocado mais incêndios entre os barracões na margem do rio, e agora Sharpe se abaixou sob a fumaça densa para chutar algumas portas meio incendiadas. Havia uma pilha de redes alcatroadas queimando num dos barracões, mas no outro havia um esquife pintado de preto com uma bela proa em ponta, curva como um gancho. O barracão fora incendiado, mas as chamas não haviam alcançado o esquife, e Sharpe conseguiu arrastá-lo até a metade do caminho para passá-lo pela porta, quando Vicente chegou e o ajudou a puxar o barco para longe da fumaça. Os outros barracões estavam queimando demais, mas pelo menos aquele barco estava salvo, e Sharpe achou que ele poderia levar pelo menos uma dúzia de homens em segurança, o que significava que demoraria o resto do dia para transportar todo mundo até o outro lado do rio. Sharpe já ia pedir a Vicente para procurar remos, quando viu que o rosto do rapaz estava branco e abalado, quase como se o tenente estivesse à beira das lágrimas.

— O que foi? — perguntou.

Vicente não respondeu, apenas apontou para a aldeia.

— Os franceses estavam brincando com as mulheres, é? — perguntou Sharpe, indo em direção às casas.

— Eu não chamaria isso de brincadeira — respondeu Vicente com amargura. — E além disso há um prisioneiro.

— Só um?

— Há dois outros — disse Vicente, franzindo o cenho. — Mas este é tenente. Estava sem calças, motivo pelo qual foi lento para correr.

Sharpe não perguntou por que o dragão capturado estava sem calças. Sabia o motivo.

— O que vocês fizeram com ele?

— Ele deve ir a julgamento.

Sharpe parou e olhou para o tenente.

— Deve o quê? — perguntou, atônito. — Ir a julgamento?

— Claro.

— No meu país — disse Sharpe —, enforcam os homens por estupro.

— Não sem julgamento — protestou Vicente, e Sharpe achou que os soldados portugueses haviam querido matar o prisioneiro imediatamente e que Vicente os impedira com alguma ideia elevada de que era necessário um julgamento.

— Inferno — disse Sharpe. — Agora você é um soldado, não um advogado. Não se dá julgamento a eles. A gente arranca o coração deles.

A maior parte dos habitantes de Barca d'Avintas havia fugido dos dragões, mas alguns tinham ficado e agora a maioria deles se apinhava ao redor de uma casa vigiada por meia dúzia dos homens de Vicente. Um dragão morto, sem camisa, sem casaca, botas e sem calças, estava caído de rosto para o chão diante da igreja. Devia estar encostado na parede da igreja quando levou o tiro, porque tinha deixado uma mancha de sangue escorrendo pelas pedras caiadas. Um cão farejou seus dedos dos pés. Os soldados e aldeões abriram caminho para que Sharpe e Vicente entrassem na casa onde o jovem oficial dos dragões, de cabelos claros, magro e carrancudo, estava sendo vigiado pelo sargento Macedo e outro soldado português. O tenente conseguira vestir a calça, mas não tivera tempo para abotoá-la, de modo que agora a estava segurando pelo cós. Assim que viu Sharpe, começou a arengar em francês.

— Você fala francês? — perguntou Sharpe a Vicente.

— Claro — respondeu Vicente.

Mas, refletiu Sharpe, Vicente queria dar um julgamento àquele francês louro, e Sharpe suspeitou de que, se Vicente o interrogasse, ele não ficaria sabendo a verdade verdadeira, ouviria apenas as desculpas. Assim Sharpe foi até a porta da casa.

— Harper! — Esperou até que o sargento aparecesse. — Traga o Tongue ou o Harris — ordenou.

— Eu falarei com o homem — protestou Vicente.

— Preciso que você fale com outra pessoa — disse Sharpe, encaminhando-se para o aposento dos fundos, onde uma garota que não podia ter mais de 14 anos estava chorando de desespero. Seu rosto estava vermelho, os olhos estavam inchados, e a respiração saía em espasmos interrompidos por gemidos de arrepiar e gritos desesperados. Ela estava enrolada num cobertor e tinha um hematoma na bochecha esquerda. Uma mulher mais velha, totalmente vestida de preto, tentava consolar a garota, que começou a gritar ainda mais alto quando viu Sharpe, o que o fez recuar e sair do quarto, embaraçado. — Descubra com ela o que aconteceu — disse a Vicente, em seguida se virou enquanto Harris entrava. Harris e Tongue eram os dois homens bem-educados de Sharpe; Tongue fora condenado ao exército pela bebida, enquanto o ruivo e sempre animado Harris afirmava ser um voluntário que queria aventura. Agora estava conseguindo bastante, refletiu Sharpe. — Esse merda foi apanhado com as calças nos tornozelos e uma garota embaixo dele. Descubra qual é a desculpa que ele vai dar antes de matarmos o desgraçado.

Ele voltou à rua e tomou um gole comprido de seu cantil. A água estava quente e salobra. Harper esperava junto a um cocho de cavalos no centro da rua e Sharpe juntou-se a ele.

— Tudo bem?

— Tem mais dois sapos ali. — Harper balançou o polegar na direção da igreja, atrás. — Vivos, quero dizer. — A porta da igreja estava guardada por quatro homens de Vicente.

— O que eles estão fazendo lá? — perguntou Sharpe. — Rezando?

O irlandês alto deu de ombros.

— Procurando abrigo, acho.

A Devastação de Sharpe

— Não podemos levar os desgraçados. Então, por que simplesmente não atiramos neles?

— Porque o senhor Vicente disse que não deveríamos — respondeu Harper. — Ele é muito escrupuloso com relação aos prisioneiros. É advogado, não é?

— Parece decente demais para ser advogado — admitiu Sharpe de má vontade.

— Os melhores advogados estão sete palmos abaixo do chão — disse Harper. — E este não me deixa atirar naqueles dois filhos da mãe. Diz que não passam de bêbados, o que é verdade. Estão com a cara completamente cheia.

— Não podemos cuidar de prisioneiros. — Sharpe enxugou o suor da testa, depois recolocou a barretina. A viseira havia se soltado da parte de cima, mas não havia nada que ele pudesse fazer. — Chame o Tongue e veja se ele pode descobrir o que esses dois estavam aprontando. Se só estiverem bêbados com vinho da comunhão, leve-os para o oeste, tire qualquer coisa de valor que tenham e dê um pontapé no traseiro deles para que voltem na direção de onde vieram. Mas se estupraram alguém...

— Sei o que fazer, senhor — respondeu Harper, num tom implacável.

— Então faça — disse Sharpe. Ele assentiu para Harper, depois passou pela igreja e foi até onde o riacho se juntava ao rio. A pequena ponte de pedra levava a estrada para o leste através de um vinhedo, passando por um cemitério murado e depois serpenteando através de pastagens ao lado do Douro. Era tudo terreno aberto, e se mais franceses viessem e ele precisasse bater em retirada da aldeia, não ousaria usar aquela estrada e esperava em Deus que tivesse tempo de levar seus homens para o outro lado do Douro. E esse pensamento o fez retornar à rua para procurar remos. Ou, quem sabe, poderia encontrar uma corda. Se a corda fosse longa o suficiente, ele poderia prender um cabo atravessando o rio e puxar o bote para um lado e para o outro, o que certamente seria mais rápido que remar.

Sharpe estava se perguntando se haveria na igrejinha cordas de sino que pudessem ser tão longas, quando Harris saiu da casa e disse que o nome do prisioneiro era tenente Olivier, que era do 18º Regimento de Dragões e que, apesar de ter sido apanhado com as calças nos tornozelos, o tenente negara ter estuprado a garota.

— Ele disse que os oficiais franceses não se comportam assim, mas o tenente Vicente disse que a garota jurou que ele fez isso.

— Então ele fez ou não fez?

— Claro que fez, senhor. Ele admitiu isso depois que lhe dei umas pancadas — disse Harry todo feliz. — Mas insiste em dizer que ela queria. Diz que queria reconfortá-la depois de ter sido estuprada por um sargento.

— Queria reconfortá-la! — disse Sharpe com desprezo. — Ele foi somente o segundo da fila, não foi?

— O quinto — respondeu Harris em tom chapado. — Pelo menos é o que a garota diz.

— Meu Deus — praguejou Sharpe. — Por que não dou uma surra no desgraçado, depois vamos enforcá-lo? — E voltou à casa onde os civis gritavam com o francês, que os olhava com um desdém que seria admirável no campo de batalha. Vicente estava protegendo o dragão e agora pediu a Sharpe que o ajudasse a escoltar o tenente Oliver até a segurança.

— Ele deve ser julgado — insistiu Vicente.

— Ele acabou de ser julgado — respondeu Sharpe. — E eu o considerei culpado. Portanto, agora vou lhe dar uma surra e enforcá-lo.

Vicente ficou nervoso, mas não recuou.

— Não podemos nos rebaixar ao nível de barbárie deles.

— Eu não a estuprei — disse Sharpe —, portanto não me coloque junto com eles.

— Nós lutamos por um mundo melhor — declarou Vicente.

Por um segundo Sharpe simplesmente olhou para o jovem oficial português, mal acreditando no que tinha ouvido.

— O que acontecerá se o deixarmos aqui, hein?

— Não podemos! — disse Vicente, sabendo que os aldeões teriam uma vingança muito pior do que qualquer coisa proposta por Sharpe.

— E eu não posso levar prisioneiros! — insistiu Sharpe.

A DEVASTAÇÃO DE SHARPE

— Não podemos matá-lo. — Vicente estava ficando vermelho de indignação enquanto confrontava Sharpe e não queria recuar. — E não podemos deixá-lo aqui. Seria assassinato.

— Ah, pelo amor de Deus — disse Sharpe, exasperado. O tenente Olivier não falava inglês, mas parecia entender que seu destino estava na balança, e olhava para Sharpe e Vicente como um gavião. — E quem será o juiz e o júri? — perguntou Sharpe, mas Vicente não teve a oportunidade de responder, pois neste exato momento uma carabina disparou na borda oeste da aldeia, depois outro, e em seguida houve uma saraivada de disparos.

Os franceses haviam retornado.

O coronel James Christopher gostou de vestir o uniforme hussardo. Decidiu que ele lhe caía bem e passou muito tempo se admirando no espelho do maior quarto da fazenda, virando-se para a esquerda e para a direita e se maravilhando com o sentimento de poder que o uniforme lhe transmitia. Deduziu que isso vinha das longas botas com borlas, da gola alta e rígida, que forçava o homem a ficar empertigado com a cabeça para trás, e do corte do casaco, tão justo que Christopher, que era esguio e estava em boa forma, ainda precisou encolher a barriga para prender os ganchos da frente, que tinham acabamento prateado. O uniforme fazia com que se sentisse encapsulado em autoridade, e a elegância da roupa ficava ainda maior por causa da peliça com borda de pele, pendurada no ombro esquerdo, e da bainha do sabre com corrente de prata, que tilintava enquanto ele descia e andava de um lado para o outro no terraço onde esperava o convidado. Pôs uma lasca de madeira na boca, remexendo-a obsessivamente entre os dentes enquanto olhava para a distante mancha de fumaça que aparecia onde os prédios ardiam na cidade capturada. Um punhado de fugitivos havia parado na fazenda para pedir comida. Luís havia falado com eles e depois dissera a Christopher que centenas, se é que não milhares, haviam se afogado quando a ponte flutuante se partira. Os refugiados diziam que os franceses haviam destroçado a ponte com disparos de canhão, e Luís, com o ódio contra o inimigo alimentado pelo boato falso, olhara para o patrão com ar carrancudo até que finalmente Christopher perdera a paciência.

— É só um uniforme, Luís! Não é sinal de que mudei de lado!

— Um uniforme francês — reclamara Luís.

— Você quer que Portugal se livre dos franceses? — perguntara Christopher, rispidamente. — Então se comporte com respeito e esqueça este uniforme.

Agora Christopher andava de um lado para o outro no terraço, palitando os dentes e olhando constantemente para a estrada que atravessava o morro. O relógio na elegante sala da fazenda marcou três horas e, nem bem o último toque terminou, uma grande coluna de cavalaria apareceu na crista distante. Eram dragões e vinham em grande número, para garantir que nem os guerrilheiros nem os soldados portugueses causassem problema ao oficial que vinha se encontrar com Christopher.

Os dragões, todos do 18º Regimento, entraram nos campos abaixo da casa de fazenda, onde um riacho oferecia água para os animais. Os casacos verdes com frente cor-de-rosa dos cavalarianos estavam brancos de poeira. Alguns, ao ver Christopher em seu uniforme de hussardo francês, prestaram continência rapidamente, mas a maioria o ignorou e simplesmente guiou os cavalos para o riacho, enquanto o inglês se virava para receber o visitante.

Seu nome era Argenton, capitão e ajudante do 18º de Dragões, e por seu sorriso estava claro que conhecia Christopher e gostava dele.

— O uniforme cai bem em você — disse Argenton.

— Encontrei-o no Porto. Pertencia a um pobre coitado que foi feito prisioneiro e morreu de febre, e um alfaiate ajustou-o para mim.

— Ele trabalhou bem — disse Argenton com admiração. — Agora você só precisa das *cadenettes*.

— *Cadenettes*?

— Os cachos — explicou Argenton, tocando as têmporas, onde os hussardos franceses deixavam crescer o cabelo para se destacar como cavalarianos de elite. — Alguns homens ficam carecas e mandam que os peruqueiros prendam *cadenettes* falsas às barretinas.

— Não sei bem se quero deixar crescer cachos — disse Christopher, achando divertido —, mas talvez possa encontrar alguma jovem com cabelos pretos e cortar um par de mechas, hein?

— Boa ideia. — Argenton ficou olhando com ar aprovador enquanto sua escolta estabelecia os sentinelas, depois sorriu agradecendo quando Luís, com uma aparência muito carrancuda, trouxe para ele e Christopher taças de vinho verde, o vinho branco dourado do vale do Douro. Argenton bebericou cautelosamente e ficou surpreso com a qualidade. Era um homem magro, de rosto franco e aberto e cabelos ruivos úmidos de suor e marcados no lugar onde o elmo estivera. Sorria com facilidade, reflexo de sua natureza confiante. Christopher desprezava o francês, mas sabia que ele seria útil.

Argenton terminou de beber o vinho.

— Ouviu falar dos afogamentos no Porto? — perguntou.

— Meus serviçais disseram que vocês quebraram a ponte.

— E diriam mesmo — observou Argenton, lamentando. — A ponte desmoronou sob o peso dos refugiados. Foi um acidente. Um acidente lamentável, mas se as pessoas tivessem ficado em casa e dado as boas-vindas aos meus homens, não teria havido pânico na ponte. Todos estariam vivos agora. Nós estamos levando a culpa, mas o fato não teve nada a ver conosco. A ponte não era forte o bastante, e quem a construiu? Os portugueses.

— Um acidente lamentável, como você diz, mas mesmo assim devo lhe dar os parabéns pela rápida captura do Porto — disse Christopher. — Foi um feito notável.

— Teria sido ainda mais notável se a oposição tivesse soldados melhores.

— Imagino que suas perdas não tenham sido extravagantes, não é?

— Um punhado — disse Argenton, sem dar importância —, mas metade de nosso regimento foi mandado para o leste e perdeu uma boa quantidade de homens numa emboscada perto do rio. Uma emboscada

— ele olhou para Christopher acusadoramente — da qual participaram alguns fuzileiros britânicos. Eu não pensei que houvesse soldados ingleses no Porto.

— Não deveria haver. Eu ordenei que fossem para o sul do rio.

— Então eles desobedeceram.

— Nenhum fuzileiro morreu? — perguntou Christopher, com uma leve esperança de que Argenton tivesse notícias da morte de Sharpe.

— Eu não estava lá. Estou estacionado no Porto onde encontro alojamentos, procuro provisões e faço mandados de guerra.

— Tarefas que, tenho certeza, você desempenha admiravelmente — disse Christopher em tom melífluo, depois levou o convidado para dentro da casa, onde Argenton admirou os ladrilhos na lareira da sala de jantar e o lustre simples de ferro que pendia acima da mesa. A refeição propriamente dita era bastante comum: galinha, feijão, pão, queijo e um bom vinho tinto do campo, mas o capitão Argenton fez elogios. — Estamos com escassez de provisões — explicou —, mas isso deve mudar agora. Encontramos bastante comida no Porto e um armazém cheio até os caibros com boa pólvora e balas inglesas.

— Vocês estavam com escassez disso também?

— Temos o suficiente, mas a pólvora inglesa é melhor do que a nossa. Não temos fonte de salitre, a não ser o que raspamos das paredes das fossas sépticas.

Christopher fez uma careta diante desse pensamento. O melhor salitre, um elemento essencial para a pólvora, vinha da Índia, e ele jamais havia considerado que houvesse escassez na França.

— Presumo que a pólvora foi um presente dos ingleses aos portugueses — disse ele.

— Que agora a deram a nós, para deleite do marechal Soult — disse Argenton.

— Então talvez seja hora de tornarmos o marechal infeliz — sugeriu Christopher.

— De fato — respondeu Argenton —, de fato. — Em seguida ficou quieto, pois haviam chegado ao objetivo da reunião.

A DEVASTAÇÃO DE SHARPE

Era um objetivo estranho, mas empolgante. Os dois homens estavam tramando um motim. Ou uma rebelião. Ou um golpe contra o exército do marechal Soult. Mas como quer que fosse descrita, era uma trama que poderia acabar com a guerra.

Havia, como explicava Argenton agora, uma grande insatisfação no exército do marechal Soult. Christopher ouvira tudo isso antes, contado pelo convidado, mas não interrompeu enquanto Argenton repassava os argumentos que justificariam sua deslealdade. Ele descreveu como alguns oficiais, todos católicos devotos, estavam mortalmente ofendidos pelo comportamento de seu exército na Espanha e em Portugal. Igrejas tinham sido profanadas, freiras haviam sido estupradas.

— Até mesmo os santos sacramentos têm sido profanados — disse Argenton com horror.

— Mal posso acreditar.

Outros oficiais, uns poucos, simplesmente se opunham a Bonaparte. Argenton era um monarquista católico, mas estava disposto a se juntar numa causa comum com os homens que ainda mantinham simpatias com os jacobinos e acreditavam que Bonaparte havia traído a revolução.

— Eles não são dignos de confiança, claro — disse Argenton —, principalmente a longo prazo, mas vão se juntar a nós para resistir à tirania de Bonaparte.

— Rezo para que sim — concordou Christopher. Havia muito o governo britânico sabia da existência de uma liga oculta de oficiais franceses que se opunham a Bonaparte. Eles se autodenominavam Philadelphes, e Londres já mandara agentes em busca de sua esquiva irmandade, mas finalmente concluíra que eram muito poucos, que seus ideais eram demasiadamente vagos e que aqueles que os apoiavam eram muito divididos ideologicamente para que os *Philadelphes* pudessem ter sucesso.

Mas aqui, no distante norte de Portugal, os vários opositores de Bonaparte haviam encontrado uma causa comum. Christopher ficara sabendo dessa causa pela primeira vez ao conversar com um oficial francês que havia sido feito prisioneiro na fronteira norte de Portugal e que morara em Braga, onde, depois de receber a liberdade condicional, sua única restrição era permanecer dentro dos alojamentos, para sua própria proteção. Christopher havia bebido com o oficial infeliz e ouvira uma história de inquietação francesa que brotava da ambição absurda de um homem.

Nicolas Jean de Dieu Soult, duque da Dalmácia, marechal da França e comandante do exército que agora estava invadindo Portugal, vira outros homens que serviam ao imperador se tornarem príncipes, até mesmo reis, e achava que seu ducado era uma pobre recompensa por uma carreira que suplantava a de quase todos os outros marechais do imperador. Soult fora soldado durante 24 anos, general por 15 e era marechal havia cinco. Em Austerlitz, a maior de todas as vitórias do imperador até então, o marechal Soult havia se coberto de glória, lutando muito mais do que o marechal Bernadotte, que, mesmo assim, agora era príncipe de Ponte Corvo. Jérôme Bonaparte, o irmão mais novo do imperador, era um perdulário preguiçoso e extravagante; no entanto, era rei da Westfália, ao passo que o marechal Murat, um fanfarrão irascível, era rei de Nápoles. Louis Napoleão, outro irmão do imperador, era rei da Holanda, e todos esses homens eram nulidades, ao passo que Soult, que conhecia seu grande valor, não passava de duque, e isso não bastava.

Mas agora o antigo trono de Portugal estava vago. Temendo a invasão francesa, a família real fugira para o Brasil, e Soult queria ocupar a cadeira vazia. A princípio o coronel Christopher não havia acreditado na história, mas o prisioneiro jurara que era verdade, e Christopher havia falado com alguns outros dos poucos prisioneiros capturados em escaramuças na fronteira norte, e todos afirmaram ter ouvido praticamente a mesma história. Diziam que não era segredo que Soult tinha pretensões reais, mas os oficiais libertos sob condicional também contaram a Christopher que as ambições do marechal haviam azedado muitos de seus próprios oficiais, que não gostavam da ideia de ter de lutar e sofrer tão longe de casa apenas para colocar Nicolas Soult numa cadeira vazia. Havia conversas sobre motins, e Christopher estava se perguntando como poderia descobrir se aquelas conversas eram sérias, quando o capitão Argenton o abordou.

Com grande ousadia, Argenton estivera viajando pelo norte de Portugal, usando roupas civis e afirmando ser um mercador de vinho do Alto Canadá. Se fosse apanhado, seria fuzilado como espião, já que não estava explorando o território adiante para os exércitos franceses, mas sim tentando descobrir aristocratas portugueses dóceis que encorajariam as ambições de Soult, porque se o marechal fosse se declarar rei de Portugal ou, mais modestamente, rei da Lusitânia do Norte, primeiro teria de ser persuadido da existência de homens influentes em Portugal que apoiariam essa usurpação do trono vago. Argenton estivera conversando com esses homens, e Christopher, para sua surpresa, descobriu que havia muitos aristocratas, religiosos e eruditos no norte de Portugal que odiavam sua monarquia e acreditavam que um rei estrangeiro, vindo da esclarecida França, seria benéfico para seu país. Assim, estavam sendo coletadas cartas que encorajariam Soult a se declarar rei.

E Argenton havia prometido a Christopher que, quando isso acontecesse, o exército iria se amotinar. A guerra precisava acabar, disse Argenton; caso contrário, como um grande incêndio, consumiria toda a Europa. Aquilo era uma loucura, disse ele, uma loucura do imperador, que parecia disposto a conquistar o mundo inteiro.

— Ele acredita que é Alexandre, o Grande — disse o francês em tom carrancudo —, e se não parar, não restará nada da França. Contra quem iremos lutar? Contra todos? Áustria? Prússia? Inglaterra? Espanha? Portugal? Rússia?

— Jamais a Rússia — disse Christopher. — Nem Bonaparte é tão louco.

— Ele é louco — insistiu Argenton. — E devemos livrar a França desse homem.

E ele acreditava que o início do processo seria o motim que certamente irromperia quando Soult se declarasse rei.

— Seu exército está infeliz — admitiu Christopher —, mas será que vai acompanhá-lo no motim?

— Não sou eu que vou liderar, mas há homens que farão isso. E esses homens querem levar o exército de volta à França, e isso, garanto, é o que a maioria dos soldados quer. Eles irão atrás.

— Quem são esses líderes? — perguntou Christopher, prontamente.

Argenton hesitou. Qualquer motim era um negócio perigoso, e se a identidade dos líderes fosse conhecida, poderia haver uma orgia de pelotões de fuzilamento.

Christopher viu sua hesitação.

— Se vamos persuadir as autoridades inglesas de que vale apoiar seus planos — disse ele —, devemos lhes dar nomes. Devemos. E você deve confiar em nós, meu amigo. — Christopher pôs a mão no coração. — Juro pela minha honra que jamais trairei esses nomes. Jamais!

Tranquilizado, Argenton citou os homens que liderariam a revolta contra Soult. Havia o coronel Lafitte, o oficial comandante de seu regimento, e o irmão do coronel, e eles eram apoiados pelo coronel Donadieu, do 47º Regimento da Linha.

— Eles são respeitados — disse Argenton, sério —, e os homens vão segui-los. — Em seguida, deu mais nomes, que Christopher anotou no caderno, mas observou que nenhum amotinado estava acima do posto de coronel.

— Lista impressionante — mentiu Christopher, depois sorriu. — Agora me dê outro nome. Diga-me quem, em seu exército, seria seu opositor mais perigoso.

— Nosso opositor mais perigoso? — Argenton ficou perplexo com a pergunta.

— Além do marechal Soult, claro — continuou Christopher. — Quero saber quem devemos vigiar. Quem, talvez, possamos querer... como direi? Deixar em segurança.

— Ah. — Agora Argenton entendeu e pensou por pouco tempo. — Provavelmente o general de brigada Vuillard — informou.

— Não ouvi falar dele.

— É bonapartista de fio a pavio — disse Argenton com desaprovação.

— Poderia soletrar o nome dele, por favor? — pediu Christopher, depois anotou: general de brigada Henri Vuillard. — Presumo que ele não saiba nada sobre o plano de vocês, não é?

— Claro que não! Mas é um plano que não pode dar certo sem o apoio britânico, coronel. O general Cradock é simpático à causa, não?

— Cradock é simpático — disse Christopher, cheio de confiança. Ele havia informado o general inglês sobre suas conversas anteriores, e este vira no motim proposto uma alternativa à luta contra os franceses, de modo que havia encorajado Christopher a prosseguir. — Mas infelizmente — continuou Christopher — corre um boato de que ele será substituído em breve.

— E quem é o novo?

— Wellesley — disse Christopher em tom insípido. — Sir Arthur Wellesley.

— É um bom general?

Christopher deu de ombros.

— Tem boas conexões. É o filho mais novo de um conde. Cursou Eton, claro. Não foi considerado inteligente o bastante para nada, a não ser para o exército, mas a maioria das pessoas acha que ele se saiu bem em Lisboa no ano passado.

— Contra Laborde e Junot! — disse Argenton com desprezo.

— E antes disso teve alguns sucessos na Índia — acrescentou Christopher num alerta.

— Ah, na Índia! — disse Argenton, sorrindo. — As reputações obtidas na Índia raramente suportam uma descarga de armas na Europa. Mas será que esse tal de Wellesley vai querer lutar contra Soult?

Christopher pensou na pergunta.

— Acho que ele preferiria não perder — disse por fim. — Acho que se ele conhecer a força dos sentimentos de vocês, vai cooperar. — Nem de longe Christopher tinha tanta certeza quanto aparentava; na verdade, ouvira dizer que o general Wellesley era um homem frio, que talvez não visse com gentileza uma aventura que dependia de tantas suposições para ter sucesso, mas Christopher tinha outras coisas a considerar nesse emaranhado. Duvidava que o motim pudesse ter sucesso e não se importava muito com o que Cradock ou Wellesley pensavam, mas sabia que seu conhecimento sobre a trama poderia ser usado com grande vantagem e, pelo menos por enquanto, era importante que Argenton o visse como aliado. — Diga-me exatamente o que quer de nós — pediu ao francês.

— A influência da Inglaterra — declarou Argenton. — Queremos que a Inglaterra convença os líderes portugueses a aceitar Soult como seu rei.

— Achei que vocês já haviam encontrado apoio suficiente.

— Encontrei apoio — confirmou Argenton —, mas a maioria não vai se declarar, por medo da vingança do populacho. Mas se a Inglaterra os encorajar, eles vão arranjar coragem. Eles nem precisam tornar público seu apoio; basta que escrevam cartas a Soult. E há os intelectuais — o risinho de Argenton ao dizer a última palavra seria capaz de azedar leite — cuja maioria apoiará qualquer um que não seja seu próprio governo, mas de novo eles precisam de encorajamento antes de arranjar coragem para expressar seu apoio ao marechal Soult.

— Tenho certeza de que ficaremos felizes em oferecer o encorajamento — disse Christopher. Mas não tinha absolutamente certeza nenhuma.

— E precisamos de uma garantia — afirmou Argenton — de que, se liderarmos uma rebelião, os ingleses não vão se aproveitar da situação atacando-nos. Vou querer a palavra do seu general com relação a isso.

Christopher assentiu.

— E acho que ele dará, mas antes de se comprometer com esse tipo de promessa, vai querer avaliar por si mesmo a probabilidade de seu sucesso, e isso, amigo, significa que quererá ouvir diretamente de sua boca. — Christopher destampou uma jarra de vinho e parou antes de servir. — E acho que você precisa ouvir as garantias pessoais dele. Acho que você deve viajar ao sul para vê-lo.

Argenton pareceu bastante surpreso com a sugestão, mas pensou por um momento e depois assentiu.

— Você pode me dar um passe para cruzar as linhas inglesas em segurança?

— Farei melhor, amigo. Irei com você, desde que me forneça um passe para as linhas francesas.

— Então, vamos! — disse Argenton, abruptamente. — Meu coronel me dará permissão assim que entender o que estamos fazendo. Mas quando? Logo, acho, não é? Amanhã?

— Depois de amanhã — respondeu Christopher com firmeza. — Amanhã tenho um compromisso que não posso evitar, mas você vai se juntar a mim na Vila Real de Zedes amanhã à tarde, e poderemos viajar no dia seguinte. Está bem assim?

Argenton assentiu.

— Você terá de me dizer como chegar a Vila Real de Zedes.

— Vou lhe dar as orientações — disse Christopher, erguendo sua taça — e beberei ao sucesso de nossos empreendimentos.

— Amém — disse Argenton, levantando sua taça para o brinde.

E o coronel Christopher sorriu, porque estava reescrevendo as regras.

CAPÍTULO III

Sharpe atravessou correndo o cercado onde os cavalos mortos estavam caídos com moscas se arrastando nas narinas e nos globos oculares, tropeçou numa estaca de metal e, enquanto cambaleava para a frente, uma bala de clavina passou por ele, o som sugerindo que estava quase sem força, mas mesmo uma bala sem força no lugar errado podia matar um homem. Seus fuzileiros estavam disparando do lado oposto do campo, com a fumaça das carabinas Baker adensando-se ao longo do muro. Sharpe abaixou-se ao lado de Hagman.

— O que está acontecendo, Dan?

— Os dragões voltaram, senhor — disse Hagman, laconicamente —, e também há um pouco de infantaria.

— Tem certeza?

— Até agora acertei um desgraçado azul e dois verdes.

Sharpe enxugou o suor do rosto, depois se arrastou alguns passos ao longo do muro até um lugar onde a fumaça de pólvora não era tão densa. Os dragões haviam apeado e estavam atirando da borda de um bosque a cerca de cem passos dali. Muito longe para suas clavinas, pensou Sharpe, mas então viu alguns uniformes azuis onde a estrada passava entre as árvores e percebeu que a infantaria estava se formando para um ataque. Havia um estalo estranho vindo de algum lugar próximo e ele não conseguiu situá-lo, mas aquilo pareceu não apresentar ameaça e ele o ignorou.

— Pendleton!

— Senhor?

— Ache o tenente Vicente. Ele está no povoado. Diga-lhe para levar seus homens para o caminho do norte agora. — Sharpe apontou para a trilha que passava pelos vinhedos, a mesma por onde eles haviam entrado em Barca d'Avintas e onde os dragões mortos na primeira luta ainda estavam caídos. — E, Pendleton, diga-lhe para se apressar. Mas seja educado.

Pendleton, um batedor de carteiras de Bristol, era o mais jovem dos homens de Sharpe e agora ficou perplexo.

— Educado, senhor?

— Chame-o de senhor, seu desgraçado, e preste continência, mas depressa!

Desgraça, pensou Sharpe, mas hoje não haveria fuga pelo rio Douro, nada de ir para lá e para cá no barquinho e nada de marchar de volta para o capitão Hogan e o exército. Em vez disso, teriam de partir para o norte — e depressa.

— Sargento! — Olhou para a esquerda e para a direita procurando Patrick Harper através dos retalhos de fumaça de carabina ao longo do muro. — Harper!

— Estou com o senhor. — Harper veio correndo de trás. — Estava cuidando daqueles dois sapos na igreja.

— No momento em que os portugueses chegarem ao vinhedo, vamos sair daqui. Algum dos nossos homens ficou no povoado?

— Harris está lá, senhor, e Pendleton, claro.

— Mande alguém para garantir que os dois saiam. — Sharpe apontou a carabina por cima do muro e mandou uma bala girando na direção dos infantes que iam se formando na estrada entre as árvores. — E, Pat, o que você fez com aqueles dois sapos?

— Eles tinham roubado a caixa de esmolas, por isso mandei os dois para o inferno. — E bateu em seu sabre-baioneta embainhado.

Sharpe riu.

— E se tiver chance, Pat, faça o mesmo com aquele desgraçado oficial francês.

— Vai ser um prazer, senhor — disse Harper, depois voltou correndo pelo cercado. Sharpe recarregou a carabina. Os franceses estavam sendo cautelosos demais, pensou. Já deveriam ter atacado, mas deviam acreditar que havia uma força maior em Barca d'Avintas do que duas metades de companhias desgarradas, e os tiros de carabina deviam ser desconcertantes para os dragões, que não estavam acostumados àquela precisão. Havia corpos caídos no capim à beira do bosque, evidência de que os cavaleiros franceses apeados haviam aprendido sobre a carabina Baker do modo mais difícil. Os franceses não usavam carabinas, pois achavam que as ranhuras espiraladas que faziam a bala girar no cano e para dar precisão à arma também a tornavam muito lenta para ser recarregada, de modo que, como a maioria dos batalhões britânicos, os franceses contavam com a espingarda, de disparo mais rápido, porém menos preciso. Era possível ficar de pé a cinquenta metros de uma espingarda e ter uma boa chance de sobrevivência, mas ficar de pé diante de uma Baker nas mãos de um bom atirador a cem passos de distância era sentença de morte, de modo que os dragões haviam recuado para as árvores.

Também havia soldados de infantaria na floresta, mas o que os desgraçados estariam fazendo? Sharpe encostou sua carabina carregada no muro e pegou o telescópio, o belo instrumento feito por Matthew Berge, de Londres, que fora presente de Sir Arthur Wellesley depois que Sharpe salvara a vida do general em Assaye. Pousando o telescópio no topo do muro coberto de musgo, ele olhou para a companhia de frente da infantaria francesa, que estava bem recuada entre as árvores mas Sharpe, no entanto, pôde ver que eles estavam formados em três fileiras. Procurou algum sinal de que estivessem prontos para avançar, mas os homens pareciam à vontade, com as coronhas das espingardas no chão, nem mesmo com baionetas caladas. Girou o telescópio para a direita, subitamente temendo que talvez os franceses tentassem cortar sua retirada infiltrando-se no vinhedo, mas não viu nada preocupante. Olhou de novo para as árvores e viu um clarão de luz, um círculo branco distinto, e percebeu que havia um oficial ajoelhado nas sombras das folhas, olhando para a aldeia através de um telescópio. Sem dúvida o homem estava tentando deduzir quantos inimigos estariam em Barca d'Avintas e como deveria atacá-los. Sharpe guardou seu telescópio, pegou a carabina e a apoiou sobre o muro. Com cuidado agora, pensou, com cuidado. Se matar aquele oficial, qualquer ataque francês será retardado, porque aquele oficial é o homem que toma as decisões. E Sharpe puxou a pederneira, baixou a cabeça de modo que o olho direito estivesse espiando através das miras, encontrou o trecho de sombra escura que era a casaca azul do francês e depois levantou a alça de mira da carabina, uma lâmina de metal, de modo que o cano escondesse o alvo e assim compensasse a queda da bala. Havia um pouco de vento, mas não o suficiente para desviar a bala para a esquerda ou para a direita. Um ruído forte vinha das outras carabinas e uma gota de suor escorreu junto ao olho esquerdo de Sharpe enquanto ele puxava o gatilho e a carabina escoiceava em seu ombro. O sopro de fumaça amarga saindo da caçoleta fez seu olho direito pinicar e as fagulhas de pólvora queimando arderam em sua bochecha enquanto a nuvem de fumaça que saía do cano subia na frente do muro, escondendo o alvo. Sharpe virou-se e viu a tropa do tenente Vicente subindo pelo vinhedo, acompanhada por trinta ou quarenta civis. Harper estava retornando pelo cercado. Subitamente o estalo estranho ficou mais alto e Sharpe registrou que era o som das balas das clavinas francesas batendo do outro lado do muro de pedra.

— Estamos todos fora da aldeia, senhor — disse Harper.

— Podemos ir — respondeu Sharpe, maravilhado ao ver que o inimigo era tão lento que estava lhe dando tempo para retirar suas forças. Mandou Harper com a maior parte dos casacos-verdes reunir-se a Vicente, e eles puxaram uma dúzia de cavalos franceses, cada animal valendo uma pequena fortuna em prêmio caso pudessem ser levados de volta ao exército. Sharpe ficou com Hagman e seis outros homens, que se espalharam ao longo do muro disparando o mais rápido que suas carabinas podiam ser recarregadas, o que significava que não enrolavam as balas em buchas de couro para que se grudassem às ranhuras, mas simplesmente enfiavam as balas pelo cano, pois Sharpe não estava preocupado com precisão; só queria que os franceses vissem um rolo grosso de fumaça e ouvissem os tiros, de modo que não percebessem que o inimigo estava se retirando.

Ele puxou o gatilho e a pederneira partiu-se em pedaços inúteis, por isso pendurou a carabina no ombro e recuou para fora da fumaça até ver que Vicente e Harper estavam longe, no vinhedo. Assim, gritou para que os homens que restavam corressem de volta pelo cercado. Hagman parou para atirar uma última bala e em seguida correu. Sharpe foi com ele; era o último homem a sair e não podia acreditar que havia sido tão fácil se afastar da luta, que os franceses tinham sido tão apáticos. E nesse momento Hagman caiu.

A princípio Sharpe achou que Hagman havia tropeçado numa das hastes de metal em que os dragões haviam prendido os cavalos, mas então viu sangue no capim, viu Hagman soltar a carabina e sua mão direita se apertar e se abrir lentamente.

— Dan!

Sharpe ajoelhou-se e viu um ferimento minúsculo ao lado da omoplata esquerda de Hagman, apenas uma azarada bala de clavina que havia atravessado a fumaça e encontrado o alvo.

— Vá embora, senhor. — A voz de Hagman saiu rouca. — Estou acabado.

— Não está, não — rosnou Sharpe. Ele virou Hagman de costas para o chão e não viu ferimento na frente, o que certamente significava que a bala de clavina estava em algum lugar dentro. Então Hagman engasgou e cuspiu sangue espumante, e Sharpe escutou Harper gritando para ele.

— Os desgraçados estão vindo, senhor!

Há apenas um minuto, pensou Sharpe, ele havia se parabenizado pela facilidade com que havia conseguido retirar seus homens, e agora tudo estava desmoronando. Puxou a carabina de Hagman, pendurou-a junto à sua e ergueu o antigo caçador furtivo, que ofegou, gemeu e balançou a cabeça.

— Senhor, me deixe.

— Não vou deixar, Dan.

— Dói, senhor, isso dói. — Hagman gemeu de novo. Seu rosto estava de uma palidez mortal e havia um fio de sangue escorrendo-lhe da boca. Nesse momento Harper estava ao lado de Sharpe e tirou Hagman dos braços dele. — Ah, me deixem aqui — disse Hagman baixinho.

— Leve-o, Pat! — disse Sharpe, e então algumas carabinas dispararam do vinhedo, espingardas estrondearam atrás dele e o ar assobiou com balas enquanto Sharpe empurrava Harper. Ele seguiu adiante, andando de costas, vendo os uniformes azuis aparecerem na névoa de fumaça deixada por seus próprios tiros.

— Venha, senhor! — gritou Harper, informando a Sharpe que estava com Hagman no abrigo precário das videiras.

— Carregue-o para o norte — disse Sharpe quando chegou ao vinhedo.

— Ele está sofrendo muito, senhor.

— Carregue-o! Tire-o daqui.

Sharpe olhou para os franceses. Três companhias de infantaria haviam atacado a pastagem, mas não fizeram esforço para perseguir Sharpe em direção ao norte. Deviam ter visto a coluna de soldados portugueses e ingleses serpenteando pelos vinhedos acompanhados pelos 12 cavalos capturados e uma multidão de aldeões com medo, mas não foram atrás. Aparentemente queriam mais a posse de Barca d'Avintas do que a morte dos homens de Sharpe. Mesmo quando Sharpe se estabeleceu num morro baixo, oitocentos metros ao norte do povoado, e olhou para os franceses pelo telescópio, eles não se aproximaram para ameaçá-lo. Poderiam facilmente tê-lo caçado com dragões, mas em vez disso despedaçaram o esquife que Sharpe havia resgatado e puseram fogo nos restos.

— Eles estão fechando o rio — disse Sharpe a Vicente.

— Fechando o rio? — Vicente não entendeu.

— Certificando-se de que têm os únicos barcos. Não querem soldados ingleses ou portugueses atravessando o rio, atacando-os pela retaguarda. O que significa que vai ser tremendamente difícil irmos para o outro lado. — Sharpe virou-se quando Harper se aproximou, e viu que as mãos grandes do sargento irlandês estavam ensanguentadas. — Como ele está?

BERNARD CORNWELL

82

Harper balançou a cabeça.

— Numa situação terrível, senhor — disse ele em tom sombrio. — Acho que a porcaria da bala está no pulmão. Ele tosse bolhas vermelhas, quando consegue tossir. Coitado do Dan.

— Não vou deixá-lo — respondeu Sharpe, obstinadamente. Sabia que havia deixado Tarrant para trás, e que havia homens, como Williamson, que eram amigos de Tarrant e se ressentiriam de Sharpe não estar fazendo o mesmo com Hagman, mas Tarrant era um bêbado e um encrenqueiro, ao passo que Dan Hagman era valioso. Era o mais velho dos fuzileiros de Sharpe e tinha uma enorme riqueza de bom senso, o que o tornava uma influência estabilizadora. Além disso, Sharpe gostava do velho caçador furtivo. — Faça uma maca, Pat, e carregue-o.

Eles fizeram uma maca usando jaquetas cujas mangas foram presas em duas varas cortadas de um pé de freixo, e enquanto a maca estava sendo preparada Sharpe e Vicente ficaram observando os franceses e discutindo como iam escapar deles.

— O que devemos fazer — disse o tenente português — é ir para o leste. Para Amarante. — Em seguida ele alisou um trecho de terra e rabiscou um mapa tosco com um pedaço de pau. — Este é o Douro, e aqui fica o Porto. Estamos aqui — ele bateu no rio, muito perto da cidade —, e a ponte mais próxima fica em Amarante. — Vicente fez uma cruz bem a leste. — Poderemos chegar lá amanhã, ou talvez depois de amanhã.

— Eles também — disse Sharpe, sério, e apontou para a aldeia com um gesto de cabeça.

Um canhão acabara de aparecer entre as árvores, onde os franceses haviam esperado tanto tempo antes de atacar os homens de Sharpe. Era puxado por seis cavalos, três dos quais montados por artilheiros com seus uniformes azul-escuros. A arma em si, de 12 libras, estava presa a seu armão, uma carreta leve, de duas rodas, que servia de cofre de munição de pronto emprego e ao mesmo tempo de eixo para a pesada flecha do canhão. Atrás dele havia outra junta de quatro cavalos puxando um armão de munição parecido com um caixão, que levava uma roda extra para o canhão na parte de trás. O armão, sobre o qual ia meia dúzia de artilheiros, carregava a munição do canhão. Mesmo de oitocentos metros de distância, Sharpe podia ouvir o tilintar das correntes e o ruído surdo das rodas. Ficou olhando em silêncio enquanto um obuseiro surgia, e depois um segundo canhão de 12 libras, e em seguida uma tropa de hussardos.

— Acha que eles virão para cá? — perguntou Vicente, alarmado.

— Não. Não estão interessados em fugitivos. Estão indo para Amarante.

— Esta não é a estrada boa para Amarante. Na verdade, ela não leva a lugar nenhum. Eles terão de ir para o norte até a estrada principal.

— Eles ainda não sabem disso — supôs Sharpe. — Estão pegando qualquer estrada para o leste que possam encontrar. — Agora haviam surgido homens de infantaria saindo das árvores, depois outra bateria de artilharia. Sharpe estava olhando um pequeno exército marchar para o leste e havia apenas um motivo para mandar tantos homens e armas para o leste: capturar a ponte em Amarante e assim proteger o flanco esquerdo francês. — Amarante. É para lá que os desgraçados estão indo.

— Então não podemos ir.

— Podemos, só não podemos ir por aquela estrada. Você disse que há uma estrada principal?

— Por aqui — disse Vicente, riscando a terra para mostrar outra estrada ao norte de onde eles estavam. — É a estrada alta. Provavelmente os franceses também estão lá. Nós temos mesmo de ir para Amarante?

— Eu preciso atravessar o rio, e lá há uma ponte e um exército português, e só porque a porcaria dos sapos estão indo para lá, não significa que vão capturar a ponte. — E se capturarem, pensou, ele poderia ir de Amarante para o norte até encontrar um ponto de travessia, depois seguir a outra margem do Tâmega para o sul até chegar a um trecho do Douro que não estivesse guardado pelos franceses. — Então, como podemos chegar a Amarante se não formos pela estrada? Podemos ir pelo campo?

Vicente assentiu.

— Podemos ir para o norte até uma aldeia aqui — apontou para um espaço vazio no mapa — e depois virar ao leste. A aldeia fica na beira dos morros, no início do... como vocês dizem? Do ermo. Nós costumávamos ir lá.

— Nós? Os poetas e filósofos?

— Caminhávamos até lá, passávamos a noite na taverna e caminhávamos de volta. Duvido que haja franceses por lá. Não fica na estrada para Amarante. Nem em estrada nenhuma.

— Então vamos para a aldeia na beira do ermo. Como se chama?

— Vila Real de Zedes. Tem esse nome porque os vinhedos de lá já pertenceram ao rei, mas isso foi há muito tempo. Agora são propriedade de...

— Vila Real de quê?

— Zedes — disse Vicente, perplexo com o tom de Sharpe e ainda mais perplexo pelo sorriso no rosto de Sharpe. — O senhor conhece o lugar?

— Não conheço, mas lá há uma jovem que quero encontrar.

— Uma jovem! — Vicente pareceu desaprovador.

— Uma garota de 19 anos. E, acredite ou não, é um serviço oficial. — Ele se virou para ver se a maca estava terminada e subitamente se enrijeceu com raiva. — Que diabo ele está fazendo aqui? — perguntou. Estava olhando para o dragão francês, o tenente Olivier, que observava enquanto Harper enrolava Hagman cuidadosamente na maca.

— Ele deve ser levado a julgamento — disse Vicente com teimosia. — Por isso está preso e sob minha proteção pessoal.

— Diabo! — explodiu Sharpe.

— É uma questão de princípios — insistiu Vicente.

— Princípios! — gritou Sharpe. — É uma questão de estupidez, uma porcaria de estupidez de advogado! Estamos no meio da porcaria de uma guerra, e não de um *assize** na Inglaterra. — Ele viu a incompreensão de Vicente. — Ah, esquece — resmungou. — Quanto tempo vamos demorar para chegar à Vila Real de Zedes?

---

*Sessão periódica dos tribunais em cada condado na Inglaterra. (*N. do T.*)

— Devemos estar lá amanhã de manhã — disse Vicente com frieza, depois olhou para Hagman — desde que ele não nos retarde muito.

— Estaremos lá amanhã de manhã — respondeu Sharpe. Uma vez na cidade, ele resgataria a Srta. Savage e descobriria por que ela havia fugido. E depois disso, que Deus o ajudasse, trucidaria o desgraçado do oficial dragão, com ou sem advogado.

A casa de campo dos Savage, que se chamava Quinta do Zedes, não ficava propriamente em Vila Real de Zedes, mas no topo de um morro ao sul da aldeia. Era um lugar lindo, as paredes caiadas com acabamento em cantaria traçando as linhas elegantes de uma pequena mansão que dava para os vinhedos que já haviam pertencido ao rei. Os postigos eram pintados de azul, e as janelas altas do térreo eram decoradas com vitrais que mostravam o brasão da família que já fora proprietária da Quinta do Zedes. O senhor Savage havia comprado a quinta junto com os vinhedos, e como a casa era alta, possuía um telhado grosso e era rodeada por árvores cobertas de glicínias, fornecia um frescor abençoado no verão. Assim, a família Savage mudava-se para lá todo mês de junho e ficava até outubro, quando retornava à Bela Casa no alto da encosta do Porto. Mas então o senhor Savage morreu de um derrame e a casa ficou vazia desde então, a não ser pelos poucos empregados que viviam nos fundos, cuidavam da pequena horta e iam pelo caminho longo e curvo assistir à missa na igreja da aldeia. Havia uma capela na Quinta do Zedes, e nos velhos tempos, quando os donos do brasão viviam nos aposentos compridos e frescos, os empregados tinham permissão de assistir à missa na capela da família, mas o senhor Savage era um protestante ferrenho e ordenara que o altar fosse levado para longe, que as estátuas fossem retiradas e que a capela fosse caiada de branco para ser usada como depósito de comida.

Os empregados haviam ficado surpresos quando a Srta. Kate chegou à casa, mas fizeram reverências e depois foram tornar confortáveis os grandes aposentos. As coberturas contra poeira foram retiradas da mobília, os morcegos foram expulsos dos caibros e os postigos de um azul pálido foram abertos para que o sol de primavera pudesse entrar. Lareiras foram acesas para espantar o frio do inverno que ainda permanecia, mas naquela primeira noite Kate não ficou dentro de casa ao lado do fogo. Em vez disso, sentou-se num balcão construído em cima da varanda da quinta e ficou olhando o caminho ladeado de glicínias penduradas nos cedros. As sombras da noite se estendiam, mas ninguém veio.

Naquela noite Kate chorou quase até dormir, mas na manhã seguinte seu ânimo estava restaurado, e, apesar dos protestos chocados dos serviçais, ela varreu o hall de entrada, um espaço glorioso com piso de mármore em xadrez preto e branco e uma escadaria de mármore branco que subia em curva até os quartos. Em seguida insistiu em limpar a lareira da grande sala de estar, decorada com azulejos pintados mostrando a batalha de Aljubarrota, onde João I havia humilhado os castelhanos. Ordenou que um segundo quarto fosse arejado, a cama feita e a lareira acesa, depois voltou ao balcão acima da varanda e ficou olhando o caminho até que, logo depois de o sino da manhã ter tocado na Vila Real de Zedes, viu dois cavaleiros aparecerem sob os cedros e sua alma voou de alegria. O cavaleiro da frente era tão alto, tinha as costas tão eretas, era tão lindo e moreno... e ao mesmo tempo havia nele uma tragédia tocante porque sua mulher morrera dando à luz o primeiro filho, e o bebê também havia morrido, e a ideia daquele homem excelente suportando tamanha tristeza quase trazia lágrimas aos olhos de Kate, mas então o homem se levantou nos estribos, acenou para ela, e Kate sentiu a felicidade retornar numa torrente, enquanto descia correndo a escada para receber o amante nos degraus da varanda.

O coronel Christopher desceu do cavalo. Luís, seu empregado, estava montando o cavalo de reserva e carregando a grande valise com as roupas de Kate, que Christopher havia retirado da Bela Casa assim que sua mãe saíra. Christopher jogou as rédeas para Luís, em seguida correu para a casa, subiu correndo os degraus da varanda e tomou Kate nos braços. Beijou-a e passou a mão desde sua nuca até a cintura, sentindo um tremor atravessá-la.

A DEVASTAÇÃO DE SHARPE

— Não pude chegar ontem à noite, meu amor — disse ele. — O dever chamava.

— Eu sabia que seria o dever — disse Kate, o rosto brilhando enquanto o olhava.

— Nada mais me faria estar longe de você — disse Christopher — nada — e se curvou para beijar a testa dela, depois deu um passo atrás, ainda segurando suas mãos, para olhá-la no rosto. Achou que ela era a jovem mais linda da criação e que tinha uma modéstia encantadora, pois ficou ruborizada e riu com embaraço quando ele a encarou. — Kate, Kate — disse ele em tom de censura —, vou passar todos os meus anos olhando para você.

O cabelo dela era preto, puxado para trás na testa alta, mas com um par de cachos pendendo onde os hussardos franceses usavam suas cadenettes. Tinha boca farta, nariz pequeno e olhos de uma seriedade tocante num momento e brilhando de diversão no outro. Tinha 19 anos, pernas compridas como de um potro, era cheia de vida e confiança e, neste momento, estava cheia de amor por seu belo homem, que vestia uma casaca preta e simples, calças de montaria brancas e um chapéu de bicos, do qual pendiam duas borlas douradas.

— Viu minha mãe? — perguntou ela.

— Deixei-a prometendo que iria procurar você.

Kate pareceu culpada.

— Eu deveria ter contado a ela...

— Sua mãe vai querer que você se case com algum homem rico que esteja em segurança na Inglaterra — disse Christopher —, não com um aventureiro como eu. — O verdadeiro motivo da desaprovação da mãe de Kate era porque ela própria tinha tido esperança de se casar com Christopher, mas então o coronel descobrira os termos do testamento do Sr. Savage e isso fizera sua atenção se voltar para a filha. — Não adiantaria pedir a bênção dela — continuou ele. — E se você lhe contasse o que nós planejávamos, ela certamente teria impedido.

— Talvez não — sugeriu Kate em voz baixa.

— Mas deste modo — disse Christopher — a desaprovação de sua mãe não importa, e quando ela souber que estamos casados, tenho convicção de que aprenderá a gostar de mim.

— Casados?

— Claro. Acha que não me importo com sua honra? — Ele riu da expressão tímida no rosto dela. — Há um padre na aldeia, que tenho certeza de que pode ser convencido a nos casar.

— Não estou... — disse Kate, depois ajeitou o cabelo e repuxou o vestido. E ficou mais ruborizada ainda.

— Você está pronta — reagiu Christopher, antecipando-se ao protesto. — E está encantadoramente linda.

Kate ruborizou mais ainda e puxou a gola do vestido escolhido muito cuidadosamente entre as roupas de verão que ficavam na quinta. Era um vestido inglês de linho branco, bordado com campânulas azuis entrelaçadas com folhas de acanto, e ela sabia que lhe caía bem.

— Minha mãe vai me perdoar? — perguntou.

Christopher duvidava.

— Claro que vai — prometeu. — Já vi esse tipo de situação. Sua mãe só quer o seu bem, mas assim que ela me conhecer melhor, certamente perceberá que gosto de você como nenhum outro.

— Tenho certeza que sim — disse Kate calorosamente. Nunca tivera muita certeza de por que o coronel Christopher estava tão seguro de que sua mãe o desaprovaria. Ele dissera que era porque tinha 21 anos a mais do que Kate, mas parecia ter muito menos. E ela tinha certeza de que ele a amava, e havia muitos homens casados com mulheres muito mais novas, e Kate não achava que sua mãe seria contra por causa da idade, mas Christopher também afirmava que era um homem relativamente pobre e que, segundo ele, isso definitivamente ofenderia sua mãe, e Kate achava isso mais do que provável. Mas a pobreza de Christopher não a ofendia; na verdade, só parecia tornar seu amor mais romântico, e agora ela iria se casar com ele.

Ele guiou-a descendo os degraus da quinta.

— Há uma carruagem aqui?

— Há um velho cabriolé no estábulo.

— Então podemos caminhar até a aldeia e Luís pode preparar o cabriolé para nossa volta.

— Agora?

— Ontem não seria cedo demais para mim, amor — disse Christopher, solenemente. Em seguida mandou Luís arrear o cabriolé e riu. — Quase vim com uma companhia inconveniente!

— Inconveniente?

— Um engenheiro maldito, desculpe meu vocabulário de soldado, queria mandar um tenente fuzileiro rebaixado resgatar você! Ele e seus maltrapilhos. Tive de ordenar que ele fosse embora. Vá, disse eu, "e não vos demoreis a cumprir a ordem de partida". Coitado.

— Por que coitado?

— Minha nossa! Com 30 e tantos anos e ainda é tenente? Sem dinheiro, sem perspectivas e com uma índole agressiva do tamanho do rochedo de Gibraltar. — Ele passou a mão sob o cotovelo e foram andando pelo caminho de glicínias. — Estranhamente, conheço a reputação do tenente dos fuzileiros. Já ouviu falar de lady Grace Hale? Viúva de lorde William Hale?

— Nunca ouvi falar.

— Que vida abrigada você levava no Porto! — disse Christopher em tom leve. — Lorde William era um homem muito sensato. Trabalhei com ele durante um tempo no Ministério do Exterior, mas então ele foi para a Índia a serviço do governo e teve o infortúnio de retornar num navio da marinha que ficou emaranhado em Trafalgar. Devia ser um sujeito de bravura incomum, porque morreu na batalha, mas então houve um escândalo gigantesco porque sua esposa montou casa com um oficial fuzileiro, que é exatamente este homem. Santo Deus, o que lady Grace podia estar pensando?

— Ele não é um cavalheiro?

— Certamente não de nascimento! Deus sabe onde o exército pega alguns oficiais hoje em dia, mas arrancaram esse sujeito de sob uma pedra. E lady Grace montou casa com ele! Extraordinário. Mas algumas mulheres bem-nascidas gostam de pescar do lado sujo do lago, e temo que ela devia ser assim. — Christopher balançou a cabeça, desaprovando. — E a coisa fica pior — disse ele —, porque ela engravidou e depois morreu ao dar à luz.

— Coitada! — disse Kate, sentindo-se maravilhada pelo fato de seu amante poder contar aquela história com tanta calma, já que certamente o fazia lembrar da morte de sua primeira esposa. — E o que aconteceu com o bebê?

— Acho que a criança também morreu. Mas provavelmente foi melhor assim. Isso acabou com o escândalo, e que futuro uma criança dessas poderia ter? De qualquer modo, o pai da criança era esse mesmo fuzileiro desgraçado que deveria levar você de volta para o outro lado do rio. Eu o mandei embora direitinho, garanto! — Christopher riu da lembrança. — Ele fez uma careta, ficou sério e disse que tinha ordens, mas eu não iria suportar aquele absurdo e mandei-o ir de vez. Não queria um patife sem reputação no meu casamento!

— De fato — concordou Kate.

— Claro que eu não disse que conhecia sua reputação. Não havia necessidade de embaraçar o sujeito.

— Está certo — disse Kate, depois apertou o braço do amante. Luís apareceu atrás deles, dirigindo um pequeno cabriolé empoeirado que a família deixara guardado no estábulo da quinta e ao qual havia arreado seu cavalo. No caminho para a aldeia, Christopher parou, colheu alguns dos pequenos e delicados narcisos que cresciam à beira da estrada e insistiu em trançar as flores amarelas nos cabelos pretos de Kate. Depois, beijou-a novamente, disse que ela era linda, e Kate achou que aquele era o dia mais feliz de sua vida. O sol brilhava, um vento fraco agitava as campinas floridas e seu homem estava ao seu lado.

O padre Josefa esperava na igreja, porque havia sido convocado por Christopher no caminho para a quinta, mas antes que qualquer cerimônia pudesse ser realizada, o padre puxou o inglês de lado.

— Estou preocupado porque seu pedido é irregular — disse ele.

— Irregular, padre?

— Vocês são protestantes? — perguntou o padre, e quando Christopher assentiu, ele suspirou. — A Igreja diz que só os que tomam nossos sacramentos podem ser casados.

— E sua Igreja está certa — disse Christopher em tom emoliente. Em seguida olhou para Kate, parada sozinha no coro pintado de branco, e pensou que ela parecia um anjo, com as flores amarelas no cabelo. — Diga-me, padre, o senhor cuida dos pobres de sua paróquia?

— É um dever cristão.

Christopher pegou alguns guinéus ingleses de ouro no bolso — não eram seus, mas sim da verba fornecida pelo Ministério do Exterior para facilitar seu caminho — e dobrou a mão do padre em volta das moedas.

— Deixe-me dar isso como contribuição para a sua obra de caridade e deixe-me pedir que o senhor nos dê uma bênção, só isso. Uma bênção em latim, padre, que nos trará a proteção de Deus nesses tempos confusos. E mais tarde, quando a luta acabar, farei o máximo para convencer Kate a receber suas instruções. Como eu também farei, claro.

O padre Josefa, filho de um trabalhador braçal, olhou para as moedas, achando que jamais vira tanto dinheiro de uma só vez, e pensou em todas as dificuldades que o ouro poderia afastar.

— Não posso rezar uma missa para vocês — insistiu.

— Não quero missa — respondeu Christopher — e não mereço uma missa. Só quero uma bênção em latim. — Queria que Kate acreditasse que estava casada e, para Christopher, o padre poderia balbuciar as palavras de um enterro, se quisesse. — Apenas uma bênção sua, padre, é só o que desejo. Uma benção do senhor, de Deus e dos santos. — E pegou mais algumas moedas no bolso que deu ao padre, que decidiu que uma oração de bênçãos não poderia fazer mal.

— E o senhor tomará instruções? — perguntou o padre Josefa.

— Há algum tempo venho sentindo Deus me puxar para a sua Igreja, e acredito que devo atender ao Seu chamado. E depois disso, padre, o senhor nos casará de modo apropriado.

Assim, o padre Josefa beijou seu escapulário, colocou-o sobre os ombros e foi para o altar, onde se ajoelhou, fez o sinal da cruz, depois se levantou e sorriu para Kate e para o homem alto ao lado dela. O padre não conhecia Kate bem, porque a família Savage nunca fora familiarizada com os aldeões e certamente não frequentava a igreja, mas os empregados da quinta falavam dela com aprovação, e o padre Josefa, mesmo sendo celibatário, podia avaliar que a jovem era de uma beleza rara. Assim, sua voz ficou cheia de calor quando pediu a Deus e aos santos para que olhassem com gentileza para aquelas duas almas. Sentiu culpa porque eles iriam se comportar como casados mesmo não sendo, mas essas coisas eram comuns, e em tempos de guerra um bom padre sabia quando fechar os olhos.

Kate ouviu as palavras em latim, que não entendeu, e olhou para além do padre, para o altar, onde a cruz de prata brilhando suavemente estava coberta por um véu preto e diáfano porque a Páscoa ainda não havia chegado, e sentiu o coração batendo, sentiu a mão do amante entrelaçada com força na sua e quis chorar de felicidade. Seu futuro parecia dourado, estendendo-se à sua frente iluminado pelo sol, quente e florido. Não era exatamente o casamento que imaginara. Havia pensado em viajar de volta à Inglaterra, que ela e a mãe ainda consideravam seu lar, e lá andaria no corredor de uma igreja campestre cheia com seus parentes rubicundos, receberia uma chuva de pétalas de rosas e grãos de trigo, e depois iria numa caleça até uma taverna com traves no teto para um jantar com carne, cerveja e um bom vinho tinto. Ainda assim, não poderia estar mais feliz, ou talvez pudesse, se ao menos sua mãe estivesse na igreja, mas consolou-se dizendo que elas iriam se reconciliar, tinha certeza, e de repente Christopher apertou sua mão com tanta força que doeu.

— Diga "sim", querida — ordenou ele.

Kate ficou vermelha.

— Ah, sim — disse. — Sim, mesmo.

O padre Josefa sorriu para ela. O sol passava pelas janelas pequenas e altas da igreja, havia flores em seu cabelo e o padre Josefa levantou as mãos para abençoar James e Katherine com o sinal da cruz. E nesse momento a porta da igreja se entreabriu, deixando entrar mais luz do sol e o cheiro de um monte de esterco do lado de fora.

Kate virou-se e viu soldados na porta. Os homens estavam delineados contra a luz de modo que não dava para vê-los direito, mas podia ver as armas em seus ombros. Supôs que fossem franceses e ofegou de medo, mas o coronel Christopher pareceu despreocupado enquanto inclinava o rosto para beijá-la nos lábios.

— Estamos casados, querida — disse baixinho.

— James — respondeu ela.

— Querida, querida Kate — respondeu o coronel com um sorriso. — Minha querida, querida esposa. — Então se virou enquanto passos ásperos soavam na pequena nave. Eram passos lentos, passos pesados, as botas com pregos ressoando num volume inadequado nas pedras antigas. Um oficial vinha andando para o altar. Tinha deixado seus homens à porta da igreja e entrara sozinho, o sabre longo tilintando dentro da bainha de metal enquanto se aproximava mais. Depois parou e olhou para o rosto pálido de Kate, e esta estremeceu, porque o oficial era um soldado com cicatrizes, maltrapilho, de casaco verde, com um rosto bronzeado mais duro que ferro e um olhar que só poderia ser descrito como insolente.

— Você é Kate Savage? — perguntou ele, surpreendendo-a, pois fez a pergunta em inglês, e ela havia presumido que o recém-chegado fosse francês.

Kate não disse nada. Seu marido estava ao seu lado e ele iria protegê-la daquele homem horroroso, amedrontador e insolente.

— É você, Sharpe? — perguntou o coronel Christopher. — Santo Deus, é! — Estava estranhamente nervoso e sua voz saiu aguda demais e ele precisou lutar para controlá-la. — Que diabo está fazendo aqui? Eu ordenei que você fosse para o sul do rio, seu desgraçado.

— O caminho foi interrompido, senhor — disse Sharpe, sem olhar para Christopher, mas ainda espiando o rosto de Kate emoldurado pelos narcisos nos cabelos. — Fui interceptado pelos sapos, senhor, um monte de sapos, por isso lutei com eles e vim procurar a senhorita Savage.

— Que não existe mais — disse o coronel friamente. — Mas permita-me apresentar minha esposa, Sharpe, a Sra. James Christopher.

E Kate, ouvindo o novo nome, pensou que seu coração iria estourar de felicidade.

Porque acreditou que estava casada.

Os recém-unidos coronel e Sra. Christopher retornaram à quinta no cabriolé empoeirado, enquanto Luís e os soldados caminhavam atrás. Hagman, ainda vivo, agora estava num carrinho de mão, mas as sacudidas do veículo sem molas pareciam lhe causar mais dor do que a maca. O tenente Vicente também estava mal; na verdade, estava tão pálido que Sharpe temeu que o ex-advogado tivesse contraído alguma doença nos últimos dias.

— Você deveria se consultar com o médico quando ele vier dar outra olhada no Hagman — disse Sharpe. Havia um médico na aldeia, que já examinara Hagman, declarara que ele era um homem agonizante, mas prometera ir à quinta naquela tarde, ver o paciente outra vez. — Parece que você está ruim da barriga — disse Sharpe.

— Não é doença — disse Vicente. — Não é algo que um médico possa curar.

— Então o que é?

— A senhorita Katherine — disse Vicente, arrasado.

— Kate? — Sharpe olhou para ele. — Você a conhece?

Vicente assentiu.

— Todo rapaz no Porto conhece Kate Savage. Quando ela foi mandada para a escola na Inglaterra, nós sofremos por ela... e quando ela voltou, foi como se o sol tivesse nascido.

— Ela é bem bonita — admitiu Sharpe, depois olhou de novo para Vicente, e toda a força das palavras do advogado se registrou. — Ah, inferno.

— O que foi? — perguntou Vicente, ofendido.

— Não preciso de você apaixonado.

— Não estou apaixonado — disse Vicente, ainda ofendido, mas era óbvio que estava caído por Kate Christopher. Nos últimos dois ou três anos havia olhado para ela de longe e sonhado com ela quando escrevia poemas, e se distraía com a lembrança dela quando estudava filosofia e tecera fantasias sobre ela enquanto mergulhava nos empoeirados livros de direito. Ela era Beatriz e ele era Dante, a inalcançável jovem inglesa da casa grande na colina, e agora ela estava casada com o coronel Christopher.

E isso, pensou Sharpe, explicava o desaparecimento da cadela idiota. Ela havia fugido! Mas o que Sharpe ainda não entendia era por que ela precisara esconder esse amor da mãe, que certamente aprovaria a escolha. Pelo que Sharpe sabia, Christopher era bem-nascido, rico, bem-educado e um cavalheiro: todas as coisas que Sharpe não era. Além disso, Christopher estava bem chateado, e quando Sharpe chegou à quinta, o coronel o encarou de cima dos degraus da varanda e de novo exigiu uma explicação para a presença do fuzileiro em Vila Real de Zedes.

— Eu lhe disse — respondeu Sharpe. — Nós fomos interceptados. Não pudemos atravessar o rio.

— Senhor — reagiu Christopher rispidamente, depois esperou que Sharpe repetisse a palavra, mas Sharpe simplesmente olhou para além do coronel, para o saguão da quinta, onde pôde ver Kate retirando roupas de sua grande valise de couro. — Eu lhe dei ordens — disse Christopher.

— Não pudemos atravessar o rio porque não havia ponte. Ela se quebrou. Por isso fomos até a balsa, mas os sapos desgraçados a haviam queimado, por isso agora vamos para Amarante, mas não podemos usar as estradas principais porque os sapos estão por lá, em enxames como piolhos, e não posso ir depressa porque tenho um homem ferido. Há algum cômodo onde possamos colocá-lo esta noite?

Christopher não disse nada por um tempo. Estava esperando que Sharpe o chamasse de "senhor", mas o fuzileiro permaneceu teimosamente em silêncio. Christopher suspirou e olhou por cima do vale, onde um abutre voava em círculos. — Você espera passar a noite aqui? — perguntou em tom distante.

— Estamos marchando desde as 3 horas da madrugada. — Sharpe não tinha certeza de que havia partido às 3 horas porque não tinha relógio, mas parecia a hora certa. — Agora vamos descansar e marcharemos de novo antes do amanhecer.

— Os franceses estarão em Amarante — disse Christopher.

— Sem dúvida, mas o que mais posso fazer?

Christopher encolheu-se diante do tom carrancudo de Sharpe, depois estremeceu quando ouviu um gemido de Hagman.

— Há um estábulo atrás da casa — disse com frieza. — Ponha o seu ferido lá. E quem, diabos, é este?

Ele havia notado o prisioneiro de Vicente, o tenente Olivier.

Sharpe virou-se para onde o coronel estava olhando.

— Um sapo cuja garganta vou cortar — respondeu.

Christopher olhou horrorizado para Sharpe.

— Um sapo cuja... — começou a repetir, mas nesse momento Kate saiu da casa e parou ao seu lado. Ele pôs o braço em seu ombro e, com um olhar irritado para Sharpe, levantou a voz para chamar o tenente Olivier. — *Monsieur! Venez ici, s'il vous plaît.*

— Ele é um prisioneiro — disse Sharpe.

— Ele é um oficial? — perguntou Christopher, enquanto Olivier abria caminho por entre os carrancudos homens de Sharpe.

— É tenente do 18° de Dragões — disse Sharpe.

Christopher lançou um olhar espantado para Sharpe.

— É costume permitir a liberdade condicional aos oficiais — disse Christopher. — Onde está o sabre do tenente?

— Não era eu quem o estava mantendo prisioneiro, mas o tenente Vicente. O tenente é advogado, veja bem, e parece ter a estranha ideia de que um homem deve passar por julgamento, mas eu estava planejando enforcá-lo.

Kate deu um gritinho de horror.

— Talvez você devesse entrar, querida — sugeriu Christopher, mas ela não se mexeu, e ele não insistiu. — Por que ia enforcá-lo? — perguntou a Sharpe.

A Devastação de Sharpe

— Porque ele é um estuprador — disse Sharpe em tom categórico, e a palavra fez Kate dar outro gritinho, e desta vez Christopher empurrou-a para o corredor ladrilhado.

— Cuidado com a linguagem quando minha mulher estiver presente — disse Christopher com voz gelada.

— Havia uma dama presente quando esse desgraçado a estuprou — disse Sharpe. — Nós o pegamos com as calças nos tornozelos e o equipamento pendurado. O que eu deveria fazer com ele? Dar-lhe um conhaque e me oferecer para disputar uma partida de uíste?

— Ele é um oficial e é um cavalheiro — disse Christopher, mais preocupado porque Olivier era do 18º de Dragões, o que significava que servia com o capitão Argenton. — Onde está seu sabre?

O tenente Vicente se apresentou. Carregava o sabre de Olivier, e Christopher insistiu em que o mesmo fosse devolvido ao francês. Vicente tentou explicar que Oliver era acusado de um crime e deveria ser julgado, mas o coronel Christopher, falando seu português impecável, descartou a ideia.

— As convenções da guerra não permitem o julgamento de oficiais militares como se fossem civis — disse ele. — Você deveria saber disso se, como afirma Sharpe, é advogado. Permitir o julgamento civil de prisioneiros de guerra abriria possibilidades de reciprocidade. Julguem este homem e o executem, e os franceses farão o mesmo com cada oficial português que tomarem como cativo. Você entende isso, não é?

Vicente viu a força do argumento, mas não queria desistir.

— Ele é um estuprador — insistiu.

— Ele é um prisioneiro de guerra — contradisse Christopher —, e você vai entregá-lo à minha custódia.

Vicente continuou tentando resistir. Afinal de contas, Christopher estava em roupas civis.

— Ele é um prisioneiro do meu exército — disse com teimosia.

— E eu sou um tenente-coronel do exército de Sua Majestade britânica — disse Christopher cheio de desdém. — E acho que isso significa que tenho um posto mais alto que o seu, tenente, e que você vai obedecer às minhas ordens ou então vai enfrentar as consequências militares.

Suplantado em posto e indefeso, Vicente recuou, e Christopher, com uma pequena reverência, entregou a Olivier seu sabre.

— Poderia me dar a honra de esperar lá dentro? — sugeriu ao francês e, quando o muito aliviado Olivier havia entrado na quinta, Christopher foi até a beira dos degraus e olhou por cima da cabeça de Sharpe, para onde uma nuvem branca de poeira se levantava de uma trilha que vinha da distante estrada principal. Um grande grupo de cavaleiros se aproximava da aldeia, e Christopher achava que devia ser o capitão Argenton e sua escolta. Uma expressão de alarme atravessou seu rosto e seu olhar foi rapidamente para Sharpe, depois retornou à cavalaria que se aproximava. Não ousaria deixar que os dois se encontrassem. — Sharpe — disse ele —, você está sob ordens de novo.

— Se o senhor diz... — Sharpe pareceu relutante.

— Então vai ficar aqui e proteger minha esposa. Esses cavalos são seus? — Ele apontou para uma dúzia de cavalos capturados em Barca d'Avintas, a maioria dos quais ainda estava com sela. —Vou pegar dois. — Em seguida correu até o saguão de entrada e chamou Olivier. — Monsieur! O senhor vai me acompanhar e vamos imediatamente. Querida? — Ele segurou a mão de Kate. — Fique aqui até minha volta. Não vou demorar. Uma hora, no máximo. — Em seguida se curvou para beijar os dedos de Kate, depois saiu rapidamente e montou na sela mais próxima, esperou Olivier montar e os dois partiram pela trilha. — Você fique aqui, Sharpe! — gritou Christopher enquanto saía. — Aqui mesmo! É uma ordem!

Vicente observou Christopher e o tenente dos dragões afastando-se.

— Por que ele levou o francês?

— Deus sabe — disse Sharpe, e enquanto Dodd e mais três fuzileiros levavam Hagman até o estábulo, ele subiu ao degrau de cima, pegou seu telescópio soberbo e o pousou numa urna de pedra finamente esculpida que enfeitava o pequeno terraço. Apontou o telescópio na direção dos cavaleiros que se aproximavam e viu que eram dragões franceses. Uma centena? Talvez mais. Podia ver as casacas verdes com enfeites em rosa, o sabre e as coberturas de tecido marrom nos elmos polidos, depois viu os cavaleiros contendo as montarias enquanto Christopher e Olivier saíam da Vila Real de Zedes. Sharpe deu o telescópio a Harper. — Por que esse desgraçado untuoso estaria falando com os *crapauds*?

— Deus sabe, senhor — respondeu Harper.

— Então, vigie-os, Pat, vigie-os, e se eles chegarem mais perto, me avise. — Em seguida entrou na quinta, dando uma batida negligente à porta. O tenente Vicente já estava no saguão, olhando com devoção canina para Kate Savage, que agora evidentemente, era, Kate Christopher. Sharpe tirou a barretina e passou a mão pelo cabelo recém-cortado. — Seu marido foi falar com os franceses — disse. Viu a expressão desaprovadora no rosto de Kate e se perguntou se seria porque Christopher estava falando com os franceses ou porque Sharpe estava lhe dirigindo a palavra. — Por quê? — perguntou.

— O senhor deve perguntar a ele, tenente.

— Meu nome é Sharpe.

— Sei qual é o seu nome — disse Kate com frieza.

— Richard, para os amigos.

— É bom saber que o senhor possui algum amigo, senhor Sharpe — disse Kate. Ela o olhou com ousadia, e Sharpe pensou em como era linda. Tinha o tipo de rosto que os pintores imortalizavam em óleo, e não era de espantar que o bando de sérios poetas e filósofos de Vicente a cultuasse de longe.

— Então por que o coronel Christopher está falando com os sapos, senhora?

Kate piscou, surpresa, não porque seu marido estivesse falando com o inimigo, mas porque, pela primeira vez, alguém a chamava de senhora.

— Já lhe disse, tenente — respondeu com alguma aspereza. — O senhor deve perguntar a ele.

Sharpe andou pelo saguão. Admirou a escadaria de mármore curva, olhou uma bela tapeçaria que mostrava caçadoras perseguindo um cervo, depois olhou para dois bustos em nichos opostos. Evidentemente os bustos haviam sido importados pelo falecido senhor Savage, já que um retratava John Milton e o outro tinha uma placa onde estava escrito John Bunyan.

— Mandaram que eu viesse pegá-la — disse a Kate, ainda olhando para Bunyan.

— Viesse me pegar, senhor Sharpe?

— O capitão Hogan ordenou que eu a encontrasse e a levasse de volta para sua mãe. Ela estava preocupada com a senhora.

Kate ficou vermelha.

— Minha mãe não tem motivos para se preocupar. Agora tenho um marido.

— Agora? Vocês se casaram hoje? Foi isso que vimos na igreja?

— É da sua conta? — perguntou Kate com ferocidade. Vicente ficou incomodado porque achou que Sharpe estava tratando mal a mulher que ele tanto adorava.

— Se a senhora está casada, não é da minha conta, porque não posso afastar uma mulher casada do marido, posso?

— Não, não pode, e de fato nos casamos hoje de manhã.

— Parabéns, senhora — disse Sharpe, depois parou para admirar um velho relógio de armário. O mostrador era decorado com luas sorridentes e tinha a legenda "Thomas Tompion, Londres". Abriu a porta envernizada e puxou os pesos, de modo que o mecanismo começou a tiquetaquear. — Imagino que sua mãe ficará deliciada, senhora.

— Isso não é da sua conta, tenente — disse Kate, eriçada.

— Uma pena ela não poder estar aqui, não é? Sua mãe estava chorando quando a deixei. — E se virou para ela. — Ele é realmente um coronel?

A pergunta pegou Kate de surpresa, em especial depois da notícia desconcertante de que sua mãe estivera chorando. Ficou ruborizada, depois tentou parecer digna e ofendida.

— Claro que ele é coronel — respondeu, indignada —, e o senhor é impertinente, senhor Sharpe.

Sharpe riu. Em repouso seu rosto era sério, devido à cicatriz na bochecha, mas quando sorria ou gargalhava, toda a seriedade sumia, e Kate, para sua perplexidade, sentiu o coração falhar. Ela havia se lembrado da história que Christopher contara, de como lady Grace havia destruído sua reputação vivendo com aquele homem. O que Christopher havia dito? Pescando do lado sujo do lago, mas de repente Kate invejou lady Grace, depois se lembrou de que estava casada havia menos de uma hora e ficou muito adequadamente envergonhada consigo mesma.

— A senhora está certa — disse Sharpe. — Sou impertinente. Sempre fui e provavelmente sempre serei, e peço desculpas por isso, senhora. — Ele olhou o saguão ao redor outra vez. — Esta é a casa de sua mãe?

— É a minha casa desde que meu pai morreu. E agora, suponho, é propriedade de meu esposo.

— Estou com um homem ferido e seu esposo disse que ele deveria ser posto no estábulo. Não gosto de colocar homens feridos em estábulos quando há aposentos melhores.

Kate ficou vermelha, mas Sharpe não soube direito por quê. Depois ela apontou para uma porta no fim do corredor.

— Os empregados têm alojamentos perto da cozinha — disse —, e tenho certeza de que há algum cômodo confortável lá. — Ela ficou de lado e indicou de novo a porta. — Por que não olha?

— Olharei, senhora — respondeu Sharpe, mas em vez de explorar os fundos da casa, simplesmente encarou-a.

— O que é? — perguntou Kate, sentindo-se inquieta sob o olhar escuro dele.

— Eu ia apenas parabenizar a senhora pelo casamento.

— Obrigada, tenente.

— Casamento às pressas — disse Sharpe, depois fez uma pausa. Em seguida, vendo a raiva chamejar nos olhos dela, sorriu de novo. — É uma coisa que as pessoas costumam fazer em tempos de guerra. Vou dar uma olhada na casa, senhora.

Deixou-a para a admiração de Vicente e juntou-se a Harper no terraço.

— O desgraçado ainda está conversando? — perguntou.

— O coronel ainda está falando com os *crapauds* — respondeu Harper, olhando pelo telescópio. — E eles não estão chegando mais perto. O coronel é cheio de surpresas, não é?

— Atulhado, como um pudim de ameixas.

— Então, o que faremos, senhor?

— Vamos pôr o Dan num quarto de empregados perto da cozinha. Deixe o médico vê-lo. Se o médico achar que ele pode viajar, vamos para Amarante.

— Vamos levar a moça?

— Se ela está casada, não, Pat. Se ela está casada, não podemos fazer nada. Ela pertence a ele, do cano à coronha. — Sharpe coçou embaixo da gola, onde um piolho havia picado. — Garota bonita.

— É mesmo? Não notei.

— Seu irlandês mentiroso.

Harper riu.

— Ah, bem, ela é boa para os olhos, senhor, boa como poucas, mas também é casada.

— Fora dos limites, não é?

— Uma mulher de coronel? Eu nem sonharia, se fosse o senhor.

— Não estou sonhando, Patrick, só me perguntando como dar o fora daqui. Como vamos voltar para casa.

— Para o exército? — perguntou Harper. — Ou para a Inglaterra?

— Deus sabe. Qual dos dois você quer?

Eles deveriam estar na Inglaterra. Todos pertenciam ao segundo batalhão do 95º Regimento de Fuzileiros, e esse batalhão estava no alojamento de Shorncliffe, mas Sharpe e seus homens haviam sido separados do resto dos casacos-verdes durante a retirada confusa para Vigo, e de algum modo eles jamais conseguiram retornar. O capitão Hogan havia cuidado disso. Hogan precisava de homens para protegê-lo enquanto mapeava a remota região de fronteira entre a Espanha e Portugal, e um esquadrão de fuzileiros de primeira era um presente do céu. Ele havia conseguido confundir habilmente a papelada, redirecionar cartas, retirar pagamento do baú militar e manter Sharpe e seus homens perto da guerra.

— A Inglaterra não tem nada para mim — disse Harper. — Sou mais feliz aqui.

— E os homens?

— A maioria gosta daqui, mas alguns querem ir para casa. Cresacre, Sims, os resmungões de sempre. John Williamson é o pior. Fica dizendo aos outros que só estamos aqui porque o senhor quer promoção e que sacrificaria todos nós para conseguir.

— Ele diz isso?

— E coisa pior.

— Parece uma boa ideia — disse Sharpe em tom tranqüilo.

— Mas não creio que alguém acredite nele, além dos malandros de sempre. A maioria de nós sabe que estamos aqui por acidente. — Harper olhou para os distantes dragões franceses, depois balançou a cabeça. — Cedo ou tarde vou ter de dar uns cascudos no Williamson.

— Você ou eu — concordou Sharpe.

Harper levou o telescópio ao olho de novo.

— O desgraçado está voltando — disse. — E deixou o outro desgraçado com eles. — E entregou o telescópio a Sharpe.

— Olivier?

— Está devolvendo o patife! — Harper estava indignado.

Pelo telescópio Sharpe viu Christopher cavalgando de volta para a Vila Real de Zedes acompanhado por um único homem, um civil, a julgar pelas roupas, e certamente não era o tenente Olivier, que evidentemente cavalgava para o norte com os dragões.

— Aqueles *crapauds* devem ter nos visto — disse Sharpe.

— Claro como a luz do dia.

— E o tenente Olivier deve ter dito que estamos aqui. Então, por que cargas-d'água, eles estão nos deixando em paz?

— Porque o seu colega fez um acordo com os desgraçados — disse Harper, apontando para o distante Christopher com um gesto de cabeça.

Sharpe perguntou a si mesmo por que um oficial inglês estaria fazendo acordos com o inimigo.

— Deveríamos dar uma surra nele — disse ele.

— Se ele é um coronel, não.

— Então deveríamos dar duas surras no desgraçado — disse Sharpe com selvageria. — Assim iríamos descobrir a verdade num instante.

Os dois ficaram em silêncio enquanto Christopher galopava pela estradinha até a casa. O homem que o acompanhava era jovem, ruivo e usava roupas civis simples, mas o cavalo que montava tinha uma marca francesa na anca e a sela era militar. Christopher olhou para o telescópio na mão de Sharpe.

— Você deve estar curioso, Sharpe — disse com afabilidade incomum.

— Estou curioso para saber por que nosso prisioneiro foi devolvido.

— Porque eu decidi devolvê-lo, claro — respondeu Christopher, deslizando do cavalo —, e ele prometeu não lutar contra nós até que os franceses devolvam um prisioneiro da mesma patente. Este é monsieur Argenton, que vai comigo visitar o general Cradock em Lisboa. — O francês, ao ouvir seu nome ser falado, assentiu nervoso para Sharpe.

— Vamos com o senhor — disse Sharpe, ignorando o francês.

Christopher balançou a cabeça.

— Acho que não, Sharpe. Monsieur Argenton arranjará para que nós dois usemos a ponte flutuante no Porto, se estiver consertada, e se não estiver, ele conseguirá uma passagem numa balsa, e não creio que nossos amigos franceses permitam que meia companhia de fuzileiros atravesse o rio sob o nariz deles, não é?

— Se o senhor falar com eles, talvez. O senhor parece bastante amigável com eles.

Christopher jogou as rédeas para Luís, depois indicou que Argenton deveria apear e acompanhá-lo para dentro da casa.

— Há mais coisas entre o céu e a terra, Horácio, do que sonha a nossa vã filosofia — disse Christopher, passando por Sharpe, depois se virou. — Tenho planos diferentes para você.

— O senhor tem planos para mim? — perguntou Sharpe com truculência.

— Creio que um tenente-coronel está acima de um tenente no exército de Sua Majestade britânica, Sharpe — disse Christopher com sarcasmo. — Sempre foi assim, o que significa que você está sob meu comando, não é? Portanto, você virá à casa dentro de meia hora, e eu lhe darei suas novas ordens. Venha, *monsieur*. — Ele sinalizou para Argenton, olhou friamente para Sharpe e subiu os degraus da varanda.

Chovia na manhã seguinte. E estava frio. Véus cinzentos de chuva chegavam do oeste, trazidos pelo Atlântico por um vento gelado que soprava as flores de glicínia para longe das árvores agitadas, fazia bater os postigos da quinta e lançava correntes frias pelos cômodos. Sharpe, Vicente e seus homens haviam dormido no estábulo, guardados por sentinelas que tremiam durante a noite e espiavam através da escuridão úmida. Fazendo ronda no coração mais negro da noite, Sharpe viu uma janela da quinta iluminada com o brilho de luz trêmula de velas atrás dos postigos sacudidos pelo vento e pensou ter ouvido um grito, como de um animal sofrendo, vindo daquele andar de cima, e por um segundo fugaz teve certeza de que era a voz de Kate. Depois disse a si mesmo que era sua imaginação ou que era apenas o vento gritando nas chaminés. Foi ver Hagman ao amanhecer e descobriu que o velho caçador estava suando, mas vivo. Estava dormindo e por uma ou duas vezes falou um nome em voz alta.

— Amy — disse ele —, Amy.

O médico havia feito uma visita na tarde anterior, cheirara o ferimento, dera de ombros e dissera que Hagman ia morrer. Depois havia lavado a ferida, que enrolara com uma bandagem, e se recusara a receber pagamento.

— Mantenham as bandagens úmidas e cavem uma sepultura — disse a Vicente, que estava traduzindo para Sharpe. O tenente português não traduziu as últimas quatro palavras.

Sharpe foi chamado para falar com o coronel Christopher logo depois do nascer do sol e encontrou-o sentado na sala de estar, enrolado em toalhas quentes enquanto Luís o barbeava.

— Ele já foi barbeiro — disse o coronel. — Você não foi barbeiro, Luís?

— E dos bons — respondeu Luís.

— Você parece precisar de um barbeiro, Sharpe — disse Christopher. — Corta o próprio cabelo, é?

— Não, senhor.

— Mas parece. Parece que ele foi comido pelos ratos. — A navalha fazia um leve ruído de coisa rasgando enquanto deslizava pelo seu queixo. Luís enxugou a lâmina com uma flanela e raspou de novo. — Minha mulher terá de ficar aqui — disse Christopher. — Não estou feliz.

— Não, senhor?

— Mas ela não estará em segurança em nenhum outro lugar, não é? Não pode ir para o Porto, que está cheio de franceses que estupram qualquer coisa que não esteja morta, e provavelmente até coisas mortas, se ainda estiverem frescas, e só vão ter o lugar sob algum controle dentro de mais um ou dois dias, de modo que ela deve ficar aqui, e vou me sentir muito mais confortável, Sharpe, se ela estiver protegida. Portanto, você guardará minha esposa, deixará seu colega ferido se recuperar, descansará, contemplará os desígnios infalíveis de Deus e dentro de uma semana, mais ou menos, estarei de volta e você poderá ir embora.

Sharpe olhou pela janela, para um jardim onde um empregado cortava o gramado com uma foice, provavelmente o primeiro corte do ano. A foice deslizava por entre as flores claras sopradas das glicínias.

— A Sra. Christopher poderia acompanhá-lo para o sul, senhor — sugeriu ele.

— Não, não pode coisíssima nenhuma — reagiu Christopher, rispidamente. — Eu disse a ela que é perigoso demais. O capitão Argenton e eu temos de atravessar as linhas, Sharpe, e não tornaremos as coisas mais fáceis se levarmos uma mulher. — O verdadeiro motivo, claro, era que ele não queria que Kate encontrasse a mãe e falasse do casamento na igrejinha da Vila Real de Zedes. — Portanto, Kate vai ficar aqui, e você vai tratá-la com respeito. — Sharpe não disse nada, só olhou para o coronel, que teve a gentileza de se remexer desconfortavelmente. — Claro que vai — disse Christopher. — Vou trocar uma palavra com o padre do povoado em nossa ida e garantir que o pessoal dele mande comida para vocês. Pão, feijão e um novilho devem bastar para vocês durante uma semana, não é? E, pelo amor de Deus, não se tornem óbvios; não quero que os franceses saqueiem esta casa. Há barris de vinho do Porto finíssimos na adega, e não quero que seus patifes se sirvam.

— Eles não farão isso, senhor — disse Sharpe. Na noite anterior, quando Christopher lhe dissera pela primeira vez que ele e seus homens deveriam ficar na quinta, o coronel apresentara uma carta do general Cradock. A carta fora levada de um lado para o outro por tanto tempo que estava frágil, especialmente ao longo das dobras. A tinta estava desbotada, mas declarava claramente, em inglês e português, que o tenente-coronel James Christopher estava empregado num trabalho de grande importância e pedia que cada oficial britânico e português atendesse às ordens do coronel e lhe oferecesse qualquer ajuda que ele pudesse requerer. A carta, que Sharpe não teve motivo para acreditar que fosse forjada, deixava claro que Christopher estava em posição de lhe dar ordens, de modo que agora ele parecia mais respeitoso do que na noite anterior. — Eles não vão tocar no vinho, senhor.

— Bom. Bom. É só isso, Sharpe, está dispensado.

— O senhor vai para o sul? — perguntou Sharpe, em vez de sair.

— Eu lhe disse, vamos ver o general Cradock.

— Então talvez pudesse levar uma carta minha ao capitão Hogan, senhor.

— Escreva depressa, Sharpe, escreva depressa. Tenho de partir.

Sharpe escreveu depressa. Não gostava de escrever, porque nunca aprendera muito bem as letras, não frequentara uma escola de verdade e sabia que suas expressões eram tão desajeitadas quanto a escrita, mas escreveu contando a Hogan que não tinha possibilidade de sair do norte do rio, que recebera ordem de ficar na Quinta do Zedes e que, assim que fosse liberado dessa ordem, retornaria ao serviço. Achava que Christopher leria a carta, por isso não fez qualquer menção ao coronel nem qualquer crítica às suas ordens. Deu a carta a Christopher que, vestindo roupas civis e acompanhado pelo francês, que também não usava uniforme, partiu no meio da manhã. Luís foi com eles.

Kate também havia escrito uma carta, esta para sua mãe. Durante a manhã estivera pálida e lacrimosa, o que Sharpe atribuiu à separação iminente do marido, mas, na verdade, Kate estava perturbada porque Christopher não a deixara acompanhá-lo, ideia que o coronel recusara-se bruscamente a considerar.

— O lugar aonde vamos é perigoso demais — insistira ele. — Atravessar as linhas, querida, é um perigo extremo, e não posso expô-la a esse risco. — Ele vira a infelicidade de Kate e segurara suas duas mãos. — Acredita que desejo me separar de você tão cedo? Não entende que apenas questões do dever, do dever mais elevado, me tirariam de perto de você? Precisa confiar em mim, Kate. Acho que a confiança é muito importante no casamento, não concorda?

E, tentando não chorar, Kate concordara que era.

— Você ficará em segurança — dissera Christopher. — Os homens de Sharpe vão guardá-la. Sei que ele parece inculto, mas é um oficial inglês, e isso significa que é quase um cavalheiro. E você tem empregados suficientes para servi-la. — Ele franziu o cenho. — Ter Sharpe aqui a preocupa?

— Não. Simplesmente vou ficar fora do caminho dele.

— Não tenho dúvida de que ele ficará satisfeito com isso. Lady Grace pode tê-lo domado um pouquinho, mas ele fica obviamente desconfortável perto de gente civilizada. Tenho certeza de que você estará bastante segura até minha volta. Posso lhe deixar uma pistola, se você estiver preocupada. O que acha?

— Não — respondeu Kate, porque sabia que havia uma pistola na antiga sala de armas de seu pai e, de qualquer modo, não acreditava que fosse precisar dela para deter Sharpe. — Quanto tempo você ficará longe?

— Uma semana? No máximo dez dias. Não é possível ser exato quanto a essas coisas, mas fique tranquila, querida, sabendo que vou correr de volta para você com o máximo de urgência.

Ela lhe deu a carta para a mãe. Escrita à luz de velas pouco antes do amanhecer, a carta dizia à Sra. Savage que a filha a amava, que lamentava tê-la enganado, mas mesmo assim estava casada com um homem maravilhoso, um homem que a Sra. Savage certamente viria a amar como se fosse seu próprio filho, e prometia que voltaria para o lado da mãe assim que pudesse. Enquanto isso confiava ela própria, o marido e a mãe aos cuidados gentis de Deus.

O coronel James Christopher leu a carta da esposa enquanto cavalgava na direção do Porto. Depois leu a carta de Sharpe.

— Alguma coisa importante? — perguntou o capitão Argenton.

— Trivialidades, caro capitão, meras trivialidades — disse Christopher e leu a carta de Sharpe uma segunda vez. — Santo Deus, hoje em dia permitem que iletrados façam o serviço do rei. — E com essas palavras picou as duas cartas em pedacinhos minúsculos, que deixou voar no vento frio e cheio de chuva, de modo que, por um momento, os papeizinhos brancos pareciam neve atrás do cavalo. — Presumo — perguntou a Argenton — que precisaremos de uma autorização para atravessar o rio, não é?

— Conseguirei uma com o quartel-general.

— Bom — disse Christopher —, bom. — Porque na bolsa de sua sela, sem que o capitão Argenton soubesse, havia uma terceira carta, que Christopher escrevera pessoalmente num francês educado e perfeito, e era dirigida, aos cuidados do quartel-general do marechal Soult, ao general de brigada Henri Vuillard, o homem mais temido por Argenton e seus colegas conspiradores. Christopher sorriu, lembrando-se das alegrias da noite e antecipando alegrias maiores que viriam. Era um homem feliz.

CAPÍTULO IV

— Teias de aranha e musgo — sussurrou Hagman. — Vão fazer efeito.
— Teias de aranha e musgo? — perguntou Sharpe.
— Um emplastro de teias de aranha, musgo e um pouco de vinagre. Cubra com papel pardo e amarre bem apertado.
— O médico disse que você só deveria manter a bandagem úmida, Dan, nada mais.
— Nós sabemos mais do que os médicos, senhor. — A voz de Hagman era praticamente inaudível. — Minha mãe sempre jurou pelo vinagre, o musgo e as teias. — Ele ficou quieto, mas cada respiração era um chiado. — E papel pardo — disse depois de muito tempo. — E meu pai, senhor, quando levou um tiro de um vigia em Dunham on the Hill, foi trazido de volta pelo emplastro de vinagre, musgo e seda de aranha. Minha mãe era uma mulher maravilhosa.

Sentado junto da cama, Sharpe perguntou a si mesmo se ele seria diferente caso tivesse conhecido a mãe, se tivesse sido criado por uma mãe. Pensou em lady Grace, morta havia três anos, e em como ela lhe dissera uma vez que ele era cheio de fúria, e ele se perguntou se era isso que as mães faziam, retirar a fúria. Então sua mente se afastou de Grace, como sempre fazia. Era simplesmente doloroso demais lembrar, e ele forçou um sorriso.

— Você estava falando de Amy no sono, Dan. É sua mulher?

— Amy! — Hagman piscou, surpreso. — Amy? Eu não pensava em Amy havia anos. Ela era a filha do reitor da paróquia, senhor, a filha do reitor, e fazia coisas que nenhuma filha de reitor deveria nem mesmo saber que existiam. — Ele deu um risinho e isso deve ter doído, porque o sorriso desapareceu e ele gemeu, mas Sharpe achou que agora Hagman tinha uma chance. Nos dois primeiros dias estivera febril, mas o suor havia parado. — Quanto tempo vamos ficar aqui, senhor?

— O tempo que for necessário, Dan, mas a verdade é que não sei. O coronel me deu ordens, de modo que simplesmente vamos ficar até que ele nos dê outras. — Sharpe fora tranqüilizado pela carta do general Cradock, e mais ainda pela notícia de que Christopher ia se encontrar com o general. Sem dúvida o coronel estava enfiado até o pescoço num trabalho estranho, mas agora Sharpe se perguntava se havia entendido mal as palavras do capitão Hogan quanto a ficar de olho em Christopher. Talvez Hogan estivesse dizendo que queria que Christopher fosse protegido, pois seu trabalho era muito importante. De qualquer modo, agora Sharpe tinha suas ordens e estava satisfeito porque o coronel possuía autoridade para dá-las, mas mesmo assim se sentia culpado porque ele e seus homens estavam descansando na Quinta do Zedes enquanto uma guerra acontecia em algum lugar ao sul e outro a leste.

Pelo menos presumia que houvesse luta, porque não teve nenhuma notícia verdadeira nos dias seguintes. Um mascate, que chegara à quinta com um estoque de botões de osso, alfinetes de aço e medalhões de estanho prensado que mostravam a Virgem Maria, dissera que os portugueses ainda controlavam a ponte em Amarante, onde recebiam oposição de um grande exército francês. Também havia afirmado que os franceses tinham ido para o sul, na direção de Lisboa, depois contara sobre um boato de que o marechal Soult ainda estava no Porto. Um frade que viera à quinta pedir comida lhes dera as mesmas notícias.

— E isso é bom — disse Sharpe a Harper.

— Por quê, senhor?

— Porque Soult não se demoraria no Porto se houvesse uma chance de Lisboa cair, não é? Não. Se Soult está no Porto, é porque os sapos não passaram de lá.

— Mas eles estão ao sul do rio?

— Talvez alguns cavalarianos desgraçados — desconsiderou Sharpe, mas era frustrante não saber o que estava acontecendo e, para sua surpresa, ele se pegou querendo que o coronel Christopher retornasse, para saber como a guerra progredia.

Sem dúvida Kate desejava o retorno do marido ainda mais do que Sharpe. Nos primeiros dias após a partida do coronel ela evitara Sharpe, mas os dois começaram a se ver cada vez mais no quarto onde estava Daniel Hagman. Kate trazia comida para o ferido, depois se sentava e conversava com ele, e assim que se convenceu de que Sharpe não era o patife vulgar que ela havia suposto, convidava-o para a frente da casa, onde fazia chá num bule decorado com rosas de porcelana em relevo. Algumas vezes o tenente Vicente era convidado, mas não dizia praticamente nada, apenas se sentava na borda de uma cadeira e olhava para Kate numa adoração triste. Se ela lhe falava, ele ficava vermelho e gaguejava, e Kate desviava o olhar, parecendo igualmente sem graça, mas ela parecia gostar do tenente português. Sharpe sentiu que ela era uma mulher solitária e que sempre fora. Uma tarde, quando Vicente estava supervisionando os sentinelas, ela contou que havia crescido como filha única no Porto e que fora mandada para a Inglaterra para estudar.

— Éramos três garotas na casa de um pastor — contou. Era uma noite fria e ela sentou-se perto do fogo aceso na lareira com acabamento de azulejos da sala de estar da quinta. — A mulher dele nos obrigava a cozinhar, fazer a limpeza e costurar — continuou Kate —, e o pastor nos ensinava as escrituras, um pouco de francês, um pouco de matemática e Shakespeare.

— Mais do que eu jamais aprendi — disse Sharpe.

— Você não é a filha de um rico mercador de vinho do Porto — respondeu Kate com um sorriso. Atrás dela, nas sombras, a cozinheira fazia tricô. Quando estava com Sharpe e Vicente, Kate sempre mandava uma das empregadas acompanhá-la, presumivelmente para que o marido não tivesse motivos de suspeita. — Meu pai estava decidido a fazer com que eu tivesse uma boa formação — continuou Kate, pensativa. — Meu pai era um homem estranho. Produzia vinho, mas não bebia. Dizia que Deus não aprovava. A adega aqui está cheia de bom vinho, e ele aumentava o estoque todos os anos, mas jamais abriu uma garrafa para si mesmo. — Ela estremeceu e inclinou-se para o fogo. — Lembro-me de que era sempre frio na Inglaterra. Eu odiava, mas meus pais não queriam que eu estudasse em Portugal.

— Por quê?

— Temiam que eu me contaminasse com o papismo — disse ela, brincando com as borlas do xale. — Meu pai opunha-se ferozmente, ao papismo — continuou séria. — Motivo pelo qual, em seu testamento, insistiu em que eu me casasse com alguém que comungasse com a Igreja da Inglaterra, caso contrário...

— Caso contrário?

— Eu perderia a herança.

— Agora ela está em segurança — disse Sharpe.

— É — respondeu ela, olhando-o, a luz do pequeno fogo refletindo-se em seus olhos. — É, está.

— É uma herança que vale a pena? — perguntou Sharpe, suspeitando que a pergunta era indelicada, mas levado pela curiosidade.

— Esta casa, os vinhedos — disse Kate, aparentemente sem se ofender —, a vinícola onde o Porto é feito. No momento tudo está em meu nome, mas minha mãe desfruta os rendimentos, claro.

— Por que ela não voltou para a Inglaterra?

— Ela viveu aqui durante vinte anos, de modo que agora seus amigos estão aqui. Mas depois desta semana? — Kate deu de ombros. — Talvez ela retorne à Inglaterra. Minha mãe sempre disse que iria para casa, arranjar um segundo marido. — Kate sorriu diante do pensamento.

— Ela não poderia se casar aqui? — perguntou Sharpe, lembrando-se da mulher bonita subindo na carruagem diante da Bela Casa.

BERNARD CORNWELL

— Aqui todos são papistas, senhor Sharpe — disse Kate fingindo reprovar. — Mas acho que ela encontrou alguém não faz muito tempo. Ela começou a se preocupar mais consigo mesma. Com as roupas, o cabelo, mas talvez seja imaginação minha. — Ela ficou quieta um momento. As agulhas da cozinheira estalavam e um pedaço de lenha caiu soltando uma chuva de fagulhas. Uma delas cuspiu por sobre a guarda da lareira e ardeu num tapete até que Sharpe se inclinou e tirou-a. O relógio Tompion no saguão marcou 21h. — Meu pai acreditava que as mulheres de sua família tendiam a sair do caminho reto e estreito, motivo pelo qual sempre quis um filho para assumir os negócios. Isso não aconteceu, por isso ele amarrou nossas mãos no testamento.

— Vocês precisariam se casar com um inglês protestante?

— Um anglicano confirmado, que estivesse disposto a mudar o sobrenome para Savage.

— Então agora ele é coronel Savage?

— Será — disse Kate. — Ele disse que assinaria um documento diante de um notário no Porto e que depois nós o mandaríamos aos curadores em Londres. Não sei como podemos mandar cartas para a Inglaterra agora, mas James arranjará um meio. Ele é cheio de recursos.

— É mesmo — concordou Sharpe, secamente. — Mas ele quer permanecer em Portugal e fabricar vinho do Porto?

— Ah, sim!

— E a senhora?

— Claro! Adoro Portugal e sei que James quer ficar. Ele declarou isso, pouco tempo depois de chegar à nossa casa no Porto. — Ela disse que Christopher fora à Bela Casa no ano-novo e ficara hospedado lá por um tempo, mas passava a maior parte da estada cavalgando no norte. Ela não sabia o que ele fazia por lá. — Não era da minha conta — disse.

— E o que ele está fazendo no sul agora? Também não é da sua conta?

— Não, a não ser que ele me conte — respondeu Kate, na defensiva, depois franziu o cenho. — O senhor não gosta dele, não é?

Sharpe ficou sem graça, não sabendo o que dizer.

— Ele tem dentes bons — respondeu.

Essa declaração de má-vontade fez com que Kate parecesse magoada.

— Será que ouvi o relógio bater? — perguntou ela.

Sharpe entendeu a deixa.

— Hora de verificar as sentinelas — disse Sharpe, caminhando para a porta. Ele olhou para Kate e notou, não pela primeira vez, como sua aparência era delicada e como a pele clara parecia luzir à luz da lareira, depois tentou esquecê-la enquanto começava a ronda pelas sentinelas.

Sharpe estava fazendo os fuzileiros trabalhar duro, patrulhando as terras da quinta, treinando na estradinha, forçando-os durante longas horas até que a pouca energia que lhes restava se gastasse em reclamações, mas Sharpe sabia como a situação era precária. Christopher havia ordenado que ele ficasse e guardasse Kate, mas a quinta jamais poderia ser defendida nem mesmo contra uma pequena força francesa. Ficava no alto de uma colina, porém o morro subia ainda mais, atrás dela, e havia uma floresta densa no terreno mais elevado, que poderia esconder um corpo de infantaria capaz de atacar a mansão pelo alto, com a vantagem acrescida das árvores para lhes dar cobertura. Mas ainda mais no alto as árvores terminavam e o morro subia até um cume rochoso, onde uma velha torre de vigia se desmoronava aos ventos e onde Sharpe passava horas vigiando o campo.

Via tropas francesas todos os dias. Havia um vale ao norte da Vila Real de Zedes pela qual passava uma estrada para o leste na direção de Amarante, e a artilharia, a infantaria e os carroções de suprimentos do inimigo viajavam pela estrada diariamente. E, para mantê-las em segurança, grandes esquadrões de dragões patrulhavam o vale. Havia dias em que aconteciam disparos, distantes, fracos, que mal podiam ser ouvidos, e Sharpe imaginou que o povo do campo estivesse emboscando os invasores. Ficava olhando pelo telescópio, tentando ver onde as ações aconteciam, mas nunca avistava as emboscadas e nenhum guerrilheiro chegava perto de Sharpe, nem os franceses, mas ele tinha certeza de que os inimigos deviam saber que um esquadrão desgarrado de fuzileiros ingleses estava na Vila Real de Zedes. Uma vez chegou a ver alguns dragões trotando a um quilômetro e meio da quinta, e dois oficiais olharam para a casa elegante através de telescópios; no entanto, não fizeram nenhum movimento contra ela. Será que Christopher havia arranjado isso?

Nove dias depois da partida de Christopher, o chefe do povoado trouxe para Vicente um jornal do Porto. Era uma folha mal impressa e Vicente ficou perplexo com ela.

— Nunca ouvi falar no Diário do Porto — disse a Sharpe —, e isso é um absurdo.

— Absurdo?

— Diz que Soult deve se declarar rei da Lusitânia do Norte! Diz que há muitos portugueses que apoiam a ideia. Quem? Por que apoiariam? Já temos um rei.

— Os franceses devem estar pagando pelo jornal — supôs Sharpe, porém o que mais os franceses estavam fazendo era um mistério, porque o deixaram em paz.

O médico que vinha ver Hagman achava que o marechal Soult estava reunindo suas forças e preparando-se para atacar ao sul, de modo que não queria perder homens em pequenas escaramuças nas montanhas do norte.

— Assim que ele ocupar Portugal inteiro — disse o médico —, vai expulsar vocês. — Ele franziu o nariz ao levantar a compressa fedorenta do peito de Hagman, depois balançou a cabeça perplexo, porque o ferimento estava limpo. A respiração de Hagman estava mais fácil, agora ele conseguia sentar-se na cama e estava comendo melhor.

Vicente partiu no dia seguinte. O médico trouxera notícias do exército do general Silveira em Amarante e de como ele estava defendendo com valentia a ponte sobre o Tâmega, e Vicente decidiu que era seu dever ajudar essa defesa, mas depois de três dias retornou porque havia dragões demais patrulhando o campo entre a Vila Real de Zedes e Amarante. O fracasso deixou-o arrasado.

— Estou perdendo meu tempo — disse a Sharpe.

— Até que ponto seus homens são bons? — perguntou Sharpe.

A pergunta confundiu Vicente.

— Bons? Eles são tão bons quanto quaisquer outros, acho.

— São mesmo? — Naquela tarde Sharpe enfileirou todos os homens, tanto os fuzileiros quanto os portugueses, e fez com que todos disparassem três tiros num minuto com uma espingarda portuguesa. Fez isso na frente da casa e marcou o tempo dos tiros usando o grande relógio de armário.

Sharpe não teve dificuldade para fazer os três disparos. Fizera isso durante metade de sua vida, e a espingarda portuguesa era de fabricação inglesa e familiar para ele. Abriu o cartucho com o dente, sentiu o gosto de sal da pólvora, carregou o cano, socou a bucha e a bala, escorvou a caçoleta, engatilhou, puxou o gatilho e sentiu o coice da arma no ombro, depois baixou a coronha, mordeu o cartucho seguinte, e a maioria de seus homens estava sorrindo porque eles sabiam que ele era bom.

O sargento Macedo foi o único outro homem, além de Sharpe, que fez os três disparos em menos de 45 segundos. Quinze fuzileiros e 12 portugueses conseguiram disparar a cada vinte segundos, mas o resto era lento, e Sharpe e Vicente começaram a treiná-los. Williamson, um dos fuzileiros que havia fracassado, resmungou que era estupidez fazê-lo aprender a disparar uma espingarda de cano liso quando ele era fuzileiro. Fez a reclamação em um tom de voz alto apenas o suficiente para Sharpe escutar, na expectativa de que Sharpe o ignorasse, depois ficou magoado quando Sharpe o arrastou para fora da fila.

— Você tem uma reclamação? — perguntou Sharpe.

— Não, senhor. — Com o rosto grande carrancudo, Williamson olhou para além de Sharpe.

— Olhe para mim — disse Sharpe. Williamson obedeceu, mal-humorado. — O motivo para você estar aprendendo a disparar uma espingarda como um soldado de verdade é porque não quero que os portugueses pensem que estamos pegando no pé deles. — Williamson continuou mal-humorado. — E, além disso, estamos perdidos quilômetros atrás das linhas inimigas, e o que vai acontecer se sua carabina se quebrar? E há mais um motivo.

— O que é, senhor?

— Se você não fizer isso, eu o coloco em outro castigo, depois em outro, e mais outro, até você estar tão farto de punição que terá de atirar em mim para se livrar delas.

Williamson olhou para Sharpe com uma expressão que sugeria que adoraria atirar nele, mas Sharpe apenas o encarou, e Williamson desviou o olhar.

— Vamos ficar sem munição — disse ele com grosseria, e nesse sentido provavelmente estava certo, mas Kate Savage destrancou a sala de armas do pai e encontrou um barril de pólvora e um molde para balas, de modo que Sharpe pôde mandar seus homens fazerem mais cartuchos, usando páginas dos livros de sermões da biblioteca da quinta para embrulhar a pólvora e os projéteis. As balas eram pequenas demais, mas eram boas para treinamento, e durante três dias seus homens dispararam espingardas e carabinas por cima da estradinha. Os franceses deviam ter escutado o som dos tiros ecoando nas colinas, assim como deviam ter visto a fumaça de pólvora acima da Vila Real de Zedes, mas não vieram. Nem o coronel Christopher.

— Mas os franceses virão — disse Sharpe a Harper uma tarde, enquanto subiam o morro atrás da quinta.

— Pode ser — respondeu o grandalhão. — Quero dizer, não que eles não saibam que estamos aqui.

— E vão fazer picadinho de nós quando vierem.

Harper deu de ombros diante dessa opinião pessimista, depois franziu o cenho.

— Até onde vamos?

— Até o topo — respondeu Sharpe. Ele havia guiado Harper por entre as árvores e agora estavam na encosta rochosa que levava à antiga torre de vigia no cume. — Nunca esteve aqui em cima?

— Eu cresci em Donegal, e lá nós aprendíamos uma coisa: nunca ir ao topo dos morros.

— Por quê?

— Porque qualquer coisa de valor já teria rolado para baixo há muito tempo, senhor, e tudo que a gente ia conseguir era ficar sem fôlego de tanto subir, só para descobrir que a coisa não existia mais. Meu Deus, mas daqui dá para ver até a metade do caminho do céu.

A trilha seguia uma crista rochosa que levava ao cume, e dos dois lados a encosta ficava mais íngreme, até que somente um cabrito poderia encontrar apoio no penhasco traiçoeiro, mas o caminho em si era bastante seguro, serpenteando até o antigo toco da torre de vigia.

— Vamos fazer um forte aqui em cima — disse Sharpe com entusiasmo.

— Que Deus nos proteja.

— Estamos ficando preguiçosos, Pat, moles. Sem ter o que fazer. Isso não é bom.

— Mas por que fazer um forte? — perguntou Harper. — Isso já é uma fortaleza! Nem o diabo poderia tomar este morro, se for defendido.

— Há dois modos de subir aqui — disse Sharpe, ignorando a pergunta. — Este caminho e outro do lado sul. Quero muros atravessando cada caminho. Muros de pedra, Pat, altos o suficiente para um homem ficar de pé atrás e disparar por cima. Há bastantes pedras aqui em cima. — Sharpe guiou Harper por baixo do arco partido da torre e mostrou-lhe como a velha construção fora erguida acima de um buraco natural no cume do morro e como a torre desmoronada havia enchido o buraco com pedras.

Harper olhou para o buraco.

— Quer que a gente mova todas essas pedras e construa muros novos? — Ele estava perplexo.

— Estive conversando com Kate Savage sobre este lugar. Esta velha torre foi construída há centenas de anos, Pat, quando os mouros estavam aqui. Na época, eles matavam cristãos, e o rei construiu a torre de vigia para que pudessem ver quando um bando de ataque mouro estivesse chegando.

— É uma coisa sensata.

— E Kate contou que o povo dos vales mandava seus bens de valor aqui para cima. Moedas, joias, ouro. Tudo aqui para cima, Pat, para que os pagãos desgraçados não roubassem. Então houve um terremoto e a torre caiu, e os moradores do local acham que há um tesouro sob essas pedras.

Harper pareceu cético.

— E por que não desenterraram, senhor? O povo da aldeia não me parece burro. Quero dizer, Jesus, Maria e José, se eu soubesse que havia um poço de ouro num morro, não perderia meu tempo com um arado ou um rastelo.

— Isso mesmo — disse Sharpe. Ele estava inventando a história enquanto falava e procurava desesperadamente uma resposta para a objeção totalmente razoável de Harper. — Veja bem, houve uma criança que foi enterrada com o ouro, e há uma lenda segundo a qual a criança vai assombrar a casa de quem desenterrar seus ossos. Mas só se for assombrar uma casa da região.

Harper fungou diante desse incremento, depois olhou de volta para o caminho.

— Então o senhor quer um forte aqui?

— E temos de trazer barris de água para cá. — Esta era a fragilidade do cume, não possuir água. Se os franceses viessem e ele tivesse de recuar para o topo do morro, não queria se render simplesmente por causa da sede. — A senhorita Savage — ele ainda não pensava nela como Sra. Christopher — vai nos arranjar barris.

— Aqui em cima? No sol? A água vai ficar horrível — alertou Harper.

— Jogamos um pouquinho de conhaque em cada barril — disse Sharpe, lembrando-se de suas viagens à Índia e de como a água sempre tinha um leve gosto de rum. — Eu arranjo o conhaque.

— E o senhor realmente espera que eu acredite que há ouro embaixo dessas pedras?

— Não — admitiu Sharpe —, mas quero que os homens acreditem pelo menos um pouco. Vai ser um trabalho duro construir muros aqui em cima, Pat, e sonhar com um tesouro nunca faz mal.

Assim eles construíram o forte e não acharam ouro, mas ao sol de primavera transformaram o topo do morro num reduto onde um punhado de soldados poderia envelhecer sob cerco. Os antigos construtores haviam escolhido bem, selecionando não apenas o pico mais alto em quilômetros ao redor para construir a torre de vigia, mas também um lugar que era facilmente defendido. Os atacantes só poderiam vir pelo norte ou pelo sul, e nos dois casos teriam de seguir por caminhos estreitos. Um dia, explorando o caminho sul, Sharpe encontrou uma ponta de flecha enferrujada sob uma pedra, levou-a de volta ao cume e mostrou-a a Kate. Ela segurou-a sob a aba do largo chapéu de palha e virou para um lado e para o outro.

— Provavelmente não é muito antiga — disse ela.

— Achei que ela poderia ter ferido um mouro.

— Na época do meu avô ainda se caçava com arcos e flechas — disse ela.

— Então sua família estava aqui na época do seu avô?

— Os Savage começaram em Portugal em 1711 — disse ela com orgulho. Kate estivera olhando para o sudoeste, na esperança de ver um cavaleiro se aproximando, mas os dias que passavam não traziam sinal de seu marido, nem mesmo uma carta. Os franceses também não vinham, mas Sharpe sabia que eles deviam ter visto seus homens trabalhando no cume, empilhando rochas para fazer fortificações ao longo dos dois caminhos e lutando para subir pelas trilhas com barris de água que foram postos no grande buraco liberado no pico. Os homens reclamavam de ser obrigados a trabalhar como mulas, mas Sharpe sabia que estavam mais felizes cansados do que no ócio. Alguns, encorajados por Williamson, reclamavam que estavam perdendo tempo, que deveriam ter abandonado aquele morro maldito e sua torre partida e encontrado um caminho para o sul até o exército. Sharpe achava que eles provavelmente estavam certos, mas tinha suas ordens, por isso ficou.

— O que há — dizia Williamson para os colegas — é a porcaria da dona. A gente fica carregando pedra e ele fica fazendo cócegas na mulher do coronel. — E se Sharpe tivesse ouvido aquela opinião, talvez também concordasse, mesmo que não estivesse fazendo cócegas em Kate. Mas ele gostava de sua companhia e havia se convencido de que, com ou sem ordens, devia protegê-la contra os franceses.

Mas os franceses não vieram, nem o coronel Christopher. Em vez disso, veio Manuel Lopes.

Ele chegou num cavalo preto, galopando pela estradinha. Então freou o garanhão tão depressa que ele empinou e se retorceu, e Lopes, em vez de ser derrubado, como teria acontecido com 99 em cada cem cavaleiros, permaneceu calmo e no controle. Acalmou o animal e sorriu para Sharpe.

— Você é o inglês — disse em inglês —, e eu odeio os ingleses, mas não tanto quanto odeio os espanhóis, e odeio os espanhóis menos do que odeio os franceses. — Ele desceu da sela e estendeu a mão. — Sou Manuel Lopes.

— Sharpe — disse Sharpe.

Lopes olhou para a quinta com a expressão de quem estava avaliando-a para saquear. Era uns dois centímetros mais baixo do que o metro e oitenta e dois de Sharpe, mas parecia mais alto. Era um homem grande; não gordo, apenas grande, com rosto forte, olhos rápidos e sorriso fácil.

— Se eu fosse espanhol, e agradeço tremendamente ao Senhor por não ser, iria me chamar de algo dramático, Chacinador, talvez, ou Mata-porcos ou Príncipe da Morte — estava falando dos chefes guerrilheiros que tornavam a vida dos franceses tão miserável —, mas sou um humilde cidadão de Portugal, de modo que meu apelido é Mestre-escola.

— Mestre-escola — repetiu Sharpe.

— Porque é isso que eu era — respondeu Lopes, energicamente. — Fui dono de uma escola em Bragança, onde ensinava inglês, latim, grego, álgebra, retórica e montaria a uns pequenos desgraçados ingratos. Também ensinava a amar a Deus, honrar o rei e peidar na cara de todos os espanhóis. Agora, em vez de desperdiçar o fôlego com imbecis, mato franceses. — E fez uma reverência extravagante para Sharpe. — Sou famoso por isso.

— Não ouvi falar do senhor.

Lopes simplesmente sorriu diante do desafio.

— Os franceses ouviram, senhor, e eu ouvi falar do senhor. Quem é esse inglês que vive em segurança ao norte do Douro? Por que os franceses o deixam em paz? Quem é o oficial português que vive à sua sombra? Por que estão aqui? Por que estão fazendo um forte de brinquedo no morro da torre de vigia? Por que não estão lutando?

— Boas perguntas — disse Sharpe, secamente. — Todas elas.

Lopes olhou de novo para a quinta.

— Em todos os outros lugares de Portugal onde os franceses deixaram seu esterco, senhor, eles destruíram lugares como este. Roubaram as pinturas, quebraram a mobília e beberam tudo o que havia nas adegas. No entanto, a guerra não chega a esta casa? — Ele se virou para olhar pela estradinha onde cerca de vinte ou trinta homens haviam aparecido. — Meus alunos precisam de descanso — explicou.

Os "alunos" eram seus homens, um bando maltrapilho com o qual Lopes vinha emboscando as colunas francesas que transportavam munição para os artilheiros em luta contra as tropas portuguesas que ainda sustentavam a ponte em Amarante. O Mestre-escola havia perdido um bom número de homens nas lutas e admitia que seus primeiros sucessos o haviam deixado confiante demais, até que, havia apenas dois dias, dragões Franceses pegaram seus homens em campo aberto.

— Odeio aqueles desgraçados verdes — resmungou Lopes. — Odeio os miseráveis e odeio seus grandes sabres. — Quase metade de seus homens havia sido morta e o resto tivera sorte em escapar. — Por isso eu os trouxe aqui, para que se recuperem, e porque a Quinta do Zedes parece um porto seguro.

Kate irritou-se ao saber que Lopes desejava que seus homens ficassem na casa.

— Diga para ele levá-los para a aldeia — disse ela a Sharpe, e Sharpe levou a sugestão ao Mestre-escola.

Lopes riu ao ouvir.

— O pai dela também era um desgraçado metido a besta — disse.

— O senhor o conhecia?

— Ouvi falar. Fabricava vinho do Porto, mas não bebia por causa das crenças estúpidas, e não tirava o chapéu quando passavam por ele carregando o sacramento. Que tipo de homem é esse? Até um espanhol tira o chapéu para os sacramentos abençoados. — Lopes deu de ombros. — Meus homens ficarão felizes na aldeia. — Ele tragou um charuto fedorento. — Só ficaremos o tempo necessário para curar os piores ferimentos. Depois voltaremos à luta.

— Nós também — disse Sharpe.

— Vocês? — O Mestre-escola achou divertido. — No entanto não lutam agora?

— O coronel Christopher ordenou que ficássemos aqui.

— O coronel Christopher?

— Esta é a casa da esposa dele.

— Não sabia que ele era casado.

— Você o conhece?

— Ele foi me ver em Bragança. Eu ainda era dono da escola e tinha reputação de influente. Portanto, o coronel me fez uma visita. Queria saber se o sentimento em Bragança era a favor de lutar contra os franceses, e disse-lhe que o sentimento em Bragança era a favor de afogar os franceses em seu próprio mijo, mas que se isso não fosse possível, lutaríamos contra eles. E lutamos. — Lopes fez uma pausa. — Também ouvi dizer que o coronel tinha dinheiro para qualquer um que se dispusesse a lutar contra eles, mas nunca vimos nenhum. — Ele se virou e olhou para a casa. — E a mulher dele é dona da Quinta? E os franceses não tocam neste lugar?

— O coronel Christopher fala com os franceses e neste momento está ao sul do Douro, onde levou um francês para conversar com o general inglês.

Lopes encarou Sharpe por alguns instantes.

— Por que um oficial francês quereria falar com os ingleses? — perguntou e esperou a resposta de Sharpe, depois respondeu ele mesmo, quando o fuzileiro ficou em silêncio. — Apenas por um motivo — sugeriu Lopes. — Para fazer a paz. A Inglaterra vai dar o fora e nos deixar sofrendo.

— Não sei — disse Sharpe.

— Vamos expulsá-los com ou sem vocês — disse Lopes com raiva, enquanto começava a descer a estradinha, gritando para seus homens trazerem seu cavalo, pegar a bagagem e acompanhá-lo até o povoado.

O encontro com Lopes só fez Sharpe se sentir mais culpado. Outros homens estavam lutando enquanto ele não fazia nada, e naquela noite, depois do jantar, pediu para falar com Kate. Era tarde e Kate havia mandado as empregadas de volta para a cozinha, e Sharpe esperou que ela chamasse uma de volta para fazer-lhe companhia, mas em vez disso ela o levou para a longa sala de estar. Estava escuro, já que nenhuma vela fora acesa, por isso Kate foi até uma janela e puxou as cortinas, revelando uma noite pálida e enluarada. As glicínias pareciam luzir à luz de prata. As botas de uma sentinela faziam barulho lá fora.

— Sei o que vai dizer — afirmou Kate. — Que é hora de o senhor partir.

— Sim, e acho que a senhora deveria ir conosco.

— Devo esperar por James. — Kate foi até um aparador e, à luz do luar, serviu uma taça de vinho do Porto. — Para o senhor — disse.

— Quanto tempo o coronel disse que ficaria longe?

— Uma semana, talvez dez dias.

— Já são mais de duas semanas, quase três.

— Ele ordenou que o senhor esperasse aqui.

— Não até a eternidade. — Sharpe foi até o aparador e pegou o vinho, que era o melhor dos Savage.

— O senhor não pode me deixar aqui.

— Não pretendo. — A lua fazia uma sombra no rosto dela e brilhava em seus olhos, e Sharpe sentiu uma pontada de ciúme do coronel Christopher. — Acho que a senhora deveria ir.

— Não — respondeu Kate com um tom de petulância, depois voltou o rosto para ele, implorando. — O senhor não pode me deixar aqui sozinha!

— Sou um soldado — disse Sharpe —, e já esperei muito. Supõe-se que haja uma guerra neste país, e fico simplesmente aqui sentado como um pedaço de pau.

Kate estava com lágrimas nos olhos.

— O que aconteceu com ele?

— Talvez tenha recebido novas ordens em Lisboa.

— Então por que não escreve?

— Porque estamos em território inimigo, senhora — respondeu Sharpe, brutalmente —, e talvez ele não possa nos mandar uma mensagem. — Isso era muito improvável, pensou Sharpe, porque Christopher parecia ter amigos suficientes entre os franceses. Talvez o coronel tivesse sido preso em Lisboa. Ou morto por guerrilheiros. — Provavelmente ele está esperando que a senhora vá para o sul — disse, em vez de verbalizar aqueles pensamentos.

— Ele mandaria uma mensagem — protestou Kate. — Tenho certeza de que ele está vindo.

— Tem?

Ela sentou-se numa cadeira dourada e olhou pela janela.

— Ele tem de voltar — disse ela baixinho, e pelo tom de sua voz, Sharpe notou que ela havia praticamente perdido a esperança.

— Se acha que ele está voltando, deve esperar por ele. Mas vou levar meus homens para o sul.

Ele partiria na noite seguinte, decidiu. Marcharia no escuro, iria para o sul, encontraria o rio e examinaria as margens, à procura de um bote. Até mesmo um tronco de árvore serviria, qualquer coisa que pudesse flutuar com eles através do Douro.

— Sabe por que me casei com ele? — perguntou ela.

Sharpe ficou tão perplexo com a pergunta que não respondeu. Apenas olhou para ela.

— Casei-me com ele porque a vida no Porto é monótona demais. Minha mãe e eu moramos na casa grande da colina e todos os advogados nos contam o que acontece nos vinhedos e na fábrica, e as outras damas vão lá tomar chá, e vamos à igreja inglesa aos domingos, e é só isso que acontece.

Sharpe continuou sem dizer nada. Estava sem graça.

— O senhor acha que ele se casou comigo pelo dinheiro, não acha?

— A senhora não?

Kate encarou-o em silêncio e ele meio que esperou que ela estivesse com raiva, mas em vez disso ela balançou a cabeça e suspirou.

— Não ouso acreditar nisso, mas acredito que o casamento é um jogo, e não sabemos no que vai dar, mas mesmo assim temos esperança. Nós nos casamos por esperança, senhor Sharpe, e algumas vezes temos sorte. Não acha que isso é verdade?

— Nunca me casei — disse Sharpe, evitando a resposta.

— O senhor quis se casar?

— Quis — respondeu ele, pensando em Grace.

— O que aconteceu?

— Ela era viúva, e os advogados estavam fazendo uma confusão com o testamento do marido, e nós achamos que se ela se casasse comigo, isso apenas complicaria as coisas. Foi o que os advogados dela disseram. Odeio os advogados. — Ele parou de falar, magoado como sempre com a lembrança. Tomou o vinho para encobrir os sentimentos, depois foi até a janela e olhou a estradinha enluarada até onde a fumaça dos fogos da aldeia manchavam as estrelas acima dos morros ao norte. — No fim, ela morreu — terminou ele, abruptamente.

— Sinto muito — disse Kate baixinho.

— E espero que tudo dê certo para a senhora.

— Espera mesmo?

— Claro — respondeu ele, depois se virou e estava tão perto dela que Kate precisou inclinar a cabeça para trás para vê-lo. — O que realmente espero — disse ele — é isso. — Em seguida se curvou e beijou-a muito suavemente nos lábios, e por meio segundo ela se enrijeceu, depois deixou que ele a beijasse. E quando ele se empertigou, Kate baixou a cabeça, e Sharpe soube que ela estava chorando. — Espero que a senhora tenha sorte.

Kate não levantou os olhos.

— Preciso trancar a casa — disse, e Sharpe soube que estava sendo dispensado.

Ele deu aos homens o dia seguinte para se prepararem. Havia botas a consertar, embornais e mochilas a encher com comida para a marcha. Sharpe certificou-se de que cada carabina estivesse limpa, que as pederneiras fossem novas e que as cartucheiras estivessem cheias. Harper atirou em dois cavalos capturados dos dragões e retalhou-os em peças de carne que pudessem ser carregadas, depois colocou Hagman em outro cavalo para garantir que ele poderia montá-lo sem sentir dor demais. Sharpe disse a Kate que ela deveria montar outro e ela protestou, argumentando que não poderia viajar sem acompanhante, e Sharpe disse que ela podia decidir o que quisesse.

— Fique ou parta, senhora, mas nós vamos esta noite.

— O senhor não pode me deixar! — reagiu Kate com raiva, como se Sharpe não a tivesse beijado e ela não tivesse permitido o beijo.

— Sou um soldado, senhora, e estou indo.

Mas não foi, pois naquela noite, ao anoitecer, o coronel Christopher retornou.

O coronel montava seu cavalo preto e estava todo vestido de preto. Dodd e Pendleton eram as sentinelas na estradinha da quinta, e quando eles o saudaram, Christopher apenas tocou o castão de marfim de seu chicote de montaria num dos bicos com borlas de seu bicórnio. Luís, o empregado, seguia atrás, e a poeira dos cascos dos cavalos pairou sobre as pétalas de glicínias caídas dos dois lados do caminho.

— Parece lavanda, não é? — observou Christopher a Sharpe. — Deveriam tentar plantar lavanda aqui — continuou enquanto apeava do cavalo. — Ficaria bem, não acha? — Sem esperar resposta, subiu correndo os degraus da quinta e abriu os braços para Kate. — Minha doçura!

Deixado no quintal, Sharpe pegou-se olhando para Luís. O empregado levantou uma sobrancelha, como se em exasperação, depois levou os cavalos para os fundos da casa. Sharpe olhou para os campos que iam escurecendo. Agora que o sol se fora, havia um frio no ar, um fiapo de inverno se demorando na primavera.

— Sharpe! — A voz do coronel chamou de dentro da casa. — Sharpe!

— Senhor? — Sharpe passou pela porta entreaberta.

Christopher estava diante da lareira do saguão, as abas da casaca levantadas por causa do calor.

— Kate me diz que você se comportou. Obrigado. — Ele viu o trovão no rosto de Sharpe. — É uma brincadeira, homem, uma brincadeira. Você não tem senso de humor? Kate, querida, uma taça de vinho do Porto decente seria mais do que bem-vinda. Estou ressecado, muito ressecado. E então, Sharpe, nenhuma atividade por parte dos franceses?

— Eles chegaram perto — respondeu Sharpe, rapidamente. — Mas não o bastante.

— Não o bastante? Acho que você teve sorte. Kate disse que você vai embora.

— Esta noite, senhor.

— Não, não vai. — Christopher pegou a taça de vinho do Porto com Kate e engoliu a bebida de uma só vez. — Isso é delicioso — disse, olhando para a taça vazia. — É um dos nossos?

— Nosso melhor — respondeu Kate.

— Não é doce demais. Esse é o truque de um bom vinho do Porto, não concorda, Sharpe? E devo dizer que fiquei surpreso com o Porto branco. É mais do que bebível! Sempre achei que era um negócio execrável, no máximo bebida de mulher, mas o branco dos Savage é realmente muito bom. Devemos fazer mais dele nos brancos dias de paz, não acha, querida?

— Se você diz — respondeu Kate, sorrindo para o marido.

— Essa foi boa, Sharpe, não acha? Vinho do Porto branco? Brancos dias de paz? Um trocadilho brilhante, acho. — Christopher esperou o comentário de Sharpe e, quando este não veio, fez uma careta. — Você ficará aqui, tenente.

— Por quê, senhor?

A pergunta surpreendeu Christopher. Ele havia esperado uma reação mais carrancuda e não estava preparado para uma indagação calma. Franzindo o cenho, pensou em como verbalizar a resposta.

— Estou esperando novidades, Sharpe — disse ele depois de alguns instantes.

— Novidades, senhor?

— Não é absolutamente certo que a guerra se prolongará — prosseguiu Christopher. — Na verdade, podemos estar à beira da paz.

— Isso é bom, senhor — disse Sharpe com voz tranqüila —, e é por isso que devemos ficar aqui?

— Você ficará aqui, Sharpe. — Agora havia aspereza na voz de Christopher, já que ele percebera que o tom neutro de Sharpe era impertinência. — E isso se aplica a você também, tenente. — Ele falou com Vicente, que havia entrado na sala fazendo uma pequena reverência para Kate. — A situação é precária — continuou o coronel. — Se os franceses encontrarem soldados britânicos vagueando ao norte do Douro, vão achar que estamos violando nossa palavra.

— Meus soldados não são britânicos — observou Vicente em voz baixa.

— O princípio é o mesmo! — reagiu Christopher, bruscamente. — Não vamos sacudir o barco. Não vamos atrapalhar semanas de negociações. Se a coisa puder ser resolvida sem mais derramamento de sangue, devemos fazer todo o possível para garantir que seja resolvida assim, e sua contribuição para o processo é ficar aqui. E quem, diabos, são aqueles bandidos que estão na aldeia?

— Bandidos? — perguntou Sharpe.

— Um bando de homens, armados até os dentes, olhando para mim enquanto eu passava. Quem, diabos, são eles?

— Guerrilheiros — respondeu Sharpe. — Também conhecidos como nossos aliados.

Christopher não gostou da provocação.

— Mais parecem idiotas prontos para atrapalhar tudo — rosnou.

— E são liderados por um homem que o senhor conhece — prosseguiu Sharpe. — Manuel Lopes.

— Lopes? Lopes? — Christopher franziu o cenho, tentando lembrar. — Ah, sim! O sujeito que tinha uma escola de açoites para os poucos filhos dos ricos de Bragança. Um sujeitinho fanfarrão, não é? Bem, trocarei uma palavra com ele de manhã. Vou dizer para não atrapalhar as coisas, e o mesmo serve para vocês dois. E isso — ele olhou de Sharpe para Vicente — é uma ordem.

Sharpe não discutiu.

— O senhor trouxe uma resposta do capitão Hogan? — perguntou em vez disso.

— Não vi o Hogan. Deixei sua carta no quartel-general de Cradock.

— E o general Wellesley não está lá? — perguntou Sharpe.

— Não, mas o general Cradock está, e ele comanda, e concorda com minha decisão de que você fique aqui. — O coronel viu a expressão séria de Sharpe e abriu a bolsa presa ao cinto, de onde tirou um pedaço de papel que entregou a Sharpe. — Aqui, tenente — disse em tom sedoso —, para o caso de estar preocupado.

Sharpe desdobrou o papel, que era uma ordem assinada pelo general Cradock e endereçada ao tenente Sharpe, colocando-o sob o comando do coronel Christopher. Christopher havia conseguido a ordem de Cradock, que acreditara na afirmação de que o coronel precisava de proteção, mas, na verdade, Christopher simplesmente achava divertido ter Sharpe sob seu comando. A ordem terminava com as palavras *pro tem* que deixaram Sharpe perplexo.

— *Pro tem*, senhor? — perguntou.

— Você não aprendeu latim, Sharpe?

— Não, senhor.

— Santo Deus, onde você estudou? Significa *por enquanto*. Até eu terminar com você, na verdade, mas você concorda, Sharpe, que agora está estritamente sob minhas ordens?

— Claro, senhor.

— Guarde o papel, Sharpe — disse Christopher, irritado quando Sharpe tentou devolver a ordem do general Cradock. — Está endereçado a você, pelo amor de Deus, e olhá-lo de vez em quando pode lembrá-lo de seu dever, ou seja, obedecer às minhas ordens e ficar aqui. Se houver uma trégua, nossa posição de barganha não será prejudicada se dissermos que temos tropas estabelecidas bem ao norte do Douro; portanto, firme os calcanhares aqui e fique bem quieto. Agora, se me desculpam, cavalheiros, eu gostaria de ter um tempo com minha esposa.

Vicente fez outra reverência e saiu, mas Sharpe não se mexeu.

— O senhor ficará conosco?

— Não. — Christopher pareceu desconfortável com a pergunta, mas forçou um sorriso. — Você e eu, querida — ele se virou para Kate —, voltaremos para a Bela Casa.

— O senhor vai para o Porto! — Sharpe estava atônito.

— Eu lhe disse, Sharpe, as coisas estão mudando. "Há mais coisas entre o céu e a terra, Horácio, do que sonha a nossa vã filosofia." Portanto, boa noite, tenente.

Sharpe saiu para a frente da casa, onde Vicente estava parado junto ao muro baixo que dava para o vale. O tenente português olhava para o céu meio escurecido pontilhado pelas primeiras estrelas. Ofereceu a Sharpe um charuto grosseiro e depois o dele, para acender.

— Falei com Luís — disse Vicente.

— E? — Sharpe raramente fumava e quase engasgou com a fumaça.

— Christopher estava ao norte do Douro havia cinco dias. Esteve no Porto falando com os franceses.

— Mas ele foi para o sul?

Vicente assentiu.

— Foram a Coimbra, encontraram-se com o general Cradock e voltaram. O capitão Argenton retornou ao Porto com ele.

— Então que diabo está acontecendo aqui?

Vicente soprou fumaça para a lua.

— Talvez eles façam a paz. Luís não sabe do que eles falaram.

Então talvez fosse a paz. Houvera um tratado assim depois das batalhas de Rolica e Vimeiro, e os franceses derrotados haviam sido levados para casa em navios ingleses. Então um novo tratado estava sendo feito? Sharpe pelo menos tinha a garantia de que Christopher se encontrara com Cradock, e agora tinha ordens definitivas que afastavam boa parte de suas incertezas.

O coronel partiu pouco depois do amanhecer. Ao nascer do sol houvera estalos intermitentes de espingardas em algum lugar ao norte, e Christopher se juntara a Sharpe na estradinha, olhando para a névoa do vale. Sharpe não podia ver nada com seu telescópio, mas Christopher ficou impressionado com o aparelho.

— Quem é AW? — perguntou a Sharpe, lendo a inscrição.

— Só alguém que eu conheci.

— Não é Arthur Wellesley? — Christopher pareceu curioso.

— Só alguém que conheci — repetiu Sharpe com teimosia.

— O sujeito devia gostar de você, porque é um presente tremendamente generoso. Importa-se se eu levá-lo até o telhado? Eu poderia ver mais de lá, e meu telescópio é uma coisinha horrível.

Sharpe não gostava de emprestar o telescópio, mas Christopher não lhe deu chance de recusar e simplesmente se afastou. Evidentemente não viu nada que o preocupasse, porque ordenou que o cabriolé fosse arreado e mandou Luís pegar o resto dos cavalos que Sharpe havia capturado da cavalaria em Barca d'Avintas.

— Você não pode se incomodar com cavalos, Sharpe — disse ele.

— Por isso vou tirá-los de suas mãos. Diga, o que vocês fazem durante o dia?

— Não há muita coisa. Estamos treinando os homens de Vicente.

— Eles precisam disso, não é?

— Poderiam ser mais rápidos com as espingardas, senhor.

Christopher havia trazido uma xícara de café para fora da casa e agora soprou o líquido para esfriar.

— Se houver paz — disse —, eles podem voltar a ser calceteiros ou o que quer que façam quando não estão andando por aí em uniformes de mau caimento. — Tomou um gole do café. — Por falar nisso, Sharpe, está na hora de você arranjar um novo.

— Vou falar com meu alfaiate — disse Sharpe, e então, antes que Christopher pudesse reagir à insolência, fez uma pergunta séria: — O senhor acha que haverá paz?

— Um bom número de sapos acha que Bonaparte mordeu mais do que pode mastigar — disse Christopher, distraidamente —, e a Espanha, sem dúvida, provavelmente é impossível de ser digerida.

— Portugal não é?

— Portugal é uma confusão — respondeu Christopher, sem dar importância —, mas a França não pode manter Portugal se não mantiver a Espanha. — Ele se virou para observar Luís, que estava tirando o cabriolé do estábulo. — Acho que há uma verdadeira perspectiva de mudança radical no ar. E você, Sharpe, não vai atrapalhar isso. Fique abaixado aqui durante uma semana, mais ou menos, e eu lhe mandarei notícias dizendo quando você pode levar seus colegas para o sul. Com um pouco de sorte vocês estarão em casa em junho.

— Quer dizer, de volta ao exército?

— Quero dizer de volta à Inglaterra, claro. Cerveja de verdade, Sharpe, tetos de palha, críquete no campo da artilharia, sinos de igrejas, ovelhas gordas, pastores roliços, mulheres dóceis, carne boa, Inglaterra. Algo bom de se esperar, não é, Sharpe?

— É, senhor — disse Sharpe, perguntando a si mesmo por que desconfiava mais de Christopher quando o coronel tentava ser agradável.

— De qualquer modo, não há sentido em você tentar ir embora. Os franceses queimaram todos os barcos no Douro. Portanto, mantenha seus rapazes longe de encrenca e eu o verei dentro de uma semana ou duas. — Christopher jogou fora o resto de café e estendeu a mão para Sharpe. — E, se não for eu, mandarei uma mensagem. Deixei seu telescópio na mesa do saguão, por sinal. Você tem uma chave da casa, não é? Mantenha seus colegas fora dela, meu chapa. Bom dia, Sharpe.

— Para o senhor também — disse Sharpe, e depois de ter apertado a mão do coronel enxugou a dele nas calças francesas. Luís trancou a casa, Kate sorriu timidamente para Sharpe e o coronel pegou as rédeas do cabriolé. Luís pegou os cavalos dos dragões e seguiu o cabriolé pela estradinha na direção da Vila Real de Zedes.

Harper caminhou até Sharpe.

— Vamos ficar aqui enquanto ele faz a paz? — Evidentemente o irlandês estivera escutando.

— Foi o que o sujeito disse.

— E é isso que o senhor acha?

Sharpe virou-se para o leste, na direção da Espanha. O céu por lá era branco, não de nuvens, mas de calor, e havia sons surdos naquelas distâncias a leste, uma batimento cardíaco irregular, longe a ponto de quase não ser audível. Era fogo de canhão, prova de que os franceses e os portugueses ainda lutavam pela ponte em Amarante.

— Para mim isso não cheira a paz, Pat.

— O pessoal daqui odeia os franceses. Os espanhóis também.

— O que não significa que os políticos não farão a paz — disse Sharpe.

— Aqueles desgraçados escorregadios farão qualquer coisa para ficar mais ricos — concordou Harper.

— Mas o capitão Hogan não cheirava paz no vento.

— E não há muita coisa que ele não saiba, senhor.

— Mas recebemos ordens diretamente do general Cradock.

Harper fez uma careta.

— O senhor é um grande homem para obedecer ordens, é sim.

— E o general quer que fiquemos aqui. Deus sabe por quê. Há alguma coisa esquisita no vento, Pat. Talvez seja a paz. Deus sabe o que você e eu faremos então. — Ele deu de ombros, depois foi à casa pegar o telescópio, que não estava lá. A mesa do saguão não tinha nada além de uma caixa de prata para cartas.

Christopher havia roubado o telescópio. O desgraçado, pensou Sharpe, o desgraçado sem vergonha, canalha e reles. Porque o telescópio havia sumido.

— Jamais gostei do nome — disse o coronel Christopher. — Nem mesmo é uma casa bonita.

— Meu pai escolheu — disse Kate. — É do *Pilgrim's Progress*.

— Leitura tediosa, meu Deus, como é tediosa!

Estavam de volta à cidade do Porto, onde o coronel Christopher havia aberto as adegas negligenciadas da Bela Casa e descobrira garrafas empoeiradas de vinho do Porto envelhecendo, além de mais vinho verde, que, na verdade, era um vinho branco quase dourado. Agora ele bebia um pouco enquanto caminhava pelo jardim. As flores estavam se abrindo, o gramado fora cortado recentemente e a única coisa que estragava o dia era o cheiro de casas queimadas. Fazia quase um mês desde a queda da cidade, e a fumaça ainda brotava de algumas ruínas na parte baixa, onde o fedor era muito pior por causa dos corpos entre as cinzas. Havia histórias de corpos afogados aparecendo em cada maré.

O coronel Christopher sentou-se sob um cipreste e olhou para Kate. Ela era linda, pensou, linda demais, e naquela manhã ele havia chamado um alfaiate francês, o alfaiate pessoal do marechal Soult, e para o embaraço de Kate fizera o homem tirar as medidas dela para um uniforme de hussardo.

— Por que eu quereria usar uma coisa dessas? — perguntara Kate, e Christopher dissera que tinha visto uma francesa vestida com um uniforme daqueles, as calças justíssimas e a jaqueta curta cortada alta, para revelar um traseiro perfeito, e as pernas de Kate eram mais longas e com formas melhores. E Christopher, que estava se sentindo rico por causa das verbas liberadas pelo general Cradock, verbas que Christopher afirmava que eram necessárias para encorajar os amotinados de Argenton, havia pagado um valor ultrajante ao alfaiate para que o uniforme fosse costurado rapidamente.

— Por que usar esse uniforme? — disse ele, em resposta. — Porque você vai achar mais fácil montar a cavalo usando calças, porque o uniforme cai bem em você, porque tranquiliza nossos amigos franceses de que você não é inimiga, e, melhor do que tudo, porque me agradaria. — E foi esse último motivo, claro, que a convenceu. — Você realmente gosta do nome Bela Casa? — perguntou ele.

— Estou acostumada.

— Não se sente ligada a ele? Para você não é uma questão de fé?

— Fé? — Kate, usando um vestido de linho branco, franziu o cenho. — Eu me considero cristã.

— Uma cristã protestante — emendou o marido —, assim como eu. Mas o nome da casa não se destaca demais numa sociedade católica romana?

— Duvido que alguém aqui tenha lido Bunyan — respondeu Kate com irritação inesperada.

— Alguns devem ter lido, e eles saberão que estão sendo insultados. — Christopher sorriu. — Sou diplomata, lembre-se. É meu serviço fazer com que o torto pareça direito e com que o áspero fique liso.

— É isso que está fazendo aqui? — perguntou Kate, indicando a cidade abaixo deles, onde os franceses dominavam as casas saqueadas e o povo amargurado.

— Ah, Kate — disse Christopher com tristeza. — Isto é o progresso!

— Progresso?

Christopher ficou de pé e andou de um lado para o outro no gramado, animando-se enquanto explicava que o mundo estava mudando rapidamente ao redor.

— "Há mais coisas entre o céu e a terra do sonha a nossa vã filosofia." — E Kate, que ouvira isso mais de uma vez em seu curto casamento, conteve a irritação e ouviu o marido descrever como as superstições antigas estavam sendo desacreditadas. — Reis foram destronados, Kate, países inteiros agora conseguem se virar sem eles. Um dia isso seria considerado impensável! Seria um desafio ao plano de Deus para o mundo, mas estamos vendo uma nova revelação. É um novo ordenamento do mundo. O que as pessoas simples veem aqui? Guerra! Apenas guerra, mas guerra entre quem? A França e a Inglaterra? A França e Portugal? Não! É entre o velho modo de fazer as coisas e o novo modo. As superstições estão sendo questionadas. Não estou defendendo Bonaparte. Santo Deus, não! Ele é um fanfarrão, um aventureiro, mas também é um instrumento. Está queimando o que é ruim nos antigos regimes e deixando um espaço no qual entrarão novas ideias. A razão! É isso que anima os novos regimes, Kate, a razão!

— Achei que era a liberdade.

— Liberdade! O homem não tem liberdade, a não ser a liberdade de obedecer às regras, mas quem faz as regras? Com sorte, Kate, serão os homens racionais, que farão regras racionais. Homens inteligentes. Homens sutis. No fim, Kate, é um pequeno grupo de homens sofisticados que fará as regras, mas eles vão fazê-las de acordo com as determinações da razão, e há alguns de nós, na Inglaterra, que entendem que teremos de enfrentar essa ideia. Também temos de ajudar a moldá-la. Se lutarmos contra ela, o mundo se tornará novo sem nós, e seremos derrotados pela razão. Portanto, temos de trabalhar com ela.

— Com Bonaparte? — perguntou Kate com nojo na voz.

— Com todos os países da Europa! — disse Christopher com entusiasmo. — Com Portugal e Espanha, com a Prússia e a Áustria, com a Holanda e, sim, com a França. Temos mais coisas em comum do que diferenças; no entanto, lutamos! Que sentido há nisso? Não pode haver progresso sem paz, Kate, nenhum! Você quer a paz, amor?

— Piamente.

— Então confie em mim, confie em que sei o que estou fazendo.

E ela confiou porque era jovem, porque o marido era muito mais velho e porque ela sabia que ele possuía opiniões muito mais sofisticadas do que seus instintos. Mas na noite seguinte essa confiança foi testada quando quatro oficiais franceses e suas amantes foram jantar na Bela Casa, um grupo liderado pelo general de brigada Henri Vuillard, um homem alto, bonito e elegante, que foi encantador com Kate, beijando sua mão e elogiando a casa e o jardim. Um empregado de Vuillard trouxe um caixote de vinho como presente, mas não foi um gesto hábil, porque o vinho era o melhor Savage, apropriado de um navio inglês que ficara preso no cais da cidade devido aos ventos contrários quando os franceses tomaram a cidade.

Depois do jantar, três oficiais de patente inferior ficaram com as damas na sala, enquanto Christopher e Vuillard caminhavam pelo jardim, os charutos soltando fumaça sob os ciprestes escuros.

— Soult está preocupado — confessou Vuillard.

— Com Cradock?

— Cradock é uma velha — disse Vuillard com desprezo. — Não é verdade que ele quis se retirar no ano passado? Mas e quanto a Wellesley?

— É mais duro — admitiu Christopher —, porém não há nenhuma certeza de que ele virá para cá. Ele tem inimigos em Londres.

— Inimigos políticos, presumo?

— De fato.

— Os inimigos mais perigosos de um soldado. — Vuillard tinha aproximadamente a mesma idade de Christopher e era um dos favoritos do marechal Soult. — Não, Soult está preocupado porque estamos sacrificando soldados para proteger nossas linhas de suprimentos. Matamos, neste país desgraçado, dois camponeses que vinham com armas de mecha e outros vinte brotam das pedras, e os vinte não têm mais armas de mecha, e sim boas espingardas inglesas fornecidas pela porcaria do seu país.

— Tome Lisboa e capture todos os outros portos — disse Christopher —, e o suprimento de armas vai secar.

— Faremos isso no devido tempo — prometeu Vuillard. — Mas seria bom se tivéssemos mais 15 mil homens.

Christopher parou na beirada do jardim e olhou para o Douro por alguns segundos. A cidade ficava abaixo dele, a fumaça de mil cozinhas manchando o ar noturno.

— Soult vai se declarar rei?

— Sabe qual é o apelido dele agora? — perguntou Vuillard, divertido. — Rei Nicolas! Não, ele não fará a declaração, não se tiver algum bom senso, e provavelmente tem o bastante. O povo do local não vai apoiar isso, o exército não vai apoiar, e o imperador vai arrancar os bagos dele.

Christopher sorriu.

— Mas ele está tentado?

— Ah, está tentado, mas geralmente Soult pára antes de ir longe demais. Geralmente. — Vuillard parecia cauteloso porque Soult, apenas um dia antes, mandara uma carta a todos os generais de seu exército, sugerindo que encorajassem os portugueses a declarar apoio a ele se tornar rei. Era loucura, pensava Vuillard, mas Soult estava obcecado com a ideia de ser rei. — Eu lhe disse que ele vai provocar um motim se fizer isso.

— Vai mesmo — disse Christopher —, e o senhor precisa saber que Argenton esteve em Coimbra. Encontrou-se com Cradock.

— Argenton é um idiota — rosnou Vuillard.

— É um idiota útil. Deixe-o continuar falando com os ingleses e eles não farão nada. Por que iriam se retirar se o exército de vocês vai se destruir num motim?

— Mas vai mesmo? Em nome de quantos oficiais Argenton fala?

— O bastante, e tenho os nomes.

Vuillard deu um risinho.

— Eu poderia mandar prendê-lo, inglês, e entregá-lo a dois sargentos dos dragões que lhe arrancariam esses nomes em dois minutos.

— O senhor terá os nomes no devido tempo. Mas por enquanto, senhor, vou lhe dar isto. — Ele entregou um envelope a Vuillard.

— O que é? — Estava escuro demais no jardim para ler alguma coisa.

— A ordem de batalha de Cradock. Algumas tropas dele estão em Coimbra, mas a maior parte se encontra em Lisboa. Resumindo, ele tem 16 mil baionetas inglesas e 7 mil portuguesas. Todos os detalhes estão aí, e o senhor notará que eles estão particularmente deficitários na artilharia.

— Deficitários até que ponto?

— Três baterias de canhões de 6 libras e uma de 3. Há boatos de que mais canhões, canhões mais pesados, estão vindo, mas no passado esses boatos sempre se mostraram falsos.

— De 3 libras! — Vuillard riu. — É o mesmo que jogar pedras contra nós. — Bateu no envelope. — Então, o que quer de nós?

Christopher deu alguns passos em silêncio, depois encolheu os ombros.

— Parece, general, que a Europa será governada a partir de Paris, e não de Londres. Vocês colocarão seu rei aqui.

— Certo, e pode até ser o rei Nicolas, se ele capturar Lisboa suficientemente rápido, mas o imperador tem um estábulo cheio de irmãos que não fazem nada. Um deles provavelmente ficará com Portugal.

— Mas, independentemente de quem seja, eu posso ser útil para ele.

— Dando-nos isso — Vuillard fez um floreio com o envelope — e alguns nomes que posso arrancar do Argenton quando eu quiser?

— Como todos os soldados — disse Christopher em tom afável —, o senhor é pouco sutil. Assim que conquistar Portugal, general, o senhor terá de pacificá-lo. Eu sei quem é digno de confiança aqui, quem trabalhará com vocês e quem são seus inimigos secretos. Sei quais são os homens que dizem uma coisa e fazem outra. Trago-lhes todo o conhecimento do Ministério do Exterior inglês. Sei quem espiona para a Inglaterra e quem lhes paga. Conheço os códigos que eles usam e as rotas das mensagens. Sei quem trabalhará para vocês e quem trabalhará contra vocês. Sei quem mentirá para vocês e quem lhes dirá a verdade. Resumindo, general, posso lhes economizar milhares de mortes, a não ser, claro, que vocês prefiram mandar suas tropas contra camponeses nas montanhas.

Vuillard deu um risinho.

— E se não conquistarmos Portugal? O que acontece ao senhor se nos retirarmos?

— Então serei dono da vinícola Savage — respondeu Christopher calmamente —, e meus patrões, na Inglaterra, simplesmente calcularão que fracassei em encorajar o motim nas suas fileiras. Mas duvido que vocês percam. O que impediu o imperador até agora?

— La Manche — disse Vuillard, secamente, falando do canal da Mancha. Em seguida deu um trago no charuto. — O senhor me procurou com notícias de um motim, mas não disse o que queria em troca. Então diga agora, inglês.

— O comércio no porto. Quero o comércio no porto.

A simplicidade da resposta fez Vuillard parar.

— O comércio no porto?

— Todo ele. Croft, Taylor Fladgate, Burmester, Smith Woodhouse, Dow's, Savage, Gould, Kopke, Sandeman, todas as vinícolas. Não quero ser dono delas, já sou dono da Savage, ou serei em breve, só quero ser o único transportador.

Vuillard demorou alguns segundos para entender o alcance do pedido.

— O senhor controlaria metade das exportações de Portugal! Seria mais rico do que o imperador!

— Não tanto, porque o imperador vai me cobrar impostos, e eu não posso cobrar impostos dele. O homem que se torna impressionantemente rico, general, é o homem que cobra os impostos, não o que paga.

— Mesmo assim o senhor será rico.

— E isso, general, é o que desejo.

Vuillard olhou para o gramado escuro. Alguém estava tocando um clavicórdio na Bela Casa e havia o som de risos de mulheres. A paz, pensou ele, acabaria chegando, e talvez aquela inglesa educada pudesse ajudar a trazê-la.

— O senhor não está me dizendo os nomes que eu quero — disse ele — e me deu uma lista de forças inglesas. Mas como saberei que não está me enganando?

— Não saberá.

— Quero mais do que listas — disse Vuillard, asperamente. — Quero saber, inglês, que você se dispõe a me dar algo tangível para provar que está do nosso lado.

— O senhor quer sangue — disse Christopher, afavelmente. Ele havia esperado essa exigência.

— Sangue servirá, mas não sangue português. Sangue inglês.

Christopher sorriu.

— Há um povoado chamado Vila Real de Zedes, onde a família Savage tem alguns vinhedos. O lugar ficou curiosamente sem ser perturbado pela conquista. — Era verdade, mas apenas porque Christopher havia arranjado isso com o coronel sob o comando de Argenton, um colega conspirador cujos dragões eram responsáveis por patrulhar aquela parte do país. — Mas se o senhor mandar uma pequena força para lá, encontrará uma unidade de fuzileiros ingleses. São apenas uns vinte, mas estão com alguns soldados portugueses e alguns rebeldes. Digamos que cem homens no total. Eles são seus, mas em troca peço uma coisa.

— O que é?

— Poupe a quinta. Ela pertence à família de minha esposa.

Um rugido de trovão ressoou no norte e os ciprestes foram delineados pelo clarão do raio.

— Vila Real de Zedes? — perguntou Vuillard.

— Uma aldeia não muito longe da estrada de Amarante — disse Christopher. — E eu gostaria de lhe dar algo mais, porém ofereço o que posso, como prova de sinceridade. As tropas de lá não lhe darão problema. São lideradas por um tenente inglês, que não me parece especialmente habilidoso. O sujeito deve ter no mínimo 30 anos e ainda é tenente, de modo que não pode ser grande coisa.

Outro ribombar de trovão fez Vuillard olhar ansioso para o céu do norte.

— Devemos retornar aos alojamentos antes que a chuva chegue — disse, mas em seguida parou. — O senhor não se preocupa por estar traindo seu país?

— Não estou traindo nada — disse Christopher, depois, para variar, falou com sinceridade. — Se as conquistas francesas forem governadas apenas pelos franceses, a Europa verá vocês somente como aventureiros e exploradores. No entanto, se compartilharem seu poder, se cada nação da Europa contribuir para o governo de cada outra nação, teremos entrado no mundo prometido da razão e da paz. Não é isso que o seu imperador deseja? Um sistema europeu? Essas foram as palavras dele, um sistema europeu, um código de leis europeu, um judiciário europeu e somente um povo na Europa: os europeus. Como posso trair meu continente?

Vuillard fez uma careta.

— Nosso imperador fala um bocado, inglês. Ele é corso e tem sonhos loucos. É isso que o senhor é? Um sonhador?

— Sou um realista. — Christopher havia usado seu conhecimento do motim para cair nas graças dos franceses e agora garantiria a confiança deles oferecendo-lhes um punhado de soldados ingleses em sacrifício.

Assim Sharpe e seus homens deveriam morrer, para que o glorioso futuro da Europa pudesse chegar.

CAPÍTULO V

A perda do telescópio feriu Sharpe. Ele disse a si mesmo que era apenas um badulaque, uma bobagem útil, mas mesmo assim doía. O telescópio representava uma realização, não apenas o resgate de Sir Arthur Wellesley, mas a promoção a um posto comissionado, que viera em seguida. Algumas vezes, quando mal ousava acreditar que era um oficial do rei, olhava para o telescópio e pensava no quanto viajara desde o orfanato na Brewhouse Lane, e em outras ocasiões, mesmo que relutasse em admitir, gostava de se recusar a explicar a placa no tubo do telescópio. Mas sabia que outros homens sabiam. Olhavam para ele, entendiam que já lutara como um demônio sob o sol indiano e ficavam pasmos.

Agora o desgraçado do Christopher estava com o telescópio.

Harper tentou consolá-lo:

— O senhor vai pegá-lo de volta.

— Vou mesmo. Ouvi dizer que Williamson entrou numa briga no povoado ontem à noite. É verdade?

— Não foi uma briga importante, senhor. Eu o tirei de lá.

— Quem ele andou esmurrando?

— Um dos homens de Lopes, senhor. Um desgraçado tão mau quanto o próprio Williamson.

— Devo castigá-lo?

— Meu Deus, não, senhor. Eu cuidei disso.

A Devastação de Sharpe

Mas mesmo assim Sharpe declarou que a aldeia estava fora dos limites, e que sabia que isso não seria popular entre seus homens. Harper falou por eles, observando que havia algumas moças bonitas em Vila Real de Zedes.

— Tem uma coisinha pequenina lá, senhor, que traria lágrimas aos seus olhos. Os rapazes só querem andar lá embaixo à noite para dizer olá.

— E deixar alguns bebês para trás.

— Isso também — concordou Harper.

— E as moças não podem vir até aqui? — perguntou Sharpe. — Ouvi dizer que algumas vêm.

— Algumas, senhor, pelo que me disseram. É verdade.

— Inclusive uma coisinha pequenina que tem cabelos ruivos e é capaz de trazer lágrimas aos seus olhos?

Harper olhou para um abutre que vigiava as encostas forradas de giestas do morro onde o forte estava sendo erguido.

— Alguns de nós gostam de ir à igreja na aldeia, senhor — disse ele, conscientemente sem falar sobre a ruiva cujo nome era Maria.

Sharpe sorriu.

— Quantos católicos nós temos?

— Eu, senhor, Donnelly, Carter e McNeill. Ah, e o Slattery, claro. O resto de vocês vão todos para o inferno.

— Slattery! — disse Sharpe. — Fergus não é cristão.

— Eu nunca disse que era, mas ele vai à missa.

Sharpe não conseguiu deixar de rir.

— Então deixarei os católicos irem à missa.

Harper riu.

— Isso significa que no domingo todos serão católicos.

— Isto aqui é o exército, de modo que quem quiser se converter precisa da minha permissão. Mas você pode levar os outros quatro à missa e pode trazê-los de volta ao meio-dia, e se eu encontrar algum outro lá embaixo, vou responsabilizar você.

— Eu?

— Você é sargento, não é?

— Mas quando os rapazes virem os homens do tenente Vicente indo para a aldeia, senhor, não vão entender por que eles não podem ir.

— Vicente é português. Os homens dele conhecem as regras do local. Nós, não. E cedo ou tarde haverá uma briga por causa de moças que provocam lágrimas nos olhos de vocês, e nós não precisamos disso, Pat. — A questão não era tanto as moças, mas Sharpe sabia que elas poderiam virar problema se seus fuzileiros ficassem bêbados, e esse era o verdadeiro problema. Havia duas tavernas na aldeia, ambas serviam vinho barato tirado de barris, e metade de seus homens ficaria paralisada com a bebida se tivesse meia chance. E havia uma tentação de relaxar as regras porque a situação dos fuzileiros era estranha demais. Estavam sem contato com o exército, sem saber o que estava acontecendo e sem ter o que fazer, e assim Sharpe inventava mais trabalho para eles. Agora estavam brotando redutos extras de pedra no forte, Sharpe encontrou ferramentas no celeiro da quinta e fez seus homens limparem a trilha pela floresta e carregar feixes de lenha para a torre de vigia. E quando isso estava feito, liderou longas patrulhas nos campos ao redor. As patrulhas não se destinavam a procurar o inimigo, mas sim a cansar os homens, de modo que desmoronassem ao pôr do sol e dormissem até o amanhecer, e a cada dia Sharpe fazia uma parada formal e colocava homens de castigo se encontrasse um botão fora da casa ou um pouquinho de ferrugem num fecho de carabina. Eles gemiam, mas não havia problemas com os aldeões.

Os barris nas tavernas da aldeia não eram o único perigo. A adega da quinta estava cheia de barris de vinho do Porto e de prateleiras com vinho branco engarrafado, e Williamson conseguiu encontrar a chave que supostamente estava escondida numa jarra da cozinha. Então ele, Sims e Gataker ficaram completamente bêbados do Savage mais fino, uma farra que terminou muito depois da meia-noite, com os três jogando pedras contra os postigos da quinta.

Ostensivamente os três estavam de sentinela sob os olhos de Dodd, um homem confiável, e Sharpe cuidou dele primeiro.

— Por que você não os denunciou?

— Eu não sabia onde eles estavam, senhor. — Dodd manteve os olhos na parede acima da cabeça de Sharpe. Estava mentindo, claro, mas só porque os homens sempre protegiam uns aos outros. Sharpe havia feito isso quando era soldado e não esperava outra coisa da parte de Matthew Dodd, assim como Dodd não esperava nada além de castigo.

Sharpe olhou para Harper.

— Tem trabalho para ele, sargento?

— A cozinheira estava reclamando que todos os cobres da cozinha precisam ser bem limpos, senhor.

— Faça-o suar — disse Sharpe — e ficar sem ração de vinho por uma semana. — Os homens tinham direito a meia garrafa de rum por dia, e na ausência do destilado, Sharpe estava distribuindo vinho tinto de um barril que havia confiscado da adega da quinta. Castigou Sims e Gataker fazendo-os usar uniforme completo e sobretudo e depois marchar para cima e para baixo pela estradinha, carregando mochilas cheias de pedras. Fizeram isso sob o olhar entusiasmado de Harper e quando vomitaram de exaustão e da ressaca, o sargento chutou-os para que ficassem de pé, fez com que limpassem o vômito do caminho com as próprias mãos e depois continuassem marchando.

Vicente arranjou para que um pedreiro da aldeia emparedasse a entrada da adega, e enquanto isso estava sendo feito, e enquanto Dodd limpava os cobres com areia e vinagre, Sharpe levou Williamson para a floresta. Sentia-se tentado a chicotear o sujeito, porque estava muito perto de odiar Williamson, mas Sharpe já fora chicoteado e relutava em infligir a mesma punição. Em vez disso encontrou um espaço aberto entre alguns loureiros e usou o sabre para riscar duas linhas na terra cheia de musgo. As linhas tinham um metro de comprimento e eram separadas por um metro de distância.

— Você não gosta de mim, não é, Williamson?

Williamson ficou quieto. Apenas examinou as linhas com os olhos vermelhos. Sabia o que elas significavam.

— Quais são as minhas três regras, Williamson?

Williamson levantou os olhos, carrancudo. Era um homem grande, de rosto pesado com longas costeletas, nariz quebrado e marcas de varíola.

Vinha de Leicester, onde fora condenado por roubar dois candelabros da igreja de São Nicolau, e recebera a chance de se alistar, em vez de ir para a forca.

— Não roubar — disse ele em voz baixa —, não se embebedar e lutar direito.

— Você é ladrão?

— Não, senhor.

— É, sim, Williamson. Por isso está no exército. E ficou bêbado sem minha permissão. Mas você é capaz de lutar?

— O senhor sabe que sim.

Sharpe desafivelou o cinto do sabre e deixou a arma cair, depois tirou a barretina e a casaca verde e jogou-os no chão.

— Diga por que não gosta de mim — exigiu.

Williamson olhou para os loureiros.

— Ande! Fale o que quiser. Você não será punido por responder a uma pergunta.

Williamson olhou-o de volta.

— A gente não devia estar aqui! — disse ele, bruscamente.

— Está certo.

Diante disso Williamson piscou, mas foi em frente.

— Desde que o capitão Murray morreu, nós estamos sozinhos! A gente devia estar de novo no batalhão. É o nosso lugar. O senhor nunca foi nosso oficial. Nunca!

— Agora sou.

— Não está certo.

— Então você quer voltar para a Inglaterra?

— O batalhão está lá, de modo que quero, sim.

— Mas há uma guerra acontecendo, Williamson. Uma porcaria de uma guerra. E estamos presos nela. Não pedimos para estar aqui, nem queremos estar aqui, mas estamos. E vamos ficar. — Williamson olhou para Sharpe, ressentido, mas não disse nada. — Mas você pode ir para casa, Williamson — disse Sharpe, e o rosto pesado levantou os olhos, interessado.

— Há três modos de você voltar para casa. Um: nós recebermos ordens da

Inglaterra. Dois: você ser ferido com tanta gravidade que eles o mandem para casa. E três: você pôr os pés nas linhas e lutar comigo. Ganhando ou perdendo, Williamson, prometo mandar você para casa assim que puder, pela primeira porcaria de navio que encontrarmos. Você só precisa lutar comigo. — Sharpe andou até uma das linhas e encostou a ponta do pé nela. Era assim que os pugilistas lutavam: punham os dedos dos pés na linha e depois socavam com os punhos nus até que um homem caísse numa exaustão sangrenta, espancado. — Lute comigo direito, veja bem, sem cair depois do primeiro soco. Você terá de tirar sangue para provar que está tentando. Acerte o meu nariz, isso vai bastar. — Ele esperou. Williamson lambeu os lábios.

— Venha! — rosnou Sharpe. — Lute comigo!

— O senhor é oficial.

— Agora não sou. E ninguém está olhando. Somos só você e eu, Williamson, você não gosta de mim e eu estou lhe dando a chance de me bater. E se fizer isso direito vou mandar você para casa antes do verão. — Ele não sabia como cumpriria a promessa, mas também não achava que teria de tentar, porque Williamson, ele sabia, estava se lembrando da luta épica entre Harper e Sharpe, uma luta que deixara os dois arrebentados, mas que Sharpe havia ganhado. Os fuzileiros haviam assistido e naquele dia tinham aprendido algo sobre Sharpe.

E Williamson não queria aprender essa lição de novo.

— Não vou lutar com um oficial — disse ele com fingida dignidade.

Sharpe deu-lhe as costas e pegou o casaco.

— Então vá procurar o sargento Harper e diga que você vai cumprir o mesmo castigo de Sims e Gataker. — Virou-se de novo. — Em dobro!

Williamson correu. Sua vergonha ao recusar a luta podia torná-lo mais perigoso, mas isso também diminuiria sua influência sobre os outros homens, que, mesmo não sabendo o que havia acontecido na floresta, sentiriam que Williamson fora humilhado. Sharpe afivelou o cinto e voltou lentamente. Preocupava-se com seus homens, preocupava-se com a hipótese de perder a lealdade deles, preocupava-se com a hipótese de estar se mostrando um mau oficial. Lembrou-se de Blas Vivar e desejou ter a calma habilidade do oficial espanhol em forçar a obediência pela simples presença, mas talvez aquela autoridade sem esforço resultasse da experiência. Pelo menos nenhum de seus homens havia desertado. Todos estavam presentes, menos Tarrant e os poucos que se encontravam no hospital militar de Coimbra, recuperando-se da febre.

Fazia um mês desde a queda da cidade do Porto. O forte no topo da colina estava quase pronto e, para surpresa de Sharpe, os homens haviam gostado do trabalho duro. Daniel Hagman estava andando de novo, ainda que lentamente, mas estava recuperado o bastante para trabalhar, e Sharpe pôs uma mesa de cozinha ao sol, onde, uma a uma, Hagman desmontava, limpava e oleava cada carabina. Os fugitivos que haviam saído do Porto agora haviam retornado à cidade ou encontrado refúgio em outros lugares, mas os franceses produziam novos fugitivos. Onde quer que fossem emboscados por guerrilheiros eles saqueavam as aldeias mais próximas e, mesmo sem a provocação de uma emboscada, saqueavam as fazendas implacavelmente para se alimentar. Mais e mais pessoas vinham para Vila Real de Zedes, atraídas pelos boatos de que os franceses haviam concordado em poupar a aldeia. Ninguém sabia por que os franceses fariam isso, mas algumas mulheres mais velhas diziam que era porque todo o vale estava sob a proteção de São José, cuja estátua em tamanho real ficava na igreja. E o sacerdote da aldeia, padre Josefa, encorajava a crença. Até mesmo mandou tirar a estátua da igreja, cobriu-a de narcisos murchos e pôs uma coroa de louros, depois fez com que fosse carregada pelos limites do povoado, para mostrar ao santo a extensão exata das terras que precisavam de sua guarda. O povo acreditava que Vila Real de Zedes era um abrigo da guerra por ordem de Deus.

Maio chegou com chuva e vento. As últimas flores foram sopradas das árvores, formando úmidos riachos de pétalas cor-de-rosa e brancas no capim. Ainda assim, os franceses não vieram, e Manuel Lopes achou que eles simplesmente estavam ocupados demais para incomodar Vila Real de Zedes.

— Eles estão com problemas — disse ele, animado. — Silveira está lhes dando dor de barriga em Amarante e a estrada de Vigo foi fechada pelos guerrilheiros. Eles estão isolados! Não há caminho para casa! Eles não vão nos incomodar aqui. — Lopes ia freqüentemente às cidades próximas, onde se fingia de mascate vendendo badulaques religiosos, e trazia notícias das tropas francesas. — Eles patrulham as estradas — disse —, ficam bêbados à noite e desejam estar de volta em casa.

— E procuram comida — disse Sharpe.

— Fazem isso também — concordou Lopes.

— E um dia, quando tiverem fome, virão para cá.

— O coronel Christopher não vai deixar. — Lopes estava caminhando com Sharpe ao longo da estradinha da quinta, observados por Harris e Cooper, que montavam guarda junto ao portão, o mais perto da cidade que Sharpe permitia que seus fuzileiros protestantes ficassem. A chuva ameaçava chegar. Jorros cinzentos caíam nos morros do norte, e Sharpe ouvira por duas vezes os roncos do trovão, que podiam ser os sons dos canhões em Amarante, mas pareciam altos demais. — Eu vou partir logo — anunciou Lopes.

— De volta para Bragança?

— Amarante. Meus homens estão recuperados. É hora de lutar de novo.

— Você poderia fazer uma coisa antes de ir — disse Sharpe, ignorando a crítica implícita nas últimas palavras de Lopes. — Diga àqueles refugiados para que saiam da aldeia. Diga para irem para casa. Diga que São José está ocupado demais e que não vai protegê-los quando os franceses chegarem.

Lopes balançou a cabeça.

— Os franceses não virão — insistiu.

— E quando eles vierem — continuou Sharpe, com igual insistência —, eu não vou poder defender a aldeia. Não tenho homens suficientes.

Lopes pareceu enojado.

— Você só vai defender a quinta — sugeriu — porque pertence a uma família inglesa.

— Não dou a mínima para a quinta — respondeu Sharpe, irado. — Vou para o topo daquele morro, tentando permanecer vivo. Pelo amor de Deus, nós somos menos de sessenta! E os franceses mandarão mil e quinhentos.

— Eles não virão. — Lopes levantou a mão para colher algumas flores brancas e murchas numa árvores. — Nunca confiei no Porto dos Savage.

— Confiou?

— Um sabugueiro — disse Lopes, mostrando as pétalas a Sharpe. — Os fabricantes de Porto ruim põem fruto de sabugueiro no vinho para fazer com que pareça melhor. — Ele jogou as flores longe e Sharpe teve uma lembrança súbita daquele dia no Porto, o dia em que os refugiados se afogaram quando os franceses haviam tomado a cidade, e lembrou-se de como Christopher estava para lhe escrever a ordem de retornar para o outro lado do Douro quando a bala de canhão acertara a árvore, fazendo chover pétalas de um vermelho-rosado, que o coronel pensara que eram flores de cerejeira. E Sharpe lembrou-se da expressão de Christopher à menção do nome Judas.

— Jesus! — disse Sharpe.

— O que é? — Lopes ficou pasmo com a força da imprecação.

— Ele é um desgraçado de um traidor.

— Quem?

— O desgraçado do coronel. — Era apenas o instinto que tão subitamente o havia convencido de que Christopher estava traindo o país, um instinto fundamentado na lembrança da expressão de ultraje do coronel quando Sharpe dissera que as flores vinham de uma árvore-da-judeia. Desde então Sharpe estivera oscilando entre uma certa suspeita de traição da parte de Christopher e uma vaga crença de que talvez o coronel estivesse envolvido em algum misterioso serviço diplomático, mas a lembrança daquela expressão no rosto de Christopher e a percepção de que nela houvera medo, além de ultraje, convenceu Sharpe. Christopher não era apenas um ladrão, mas também traidor. — Você está certo — disse ao atônito Lopes. — É hora de lutar. Harris! — Ele se virou para o portão.

— Senhor?

— Encontre o sargento Harper para mim. E o tenente Vicente.

Vicente chegou primeiro e Sharpe não pôde explicar por que tinha tanta certeza de que Christopher era traidor, mas Vicente não estava inclinado a questionar isso. Odiava Christopher porque ele havia se casado com Kate e estava tão entediado quanto Sharpe na vida pouco exigente da quinta.

— Consiga comida — insistiu Sharpe. — Vá à aldeia, peça que assem pão e compre o máximo de carne salgada e defumada que puder. Quero que ao anoitecer cada homem tenha ração para cinco dias.

Harper foi mais cauteloso.

— Achei que o senhor tinha ordens.

— Tenho, Pat, do general Cradock.

— Meu Deus, o senhor vai desobedecer às ordens de um general.

— E quem trouxe essas ordens? Christopher. Portanto, ele mentiu para Cradock, assim como mentiu para todo mundo. — Sharpe não tinha certeza disso, não podia ter, mas também não podia ver sentido em simplesmente ficar na quinta. Iria para o sul e confiaria na proteção do capitão Hogan diante do general Cradock. — Vamos marchar esta noite, ao escurecer. Quero que você verifique o equipamento e a munição de todo mundo.

Harper cheirou o ar.

— Vamos ter chuva, senhor, chuva feia.

— Por isso Deus fez nossa pele à prova d'água — disse Sharpe.

— Eu estava pensando que talvez fosse melhor esperarmos até a meia-noite, senhor. Dar uma chance de a chuva passar.

Sharpe balançou a cabeça.

— Quero sair daqui, Pat. De repente estou me sentindo mal com este lugar. Vamos levar todo mundo para o sul. Na direção do rio.

— Achei que os crapauds haviam tirado todos os barcos.

— Não quero ir para o leste — Sharpe virou a cabeça na direção de Amarante, onde, segundo boatos, ainda havia uma batalha furiosa —, e não há nada além de crapauds no oeste. — O norte era só montanha, rochas e fome, mas ao sul ficava o rio, e ele sabia que as forças britânicas estavam em algum lugar do outro lado do Douro e achava que os franceses não poderiam ter destruído todos os barcos ao longo das margens longas e rochosas. — Vamos encontrar um barco — prometeu a Harper.

— Esta noite vai ser escura, senhor. Teremos sorte de ao menos achar o caminho.

— Pelo amor de Deus — disse Sharpe, irritado com o pessimismo de Harper —, estamos patrulhando este lugar há um mês! Podemos encontrar o caminho para o sul.

À noite tinham dois sacos de pão, um pouco de carne de cabrito defumada e dura como pedra, dois queijos e um saco de feijões, que Sharpe distribuiu entre os homens. Depois ele teve uma inspiração e, indo até à cozinha da quinta, roubou duas grandes latas de chá. Achou que estava na hora de Kate fazer alguma coisa por seu país, e havia poucos gestos mais finos do que doar um bom chá da China aos fuzileiros. Entregou uma lata a Harper e enfiou a outra em sua mochila. Havia começado a chover, as gotas batendo ruidosas no telhado do estábulo e cascateando das telhas no pátio calçado de pedras. Daniel Hagman olhava para a chuva da porta do estábulo.

— Estou me sentindo bem, senhor — garantiu a Sharpe.

— Podemos fazer uma maca se você se sentir mal, Dan.

— Meu Deus, não, senhor! Estou ótimo, ótimo.

Ninguém queria partir no meio do aguaceiro, mas Sharpe estava decidido a usar cada hora de escuridão para ir na direção do Douro. Havia uma chance, pensou, de que eles chegassem ao rio ao meio-dia seguinte, e ele deixaria os homens descansarem enquanto examinava a margem em busca de um modo de atravessar.

— Mochilas às costas! — ordenou. — Preparem-se. — Ficou observando Williamson em busca de algum sinal de relutância, mas o sujeito moveu-se com os outros. Vicente havia distribuído rolhas de vinho, e os homens as enfiaram nos canos das carabinas ou espingardas. As armas não estavam carregadas porque naquela chuva a escorva se transformaria em lama cinza. Houve mais reclamações quando Sharpe ordenou que saíssem do estábulo, mas eles curvaram os ombros e o seguiram para o pátio, subindo até a floresta onde os carvalhos e as faias se sacudiam sob o ataque do vento e da chuva. Sharpe estava totalmente encharcado antes que tivessem andado quatrocentos metros, mas consolou-se pensando que provavelmente mais ninguém estaria ao ar livre naquele tempo horrível. A luz da tarde ia se desvanecendo rápido e cedo, roubada pelas nuvens pretas de barrigas densas que raspavam o afloramento serrilhado da torre de vigia arruinada. Sharpe estava seguindo um caminho que os levaria ao redor do lado oeste do morro da torre. Olhando para a antiga construção enquanto saíam das árvores, ele pensou, pesaroso, em todo aquele trabalho.

Ele mandou seus homens pararem, para o fim da fila alcançar o resto. Daniel Hagman estava se sustentando bem. Harper, com duas pernas de cabrito defumadas penduradas no cinto, subiu para se juntar a Sharpe, que olhava os homens chegando a partir de um ponto de observação mais acima no caminho.

— Chuva desgraçada — disse Harper.

— Vai acabar parando.

— É mesmo? — perguntou Harper com ar de inocência.

Foi então que Sharpe viu o brilho de luz nos vinhedos. Não era um raio, era fraco demais, pequeno demais e estava muito perto do chão, mas ele sabia que não o havia imaginado — e xingou Christopher por ter roubado seu telescópio. Olhou para o local onde a luz havia aparecido tão brevemente, mas não disse nada.

— O que é? — Vicente havia subido para perto dele.

— Achei ter visto um clarão.

— É só a chuva — disse Harper, sem dar importância.

— Talvez fosse um pedaço de vidro quebrado — sugeriu Vicente.

— Uma vez encontrei vidros romanos num campo perto de Entre-os-Rios. Havia dois vasos quebrados e algumas moedas de Sétimo Severo.

Sharpe não estava escutando. Estava espreitando os vinhedos.

— Dei as moedas ao seminário do Porto — continuou Vicente, levantando a voz para ser ouvido acima da chuva forte — porque os padres têm um pequeno museu lá.

— O sol não se reflete em vidro quando está chovendo — disse Sharpe, mas alguma coisa havia se refletido ali, mais como uma mancha de luz, um brilho úmido. Ele examinou a cerca viva entre os vinhedos e subitamente viu de novo. Xingou.

— O que é? — perguntou Vicente.

— Dragões — respondeu Sharpe. — Dúzias dos desgraçados. A pé e nos vigiando. — O brilho fora a luz opaca se refletindo num dos elmos de latão. Devia haver um rasgo no tecido protetor do elmo, e o homem, correndo ao longo da cerca viva, servira como um farol, mas agora que Sharpe tinha visto o primeiro uniforme verde entre as videiras verdes, pôde ver dezenas. — Os desgraçados iam nos emboscar — disse, sentindo uma admiração relutante por um inimigo que podia usar um tempo tão ruim, depois deduziu que os dragões deviam ter se aproximado de Vila Real de Zedes durante o dia e de algum modo ele não os vira, mas eles não teriam deixado de perceber a importância do trabalho que ele estava fazendo no topo do morro e deviam saber que aquela encosta que parecia uma corcova de porco era seu refúgio. — Sargento! — gritou para Harper. — Subindo o morro, agora! Agora! — E rezou para não ser tarde demais.

O coronel Christopher podia ter reescrito as regras, mas as peças de xadrez ainda podiam se mover apenas do modo costumeiro. No entanto, conhecer os movimentos dessas peças lhe permitia ver adiante e, pelo que imaginava, era capaz de fazer isso com mais perspicácia do que a maioria dos homens.

Havia dois resultados possíveis para a invasão francesa a Portugal. Ou os franceses venceriam ou, muito menos provável, os portugueses, com seus aliados ingleses, conseguiriam de algum modo expulsar as forças de Soult.

Se os franceses vencessem, Christopher seria dono da vinícola Savage, aliado de confiança dos novos senhores do país, rico além de qualquer imaginação.

Se os portugueses e seus aliados ingleses vencessem, ele usaria a conspiração patética de Argenton para explicar por que havia permanecido em território inimigo e usaria o desmoronamento do motim proposto como desculpa para o fracasso de suas tramas. E então precisaria mover uns dois peões para permanecer como dono da Savage, o que bastaria para torná-lo um homem rico, ainda que não além de qualquer imaginação.

De modo que não poderia perder, desde que os peões fizessem o que deviam, e um desses peões era o major Henri Dulong, segundo no comando do 31· Léger, uma das excelentes unidades francesas de infantaria ligeira em Portugal. O 31· sabia que era bom, mas nenhum de seus soldados se equiparava a Dulong, que era famoso em todo o exército. Ele era forte, ousado e implacável, e naquela tarde de maio com vento, chuva e nuvens baixas, o serviço do major Dulong era liderar seus voltigeurs subindo pelo caminho sul que levava à torre de vigia no morro acima da quinta. Tome aquele posto elevado, explicou o general de brigada Vuillard, e as precárias forças em Vila Real de Zedes não terão para onde ir. Assim, enquanto os dragões emboscavam a aldeia e a quinta, Dulong capturaria o morro.

Havia sido ideia do general de brigada Vuillard atacar ao pôr do sol. A maioria dos soldados esperaria um ataque ao amanhecer, mas Vuillard achava que a guarda dos homens era mais baixa no fim do dia.

— Eles estão ansiosos por um odre de vinho, uma puta e uma refeição quente — dissera a Christopher, depois havia fixado a hora do ataque em 7h45 daquela noite. O sol teria se posto um pouco antes, mas o crepúsculo se estenderia até as 8h30. No entanto, as nuvens estavam tão densas que Vuillard duvidava que houvesse qualquer crepúsculo propriamente dito. Não que isso importasse. Dulong recebera um bom relógio Breguet e havia prometido que seus homens estariam no pico da torre às 7h45, assim que os dragões convergissem sobre a aldeia e a quinta. As companhias restantes do 31· *Léger* subiriam primeiro para a floresta e depois varreriam a quinta a partir do sul.

— Duvido que Dulong veja qualquer ação — disse Vuillard a Christopher —, e ele ficará infeliz com isso. É um patife sedento de sangue.

— O senhor lhe deu a tarefa mais perigosa, não?

— Mas só se o inimigo estiver no topo do morro — explicou o general de brigada. — Espero pegá-los desprevenidos, coronel.

E parecia a Christopher que as esperanças de Vuillard eram justificadas, pois, às 19h45, os dragões entraram em Vila Real de Zedes e praticamente não encontraram resistência. Um estrondo de trovão foi o acompanhamento do ataque e um clarão de raio rasgou o céu refletindo o prateado dos longos sabres dos dragões. Um punhado de homens resistiu, algumas espingardas foram disparadas de uma taverna ao lado da igreja e mais tarde Vuillard descobriu, interrogando os sobreviventes, que um bando de guerrilheiros havia estado se recuperando na aldeia. Um punhado deles escapou, mas oito foram mortos e uns vinte outros, inclusive o líder, que chamava a si próprio de Mestre-escola, foram capturados. Dois dragões de Vuillard se feriram.

Mais uma centena de dragões cavalgou até a quinta. Eram comandados por um capitão que se encontraria com a infantaria que vinha descendo pela floresta, e o capitão havia prometido se certificar de que a propriedade não fosse saqueada.

— O senhor não quer ir com eles? — perguntou Vuillard.

— Não. — Christopher estava observando as moças da aldeia sendo empurradas para a maior taverna.

— Não o culpo — disse Vuillard, notando as jovens. — O esporte será aqui.

E o esporte de Vuillard começou. Os aldeões odiavam os franceses e os franceses odiavam os aldeões, e os dragões haviam descoberto guerrilheiros nas casas e todos eles sabiam como tratar aqueles vermes. Manuel Lopes e seus guerrilheiros capturados foram levados à igreja, onde foram obrigados a despedaçar os altares, os corrimãos e as imagens, depois receberam ordens de amontoar toda a madeira quebrada no centro da nave. O padre Josefa foi protestar contra o vandalismo, e os dragões o deixaram nu, rasgaram sua batina em tiras e usaram as tiras para amarrar o padre ao grande crucifixo que pendia sobre o altar.

— Os padres são os piores — explicou Vuillard a Christopher. — Eles encorajam o povo a lutar contra nós. Juro que teremos de matar até o último padre de Portugal antes de terminarmos.

Outros cativos estavam sendo levados para a igreja. Qualquer aldeão cuja casa contivesse uma arma de fogo ou que tivesse desafiado os dragões era levado para lá. Um homem que tentara proteger sua filha de 13 anos foi arrastado para a igreja e, uma vez lá, um sargento dos dragões partiu seus braços e suas pernas com uma grande marreta que tirara da forja do ferreiro.

— É muito mais fácil do que amarrá-los — explicou Vuillard. Christopher encolheu-se quando a grande marreta partiu os ossos. Alguns homens gemiam, uns poucos gritavam, mas a maior parte ficou obstinadamente em silêncio. O padre Josefa rezou a oração dos agonizantes até que um dragão o silenciou partindo seu maxilar com um sabre.

Agora estava escuro. A chuva ainda batia no teto da igreja, mas não com tanta violência. Raios iluminavam as janelas pelo lado de fora enquanto Vuillard ia até os restos de um altar lateral e pegava uma vela que estava acesa no chão. Levou-a à pilha de móveis quebrados, onde fora derramada pólvora da munição de clavinas dos dragões. Enfiou a vela no fundo da pilha e afastou-se. Por um momento a chama tremulou pequena e insignificante, depois houve um chiado e um fogo luminoso se esgueirou do centro da pilha. Os homens feridos gritavam alto enquanto a fumaça começava a se enrolar na direção dos caibros e Vuillard e os dragões iam para a porta.

— Eles se sacodem como peixes — comentou o general de brigada a respeito dos homens que tentavam se arrastar na direção do fogo, na vã esperança de apagá-lo. Vuillard gargalhou. — A chuva vai tornar as coisas mais lentas — disse a Christopher —, mas não muito. — Agora o fogo estava estalando, soltando uma fumaça densa. — É quando o teto pega fogo que eles morrem — disse Vuillard —, e isso demora. Mas é melhor não ficarmos.

Os dragões saíram e trancaram a igreja. Uma dúzia de homens ficou na chuva para garantir que o fogo não apagasse nem, o que era mais improvável, que ninguém escapasse das chamas, enquanto Vuillard levava Christopher e meia dúzia de oficiais para a maior taverna da aldeia, que estava alegremente iluminada por dezenas de velas e lampiões.

— A infantaria vai nos prestar contas aqui — explicou Vuillard —, de modo que temos de arranjar algo para passar o tempo, não é?

— De fato. — Christopher tirou seu chapéu de bicos enquanto passava pela porta da taverna.

— Teremos uma refeição — disse Vuillard — e o que neste país é chamado de vinho. — Ele parou na sala principal, onde as moças da aldeia tinham sido enfileiradas junto à parede. — O que acha? — perguntou a Christopher.

— Tentador — respondeu Christopher.

— De fato. — Vuillard ainda não confiava totalmente em Christopher. O inglês era muito altivo, mas agora, pensou Vuillard, iria testá-lo. — Escolha — disse ele, apontando para as jovens. Os homens que as vigiavam riram. As garotas choravam baixinho.

Christopher deu um passo na direção das prisioneiras. Se o inglês fosse melindroso, pensou Vuillard, trairia seus escrúpulos ou, pior ainda, uma simpatia pelos portugueses. Até mesmo no exército francês havia alguns que traíam essas simpatias, oficiais que argumentavam que ao maltratar os portugueses o exército só piorava seus problemas, mas, como a maioria dos franceses, Vuillard acreditava que os portugueses precisavam ser punidos com tamanha severidade que nenhum deles jamais ousaria levantar um dedo contra os franceses de novo. Estupro, roubo e destruição aleatória eram, para Vuillard, táticas defensivas, e agora queria ver se Christopher se juntaria a ele num ato de guerra. Queria ver se o inglês altivo se comportaria como os franceses em seu momento de triunfo.

— Seja rápido — disse Vuillard. — Prometi aos meus homens que eles poderiam ter as que não quisermos.

— Vou pegar a menina pequena — respondeu Christopher com ar lupino. — A ruiva.

Ela gritou, mas houve muitos gritos naquela noite em Vila Real de Zedes.

Assim como no morro ao sul.

Sharpe correu. Gritou para seus homens chegarem ao topo do morro o mais rápido possível e depois começou a subir a encosta. Havia subido uns cem metros antes de se acalmar e perceber que estava fazendo tudo errado.

— Fuzileiros! — gritou ele. — Larguem as mochilas!

Deixou seus homens tirarem os fardos até carregarem apenas as armas, os embornais e as cartucheiras. Os homens do tenente Vicente fizeram o mesmo. Seis portugueses e o mesmo número de fuzileiros ficariam para guardar as mochilas e outros sacos de viagem, os sobretudos e as peças de carne defumada, enquanto o resto seguiu Sharpe e Vicente encosta acima. Agora iam muito mais depressa.

— Vocês viram os desgraçados lá em cima? — ofegou Harper.

— Não — respondeu Sharpe, mas sabia que os franceses quereriam tomar o forte, pois era o terreno mais elevado num raio de quilômetros, e isso significava que provavelmente eles haviam mandado uma companhia ou mais para rodear pelo sul e subir o morro. De modo que era uma corrida. Sharpe não tinha prova de que os franceses estavam na disputa, mas não os subestimava. Eles viriam, e ele só podia rezar para que ainda não estivessem lá.

A chuva caía mais forte. Nenhuma arma dispararia num tempo assim. Seria uma luta de aço molhado, punhos e coronhas de carabinas. As botas de Sharpe escorregavam no chão encharcado e deslizavam nas pedras. Estava ficando sem fôlego, mas pelo menos havia subido a encosta dos flancos e agora estava no caminho que levava à crista norte do morro, e seus homens haviam alargado e reforçado o caminho, cortando degraus nas partes mais íngremes e sustentando-os com cunhas de bétula. Havia sido um serviço inventado para mantê-los ocupados, mas agora tudo valia a pena, porque acelerava o passo. Sharpe ainda ia à frente, com uma dúzia de fuzileiros logo atrás. Decidiu que não cerraria fileiras antes de chegar ao topo. Era uma subida em que o diabo realmente pegaria quem ficasse atrás, de modo que o importante era chegar ao cume, e ele olhou para o redemoinho de chuva e nuvens e não viu nada lá em cima, além de rocha molhada e o súbito brilho refletido de um raio numa face de pedra íngreme. Pensou na aldeia e soube que ela estava condenada. Desejou ser capaz de fazer algo a respeito, mas não tinha homens suficientes para defendê-la e havia tentado alertar a população.

A chuva batia no seu rosto, cegando-o. Sharpe resvalava enquanto corria. Sentia uma pontada no lado do corpo, suas pernas pareciam pegar fogo e a respiração era áspera na garganta. A carabina estava pendurada em seu ombro, balançando, a coronha batendo-lhe na coxa esquerda enquanto ele tentava desembainhar o sabre, mas então ele soltou a guarda do sabre para se firmar contra uma rocha enquanto suas botas deslizavam loucamente. Harper estava vinte passos atrás, ofegando. Vicente ia se aproximando de Sharpe, que soltou o sabre da bainha, afastou-se da pedra e se obrigou a ir em frente. Raios espocavam no leste, delineando montanhas pretas e um céu inclinado pela água. O trovão estalou nos céus, enchendo-os com um ruído furioso, e Sharpe achou que estava escalando para o coração da tempestade, escalando para se juntar aos deuses da guerra. O vendaval o golpeava. Sua barretina tinha sumido havia muito. O vento berrava, gemia, era suplantado pelo trovão e esmagado pela chuva, e Sharpe achou que nunca chegaria ao topo, mas de repente estava perto do primeiro muro, o lugar onde o caminho ziguezagueava entre dois pequenos redutos que seus homens haviam construído, e uma adaga de raio cravou-se no vazio que se abria à direita, molhado e escuro. Por um segundo louco pensou que o topo do morro estivesse vazio, mas então viu o clarão de uma lâmina refletindo o fogo branco da tempestade e soube que os franceses já estavam lá.

Os *voltigeurs* de Dulong haviam chegado apenas alguns segundos antes e tomado a torre de vigia, mas não tinham tido tempo de ocupar os redutos mais ao norte, onde os homens de Sharpe apareciam agora.

— Expulsem-nos! — rugiu Dulong para seus homens.

— Matem os desgraçados! — gritou Sharpe. Sua lâmina raspou ao longo de uma baioneta, bateu no cano da espingarda e ele se lançou adiante, empurrando o homem para trás. Acertou a testa no nariz do sujeito, os primeiros fuzileiros passaram por ele e as lâminas ressoavam na escuridão próxima. Sharpe bateu com o punho do sabre no rosto do homem que ele havia derrubado, arrancou a espingarda dele e jogou-a no vazio, depois prosseguiu até onde um grupo de franceses estava se preparando para defender o cume. Eles apontaram suas espingardas, e Sharpe esperou

A Devastação de Sharpe

em Deus que estivesse certo ao achar que nenhuma arma de pederneira dispararia naquela fúria molhada. Dois homens lutavam à sua esquerda e Sharpe enfiou o sabre numa casaca azul, torcendo-o nas costelas. O francês jogou-se de lado para escapar da lâmina, e Sharpe viu que era Harper que estava acertando o sujeito com a coronha da carabina.

— Deus salve a Irlanda! — Harper, com os olhos selvagens, olhou para os franceses que guardavam a torre de vigia.

— Vamos atacar aqueles desgraçados! — gritou Sharpe para os fuzileiros que vinham atrás.

— Deus salve a Irlanda.

— Tirez! — gritou um oficial francês, e uma dúzia de pederneiras bateu no aço, fazendo fagulhas saltaram e morreram na chuva.

— Agora matem todos! — rugiu Sharpe. — Só matem todo mundo! — Como os franceses estavam no topo do morro, em sua terra, ele sentiu uma fúria equivalente à raiva do céu preenchido pela tempestade. Correu morro acima e as espingardas francesas se abaixaram com suas longas baionetas. Sharpe lembrou-se da luta na fenda íngreme em Gawilghur e fez novamente o que havia feito na época: enfiou a mão sob a baioneta, agarrou o tornozelo de um homem e puxou. O francês gritou enquanto era puxado morro abaixo até onde três baionetas o rasgaram. Então os portugueses de Vicente, percebendo que não podiam atirar contra os franceses, começaram a atirar pedras neles, e as grandes pedras tiravam sangue, faziam os homens se encolherem, e Sharpe berrou para que seus fuzileiros fossem para cima do inimigo. Girando seu sabre para trás, empurrou uma baioneta de lado e puxou outra espingarda com a mão esquerda, de modo que o homem foi atraído para a baioneta de Harper. Harris estava com um machado que eles haviam usado para limpar o caminho através das bétulas, dos loureiros e dos carvalhos, e os franceses encolhiam-se diante da arma terrível. As pedras continuavam sendo atiradas, e os fuzileiros de Sharpe, rosnando e ofegando, iam abrindo caminho com as garras. Um homem chutou o rosto de Sharpe, e Cooper agarrou a bota e cravou a baioneta na perna do sujeito. Harper estava usando sua carabina como porrete, derrubando homens com sua força enorme. Um fuzileiro caiu para trás, o sangue que jorrava de sua garganta sendo instantaneamente diluído na chuva. Um soldado português tomou seu lugar, estocando com a baioneta e gritando insultos. Sharpe cravou o sabre com as duas mãos contra o ajuntamento de corpos, estocou, girou, puxou e estocou de novo. Outro português estava ao seu lado, cravando a baioneta na virilha de um francês, enquanto o sargento Macedo, os lábios repuxados num rosnado, lutava usando uma faca. A lâmina girava rapidamente na chuva, ficava vermelha, era lavada e ficava vermelha de novo. Os franceses estavam indo para trás, recuando para o terraço de pedras nuas diante das ruínas da torre de vigia, e um oficial gritava furiosamente com eles. Então o oficial se adiantou, o sabre estendido, e Sharpe encontrou-o. As lâminas se chocaram e Sharpe simplesmente deu um golpe com a cabeça de novo, e no clarão de um raio viu a perplexidade no rosto do oficial, mas o francês evidentemente viera da mesma escola de Sharpe, porque tentou chutar a virilha dele enquanto lançava os dedos contra seus olhos. Sharpe torceu-se de lado, voltou e acertou o sujeito no queixo com a guarda do sabre. Então o oficial simplesmente pareceu sumir, enquanto dois de seus homens o arrastavam para trás.

Um sargento francês alto veio para Sharpe com a espingarda girando, mas Sharpe recuou, o homem tropeçou e Vicente estendeu sua espada de lâmina reta, cuja ponta rasgou a traqueia do sargento, que rugiu como um fole furado e desmoronou num jorro de chuva rosada. Vicente deu um passo atrás, pasmo, mas seus homens estavam passando e espalhando-se para os redutos do sul, onde, com entusiasmo, arrancavam os franceses de seus buracos usando as baionetas. O sargento Macedo havia perdido a faca presa no peito de um francês e estava usando uma espingarda francesa como porrete. Um *voltigeur* tentou arrancar a arma de sua mão e ficou perplexo quando o sargento simplesmente deixou que ele a pegasse, depois chutou sua barriga de modo que o francês caiu pela beira do penhasco. Ele gritava enquanto caía. O grito pareceu durar muito tempo, então houve uma pancada úmida nas pedras lá embaixo, a espingarda fez barulho e o som foi abafado quando um trovão rolou pelo céu. As nuvens foram partidas pelo raio, e Sharpe, com a lâmina do sabre pingando sangue diluído pela chuva, gritou para seus homens verificarem cada reduto.

— E revistem a torre!

Outro clarão de raio revelou um grande grupo de franceses subindo pela metade do caminho sul. Sharpe achou que um pequeno grupo de homens mais em forma tinha vindo à frente, e eram esses homens que ele havia encontrado. O grupo maior, que facilmente poderia ter sustentado o cume contra o contra-ataque desesperado de Sharpe e Vicente, havia se atrasado demais, e agora Vicente estava pondo seus homens nos redutos inferiores. Um fuzileiro estava morto perto da torre de vigia.

— É Sean Donnelly — disse Harper.

— Pena — disse Sharpe. — Era um bom homem.

— Era um desgraçadozinho maligno da cidade de Derry — disse Harper —, que me devia quatro xelins.

— Era capaz de atirar bem.

— Quando não estava bêbado — admitiu Harper.

Pendleton, o fuzileiro mais jovem, trouxe a barretina de Sharpe.

— Encontrei na encosta, senhor.

— O que você estava fazendo na encosta quando deveria estar lutando? — perguntou Sharpe.

Pendleton pareceu preocupado.

— Só encontrei, senhor.

— Matou alguém? — quis saber Harper.

— Não, sargento.

— Então não mereceu seu xelim de hoje, não é? Certo! Pendleton! Williamson! Dodd! Sims! — Harper organizou um grupo para descer o morro de novo e trazer as mochilas e a comida abandonadas. Sharpe mandou mais dois tirarem as armas e a munição dos mortos e feridos.

Vicente havia guarnecido o lado sul do forte, e a visão de seus homens bastou para impedir que os franceses tentassem um segundo assalto. Agora o tenente português voltou para se juntar a Sharpe ao lado da torre de vigia, onde o vento uivava nas pedras quebradas. A chuva estava diminuindo, mas os sopros de vento mais fortes ainda faziam as gotas baterem ferozes nas paredes arruinadas.

— O que faremos com relação à aldeia? — quis saber Vicente.

— Não há nada que possamos fazer.

— Há mulheres lá embaixo! Crianças!

— Eu sei.

— Não podemos simplesmente deixar todos lá.

— O que você quer que façamos? Descer lá? Resgatá-los? E enquanto estivermos lá, o que acontece aqui em cima? Aqueles desgraçados tomam o morro. — Ele apontou para os *voltigeurs* franceses que ainda estavam na metade do morro, sem saber se continuavam a subir ou se desistiam da tentativa. — E quando chegar lá embaixo — continuou Sharpe —, o que vai encontrar? Dragões. Centenas de dragões desgraçados. E quando o último de seus homens estiver morto, você terá a satisfação de saber que tentou salvar a aldeia. — Ele viu a teimosia no rosto de Vicente. — Não há nada que você possa fazer.

— Precisamos tentar — insistiu Vicente.

— Quer levar alguns homens em patrulha? Faça isso, mas o resto de nós ficará aqui. Este lugar é nossa única chance de permanecer vivos.

Vicente estremeceu.

— Você não vai continuar indo para o sul?

— Se sairmos deste morro, teremos dragões cortando nosso cabelo com a porcaria dos sabres. Estamos presos, tenente, estamos presos.

— Você me deixa levar uma patrulha até a aldeia?

— Três homens. — Sharpe estava relutante em deixar sequer três homens irem com Vicente, mas podia ver que o tenente português estava desesperado para saber o que estava acontecendo com seus compatriotas. — Fiquem escondidos, tenente. Fiquem nas árvores. Vão com muito cuidado!

Vicente retornou três horas depois. Havia simplesmente muitos dragões e soldados de infantaria com casacas azuis ao redor de Vila Real de Zedes, e ele não conseguira chegar perto da aldeia.

— Mas ouvi gritos — disse.

— É — respondeu Sharpe —, deve ter ouvido mesmo.

Abaixo dele, mais além da quinta, os restos da igreja da aldeia ardiam na noite escura e molhada. Era a única luz que dava para ver. Não havia estrelas, nem velas, nem lampiões, apenas o brilho vermelho e carrancudo da igreja em chamas.

E no dia seguinte, Sharpe sabia, os franceses viriam atrás dele outra vez.

De manhã os oficiais franceses tomaram o desjejum no terraço da taverna sob um caramanchão de videira. A aldeia estava cheia de comida e havia pão recém-assado, presunto, ovos e café para o desjejum. A chuva fora embora, deixando uma sensação úmida no vento, mas havia sombras nos campos e a promessa de sol quente no ar. A fumaça da igreja incendiada deslizava para o norte, levando o fedor de carne assada.

Maria, a garota ruiva, serviu o café ao coronel Christopher. O coronel estava palitando os dentes com uma lasca de marfim, mas tirou-a da boca para agradecer.

— Obrigado, Maria — disse num português agradável. Maria estremeceu, mas assentiu rapidamente enquanto recuava.

— Ela substituiu seu empregado? — perguntou Vuillard.

— O desgraçado sumiu — disse Christopher. — Fugiu. Foi embora.

— Uma boa troca — observou Vuillard, olhando para Maria. — Ela é muito mais bonita.

— Ela era bonita — admitiu Christopher. Agora o rosto de Maria estava bastante machucado e os ferimentos haviam inchado, estragando sua beleza. — E vai ficar bonita outra vez.

— Você bateu nela com força — disse Vuillard com um leve tom de censura.

Christopher bebericou o café.

— Os ingleses têm um ditado: Cachorro, mulher e nogueira, quanto mais apanham, melhor ficam.

— Nogueira?

— Dizem que se o tronco for bem espancado, a produção de nozes aumenta; não sei se é verdade, mas sei que mulher precisa ser dominada como um cão ou um cavalo.

— Dominada. — Vuillard repetiu a palavra. Estava pasmo com o sangue frio de Christopher.

— A idiota resistiu — explicou Christopher. — Lutou! Por isso ensinei quem é que manda. Toda mulher precisa aprender isso.

— Até uma esposa?

— Principalmente uma esposa — disse Christopher —, mas o processo pode ser mais lento. Você não domina uma boa égua rapidamente, demora o tempo que for necessário. Mas esta — ele virou a cabeça na direção de Maria —, esta precisou ser chicoteada logo. Não me importo se ela se ressente, mas ninguém quer uma esposa azedada pelo ressentimento.

Maria não era a única com o rosto machucado. O major Dulong tinha uma marca preta no nariz e uma careta igualmente sombria. Havia chegado à torre de vigia antes das tropas inglesas e portuguesas, mas com um grupo menor de homens, e fora surpreendido pela ferocidade com que o inimigo o atacara.

— Deixe-me voltar, *mon Géneral* — implorou a Vuillard.

— Claro, Dulong, claro. — Vuillard não culpou o oficial voltigeur pelo único fracasso da noite. Parecia que os soldados ingleses e portugueses, que todo mundo esperara encontrar no estábulo da quinta, tinham decidido ir para o sul, e com isso estavam na metade do caminho para a torre de vigia quando o ataque teve início. Mas o major Dulong não estava acostumado ao fracasso, e a expulsão do topo do morro havia ferido seu orgulho. — Claro que você pode voltar — garantiu o general de brigada —, mas não imediatamente. Acho que primeiro deveremos deixar *les belles filles* agirem de seu modo maligno com eles, não é?

— *Les belles filles?* — perguntou Christopher, imaginando por que, diabos, Vuillard mandaria moças para a torre de vigia.

— O nome dado pelo imperador aos seus canhões — explicou Vuillard. — *Les belles filles*. Há uma bateria em Valengo e eles devem ter alguns obuseiros. Tenho certeza de que os artilheiros ficarão felizes em nos emprestar seus brinquedos, não é? Bastará um dia de treinamento de tiro ao alvo e aqueles idiotas no morro estarão tão dominados quanto a sua ruiva. — Vuillard ficou olhando enquanto as moças traziam a comida. — Vou olhar o alvo deles depois de termos comido. Quem sabe você me daria a honra de me emprestar seu telescópio?

— Claro. — Christopher empurrou o aparelho por sobre a mesa. — Mas tome cuidado, meu caro Vuillard. Ele é muito precioso para mim.

Vuillard examinou a placa de latão e seu parco inglês foi suficiente para decifrar o significado.

— Quem é esse tal de AW?

— Sir Arthur Wellesley, claro.

— E por que ele seria grato a você?

— Você não pode esperar que um cavalheiro responda a essa pergunta, meu caro Vuillard. Seria cantar vantagem. Basta dizer que não engraxei meramente as botas dele. — Christopher deu um sorriso modesto, depois se serviu de ovos e pão.

Duzentos dragões fizeram a curta viagem até Valengo. Escoltavam um oficial que levava o pedido de um par de obuseiros, e o oficial e os dragões retornaram na mesma manhã.

Com apenas um obuseiro. Mas isso, Vuillard tinha certeza, seria o suficiente. Os fuzileiros estavam condenados.

CAPÍTULO VI

— O que o senhor realmente queria — disse o tenente Pelletieu — era um morteiro.

— Um morteiro? — O general de brigada Vuillard estava pasmo com a autoconfiança do tenente. — Você está dizendo o que eu quero?

— O que o senhor quer — disse Pelletieu, confiante — é um morteiro. É uma questão de elevação, senhor.

— É uma questão, tenente — Vuillard pôs um bocado de ênfase no posto inferior de Pelletieu —, de derramar morte, merda, horror e danação naqueles desgraçados insolentes na porcaria daquele morro. — Ele apontou para a torre de vigia. Estava parado à beira da floresta, onde havia convidado o tenente Pelletieu a preparar seu obuseiro e começar a matança. — Não me fale em elevação! Fale em matança.

— Matança é o nosso trabalho, senhor — disse o tenente, sem se abalar com a raiva do general de brigada —, mas tenho de chegar mais perto dos desgraçados insolentes. — Era um homem muito jovem, tão jovem que Vuillard perguntou a si mesmo se Pelletieu ao menos já começara a se barbear. Além disso, era magro como um graveto, tão magro que as calças brancas, o colete branco e o casaco azul-escuro pendiam como roupas vestidas num espantalho. Um pescoço comprido e magro projetava-se do rígido colarinho azul, e o nariz comprido sustentava um par de óculos de lentes grossas que lhe davam a infeliz aparência de um peixe meio morto

A DEVASTAÇÃO DE SHARPE

de fome, mas era um peixe notavelmente confiante, que agora se virou para seu sargento. — Duas libras a 12 graus, não acha? Mas só se conseguirmos chegar a menos de 350 toesas, não é?

— Toesas? — Vuillard sabia que os artilheiros usavam a antiga unidade de medida, mas ela não significava nada para ele. — Por que, diabos, não fala francês, homem?

— Trezentas e cinquenta toesas? Digamos que são... — Pelletieu parou e franziu o cenho enquanto fazia a conta.

— Seiscentos e oitenta metros — interveio seu sargento, tão magro, pálido e jovem quando Pelletieu.

— Seiscentos e oitenta e dois — disse Pelletieu, animado.

— Trezentas e cinquenta toesas? — O sargento pensou em voz alta. — Carga de 2 libras? Doze graus? Acho que servirá, senhor.

— Por pouco — disse Pelletieu, depois se virou para o general de brigada de novo. — O alvo é alto, senhor — explicou.

— Eu sei que é alto — respondeu Vuillard em tom perigoso. — É isso que chamamos de morro.

— E todo mundo acha que os obuseiros fazem milagres contra alvos elevados — continuou Pelletieu, desconsiderando o sarcasmo de Vuillard —, mas eles realmente não são projetados para um ângulo muito maior do que 12 graus da horizontal. Mas um morteiro, claro, pode alcançar um ângulo muito mais alto, porém suspeito que o morteiro mais próximo esteja no Porto.

— Só quero os desgraçados mortos! — rosnou Vuillard, depois se virou de novo quando lhe ocorreu uma lembrança. — E por que não uma carga de 3 libras? Os artilheiros usavam cargas de 3 libras em Austerlitz. — Sentiu-se tentado a acrescentar: "Antes de você nascer", mas se conteve.

— Três libras! — Pelletieu sugou o ar com barulho enquanto seu sargento revirava os olhos diante da demonstração de ignorância do general de brigada. — É um tubo de Nantes, senhor — acrescentou Pelletieu numa explicação gnômica enquanto batia no obuseiro. — Foi feito na idade das trevas, senhor, antes da revolução, e foi pessimamente fundido. O parceiro dele explodiu há três semanas, senhor, e matou dois artilheiros.

Havia uma bolha de ar no metal, uma fundição horrível. Não é seguro para mais de 2 libras, senhor.

Em geral os obuseiros eram usados em pares, mas a explosão três semanas antes deixara o obuseiro de Pelletieu como o único de sua bateria. Era uma arma de aparência estranha, que parecia um canhão de brinquedo empoleirado de modo incongruente numa carreta de tamanho normal. O cano, com apenas setenta centímetros de comprimento, era montado entre rodas da altura de um homem, mas a pequena arma era capaz de fazer o que outros canhões de campo não conseguiam: disparar num arco elevado. Em geral os canhões de campanha raramente eram elevados em mais do que um ou dois graus, e sua bala rasa voava numa trajetória plana, mas o obuseiro disparava suas granadas para o alto, de modo que elas mergulhavam sobre o inimigo. As armas eram projetadas para disparar por cima de muralhas defensivas, ou sobre as cabeças da infantaria amiga, e como um projétil disparado para o alto pára rapidamente ao pousar, os obuseiros não atiravam balas rasas e sólidas. Uma peça de campanha normal, disparando balas sólidas, podia confiar que o projétil ricochetearia e continuaria ricocheteando, e mesmo depois do quarto ou quinto salto a bala rasa ainda podia mutilar ou matar, mas uma bala maciça atirada para o alto provavelmente se enterraria no chão e não causaria danos subsequentes. Assim, os obuseiros disparavam projéteis com espoletas para explodir ao pousar.

— Quarenta e nove vezes dois, senhor, uma vez que também temos o armão do outro obuseiro — disse Pelletieu quando Vuillard perguntou quantos projéteis sua arma possuía. — Noventa e oito projéteis, senhor, e 22 lanternetas. O dobro dos suprimentos usuais!

— Esqueça as lanternetas — ordenou Vuillard. A metralha, que se espalhava da ponta do cano como cargas de chumbinho para matar patos, era para ser usada contra tropas em terreno aberto, não para infantaria escondida entre pedras. — Solte os projéteis sobre os desgraçados e vamos pedir mais munição, se você precisar. Coisa que não vai acontecer — acrescentou, malévolo —, pois você vai matar os desgraçados, não é?

— É para isso que estamos aqui — disse Pelletieu, todo animado. — E com o devido respeito, senhor, não vamos fazer viúvas se ficarmos aqui conversando. É melhor encontrar um local para colocá-lo. Sargento! Pás!

— Pás? — perguntou Vuillard.

— Temos de nivelar o terreno, porque Deus não pensou nos artilheiros quando fez o mundo. Fez calombos demais e muito poucos lugares lisos. Mas somos muito bons em melhorar o trabalho d'Ele, senhor. — Pelletieu guiou seus homens na direção do morro, procurando um lugar que pudesse ser nivelado.

O coronel Christopher estivera inspecionando o obuseiro, mas agora assentiu na direção das costas de Pelletieu, que ia se afastando.

— Estão mandando colegiais para travar nossas guerras?

— Ele parece conhecer o trabalho — admitiu Vuillard de má vontade. — Seu empregado apareceu?

— O desgraçado está sumido. Eu mesmo tive de me barbear.

— Se barbear, é? — observou Vuillard, achando divertido. — A vida é dura, coronel, algumas vezes a vida é dura demais.

E logo, pensou ele, seria assassina para os fugitivos sobre o morro.

Ao amanhecer, um amanhecer molhado com nuvens correndo para o sudeste e um vento ainda soprando no cume escarpado, Dodd havia visto os fugitivos na metade da encosta norte do morro. Estavam agachados entre as pedras, evidentemente se escondendo dos sentinelas franceses na beira da floresta. Eram sete, todos homens. Seis eram sobreviventes do bando de Manuel Lopes e o sétimo era Luís, o empregado de Christopher.

— É o coronel — dissera ele a Sharpe.

— O que é que tem?

— O coronel Christopher. Está lá embaixo. Ele os trouxe para cá, disse que vocês estavam aqui!

Sharpe olhou para o povoado, onde uma mancha preta mostrava o lugar onde ficava a igreja.

— Ele é um desgraçado — disse baixinho, mas não estava surpreso. Agora, não. Apenas se culpava por ter sido tão lento em enxergar que Christopher era um traidor. Interrogou Luís ainda mais, e o empregado contou-lhe sobre a jornada até o sul, para falar com o general Cradock, sobre o jantar no Porto, em que o general francês fora o convidado de honra, e de como algumas vezes Christopher usava um uniforme inimigo, mas Luís admitiu honestamente que não sabia que teias o coronel tecia. Sabia que Christopher estava com o bom telescópio de Sharpe e conseguira roubar o velho telescópio do coronel, que entregou a Sharpe com um floreio triunfante.

— Lamento que não seja o seu, senhor, mas o coronel o mantém no bolso da aba da casaca. Agora luto pelo senhor — disse com orgulho.

— Você já lutou alguma vez?

— A gente aprende — respondeu Luís. — E não há ninguém melhor do que um barbeiro para cortar gargantas. Eu costumava pensar nisso quando barbeava meus fregueses. Como seria fácil cortar. Mas nunca fiz isso, claro — acrescentou rapidamente, para o caso de Sharpe achar que ele era um assassino.

— Acho que vou continuar me barbeando sozinho — disse Sharpe com um sorriso.

Assim, Vicente deu a Luís uma das espingardas francesas capturadas e uma cartucheira, e o barbeiro juntou-se aos outros soldados nos redutos que cercavam o topo do morro. Os homens de Lopes prestaram juramento para se tornar leais soldados portugueses, e quando um disse que preferiria se arriscar a escapar para se juntar às forças guerrilheiras ao norte, o sargento Macedo usou os punhos para forçar o juramento.

— Esse sargento é um bom garoto — disse Harper, aprovando.

A umidade foi sumindo. Os flancos encharcados do morro soltavam vapor ao sol da manhã, mas a névoa desapareceu enquanto a manhã esquentou. Havia dragões ao redor de todo o morro em forma de lombo de porco. Patrulhavam os vales dos dois lados, puseram outro forte piquete ao sul e homens a pé vigiando da borda da floresta. Sharpe, ao ver os dragões apertando o cerco, soube que se ele e seus homens tentassem escapar, se tornariam carne morta diante dos cavaleiros. Harper, com o rosto largo brilhando de suor, olhou para a cavalaria.

— Notei uma coisa, senhor, desde que nos juntamos ao senhor na Espanha.

— O que é?

— Que sempre estamos em menor número e cercados.

Sharpe estivera escutando, não Harper, mas o dia em si.

— Nota alguma coisa? — perguntou.

— Que estamos rodeados e em menor número, senhor?

— Não. — Sharpe parou para escutar de novo, depois franziu o cenho. — O vento vem do leste, não é?

— Mais ou menos.

— Não há som de canhões, Pat.

Harper ouviu.

— Santo Deus, o senhor está certo.

Vicente, que havia notado a mesma coisa, foi até a torre de vigia, onde Sharpe havia estabelecido seu posto de comando.

— Não há sons vindos de Amarante, senhor — disse o tenente português com um tom de voz infeliz.

— Então terminaram de lutar por lá — comentou Harper.

Vicente fez o sinal da cruz, o que era admissão suficiente de que suspeitava que o exército português que estivera sustentando a ponte sobre o Tâmega fora derrotado.

— Não sabemos o que está acontecendo — disse Sharpe, tentando animar Vicente, mas, na verdade, essa admissão era quase tão deprimente quanto a ideia de que Amarante havia caído. Enquanto o trovão longínquo dos canhões havia soado no leste, eles sabiam que ainda havia forças lutando contra os franceses, sabiam que a guerra propriamente dita continuava e que havia esperança de se juntarem a forças amigáveis, mas o silêncio da manhã era agourento. E se os portugueses tivessem saído de Amarante, o que seria dos ingleses em Coimbra e Lisboa? Estariam embarcando em navios na boca larga do Tejo, prontos para voltar para casa num comboio? O exército de Sir John Moore fora expulso da

Espanha, então será que a força menor dos ingleses em Lisboa estaria debandando agora? Sharpe sentiu um medo súbito e horrendo de ser o último oficial inglês no norte de Portugal e o último petisco a ser devorado por um inimigo insaciável. — Isso não significa nada — mentiu, vendo no rosto dos companheiros o mesmo medo de estarem isolados. — Sir Arthur Wellesley vem.

— Esperamos que sim — disse Harper.

— Ele é bom? — perguntou Vicente.

— O melhor de todos — respondeu Sharpe com fervor, e então, vendo que suas palavras não haviam realmente encorajado a esperança, ocupou Harper. Toda a comida que havia sido levada para a torre de vigia fora estocada num canto da ruína, onde Sharpe podia ficar de olho, mas os homens não haviam comido um desjejum, de modo que ele precisava que Harper supervisionasse a distribuição. — Dê rações de fome, sargento — ordenou —, porque só Deus sabe quanto tempo ficaremos aqui.

Vicente acompanhou Sharpe até o pequeno terraço diante da entrada da torre de vigia, onde olhou para os dragões distantes. Parecia distraído e começou a mexer num fio do vivo branco que enfeitava seu uniforme azul-escuro, e quando mais remexia, mais o vivo era arrancado da casaca.

— Ontem — disse ele, bruscamente. — Ontem foi a primeira vez que matei um homem com uma espada. — Franziu o cenho enquanto puxava mais alguns centímetros do viés da bainha do paletó. — É uma coisa difícil de fazer.

— Principalmente com uma espada dessas — disse Sharpe, apontando com um gesto de cabeça para a bainha da arma de Vicente. A espada de oficial português era fina, reta e não particularmente robusta. Era uma espada para desfiles, para apresentações, e não para lutas violentas na chuva. — Já uma como esta — Sharpe bateu no sabre de cavalaria que pendia de seu cinto — derruba os desgraçados. Não mata cortando, funciona mais como um porrete. É possível matar um touro a pancadas com um sabre destes. Arranje um sabre de cavalaria, Jorge. São feitos para matar. As espadas dos oficiais de infantaria são para os salões de baile.

A Devastação de Sharpe

— Quero dizer que foi difícil olhar nos olhos dele — explicou Vicente — e mesmo assim usar a espada.

— Sei como é, mas ainda assim é a melhor coisa a se fazer. O que a gente quer é olhar para espada ou para a baioneta, não é? Mas se você ficar olhando nos olhos, vai saber o que eles vão fazer em seguida, vendo para onde eles olham. Mas nunca olhe para o lugar onde vai acertá-los. Continue olhando para os olhos e simplesmente acerte.

Vicente percebeu que estava arrancando todo o vivo da casaca e enfiou o pedaço solto numa casa de botão.

— Quando atirei no meu sargento, pareceu irreal. Como um teatro. Mas ele não estava tentando me matar. Já aquele homem ontem à noite? Foi de dar medo.

— E devia dar medo mesmo — reagiu Sharpe. — Uma luta como aquela? Na chuva e no escuro? Qualquer coisa pode acontecer. A gente simplesmente age rápido e sujo, Jorge, causa o dano e continua causando.

— Você já deve ter lutado demais — disse Vicente com tristeza, como se sentisse pena de Sharpe.

— Sou soldado há muito tempo, e nosso exército luta muito. Índia, Flandres, aqui, na Dinamarca.

— Dinamarca! Por que vocês estavam lutando na Dinamarca?

— Deus sabe. Tinha alguma coisa a ver com a frota deles. Nós a queríamos, eles não queriam que nós a tivéssemos, por isso fomos e tomamos. — Ele estava olhando pela encosta norte, para um grupo de 12 franceses que haviam se despido até a cintura e agora começavam a cavar com pá um trecho de samambaias a cem metros da borda da floresta. Pegou o telescópio substituto que Luís havia trazido para ele. Era pouco mais que um brinquedo e só tinha a metade da potência do seu, mas Sharpe achou que era melhor do que nada. Focalizou o telescópio, firmou a lente externa com a ponta de um dedo e olhou para o grupo de trabalho francês.

— Merda — disse.

— O que é?

— Os desgraçados arranjaram um canhão. Só reze para não ser uma porcaria de um morteiro.

Perplexo, Vicente tentou ver uma peça de artilharia, mas não conseguiu.

— O que acontece se for um morteiro?

— Todos morremos — respondeu Sharpe, imaginando a arma parecida com uma panela lançando seus projéteis no céu de modo a caírem quase verticalmente em sua posição. — Todos morremos — disse de novo. — Ou então fugimos e somos capturados.

Vicente fez o sinal da cruz outra vez. Não fizera esse gesto nenhuma vez nas primeiras semanas em que Sharpe o conhecera, mas quanto mais Vicente se afastava de sua vida como advogado, mais os antigos imperativos retornavam. Estava começando a aprender que a vida não era controlada pela lei nem pela razão, mas sim pela sorte, pela selvageria e por uma fúria cega e sem sentimentos.

— Não consigo ver nenhum canhão — admitiu finalmente.

Sharpe apontou para o grupo de franceses trabalhando.

— Aqueles veados estão aplainando o terreno para que possam mirar direito — explicou. — Não se pode disparar um canhão numa encosta, caso se queira precisão — Ele deu alguns passos descendo o caminho do norte. — Dan!

— Senhor?

— Está vendo onde os desgraçados vão pôr um canhão? Que distância é aquilo?

Hagman, abrigado numa fenda de pedra, espiou para baixo.

— Pouco menos de setecentos passos, senhor. Longe demais.

— Podemos tentar?

Hagman deu de ombros.

— Posso tentar, mas não seria melhor deixar para mais tarde?

Sharpe assentiu. Melhor revelar o alcance aos franceses das carabinas quando as coisas estivessem mais desesperadoras.

Vicente ficou perplexo de novo, e Sharpe explicou:

— Uma bala de carabina pode chegar àquela distância, mas seria necessário um gênio para acertar. Dan é quase um gênio.

Ele pensou em levar um pequeno grupo de fuzileiros até a metade da encosta, pois sabia que, a trezentos ou quatrocentos metros, eles poderiam causar grandes danos a uma guarnição do canhão, mas a guarnição, àquela distância, responderia com lanternetas, e ainda que a encosta inferior do morro estivesse atulhada de pedras, poucas tinham tamanho suficiente para proteger um homem da metralha. Sharpe perderia soldados se descesse o morro. Decidiu que faria isso se o canhão fosse um morteiro, porque os morteiros jamais levavam lanterneta, mas os franceses poderiam responder ao seu ataque com uma forte linha de escaramuça da infantaria. Ataque e contra-ataque. Era frustrante. Ele só podia rezar para que a peça não fosse um morteiro.

Não era um morteiro. Uma hora depois que a equipe de trabalho começara a fazer a plataforma nivelada, o canhão apareceu, e Sharpe viu que era um obuseiro. Isso era bastante ruim, mas dava uma chance a seus homens, porque a granada do obuseiro viria em ângulo oblíquo e seus homens estariam seguros atrás das pedras maiores no topo do morro. Vicente pegou emprestado o pequeno telescópio e viu os artilheiros franceses soltarem a peça e prepararem a munição. Um armão, com sua tampa mais comprida acolchoada para que a guarnição da peça pudesse viajar em cima, estava sendo aberto, e os cartuchos e os projéteis estavam sendo empilhados junto ao terreno aplainado.

— Parece uma peça muito pequena — disse Vicente.

— Não precisa ter cano longo — explicou Sharpe — porque não é uma arma de precisão. Simplesmente joga os projéteis em cima de nós. Vai ser barulhento, mas vamos sobreviver. — Ele disse isso para animar Vicente, mas não tinha tanta confiança quanto parecia. Duas ou três granadas de sorte poderiam dizimar seu comando, mas pelo menos a chegada do obuseiro havia afastado a mente de seus homens das dificuldades maiores, e eles observaram os artilheiros se preparando. Uma pequena bandeira fora posta cinquenta passos à frente do obuseiro, presumivelmente para que o capitão artilheiro pudesse avaliar o vento, que tenderia a desviar os projéteis para o oeste. De fato, Sharpe os viu ajeitar a flecha do obuseiro para compensar, depois olhou pelo telescópio enquanto as cunhas eram marteladas sob o cano gordo. Os canhões de campo geralmente eram elevados com um parafuso, mas os obuseiros usavam as antiquadas cunhas de madeira. Sharpe achou que o oficial magricelo que supervisionava a peça devia estar usando suas maiores cunhas, esforçando-se para obter o máximo de elevação para que os projéteis caíssem sobre as pedras no cume do morro. Os primeiros cartuchos estavam sendo levados para a arma, e quando Sharpe viu o clarão da luz solar refletida em aço, soube que o oficial devia estar preparando a espoleta da granada.

— Proteja-se, sargento! — gritou Sharpe.

Cada homem tinha um lugar para ir, um lugar bem protegido pelas pedras grandes. A maioria dos fuzileiros estava nos redutos, que eram cercados de pedra, mas meia dúzia, inclusive Sharpe e Harper, encontravam-se dentro da velha torre, onde uma escada um dia levara às ameias. Restavam apenas quatro degraus, e tudo o que eles fizeram foi subir até uma cavidade enorme na parede norte, onde Sharpe se posicionou ali, para ver o que os franceses estavam fazendo.

O obuseiro desapareceu numa nuvem de fumaça, e um instante depois se ouviu o estrondo enorme da pólvora explodindo. Sharpe tentou encontrar a granada no céu, depois viu a minúscula trilha ondulante de fumaça deixada pela espoleta acesa. Em seguida veio o som da granada, um trovão rolando no alto, e a trilha de fumaça chicoteou apenas um pouco mais de um metro acima da torre arruinada. Todos haviam segurado o fôlego, que soltaram quando a granada explodiu em algum lugar acima da encosta sul.

— Ele cortou a espoleta comprida demais — disse Harper.

— Da próxima vez ele não vai fazer isso — respondeu Tongue.

Daniel Hagman, de rosto branco, estava sentado com as costas apoiadas na parede, os olhos fechados. Vicente e a maior parte de seus homens estavam um pouco abaixo na encosta, protegidos por uma pedra do tamanho de uma casa. Nada poderia alcançá-los diretamente, mas se uma granada ricocheteasse na face da torre, provavelmente cairia entre eles. Sharpe tentou não pensar nisso. Tinha feito o máximo e sabia que não poderia oferecer segurança absoluta para todos os homens.

A DEVASTAÇÃO DE SHARPE

Esperaram.

— Andem logo — disse Harris. Harper fez o sinal da cruz. Sharpe olhou pelo buraco na parede e viu o artilheiro levando o bota-fogo ao cano da arma. Não disse nada aos homens, pois o ruído do obuseiro seria um alerta suficiente, e ele estava olhando para o pé do morro não para ver quando a arma seria disparada, mas sim para ver o momento em que os franceses iniciariam um ataque de infantaria. Essa parecia a coisa óbvia que os inimigos tinham a fazer. Disparar o obuseiro para manter os ingleses e portugueses com a cabeça abaixada e então mandar a infantaria fazer um ataque, mas Sharpe não viu sinal disso. Os dragões estavam mantendo a distância, a infantaria estava fora das vistas e os artilheiros continuavam trabalhando.

Uma granada depois da outra passava em arco sobre o topo do morro. Depois do primeiro disparo as espoletas foram cortadas no tamanho exato, e as granadas batiam nas pedras, caíam e explodiam. Monótona e constantemente, um disparo depois do outro, e todas as explosões atirando estilhaços que estalavam e assobiavam através do amontoado de pedras no topo; no entanto, os franceses pareciam não perceber quanto abrigo as pedras proporcionavam. O cume fedia a pólvora, a fumaça pairava como névoa entre as rochas e se grudava às pedras cobertas de líquen da torre de vigia, mas milagrosamente ninguém se feriu com gravidade. Um dos homens de Vicente foi acertado por um estilhaço que cortou seu braço, mas foi o único acidente. Ainda assim, os homens odiavam aquilo. Ficavam sentados encolhidos, contando os tiros que vinham num ritmo regular, um por minuto, os segundos se esticando entre cada um. Ninguém falava, e cada disparo era um estrondo na base do morro, um estalo ou um som oco quando a granada caía, a explosão rouca da carga de pólvora e o guincho do invólucro fragmentado. Uma granada não explodiu, e todos esperaram sem respirar enquanto os segundos passavam, e então eles perceberam que a espoleta devia estar com defeito.

— Quantas porcarias de granadas eles têm? — perguntou Harper depois de 15 minutos.

Ninguém sabia responder. Sharpe tinha uma vaga lembrança de que um canhão de 6 libras inglês carregava mais de cem balas no armão, no carro de munição e nas caixas dos eixos, mas não tinha certeza, e a prática dos franceses provavelmente era diferente, por isso não falou nada. Andou pelo topo do morro, indo da torre até os homens nos redutos e depois olhando ansiosamente pelas encostas, e ainda não havia sinal de que os franceses estivessem pensando num ataque.

Ele voltou para a torre. Hagman havia apanhado uma pequena flauta de madeira, que ele próprio havia feito durante a convalescença, e começou a tocar os trinados e trechos de antigas melodias familiares. Os farrapos de música pareciam um canto de pássaro, então o topo do morro reverberava com a explosão seguinte, os fragmentos da bala batiam contra a torre e, à medida que o som brutal ia sumindo, o som da flauta voltava a emergir.

— Sempre quis tocar flauta — observou Sharpe, falando a ninguém em particular.

— Tocar é fácil, difícil é levar a vida na flauta — respondeu Harper.

Os homens gemeram, e Harper deu um sorriso orgulhoso. Sharpe estava contando mentalmente os segundos, imaginando a peça de artilharia sendo puxada de volta para o lugar e depois sendo limpa, o polegar do artilheiro sobre o ouvido da arma para impedir que o ar forçado pela lanada que entrava ateasse fogo a qualquer pólvora que não houvesse explodido na culatra. Quando todo o resto de fogo tivesse sido apagado dentro do cano, eles enfiariam os cartuchos, depois a granada de seis polegadas com a espoleta cuidadosamente cortada se projetando do tampão de madeira, e o artilheiro enfiaria uma agulha pelo ouvido da arma para furar os cartuchos de lona, e depois enfiaria um tubo cheio de mais pólvora até o cartucho. Eles recuariam, cobririam os ouvidos, e o artilheiro encostaria o bota-fogo no tubo. E nesse exato momento Sharpe ouviu um estrondo. Quase instantaneamente houve um estalo violento dentro da torre, e ele percebeu que a granada havia passado pelo buraco no topo da escada quebrada e caíra, com a espoleta soltando fumaça numa espiral louca, até se alojar entre dois dos sacos que continham a comida.

A DEVASTAÇÃO DE SHARPE

Sharpe olhou para ela, viu o fio de fumaça subindo trêmulo, soube que todos morreriam ou seriam terrivelmente mutilados quando explodisse, e não pensou, simplesmente mergulhou. Esticou a mão para a espoleta, percebeu que era tarde demais para arrancá-la e, por isso, caiu sobre a granada, sua barriga pressionando-a e sua mente gritando, pois ele não queria morrer. Vai ser rápido, pensou, e pelo menos ele não teria mais de tomar decisões e ninguém mais sofreria, e xingou a granada porque estava demorando demais para explodir. Sharpe olhava para Daniel Hagman, que também olhava para ele, os olhos arregalados, e a flauta esquecida a dois centímetros da boca.

— Se ficar aí mais tempo — disse Harper numa voz que não conseguia esconder a tensão —, o senhor vai chocar essa porcaria.

Hagman começou a rir, depois Harris, Cooper e Harper se juntaram. Sharpe saiu de cima da granada e viu que o tampão de madeira que segurava a espoleta estava enegrecido pelo fogo, mas de algum modo ela havia se apagado. Pegou a porcaria da granada, jogou-o para fora do buraco e viu-o descer o morro fazendo barulho.

— Meu Jesus — disse Sharpe. Estava suando, tremendo. Desmoronou de encontro à parede e olhou para seus homens, que estavam fracos de tanto rir. — Ah, Deus.

— O senhor ia ter uma tremenda dor de barriga se aquilo explodisse — disse Hagman, e isso fez todos gargalharem de novo.

Sharpe sentia-se exaurido.

— Se não têm nada melhor para fazer, seus desgraçados, peguem os cantis. Deem um gole a todo mundo. — Sharpe estava racionando a água, como a comida, mas o dia era quente, e ele sabia que todo mundo devia estar seco. Acompanhou os fuzileiros para fora. Vicente, que não fazia ideia do que acabara de acontecer, só sabia que uma segunda granada não havia explodido, e estava ansioso.

— O que aconteceu?

— A espoleta apagou — disse Sharpe. — Simplesmente apagou.

Desceu até os redutos mais ao norte e olhou para o obuseiro. Quanta munição aqueles desgraçados teriam? O ritmo dos disparos havia diminuído um pouco, mas isso parecia ter mais a ver com o cansaço dos artilheiros do que com a falta de granadas. Viu-os carregar mais uma, não se incomodou em procurar cobertura, e a granada explodiu atrás da torre. O obuseiro havia recuado mais de dois metros e meio, muito menos do que uma peça de campanha, e Sharpe viu os artilheiros colocarem os ombros na roda e o empurrarem de volta para o lugar. O ar entre Sharpe e o obuseiro tremulava por causa do calor do dia, que ficara mais intenso devido a um pequeno incêndio no capim provocado pelos tiros da peça. Isso havia acontecido durante todo o dia, e a chama que saía pela boca do obuseiro deixara um trecho de capim e samambaia queimados, em forma de leque, na frente do cano. E então Sharpe viu outra coisa, algo que o deixou perplexo. Abriu o pequeno telescópio de Christopher, xingando a perda do seu, firmou o cano numa pedra e olhou com atenção. Viu que havia um oficial agachado ao lado do obuseiro com uma das mãos levantada. A postura estranha era o que o havia deixado perplexo. Por que alguém se agacharia à frente das rodas de um canhão? E Sharpe pôde ver outra coisa. Sombras. O terreno ali fora limpo, mas agora o sol estava baixo e lançava sombras compridas. Sharpe pôde ver que o terreno limpo fora marcado com duas pedras meio enterradas, cada uma talvez do tamanho de uma bala de 12 libras, e que o oficial estava levando as rodas direto às duas pedras. Quando as rodas tocaram as pedras, ele baixou a mão e os homens passaram a recarregar a arma.

Sharpe franziu o cenho, pensando. Por que, num belo dia de sol, o oficial de artilharia francês teria de marcar um lugar para as rodas do canhão? As próprias rodas, com aro de ferro, deixavam sulcos no solo que serviam como marcas para quando a arma era reposicionada depois de cada disparo. No entanto, eles haviam se dado ao trabalho de pôr as pedras ali também. Abaixou-se atrás do muro enquanto outra nuvem de fumaça anunciava uma granada. Esta caiu um pouquinho antes do ponto, e os estilhaços fizeram barulho contra o muro baixo que os homens de Sharpe haviam construído. Pendleton levantou a cabeça acima do reduto.

— Por que eles não usam bala rasa, senhor?

— Os obuseiros não têm bala rasa, e é difícil disparar um canhão comum morro acima. — Ele foi brusco porque estava pensando naquelas pedras. Por que colocá-las ali? Será que teria imaginado? Mas quando olhou pelo telescópio, continuou vendo.

Então viu os artilheiros se afastando do obuseiro. Uns vinte artilheiros haviam aparecido, mas eram apenas uma guarda para o obuseiro, que, afora isso, foi abandonado.

— Eles vão comer — sugeriu Harper. Havia levado água para os homens nas posições mais avançadas e agora se sentou ao lado de Sharpe. Por um momento ficou sem graça, depois riu. — Foi uma coisa corajosa que o senhor fez.

— Você teria feito a mesma porcaria.

— Não teria, não — respondeu Harper com veemência. — Teria saído pela desgraça da porta como um gato escaldado, se minhas pernas tivessem conseguido se mexer. — Ele viu o obuseiro abandonado. — Então por hoje acabou?

— Não — respondeu Sharpe, porque de repente entendeu o motivo das pedras.

E sabia o que poderia fazer a respeito.

O general de brigada Vuillard, abrigado na quinta, serviu-se de uma taça do melhor vinho do Porto Savage branco. A casaca azul de seu uniforme estava desabotoada e ele abriu um botão da calça, a fim de abrir espaço para o belo quarto de carneiro que havia compartilhado com Christopher, uma dúzia de oficiais e três mulheres. As mulheres eram francesas, mas certamente não eram esposas, e uma delas, cujo cabelo dourado brilhava à luz das velas, havia se sentado perto do tenente Pelletieu, que parecia incapaz de afastar os óculos da direção de um decote profundo, macio, sombreado e com riscas, onde o suor fizera pequenos riachos através do pó branco sobre a pele. Sua simples presença havia deixado Pelletieu quase imbecilizado, de modo que toda a confiança que tinha demonstrado no primeiro encontro com Vuillard havia sumido.

O general de brigada, achando divertido o efeito da mulher sobre o oficial de artilharia, inclinou-se para a frente para aceitar uma vela do major Dulong, que usou para acender um charuto. Era uma noite quente, as janelas estavam abertas e uma grande mariposa clara adejava ao redor dos candelabros no centro da mesa.

— É verdade — perguntou Vuillard a Christopher entre as baforadas necessárias para manter o charuto devidamente aceso — que na Inglaterra espera-se que as mulheres saiam da mesa de jantar antes que os charutos sejam acesos?

— As mulheres respeitáveis, sim. — Christopher tirou o palito da boca para responder.

— Eu acho que até mesmo as mulheres respeitáveis são companheiras atraentes para um bom charuto e uma garrafa de vinho do Porto. — Contente porque o charuto estava bem aceso, Vuillard recostou-se e olhou para os outros ao redor da mesa. — Acho — disse em tom ameno — que sei exatamente quem vai responder à próxima pergunta. A que horas serão as primeiras luzes?

Houve uma pausa enquanto os oficiais se entreolhavam, então Pelletieu ficou vermelho.

— O nascer do sol, senhor, será às 4h20, mas às 3h50 haverá luz suficiente para enxergar.

— Tão inteligente! — sussurrou para ele a loura, que se chamava Annette.

— E a condição da lua? — pergunto Vuillard.

Pelletieu ficou mais vermelho ainda.

— Não há lua propriamente dita, senhor. A última lua cheia foi no dia 13 de abril e a próxima será... — Sua voz ficou no ar quando ele percebeu que os outros ao redor da mesa estavam achando sua erudição divertida.

— Continue, tenente — disse Vuillard.

— No dia 29 deste mês, senhor, de modo que estamos na lua crescente, bem no início e muito fina. Não há iluminação nela. Pelo menos por enquanto.

— Gosto de noites escuras — sussurrou Annette.

— Você é uma verdadeira enciclopédia ambulante, tenente — disse Vuillard. — Diga-me, que danos suas granadas causaram hoje?

— Infelizmente muito poucos, senhor. — Quase avassalado pelo perfume de Annette, Pelletieu parecia a ponto de desmaiar. — Aquele cume é prodigiosamente protegido pelas pedras, senhor. Se eles se mantiveram de cabeça baixa, devem ter sobrevivido praticamente intatos, mas tenho certeza de que matei um ou dois.

— Só um ou dois?

Pelletieu ficou sem jeito.

— Precisamos de um morteiro, senhor.

Vuillard sorriu.

— Quando um homem carece de instrumentos, tenente, ele usa o que tem em mãos. Não está certo, Annette? — Ele sorriu, em seguida pegou um gordo relógio no bolso do colete e abriu a tampa. — Quantas granadas você ainda tem?

— Trinta e oito, senhor.

— Não use todas de uma vez — disse Vuillard, depois levantou uma sobrancelha fingindo surpresa. — Não tem trabalho a fazer, tenente? — perguntou. O trabalho era disparar o obuseiro durante toda a noite, de modo que as forças no topo do morro não dormissem, e então, uma hora antes das primeiras luzes, os disparos seriam interrompidos, e Vuillard achava que todo o grupo inimigo estaria dormindo quando sua infantaria atacasse.

Pelletieu empurrou a cadeira para trás.

— Claro, senhor, e muito obrigado.

— Obrigado?

— Pelo jantar, senhor.

Vuillard fez um gesto gracioso de aceitação.

— Só lamento, tenente, que não possa ficar para a diversão. Tenho certeza de que mademoiselle Annette gostaria de ouvir sobre suas cargas, seu soquete e sua lanada.

— Gostaria mesmo, senhor? — perguntou Pelletieu, surpreso.

BERNARD CORNWELL

— Vá, tenente — disse Vuillard —, simplesmente vá. — O tenente saiu correndo, perseguido pelas gargalhadas, e o general de brigada balançou a cabeça. — Deus sabe onde os encontramos. Acho que os arrancamos dos berços, limpamos o leite da mãe de seus lábios e os mandamos para a guerra. Mesmo assim o jovem Pelletieu conhece o serviço. — Ele balançou o relógio na corrente por um segundo e depois o enfiou no bolso. — As primeiras luzes serão às 3h50, major — disse a Dulong.

— Estaremos prontos — respondeu Dulong. Ele parecia azedo, ainda irritado com o fracasso do ataque na noite anterior. O ferimento no rosto estava escuro.

— Preparados e descansados, não?

— Estaremos prontos — repetiu Dulong.

Vuillard assentiu, mas manteve os olhos atentos no major da infantaria.

— Amarante foi tomada — disse —, o que significa que os homens de Loison podem retornar ao Porto. Com sorte, major, isso significa que teremos forças suficientes para marchar contra Lisboa.

— Espero que sim, senhor — respondeu Dulong, sem saber para onde a conversa ia.

— Mas a divisão do general Heudelet ainda está limpando a estrada para Vigo — prosseguiu Vuillard —, a infantaria de Foy está livrando as montanhas dos guerrilheiros, de modo que nossas forças ainda estarão espalhadas, major, espalhadas. Mesmo que consigamos as brigadas de Delaborde de volta do general Loison, e mesmo com os dragões de Lorge, ficaremos espalhados se quisermos marchar contra Lisboa.

— Tenho certeza de que teremos sucesso mesmo assim — disse Dulong com lealdade.

— Mas precisamos de cada homem que possamos juntar, major, de cada homem. E não quero destacar preciosos soldados de infantaria para guardar prisioneiros.

Houve silêncio ao redor da mesa. Dulong deu um sorrisinho enquanto entendia as implicações das palavras do general de brigada, mas não disse nada.

— Estou sendo claro, major? — perguntou Vuillard num tom mais duro.

— Está, senhor.

— Baionetas caladas, então — disse Vuillard, batendo a cinza do charuto —, e use-as, major, use-as bem.

Dulong ergueu os olhos, com o rosto sério imperscrutável.

— Sem prisioneiros, senhor. — A frase não foi dita como uma pergunta.

— Parece boa ideia — disse Vuillard, sorrindo. — Agora vá dormir um pouco.

O major Dulong saiu e Vuillard serviu-se de mais vinho do Porto.

— A guerra é cruel — disse com solenidade —, mas algumas vezes a crueldade é necessária. Quanto a vocês — e olhou para os oficiais dos dois lados da mesa —, podem se preparar para a marcha de volta ao Porto. Devemos terminar este negócio antes das 8h da manhã. Portanto, vamos marcar a marcha para as 10h?

Porque até lá a torre de vigia no morro teria caído. O obuseiro manteria os homens de Sharpe acordados disparando durante a noite, e ao amanhecer, enquanto os homens cansados estivessem lutando contra o sono e uma luz cinzenta escorresse pela borda do mundo, a bem-treinada infantaria de Dulong iria para a matança.

Ao amanhecer.

Sharpe esperara até que o último fiapo de crepúsculo tivesse sumido do morro, até que não houvesse nada além de uma escuridão opaca, e só então, com Pendleton, Tongue e Harris como companhia, se esgueirou para além do último muro de pedras e tateou o caminho morro abaixo. Harper quisera vir, ficara até mesmo chateado por não ter tido permissão de acompanhar Sharpe, mas Harper seria necessário para comandar os fuzileiros caso Sharpe não retornasse. Sharpe gostaria de levar Hagman, mas o velho ainda não estava totalmente curado, por isso fora com Pendleton, que era jovem, ágil e esperto, e com Tongue e Harris, que eram bons atiradores e inteligentes. Cada um carregava duas carabinas, mas Sharpe deixara seu grande sabre de cavalaria com Harper, porque sabia que a bainha pesada provavelmente bateria nas pedras, entregando sua localização.

Descer o morro era difícil e lento. Havia uma débil sugestão de lua, mas as nuvens desgarradas cobriam-na constantemente, e mesmo quando ela aparecia com clareza, não tinha força para iluminar o caminho. Por isso eles tateavam, sem dizer nada, estendendo as mãos a cada passo e, portanto, fazendo mais barulho do que Sharpe desejava, mas a noite estava cheia de ruídos: insetos, o suspiro do vento no flanco do morro e o grito distante de uma raposa. Hagman teria se saído melhor, pensou Sharpe, porque se movia na escuridão com a graça de um caçador ilegal, ao passo que os quatro fuzileiros que desciam a longa encosta eram de cidades. Pendleton, pelo que Sharpe sabia, era de Bristol, onde havia entrado para o exército em vez da deportação por ser batedor de carteiras. Tongue, como Sharpe, vinha de Londres, mas Sharpe não lembrava onde Harris havia crescido e, quando pararam para respirar e examinar a escuridão em busca de qualquer sugestão de luz, perguntou.

— Lichfield, senhor — sussurrou Harris —, de onde veio Samuel Johnson.

— Johnson? — Sharpe não conseguiu situar o nome. — É do primeiro batalhão?

— Isso mesmo, senhor — sussurrou Harris, em seguida eles foram em frente e, à medida que a encosta ficava menos íngreme e todos se acostumavam àquela jornada cega, passaram a fazer menos barulho. Sharpe sentiu orgulho. Eles podiam não ter nascido para aquela tarefa, como Hagman, mas haviam se tornado rastejadores e matadores. Usavam o casaco verde.

E então, depois do que pareceu uma hora desde que haviam saído da torre, Sharpe viu o que esperava. Um brilho de luz. Só um brilho que desapareceu rapidamente, mas era amarelo, e ele soube que vinha de uma lanterna com anteparo e que alguém, provavelmente um artilheiro, havia puxado o anteparo para lançar um pequeno facho de luz. Em seguida

A Devastação de Sharpe

houve outra luz, esta vermelha e minúscula, e Sharpe soube que era o bota-fogo do obuseiro.

— Abaixados — sussurrou. Viu o minúsculo brilho vermelho luzir. Estava mais longe do que ele gostaria, mas havia tempo suficiente. — Fechem os olhos — disse.

Eles fecharam os olhos e, um instante depois, o obuseiro estrondeou lançando fumaça, chamas e granada na noite. Sharpe ouviu o projétil passar no alto e viu uma luz opaca nas pálpebras fechadas. Depois abriu os olhos e não pôde ver nada por alguns segundos. Mas podia sentir o cheiro de pólvora e viu o bota-fogo vermelho se mover enquanto o artilheiro o punha de lado.

— Andem! — disse, e eles se esgueiraram morro abaixo. A lanterna com anteparo piscou de novo quando os artilheiros empurraram as rodas do obuseiro de volta para as duas pedras que marcavam o lugar onde podiam ter certeza de que, mesmo na escuridão, a arma seria precisa. Havia sido isso que Sharpe percebera ao pôr do sol, o motivo para eles terem marcado o chão: porque à noite os artilheiros franceses precisavam de um método fácil para realinhar o obuseiro, e as duas grandes pedras serviam melhor como marcas do que os sulcos no solo. Fora assim que ele havia descoberto que haveria disparos noturnos, e agora sabia exatamente o que fazer a respeito.

Passou-se muito tempo até que o obuseiro disparasse outra vez, e então Sharpe e seus homens já estavam a duzentos passos de distância — e em terreno não muito mais elevado do que a peça de artilharia. Sharpe havia esperado que o segundo tiro viesse bem mais cedo, mas depois percebeu que os artilheiros provavelmente espaçariam os disparos ao longo da noite curta para manter seus homens acordados, o que significaria um longo intervalo entre os tiros.

— Harris? Tongue? — sussurrou. — Para a direita. Se tiverem problema, voltem direto para cima, até o Harper. Pendleton? Vamos. — Em seguida levou o rapaz para a esquerda, movendo-se agachado, tateando o caminho entre as pedras até achar que havia se afastado uns cinquenta passos do caminho. Em seguida acomodou Pendleton atrás de uma pedra e posicionou-se atrás de um pequeno arbusto de tojo. — Você sabe o que fazer.

— Sim, senhor.

— Então, aproveite.

Sharpe estava gostando daquilo. Surpreendeu-se ao perceber, mas estava. Havia uma alegria em enganar o inimigo daquele jeito, mas talvez o inimigo esperasse o que estava para acontecer e estivesse preparado. Mas não era hora de se preocupar, apenas de espalhar um pouco de confusão. Esperou e esperou até ter certeza de que estava errado e que os artilheiros não disparariam de novo, e então a noite foi toda rasgada por uma língua de chama branca, luminosa e comprida, engolida imediatamente pela nuvem de fumaça, e Sharpe teve um vislumbre súbito do obuseiro pulando sobre suas falcas, as grandes rodas girando a trinta centímetros do chão. Então sua visão noturna sumiu, arrancada de seus olhos pela grande língua de fogo. Esperou de novo, só que dessa vez passaram-se apenas alguns segundos antes que visse o brilho amarelo da lanterna sem o anteparo, e então ele soube que os artilheiros estavam empurrando as rodas do obuseiro na direção das pedras.

Ele mirou para a lanterna. Sua visão estava manchada pelo efeito do disparo, mas podia ver claramente o quadrado de luz da lanterna. Já ia apertar o gatilho quando um de seus homens à direita do caminho disparou e a lanterna caiu, o anteparo indo parar longe nesse momento Sharpe pôde ver duas figuras escuras meio iluminadas pela luz nova e mais forte. Desviou a carabina para a esquerda e puxou o gatilho, ouviu Pendleton atirar, depois pegou a segunda carabina e apontou de novo para o poço de luz. Um francês saltou adiante para apagar a lanterna, e três carabinas, uma delas a de Sharpe, soaram ao mesmo tempo, e o sujeito foi lançado para trás. Sharpe ouviu um som alto como um sino rachado e soube que uma das balas havia acertado o tubo do obuseiro.

Então a luz se apagou.

— Venha! — gritou para Pendleton, e os dois correram mais para a esquerda. Podiam ouvir os franceses gritando, um homem ofegando e gemendo, e então uma voz mais alta pedindo silêncio. — Abaixado! — sussurrou Sharpe. Os dois foram para o chão e Sharpe começou o trabalho laborioso de carregar suas duas carabinas no escuro. Viu uma pequena chama queimando onde ele e Pendleton haviam estado e soube que a bucha de uma das carabinas havia provocado um pequeno fogo no capim. A chama tremulou durante alguns segundos. Em seguida Sharpe viu formas escuras ali perto e achou que os soldados de infantaria franceses que haviam ficado guardando o obuseiro estavam procurando quem fizera os disparos. No entanto, eles não encontraram nada, apagaram o fogo com os pés e voltaram para as árvores.

Houve outra pausa. Sharpe podia ouvir o murmúrio de vozes e achou que os franceses estavam discutindo o que fazer em seguida. A resposta veio em pouco tempo, quando ele ouviu sons de passos e deduziu que a infantaria fora mandada para revistar a colina próxima, mas no escuro os homens apenas andaram atabalhoados entre as samambaias, xingando sempre que tropeçavam nas pedras ou se emaranhavam no tojo. Oficiais e sargentos rosnavam e gritavam com os homens, que eram sensatos demais para se espalhar e se perder ou talvez ser emboscados no escuro. Depois de um tempo eles retornaram para as árvores e houve outra longa espera, mas Sharpe ouviu o barulho do soquete do obuseiro empurrando e arrastando a próxima granada.

Os franceses provavelmente achavam que os atacantes haviam ido embora, decidiu ele. Nenhum tiro viera durante longo tempo, a infantaria deles fizera uma busca superficial, e os franceses provavelmente estavam se sentindo mais seguros, porque o artilheiro tentou tolamente reacender o bota-fogo sacudindo-o para trás e para a frente algumas vezes, até que a ponta luziu num vermelho mais forte. Ele não precisava do calor extra para acender o espoleta no ouvido do obuseiro, mas sim para ver o ouvido, e essa foi sua sentença de morte, porque então soprou na ponta da mecha lenta do bota-fogo. Harris ou Tongue atirou nele, e até mesmo Sharpe pulou surpreso quando o disparo de carabina criou uma bolha na noite e ele teve um vislumbre da chama longe à direita. Em seguida a infantaria francesa estava formando fileiras, o bota-fogo caído foi apanhado e, no instante em que o obuseiro disparou, as espingardas lançaram uma saraivada grosseira na direção de Tongue e Harris.

E os fogos no capim se acenderam de novo. Um brotou bem na frente do obuseiro, e mais dois, menores, foram provocados pelas buchas das espingardas francesas. Sharpe, embora com os olhos ainda ofuscados pela grande chama do obuseiro, conseguiu ver os artilheiros empurrando as rodas e deslizou a carabina para a frente. Disparou, trocou de arma e disparou outra vez, apontando para o amontoado escuro de homens que puxavam com força a roda mais próxima da peça de artilharia. Viu um cair. Pendleton disparou. Mais dois tiros vieram da direita e os fogos no capim estavam se espalhando. Então os soldados de infantaria viram que as chamas estavam iluminando os artilheiros, tornando-os alvos, e pisotearam freneticamente os pequenos incêndios, mas não antes de Pendleton ter disparado sua segunda carabina e Sharpe ter visto outro artilheiro girando para longe do obuseiro. Então veio um último tiro de Tongue ou Harris, antes que as chamas fossem finalmente apagadas.

Sharpe e Pendleton retornaram cinquenta passos antes de recarregar as armas.

— Desta vez nós machucamos mesmo — disse Sharpe. Pequenos grupos de franceses, encorajando-se com gritos altos, partiram para revistar a encosta de novo, mas outra vez não encontraram nada.

Ele permaneceu ali mais meia hora, disparou mais quatro vezes, e depois retornou ao cume, uma jornada que, no escuro, demorou quase duas horas, ainda que tenha sido mais fácil do que descer, porque havia luz no céu apenas suficiente para mostrar a silhueta do morro e o cotoco da torre. Tongue e Harris chegaram uma hora depois, sussurrando a senha para a sentinela antes de entrar empolgados no forte, onde contaram sua aventura.

O obuseiro disparou mais duas vezes durante a noite. O primeiro tiro sacudiu a parte inferior da encosta com lanterneta, e o segundo, uma granada, rasgou a noite com chamas e fumaça a leste da torre. Ninguém dormiu muito, mas Sharpe ficaria surpreso se alguém tivesse conseguido, depois das dificuldades do dia. E pouco antes do amanhecer, quando a borda leste do mundo era um brilho cinza, ele fez a ronda para garantir que todos estivessem acordados. Harper acendeu uma fogueira ao lado da parede da torre. Sharpe havia proibido qualquer fogo durante a noite, porque as chamas dariam um alvo excelente aos artilheiros franceses, mas agora que a luz do dia vinha chegando, seria seguro preparar um pouco de chá.

— Podemos ficar aqui para sempre — dissera Harper —, desde que possamos fazer um pouco de chá, senhor. Mas sem chá, teremos de nos render.

A tira cinza no leste se espalhou, clareando na base. Vicente tremeu ao lado de Sharpe porque a noite havia ficado surpreendentemente fria.

— Acha que eles virão? — perguntou Vicente.

— Virão — respondeu Sharpe. Sabia que a munição do obuseiro não era interminável, e só poderia haver um motivo para manter a arma disparando durante a noite: abalar os nervos de seus homens para que fossem presas fáceis num ataque matinal.

E isso significava que os franceses viriam ao amanhecer.

E a luz cresceu, débil e cinza, pálida como a morte, e os topos das nuvens mais altas já estavam de um vermelho-dourado quando a luz mudou de cinza para branco, de branco para ouro e de ouro para vermelho.

E então começou a matança.

— Senhor! Senhor Sharpe!

— Estou vendo-os! — Formas escuras fundindo-se às sombras escuras da encosta norte. Era a infantaria francesa ou, talvez, dragões a pé, vindo para o ataque. — Carabinas! A postos! — Houve estalos enquanto as carabinas Baker eram engatilhadas. — Seus homens não disparam, entendeu? — disse Sharpe a Vicente.

— Claro — respondeu Vicente. As espingardas seriam tremendamente imprecisas a mais de sessenta passos, de modo que Sharpe esperaria a descarga dos portugueses como uma defesa final e deixaria seus fuzileiros ensinar aos franceses as vantagens dos sete vazios e dos sete cheios fazendo um quarto de volta no cano das carabinas. Vicente estava se balançando para cima e para baixo nos calcanhares, traindo o nervosismo. Repuxou uma ponta do pequeno bigode e lambeu os lábios. — Vamos esperar até eles chegarem àquela pedra branca, não é?

— É — disse Sharpe. — E por que você não raspa o bigode?

Vicente o encarou.

— Por que não raspo o bigode? — Ele mal podia acreditar em seus ouvidos.

— Raspe. Você vai parecer mais velho. Menos advogado. Luís faria isso por você. — Ele havia tido sucesso em afastar a mente de Vicente das preocupações e agora olhou para o leste, onde uma névoa pairava sobre o terreno baixo. Nenhuma ameaça vinha dali, achou, e tinha quatro de seus fuzileiros vigiando o caminho do sul, mas só quatro, porque tinha quase certeza de que os franceses iriam concentrar as tropas num lado do morro e, assim que tivesse absoluta certeza disso, traria esses quatro de volta para o lado norte e deixaria alguns homens de Vicente guardando o caminho sul. — Quando estiverem prontos, rapazes! — gritou Sharpe. — Mas não disparem alto!

Sharpe não sabia, mas os franceses estavam atrasados. Dulong quisera que seus homens chegassem perto do cume antes que o horizonte ficasse cinza, mas subir a encosta no escuro havia demorado mais do que ele previra e, além disso, seus homens estavam perplexos e cansados depois da noite caçando fantasmas. Só que os fantasmas eram de verdade e haviam matado um artilheiro, ferido outros três e posto o temor de Deus no resto da guarnição. Tendo recebido a ordem de não fazer prisioneiros, Dulong sentia algum respeito pelos homens que iria enfrentar.

E então o massacre teve início.

Foi um massacre. Os franceses tinham espingardas, os ingleses tinham carabinas, e os franceses precisavam convergir na crista estreita que subia até o pequeno platô do cume, e assim que chegavam à crista se tornavam alvos fáceis para as carabinas. Seis homens caíram nos primeiros segundos, e a reação de Dulong foi liderar os outros para que seguissem em frente, a fim de dominar o forte pela força bruta, mas outras carabinas estalaram, mais fumaça subiu no cume, mais balas acertaram, e Dulong entendeu o que só havia avaliado antes em palestras: a ameaça de um cano com raias. A uma distância de onde toda a descarga de um batalhão de espingardas não teria probabilidade de matar um único homem, as carabinas inglesas eram mortais. Notou que as balas faziam um som diferente. Mal havia um guincho detectável em sua ameaça veloz. As armas em si não tossiam como uma espingarda, o som era estalado, e um homem que levasse uma bala de carabina era jogado mais longe do que se recebesse uma de espingarda. Agora Dulong podia ver os fuzileiros, porque eles estavam de pé em seus buracos de pedra para recarregar as armas desgraçadas, ignorando a ameaça das granadas de obuseiro que passavam esporadicamente por cima da cabeça dos soldados franceses para explodir na crista. Dulong gritou para seus homens dispararem contra o inimigo de casacos verdes, mas os tiros de espingarda pareciam débeis e as balas nem chegavam perto. Os tiros de carabina, no entanto, acertavam, e seus homens estavam relutando em subir para a parte estreita da crista, de modo que Dulong, sabendo que o exemplo era tudo — e achando que um homem de sorte poderia sobreviver ao fogo das carabinas e alcançar os redutos — decidiu dar o exemplo. Gritou para que seus homens o seguissem, desembainhou o sabre e atacou.

— Pela França — berrou —, pelo imperador!

— Cessar fogo! — gritou Sharpe.

Nenhum homem havia acompanhado Dulong, nenhum. Ele veio sozinho, e Sharpe reconheceu a coragem do francês. Para demonstrar isso, adiantou-se e levantou o sabre numa saudação formal.

Dulong viu a saudação, parou, virou-se e viu que estava sozinho. Olhou de novo para Sharpe, levantou seu sabre e depois o embainhou com uma violência que traía o nojo que sentia pela relutância de seus homens em morrer pelo imperador. Assentiu para Sharpe, afastou-se, e vinte minutos depois o resto dos franceses havia saído do morro. Os homens de Vicente haviam se formado em duas fileiras no terraço aberto da torre, prontos para disparar uma descarga que não havia sido necessária. Dois deles haviam sido mortos por uma granada de obuseiro, e outra granada havia cravado um pedaço do invólucro na perna de Gataker, rasgando um caminho sangrento pela coxa direita, mas deixando o osso intato. Sharpe nem havia reparado que o obuseiro tinha disparado durante o ataque, mas agora a arma havia parado, o sol nascera completamente e os vales estavam inundados de luz. O sargento Harper, com o cano da carabina sujo pelos depósitos de pólvora e quente dos disparos, havia feito o primeiro bule de chá do dia.

CAPÍTULO VII

Era quase meio-dia quando um soldado francês subiu o morro levando uma bandeira branca, de trégua, amarrada ao cano da espingarda. Dois oficiais o acompanhavam, um vestido com o azul da infantaria francesa e o outro, o coronel Christopher, com sua casaca vermelha do uniforme inglês, com os vivos e os punhos pretos.

Sharpe e Vicente foram receber os dois oficiais, que haviam avançado 12 passos em relação ao homem de aparência taciturna com a bandeira branca. Vicente ficou pasmo com a semelhança entre Sharpe e o oficial de infantaria francês, que era um sujeito alto, de cabelos pretos, com uma cicatriz na bochecha direita e um hematoma no nariz. Seu uniforme azul amarrotado tinha dragonas com canutilhos verdes que mostravam que ele era da infantaria ligeira, e sua barretina espalhafatosa tinha uma placa de metal na frente em que se via a águia francesa e o número 31. Sobre o distintivo ficava um penacho vermelho e branco, que parecia novo se comparado com o uniforme, manchado e puído.

— Primeiro vamos matar o sapo — disse Sharpe a Vicente —, porque ele é o desgraçado perigoso; depois vamos fazer picadinho de Christopher, lentamente.

— Sharpe! — O advogado que havia em Vicente ficou chocado. — Eles estão com uma bandeira de trégua!

Os dois pararam a alguns passos do coronel Christopher, que tirou um palito de dente dos lábios e jogou-o fora.

A DEVASTAÇÃO DE SHARPE

— Como vai, Sharpe? — perguntou ele com afabilidade, depois estendeu a mão para conter qualquer resposta. — Dê-me um momento, certo? — disse o coronel, que com apenas uma das mãos abriu um isqueiro, acendeu um charuto e deu uma tragada. Quando ele estava queimando satisfatoriamente, Christopher fechou a tampa do isqueiro sobre a pequena chama e sorriu. — O sujeito que está comigo é o major Dulong. Ele não fala uma palavra de inglês, mas queria dar uma olhada em você.

Sharpe olhou para Dulong, reconheceu-o como o oficial que havia liderado corajosamente a subida do morro e então sentiu pena que um bom homem houvesse subido o morro de volta junto com um traidor. Traidor e ladrão.

— Onde está o meu telescópio? — perguntou a Christopher.

— Lá embaixo — disse Christopher, descuidadamente. — Você poderá pegá-lo mais tarde. — Ele tragou a fumaça do charuto e olhou para os corpos franceses em meio às pedras. — O general de brigada Vuillard foi um pouco ansioso demais, não acha? Quer um charuto?

— Não.

— Esteja à vontade. — O coronel tragou fundo. — Você se saiu bem, Sharpe, tenho orgulho. O 31° *Léger* — ele apontou a cabeça na direção de Dulong — não está acostumado a perder. Você mostrou aos sapos desgraçados como um inglês luta, não é?

— E como os irlandeses lutam — disse Sharpe —, e os escoceses, os galeses e os portugueses.

— É decente da sua parte lembrar-se das raças mais feias, mas agora acabou, Sharpe, tudo acabou. Está na hora de fazer as malas e ir embora. Os sapos estão lhe oferecendo honras de guerra e coisa e tal. Marchem com as armas nos ombros, as bandeiras adejando, e o que passou, passou. Eles não estão felizes com isso, Sharpe, mas eu os convenci.

Sharpe olhou de novo para Dulong e perguntou a si mesmo se haveria uma expressão de alerta nos olhos do francês. Dulong não dissera nada, apenas ficara um passo atrás de Christopher e dois de lado, e Sharpe suspeitou de que o major estava se distanciando da tarefa de Christopher. Sharpe olhou de novo para Christopher.

BERNARD CORNWELL

— Você acha que eu sou uma porcaria de um idiota, não acha?

Christopher ignorou o comentário.

— Não creio que você tenha tempo de chegar a Lisboa. Cradock terá ido embora dentro de um ou dois dias, e o exército irá com ele. Eles vão para casa, Sharpe. De volta à Inglaterra, de modo que provavelmente o melhor para você é esperar no Porto. Os franceses concordaram em repatriar todos os cidadãos britânicos e um navio provavelmente partirá de lá dentro de uma ou duas semanas, e você e seus colegas poderão estar a bordo.

— Você estará a bordo? — perguntou Sharpe.

— Posso muito bem estar, Sharpe, obrigado pela pergunta. E se me perdoar por parecer imodesto, creio que voltarei para uma recepção de herói. O homem que trouxe a paz a Portugal! Isso deve render um título de cavaleiro, não acha? Não que eu me importe, claro, mas tenho certeza de que Kate gostará de ser lady Christopher.

— Se você não estivesse sob uma bandeira de trégua — disse Sharpe —, eu o estriparia aqui e agora. Sei o que andou fazendo. Jantares com generais franceses? Trazendo-os aqui para nos atacar? Você é um traidor desgraçado, Christopher, nada além de um traidor desgraçado. — A veemência de seu tom provocou um pequeno sorriso no rosto sério do major Dulong.

— Minha nossa! — Christopher pareceu magoado. — Minha nossa! — Em seguida olhou durante alguns segundos para um cadáver francês ali perto, depois balançou a cabeça. — Vou desconsiderar sua impertinência, Sharpe. Imagino que aquele meu empregado maldito tenha vindo até você, não é? Veio? Foi o que pensei. Luís tem um talento sem rival para se equivocar com as circunstâncias. — Ele deu um trago no charuto, depois soprou uma nuvem de fumaça que voou redemoinhando no vento. — Fui mandado aqui, Sharpe, pelo governo de Sua Majestade, com instruções de descobrir se valia a pena lutar por Portugal, se isso valia uma efusão de sangue inglês, e concluí, e não tenho dúvida de que você discordará de mim, que não valia. Por isso obedeci à segunda parte da minha missão, que era garantir os termos com os franceses. Não os termos de rendição, Sharpe, mas de um acordo. Vamos retirar nossas forças e eles vão retirar as deles, mas por mera formalidade eles terão permissão de marchar com uma divisão pelas ruas de Lisboa. Vão dizer: bonsoir, adieu e au revoir. No fim de julho não restará sequer um soldado estrangeiro em solo português. Esta é a minha realização, Sharpe, e era necessário jantar com generais franceses, marechais franceses e oficiais franceses para garanti-la. — Ele parou, como se esperasse alguma reação, mas Sharpe apenas continuou cético, e Christopher suspirou. — Esta é a verdade, Sharpe, por mais que você ache difícil acreditar, mas lembre-se, "há mais coisas entre o..."

— Eu sei — interrompeu Sharpe. — Mais coisas entre o céu e a terra do que eu imagino, desgraça, mas que diabo você está fazendo aqui? — Agora sua voz estava raivosa. — E esteve usando um uniforme francês. Luís me contou.

— Em geral não posso usar esta casaca vermelha atrás das linhas francesas, Sharpe, e as roupas civis não impõem exatamente respeito, nos dias de hoje. De modo que, sim, algumas vezes uso uniforme francês. É uma *ruse de guerre*, Sharpe, uma *ruse de guerre*.

— Uma ruse de porcaria nenhuma — rosnou Sharpe. — Esses desgraçados tentaram matar meus homens, e você os trouxe aqui!

— Ah, Sharpe — disse Christopher com tristeza. — Nós precisávamos de um lugar calmo para assinar o memorando do acordo, um lugar onde a turba não pudesse expressar suas opiniões grosseiras, por isso ofereci a quinta. Confesso que não pensei em sua situação tanto quanto deveria, e isso é minha culpa. Desculpe. — Ele até ofereceu a Sharpe uma levíssima reverência. — Os franceses chegaram, consideraram que sua presença era uma armadilha e, contra meu conselho, tentaram atacá-lo. Peço desculpas outra vez, Sharpe, profusamente, mas agora acabou. Você está livre para partir, não precisa se render, não precisa entregar as armas, marchará de cabeça erguida e irá com meus mais sinceros parabéns e, naturalmente, garantirei que o seu coronel saiba de seus feitos aqui. — Ele esperou a resposta de Sharpe e, quando ela não veio, sorriu. — E, claro

— continuou. — Ficarei honrado em devolver seu telescópio. Esqueci-me totalmente de trazê-lo agora.

— Você não esqueceu nada, seu desgraçado.

— Sharpe — disse Christopher com ar de reprovação. — Tente não ser grosseiro. Tente entender que a diplomacia emprega sutileza, inteligência e, sim, enganos. E tente entender que negociei sua liberdade. Você pode deixar o morro em triunfo.

Sharpe olhou fixamente o rosto de Christopher, que parecia muito inocente, muito satisfeito em ser o portador dessa notícia.

— E o que acontece se ficarmos?

— Não faço a mínima ideia, mas claro que tentarei descobrir caso seja este, de fato, o seu desejo. Mas creio, Sharpe, que os franceses considerarão esta teimosia um gesto hostil. Infelizmente há pessoas neste país que se opõem ao nosso acordo. São pessoas equivocadas, que prefeririam lutar a aceitar uma paz negociada, e se você ficar aqui, talvez encoraje a tolice delas. Minha suspeita é de que, se você insistir em ficar, e assim violar os temos do nosso acordo, os franceses trarão morteiros do Porto e farão o máximo para persuadi-lo a partir. — Ele deu um trago no charuto, depois se encolheu quando um corvo bicou os olhos de um cadáver ali perto. — O major Dulong gostaria de recolher esses homens. — Christopher gesticulou com o charuto na direção dos corpos deixados pelos fuzileiros de Sharpe.

— Ele tem uma hora — disse Sharpe — e pode trazer dez homens, nenhum deles armado. E diga-lhe que alguns dos meus homens estarão no morro, e que também não estarão armados.

Christopher franziu o cenho.

— Por que seus homens precisam ir à colina aberta? — perguntou.

— Porque temos de enterrar nossos mortos, e aqui em cima é tudo pedra.

Christopher deu uma tragada no charuto.

— Acho que seria muito melhor, Sharpe — disse gentilmente —, se você trouxesse seus homens para baixo agora.

Sharpe balançou a cabeça.

— Vou pensar nisso.

— Vai pensar? — repetiu Christopher, agora parecendo irritado.

— E quanto tempo, se é que posso perguntar, você vai levar para pensar nisso?

— O tempo que for necessário, e eu posso ser muito lento para pensar.

— Você tem uma hora, tenente — disse Christopher —, exatamente uma hora. — Ele falou em francês com Dulong, que assentiu para Sharpe, que assentiu de volta, depois Christopher jogou fora o charuto fumado pela metade, girou nos calcanhares e foi embora.

— Ele está mentindo — disse Sharpe.

Vicente tinha menos certeza.

— Você pode garantir isso?

— Vou lhe dizer por que posso garantir: o desgraçado não me deu uma ordem. Nós estamos no exército. Você não sugere: ordena. Faça isso, faça aquilo, mas ele não ordenou. Ele já me deu ordens antes, mas não hoje.

Vicente traduziu para o sargento Macedo, que, com Harper, fora convidado para ouvir o informe de Sharpe. Os dois sargentos, como Vicente, estavam perturbados, mas não disseram nada.

— Por que ele não lhe daria uma ordem? — perguntou Vicente.

— Porque quer que eu desça deste morro por minha própria vontade, porque o que vai acontecer lá embaixo não é bonito. Porque ele estava mentindo.

— Você não pode ter certeza — disse Vicente, sério, parecendo mais o advogado que havia sido do que o soldado que era agora.

— Não podemos ter certeza de porcaria nenhuma — resmungou Sharpe.

Vicente olhou para o leste.

— Os canhões em Amarante pararam. Talvez haja paz, não?

— E por que haveria paz? Por que os franceses vieram para cá, afinal?

BERNARD CORNWELL

— Para nos impedir de comerciar com a Inglaterra.

— Então por que se retirar agora? O comércio vai ser reiniciado. Eles não terminaram o serviço, e os franceses não costumam desistir tão depressa.

Vicente pensou por alguns segundos.

— Talvez eles saibam que vão perder muitos homens, não? Quanto mais entrarem em Portugal, mais inimigos farão, e mais longas as rotas de suprimentos que terão de proteger. Talvez estejam sendo sensatos.

— Eles são sapos desgraçados — disse Sharpe. — Não sabem o significado dessa palavra. E há outra coisa. Christopher não me mostrou nenhum pedaço de papel, não foi? Nenhum acordo assinado e selado.

Vicente pensou nesse argumento, depois assentiu, reconhecendo a força que tinha.

— Se você quiser — disse —, eu vou lá embaixo pedir para ver o papel.

— Não há nenhum papel — respondeu Sharpe —, e nenhum de nós vai descer deste morro.

Vicente fez uma pausa.

— Isto é uma ordem, senhor?

— É uma ordem — respondeu Sharpe. — Vamos ficar.

— Então ficamos. — Vicente bateu de leve no ombro de Macedo, e os dois retornaram aos seus homens, para que Vicente pudesse contar o que havia acontecido.

Harper sentou-se ao lado de Sharpe.

— O senhor tem certeza agora?

— Claro que não, Pat — respondeu Sharpe, irritado —, mas acho que ele está mentindo. Ele nem perguntou quantas baixas tivemos aqui em cima! Se estivesse do nosso lado, perguntaria isso, não?

Harper deu de ombros como se não pudesse responder.

— Então, o que acontece se nós sairmos?

— Eles nos aprisionam. Marcham conosco até a porcaria da França.

— Ou nos mandam para casa?

A DEVASTAÇÃO DE SHARPE

— Se a guerra acabou, Pat, eles nos mandam para casa, mas se a guerra tiver acabado, outra pessoa vai nos dizer. Um oficial português, alguém. Não ele, não o Christopher. E se a luta acabou, por que nos dar apenas uma hora? Nós teríamos o resto da vida para sair deste morro, não uma hora. — Sharpe olhou para baixo da encosta onde os últimos corpos de franceses estavam sendo removidos por um esquadrão de infantaria que havia subido o caminho com uma bandeira de trégua e sem armas. Dulong os havia comandado e pensara em trazer duas pás, de modo que os homens de Sharpe pudessem enterrar seus cadáveres: os dois portugueses mortos pelo obuseiro no ataque da manhã e o fuzileiro Donnelly, que jazia no topo do morro sob uma pilha de pedras desde que Sharpe havia expulsado os homens de Dulong do cume.

Vicente havia mandado que o sargento Macedo e três homens cavassem suas duas sepulturas, e Sharpe dera a segunda pá a Williamson.

— Cavar a sepultura será o fim do seu castigo — dissera. Desde o confronto na floresta, Sharpe estivera dando trabalhos extras a Williamson, mantendo-o ocupado e tentando exaurir seu espírito, mas Sharpe achava que Williamson havia sido punido o suficiente. — E deixe a carabina aqui — acrescentara. Williamson havia apanhado a pá, largado a carabina com força desnecessária e, acompanhado por Dodd e Harris, descido o morro até onde havia terra suficiente acima da rocha para fazer uma sepultura adequada. Harper e Slaterry haviam carregado o morto morro abaixo e depois o rolado para dentro do buraco. Em seguida Harper havia feito uma oração e Slattery baixara a cabeça, e agora Williamson, em mangas de camisa, estava jogando a terra de volta na sepultura, enquanto Dodd e Harris observavam os franceses, que carregavam suas últimas baixas para longe.

Harper também observava os franceses.

— O que acontece se eles trouxerem um morteiro? — perguntou.

— Estamos fritos — disse Sharpe —, mas muita coisa pode acontecer antes que um morteiro chegue aqui.

— O quê?

— Não sei — respondeu Sharpe, irritado. Realmente não sabia, assim como não sabia o que fazer. Christopher fora muito persuasivo, e era apenas um resto de teimosia em Sharpe que lhe dava tanta certeza de que o coronel estava mentindo. Isso e a expressão no olhar do major Dulong.

— Talvez eu esteja errado, Pat, talvez eu esteja errado. O problema é que gosto daqui.

Harper sorriu.

— O senhor gosta daqui?

— Gosto de estar longe do exército. O capitão Hogan é bom, mas e o resto? Não suporto o resto.

— Palhaços — disse Harper em tom insípido, referindo-se aos oficiais.

— Eu me sinto melhor quando estou por conta própria, e aqui estou por conta própria. Portanto, vamos ficar.

— É. E penso que o senhor está certo.

— Pensa? — Sharpe ficou surpreso.

— Penso — disse Harper. — Veja bem, minha mãe nunca achou que eu fosse bom em pensar.

Sharpe riu.

— Vá limpar sua carabina, Pat.

Cooper havia fervido uma lata d'água e alguns fuzileiros a usaram para limpar os canos das armas. Cada tiro deixava uma pequena camada de pólvora grudada, que eventualmente se acumulava e inutilizava a carabina, mas a água quente dissolvia o resíduo. Alguns fuzileiros preferiam mijar dentro do cano. Hagman usou a água fervente, depois raspou o cano com a vareta da carabina.

— Quer que eu limpe o seu, senhor? — perguntou a Sharpe.

— Isso vai esperar, Dan — disse Sharpe, depois viu o sargento Macedo e seus homens retornando e se perguntou onde estariam seus cavadores de sepultura. Assim, foi para o reduto mais ao norte, de onde pôde ver Harris e Dodd socando a terra sobre o corpo de Donnelly com os pés enquanto Williamson se apoiava na pá. — Não terminaram? — gritou para eles. — Depressa!

A DEVASTAÇÃO DE SHARPE

— Estamos indo, senhor! — gritou Harris, em seguida ele e Dodd pegaram suas casacas e começaram a subir o morro. Williamson sopesou a pá, parecendo que ia segui-los, mas então, subitamente se virou e desceu correndo o morro.

— Meu Deus! — Harper apareceu ao lado de Sharpe e levantou a carabina.

Sharpe empurrou a arma para baixo. Não estava tentando salvar a vida de Williamson, mas havia uma trégua no morro, e até mesmo um único tiro de carabina poderia ser considerado rompimento da trégua, e o obuseiro poderia responder enquanto Dodd e Harris ainda estivessem na encosta desprotegida.

— Desgraçado! — Hagman ficou olhando Williamson correr com imprudência morro abaixo, como se estivesse tentando ser mais rápido do que a bala que esperava tomar. Sharpe foi invadido por um terrível sentimento de fracasso. Não gostava de Williamson, mas, mesmo assim, quando um homem fugia, era o oficial que havia falhado. O oficial não seria punido, claro, e o homem, se fosse apanhado, poderia ser fuzilado, mas Sharpe sabia que o fracasso era seu. Era uma censura ao seu comando.

Harper viu a expressão ferida no rosto de Sharpe e não entendeu.

— Nós estamos melhor sem o desgraçado, senhor — disse ele.

Dodd e Harris ficaram perplexos e Harris chegou a se virar como se quisesse perseguir Williamson, mas Sharpe chamou-o de volta.

— Nunca deveria ter mandado o Williamson fazer aquele serviço — disse com amargura.

— Por quê? — perguntou Harper. — O senhor não podia saber que ele iria fugir.

— Não gosto de perder homens — disse Sharpe com amargura.

— A culpa não é do senhor! — protestou Harper.

— Então de quem é? — perguntou Sharpe com raiva. Williamson havia desaparecido nas fileiras francesas, presumivelmente para se juntar a Christopher, e o único pequeno consolo era que ele não pudera levar a carabina. Mas mesmo assim era um fracasso, e Sharpe sabia. — Melhor procurar cobertura — disse a Harper —, porque eles vão começar com aquele canhão desgraçado de novo.

O obuseiro disparou dez minutos antes do fim da hora, mas como ninguém no topo do morro possuía relógio, eles não perceberam. A bala acertou uma pedra pouco antes do reduto mais baixo e ricocheteou para o céu, onde explodiu num jorro de fumaça cinza, chamas e estilhaços do invólucro, que se despedaçou assobiando. Uma lasca de ferro quente se enterrou na coronha da carabina de Dodd, o resto bateu nas pedras.

Ainda se censurando pela deserção de Williamson, Sharpe olhava para a estrada principal no vale distante. Havia poeira por lá, e dava para vislumbrar cavaleiros vindo do noroeste, da estrada do Porto. Será que um morteiro estaria vindo? Se fosse isso, pensou, teria de pensar numa fuga. Talvez, se partissem depressa, pudessem romper o cordão de dragões no oeste e chegar ao terreno elevado, onde o solo rochoso tornaria as coisas difíceis para os cavaleiros, mas provavelmente seria uma passagem sangrenta nos primeiros oitocentos metros. A não ser que pudesse tentar isso à noite. Mas se fosse um morteiro se aproximando, a arma entraria em ação muito antes do anoitecer. Ele olhou para a estrada distante, xingando a precariedade do telescópio de Christopher, e convenceu-se de que não conseguia ver nenhum tipo de veículo entre os cavaleiros, fosse reparo de canhão ou carreta de morteiro, mas eles estavam muito longe e não dava para ter certeza.

— Senhor Sharpe? — Era Dan Hagman. — Posso fazer uma tentativa contra os desgraçados?

Sharpe ainda estava pensando no fracasso e seu primeiro instinto foi mandar o velho caçador não perder seu tempo. Depois percebeu a atmosfera estranha no morro. Seus homens estavam sem graça por causa de Williamson. Muitos provavelmente temiam que Sharpe, com raiva, fosse punir todos pelo pecado de um, e outros, muito poucos, talvez estivessem com vontade de ir atrás de Williamson, mas a maioria provavelmente achava que a deserção era uma censura a todos. Eles formavam uma unidade, eram amigos, tinham orgulho uns dos outros, e um deles havia deliberadamente jogado fora essa camaradagem. No entanto, agora

A DEVASTAÇÃO DE SHARPE

Hagman estava se oferecendo para restaurar parte desse orgulho, e Sharpe assentiu.

— Vá, Dan, mas só você. Só Hagman! — gritou para os outros fuzileiros. Sabia que todos adorariam trucidar aquela guarnição de artilheiros, mas a distância era prodigiosa, bem na extremidade do alcance de uma carabina, e somente Hagman tinha a capacidade de pelo menos chegar perto.

Sharpe olhou de novo para a distante nuvem de fumaça, mas os cavalos haviam entrado na trilha menor que levava à Vila Real de Zedes e, de frente, não dava para ver se escoltavam algum veículo, por isso ele apontou o telescópio para os artilheiros do obuseiro e viu que eles estavam enfiando uma nova granada pelo tubo gorducho.

— Protejam-se!

Apenas Hagman ficou em terreno aberto. Estava carregando a carabina, primeiro derramando pólvora do polvorinho no cano. Na maior parte das vezes ele teria usado um cartucho com pólvora e uma bala convenientemente enrolada em papel encerado, mas para esse tipo de tiro, a setecentos metros, usaria a pólvora de alta qualidade levada no chifre. Usou um pouquinho mais do que a quantidade que vinha no cartucho. Quando o cano estava carregado, deixou a arma de lado e pegou um punhado de balas soltas que se aninhavam entre as folhas de chá no fundo de sua bolsa de cartuchos. A granada inimiga passou longe da torre e explodiu, inofensiva, acima da íngreme encosta oeste. E ainda que o ruído golpeasse os tímpanos e que o invólucro partido metralhasse furiosamente contra as pedras, Hagman nem olhou para cima. Estava usando o dedo médio da mão direita para rolar as balas uma a uma na palma da mão esquerda, e quando teve certeza de que havia encontrado a mais perfeita, pôs as outras de lado e pegou de nova carabina. Na parte de trás da coronha havia uma pequena cavidade coberta com uma tampa de latão. A cavidade tinha dois compartimentos; a maior guardava as ferramentas de limpeza da carabina, e a menor era cheia de retalhos de couro fino e flexível que fora lambuzado com gordura. Pegou um dos pedaços de couro, fechou a tampa de latão e viu que Vicente o observava com atenção. Sorriu.

— Negócio lento, senhor, não é?

Então enrolou a bala no couro para que, quando a carabina disparasse, a bala, em processo de expansão, forçasse o couro contra as ranhuras do cano. O couro também impedia que qualquer gás escapasse passando pela bala, e assim concentrava a força da pólvora. Empurrou a bala enrolada em couro para dentro do cano, depois usou a vareta para forçá-la para baixo. Era um trabalho difícil, e ele fez uma careta devido ao esforço, depois assentiu agradecendo quando Sharpe assumiu o serviço. Sharpe encostou a extremidade rombuda da vareta numa pedra e empurrou a carabina lentamente até sentir a bala encostar na pólvora. Tirou a vareta, enfiou-a nas alças sob o cano e devolveu a arma a Hagman, que usou pólvora do polvorinho para encher a caçoleta. Alisou-a com o indicador enegrecido, baixou o cão e sorriu de novo para Vicente.

— Ela é como uma mulher, senhor — disse Hagman, dando um tapinha na arma —, cuide dela e ela cuidará de você.

— O senhor vai notar que ele deixou o senhor Sharpe socar — disse Harper com inocência.

Vicente riu e Sharpe subitamente se lembrou dos cavaleiros. Pegou o pequeno telescópio e apontou-o para a estrada que ia até a aldeia, mas tudo o que restava dos recém-chegados era a poeira que os cascos dos cavalos levantavam. Eles estavam escondidos pelas árvores ao redor da quinta, de modo que ele não podia ver se os cavaleiros haviam trazido um morteiro. Xingou. Bem, ele logo saberia.

Hagman deitou-se de costas, os pés na direção do inimigo, depois apoiou a nuca numa pedra. Seus tornozelos estavam cruzados e ele usava o ângulo entre as botas como apoio para o cano da carabina. Como a arma tinha pouco menos de um metro e vinte, ele precisou curvar o tronco desajeitadamente para encostar a coronha no ombro. Por fim se acomodou, a chapa da soleira de latão no ombro e o cano acompanhando toda a extensão de seu corpo. Ainda que aquela postura parecesse incômoda, era a preferida pelos atiradores de elite porque mantinha a carabina rigidamente.

A Devastação de Sharpe

— Vento, senhor?

— Da esquerda para a direita, Dan — disse Sharpe. — Muito fraco.

— Muito fraco — repetiu Hagman baixinho, depois puxou a pederneira para trás. O cão em forma de pescoço de cisne fez um fraco som raspado enquanto comprimia a mola real, depois houve um estalo quando a noz recebeu a pressão. Hagman ergueu a mira traseira o máximo que pôde, depois alinhou a ranhura com a mira da ponta do cano. Precisou baixar a cabeça para ver através do cano. Respirou, soltou metade do ar e prendeu o fôlego. Os outros homens no topo do morro também prenderam o fôlego.

Hagman fez alguns ajustes mínimos, virando o cano para a esquerda e baixando a coronha para dar mais elevação à arma. Não apenas era um tiro impossivelmente distante, como ele estava disparando morro abaixo, o que era notoriamente difícil. Ninguém se mexeu. Sharpe observava a equipe do obuseiro pelo telescópio. O artilheiro estava levando o bota-fogo à culatra do obuseiro e Sharpe soube que deveria interromper a concentração de Hagman e ordenar que seus homens buscassem cobertura, mas exatamente nesse momento Hagman puxou o gatilho, o estalo da carabina espantou os pássaros na encosta, a fumaça pairou sobre as pedras e Sharpe viu o artilheiro girar e o bota-fogo cair, enquanto o sujeito agarrava a coxa esquerda. Ele cambaleou alguns segundos, depois caiu.

— Coxa direita, Dan — disse Sharpe, sabendo que Hagman não podia ver através da fumaça da carabina. — E você o derrubou. Protejam-se! Todos vocês! Depressa! — Outro artilheiro havia apanhado o bota-fogo.

Todos correram para trás das rochas e encolheram-se quando uma granada explodiu na face de uma pedra grande. Sharpe deu um tapa nas costas de Hagman.

— Incrível, Dan!

— Eu estava mirando o peito dele, senhor.

— Você estragou o dia do sujeito, Dan — disse Harper. — Você estragou a porcaria do dia dele. — Os outros fuzileiros estavam dando os parabéns a Hagman. Sentiam orgulho dele, sentiam-se deliciados porque o velho estava de novo de pé e bom como sempre. E de algum modo o tiro havia compensado a traição de Williamson. Eles eram uma elite outra vez, eram fuzileiros.

— Faço de novo, senhor? — perguntou Hagman a Sharpe.

— Por que não?

Caso um morteiro viesse, a guarnição de artilheiros ficaria com medo se descobrisse que estava dentro do alcance das carabinas mortais.

Hagman começou todo o laborioso processo novamente, mas nem bem havia enrolado a próxima bala no pedaço de couro, quando, para perplexidade de Sharpe, a flecha do obuseiro foi levantada sobre o armão e a peça foi arrastada para o meio das árvores. Por um momento Sharpe sentiu-se exultante, depois temeu que os franceses estivessem simplesmente afastando o obuseiro para que o morteiro pudesse usar o terreno aplainado. Esperou com um pesado sentimento de pavor, mas nenhum morteiro apareceu. Ninguém apareceu. Até mesmo os soldados de infantaria postados perto do obuseiro haviam retornado para as árvores e, pela primeira vez desde que Sharpe se retirara para a torre de vigia, a encosta norte ficou deserta. Dragões ainda patrulhavam a leste e oeste, mas depois de meia hora eles também cavalgaram para a aldeia.

— O que está acontecendo? — perguntou Vicente.

— Deus sabe.

E de repente Sharpe viu toda a força francesa, o canhão, a cavalaria e a infantaria, e todos estavam marchando pela estrada que saía de Vila Real de Zedes. Deviam estar voltando ao Porto, e ele ficou olhando, perplexo, sem ousar acreditar no que via.

— É um truque — disse. — Tem de ser. — E passou a luneta para Vicente.

— Pode ser a paz? — sugeriu Vicente, depois de olhar para os franceses que se retiravam. — Talvez a luta tenha mesmo acabado. Por que outro motivo eles iriam?

— Eles estão indo, senhor — disse Harper —, só isso importa. — Ele havia pegado a luneta com Vicente e pôde ver uma carroça de fazenda carregada com os feridos franceses. — Jesus, Maria e José — exultou —, eles estão indo mesmo!

Mas por quê? Seria a paz? Será que os cavaleiros, que Sharpe temera que estivessem escoltando um morteiro, haviam trazido uma mensagem em vez da arma? Uma ordem de retirada? Ou seria um truque? Será que os franceses tinham a esperança de que ele descesse para a aldeia e assim desse aos dragões a chance de atacar seus homens em terreno plano? Estava mais confuso do que nunca.

— Vou descer — disse ele. — Eu, Cooper, Harris, Perkins, Cresacre e Sims. — Deliberadamente citou os dois últimos porque eles haviam sido amigos de Williamson, e se havia algum homem propenso a acompanhar o desertor, eram aqueles dois, e Sharpe queria mostrar que ainda confiava neles. — O resto fique aqui.

— Eu gostaria de ir — disse Vicente, e quando viu que Sharpe ia recusar, explicou: — A aldeia, senhor. Quero ver a aldeia. Quero ver o que aconteceu com nosso povo.

Como Sharpe, Vicente levou cinco homens; o sargento Harper e o sargento Macedo foram deixados no comando do morro, e a patrulha de Sharpe começou a descer. Passaram pela grande marca incendiada em forma de leque, que mostrava onde o obuseiro fora disparado, e Sharpe meio que esperou uma saraivada de balas vindo da floresta, mas nenhuma arma soou, e logo ele estava à sombra das árvores. Ele e Cooper iam na frente, com cuidado, alertas para uma emboscada em meio aos loureiros, bétulas e carvalhos, mas não foram perturbados. Seguiram o caminho até a quinta, que estava com os postigos azuis fechados por causa do sol e parecia bastante incólume. Um gato tigrado limpava-se nas pedras aquecidas pelo sol junto ao arco do estábulo e parou para olhar com indignação para os soldados, depois voltou às suas abluções. Sharpe experimentou a porta da cozinha, mas estava trancada. Pensou em arrombá-la, depois decidiu deixá-la assim e guiou os homens até a frente da casa. A porta da frente estava trancada e a estradinha, deserta. Recuou lentamente para longe da quinta, olhando os postigos, quase esperando que se abrissem bruscamente para soltar uma saraivada de tiros de espingarda, mas a grande casa dormia no calor do início da tarde.

— Parece que está vazia, senhor — disse Harris, mas parecia nervoso.

— Acho que você está certo — concordou Sharpe, então se virou e seguiu pela estrada. O cascalho fazia barulho sob suas botas, por isso ele foi para a beira da estrada e sinalizou para que os homens fizessem o mesmo. O dia estava quente e imóvel, até os pássaros se mantinham em silêncio.

E então ele sentiu o cheiro. E imediatamente pensou na Índia e até imaginou, por um louco segundo, que estava outra vez naquele país misterioso, porque lá havia sentido aquele cheiro com muita frequência. Era denso, podre e de algum modo adocicado como o mel. Um cheiro que quase lhe deu vontade de vomitar, depois a ânsia passou, mas ele viu que Perkins, quase tão jovem quanto Pendleton, parecia enjoado.

— Respire fundo — disse Sharpe. — Você vai precisar.

Parecendo tão nervoso quanto Perkins, Vicente olhou para Sharpe.

— Isso é... — começou.

— É — respondeu Sharpe.

Era a morte.

Vila Real de Zedes nunca fora um povoado grande ou famoso. Nenhum peregrino vinha rezar na igreja. São José podia ser reverenciado localmente, mas sua influência nunca se estendera para além dos vinhedos. Entretanto, apesar de toda a insignificância, não era uma aldeia ruim para se criar filhos. Sempre havia trabalho nos vinhedos dos Savage, o solo era fértil e até a casa mais pobre tinha uma horta. Alguns aldeões possuíam vacas, a maioria tinha galinhas e alguns criavam porcos, mas agora não restavam animais domésticos. Houvera pouca autoridade para perseguir os aldeões. O padre Josefa fora a pessoa mais importante em Vila Real de Zedes, além dos ingleses da quinta, e algumas vezes o sacerdote era iras-cível, mas também ensinava as crianças a ler. Nunca deixara de ser gentil.

E agora ele estava morto. Seu corpo, irreconhecível, estava nas cinzas da igreja, onde outros corpos, encolhidos pelo calor, se espalhavam entre os caibros queimados e caídos. Havia um cão morto na rua, um fio de sangue seco estendendo-se de sua boca e uma nuvem de moscas zumbindo

A DEVASTAÇÃO DE SHARPE

acima do ferimento no flanco. Mais moscas soavam dentro da maior das duas tavernas. Sharpe empurrou a porta com a coronha da carabina e teve um tremor involuntário. Maria, a garota de quem Harper havia gostado, estava caída nua na única mesa que não fora quebrada. Havia sido presa à mesa com facas cravadas nas mãos, e agora as moscas se arrastavam por sua barriga e por seus seios cobertos de sangue. Cada barril de vinho fora espatifado, cada pote havia sido esmagado e cada peça de mobília, a não ser aquela mesa, fora despedaçada. Sharpe pendurou a carabina no ombro e arrancou as facas das palmas de Maria, de modo que seus braços brancos ficaram balançando quando as lâminas se soltaram. Perkins olhava da porta, atônito.

— Não fique aí parado — disse Sharpe, bruscamente. — Arranje um cobertor, qualquer coisa, para cobri-la.

— Sim, senhor.

Sharpe voltou à rua. Vicente estava com lágrimas nos olhos. Havia corpos em meia dúzia de casas, sangue em todas as casas, mas ninguém vivo. Qualquer sobrevivente de Vila Real de Zedes havia fugido da aldeia perseguido pela brutalidade casual dos conquistadores.

— Deveríamos ter ficado aqui — disse Vicente com raiva.

— E morrido com eles? — perguntou Sharpe.

— Essas pessoas não tinham ninguém para lutar por elas!

— Tinham Lopes, e ele não sabia lutar, e se soubesse, não teria ficado. E se tivéssemos lutado por elas, estaríamos mortos agora, e essas pessoas estariam mortas do mesmo jeito.

— Deveríamos ter ficado — insistiu Vicente.

Sharpe ignorou-o.

— Cooper? Sims? — Os dois engatilharam as carabinas. Cooper atirou primeiro, Sharpe contou até dez e em seguida Simms puxou o gatilho, Sharpe contou até dez outra vez e em seguida disparou para o alto. Era um sinal de que Harper poderia descer do morro trazendo os outros.

— Procurem pás — disse Sharpe a Vicente.

— Pás?

— Vamos enterrá-los.

O cemitério era uma área murada logo ao norte da aldeia e lá havia um pequeno barracão com as pás dos coveiros, que Sharpe deu aos homens.

— Fundo o bastante para que os animais não os desenterrem — ordenou —, mas não fundo demais.

— Por que não fundo demais? — irritou-se Vicente, pensando que uma cova rasa era um insulto desumano aos mortos.

— Porque quando os aldeões voltarem, vão cavar para achar os parentes. — Ele encontrou um saco de aniagem no barracão e usou-o para pegar os corpos queimados na igreja, arrastando-os um a um até o cemitério. O braço direito do padre Josefa soltou-se do corpo quanto Sharpe tentou livrar o padre da cruz queimada, mas Sims viu o que estava acontecendo e ajudou-o a rolar o cadáver encolhido e enegrecido para dentro do saco.

— Eu levo, senhor — disse Sims, segurando o saco.

— Não precisa.

Sims ficou sem jeito.

— Não vamos fugir, senhor — respondeu ele, bruscamente, depois pareceu amedrontado, como se esperasse levar uma reprimenda.

Sharpe olhou para ele e viu outro ladrão, outro bêbado, outro fracassado, outro fuzileiro. Depois sorriu.

— Obrigado, Sims. Diga a Pat Harper para lhe dar um pouco da água benta dele.

— Água benta? — perguntou Sims.

— O conhaque que ele guarda no segundo cantil. Aquele que ele acha que eu não sei que existe.

Depois, quando os homens que haviam descido do morro estavam ajudando a enterrar os mortos, Sharpe voltou à igreja, onde Harper o encontrou.

— Os sentinelas estão organizados, senhor.

— Bom.

— E Sims disse que eu deveria lhe dar um pouco de conhaque.

— Espero que tenha dado.

— Dei, senhor, dei. E o senhor Vicente quer fazer uma oração ou duas.

— Espero que Deus esteja ouvindo.

— O senhor quer participar?

— Não, Pat.

— Achei que não. — O grande irlandês foi andando por entre as cinzas. Parte dos destroços ainda soltava fumaça no lugar onde antes ficava o altar, mas ele enfiou a mão naquele emaranhado negro e tirou um crucifixo preto e retorcido. Tinha apenas dez centímetros. Pat colocou-o na palma da mão esquerda e fez o sinal da cruz. — O senhor Vicente não está feliz.

— Eu sei.

— Ele acha que deveríamos ter defendido a aldeia, mas eu lhe disse, senhor, eu disse que não se pega o coelho matando o cachorro.

Sharpe olhou para a fumaça.

— Talvez devêssemos ter ficado aqui.

— Agora o senhor está falando como um irlandês — disse Harper. — Porque não há nada que não saibamos sobre causas perdidas. Claro, e todos teríamos morrido. E se o senhor vir que a guarda do gatilho da carabina de Gataker está solta, não brigue com ele. Os parafusos estão completamente gastos.

Sharpe sorriu do esforço de Harper para distraí-lo.

— Sei que fizemos a coisa certa, Pat. Só gostaria que o tenente Vicente pudesse ver isso.

— Ele é advogado, senhor, não consegue ver nada direito. E é jovem. Venderia a própria vaca para comprar um copo de leite.

— Fizemos a coisa certa — insistiu Sharpe. — Mas o que faremos agora?

Harper tentou ajeitar o crucifixo.

— Quando eu era pequeno, me perdi. Devia ter uns 7, 8 anos. De qualquer modo, não era maior do que o Perkins. Havia soldados perto do povoado, o pessoal de vermelho, e até hoje não sei o que os desgraçados estavam fazendo lá, mas fugi deles. Eles não me perseguiram, mas mesmo assim corri, porque era isso que a gente fazia quando os desgraçados de vermelho apareciam. Corri e corri, corri mesmo, e corri até não saber onde diabos estava.

— E o que você fez?

— Acompanhei um riacho e cheguei a duas casas pequenas. Minha tia morava numa delas e me levou para casa.

Sharpe começou a rir e, embora aquilo não fosse realmente engraçado, não conseguia parar.

— Maire — disse Harper. — Tia Maire, que Deus a tenha. — Ele pôs o crucifixo num bolso.

— Gostaria que sua tia Maire estivesse aqui, Pat. Mas não estamos perdidos.

— Não?

— Vamos para o sul. Encontrar um barco. Atravessar o rio. Continuar indo para o sul.

— E se o exército tiver saído de Lisboa?

— Andamos até Gibraltar — disse Sharpe, sabendo que a coisa jamais chegaria a esse ponto. Se houvesse paz, ele seria encontrado por alguém com autoridade que o mandaria para o porto mais próximo, e se houvesse guerra, então ele encontraria alguém contra quem lutar. Simples, pensou. — Porém marcharemos à noite, Pat.

— Então o senhor acha que ainda estamos em guerra?

— Ah, estamos em guerra, Pat — disse Sharpe, olhando para os destroços e pensando em Christopher. — Continuamos em guerra, sim.

Vicente estava olhando para as sepulturas novas. Assentiu quando Sharpe disse que propunha marcharem para o sul à noite, mas não falou até que estivessem fora do portão do cemitério.

— Vou para o Porto — disse ele.

— Você acredita que há um tratado de paz?

— Não — respondeu Vicente, depois deu de ombros. — Talvez? Não sei. Mas sei que o coronel Christopher e o general de brigada Vuillard provavelmente estão lá. Não lutei contra eles aqui. Portanto, devo persegui-los lá.

— Então vai para o Porto morrer?

— Talvez — disse Vicente, com grandiosidade —, mas um homem não pode se esconder do mal.

— Não, mas se lutar contra ele, lute com inteligência.

— Estou aprendendo a lutar, mas já sei matar.

Isso era uma receita de suicídio, pensou Sharpe, mas não discutiu.

— O que estou planejando — disse em vez disso — é voltar por onde viemos. Posso encontrar o caminho com facilidade. E assim que estiver em Barca d'Avintas, vou procurar um barco. Tem de haver alguma coisa que flutue.

— Tenho certeza de que há.

— Então venha comigo até lá, porque é perto do Porto.

Vicente concordou, e seus homens seguiram os de Sharpe quando eles deixaram a aldeia, e Sharpe ficou satisfeito, porque a noite estava escura como breu de novo, e apesar de sua confiança de que poderia encontrar o caminho, teria se perdido por completo se Vicente não estivesse junto. Fizeram um progresso dolorosamente lento, e por fim descansaram no coração escuro da noite e fizeram um tempo melhor quando a luz cinzenta surgiu na borda do horizonte ao leste.

Sharpe pensava duas coisas com relação a voltar a Barca d'Avintas. Havia um risco, porque o povoado ficava perigosamente perto da cidade do Porto, mas por outro lado ele sabia que era um local onde o rio era seguro para a travessia e achava que poderia encontrar destroços de casas e cabanas que seus homens poderiam transformar numa balsa. Vicente concordou, dizendo que boa parte do resto do vale do Douro era uma ravina rochosa e que Sharpe teria dificuldade para se aproximar do rio ou encontrar uma travessia. Um risco maior era que os franceses estivessem guardando Barca d'Avintas, mas Sharpe supunha que eles haviam se contentado em destruir todos os botes do povoado.

O amanhecer encontrou-os nas colinas cobertas de vegetação. Pararam junto a um riacho e comeram um desjejum de pão velho e carne defumada tão dura que os homens brincaram dizendo que iam consertar as solas de suas botas com ela, depois resmungaram porque Sharpe não os deixou fazer uma fogueira para preparar o chá. Sharpe levou um pedaço de pão até o cume de um morro próximo e examinou a paisagem com o pequeno telescópio. Não viu nenhum inimigo; na verdade, não viu absolutamente ninguém. Havia uma cabana deserta mais adiante no vale, onde o riacho passava, e uma torre de igreja cerca de um quilômetro e meio ao sul, mas não havia pessoas. Vicente juntou-se a ele.

— Acha que pode haver franceses lá?

— Sempre acho isso.

— E acha que os ingleses foram para casa?

— Não.

— Por quê?

Sharpe deu de ombros.

— Se quiséssemos ir para casa, teríamos ido depois da retirada de Sir John Moore.

Vicente olhou para o sul.

— Sei que não poderíamos defender a aldeia — disse.

— Eu gostaria que pudéssemos.

— Só que eles são o meu povo. — Vicente deu de ombros.

— Eu sei — disse Sharpe, e tentou imaginar o exército francês nos vales de Yorkshire ou nas ruas de Londres. Tentou imaginar os chalés queimando, as cervejarias saqueadas e as mulheres gritando, mas não conseguia visualizar esse terror. Parecia estranhamente impossível. Harper sem dúvida podia imaginar sua casa sendo violada, provavelmente podia se lembrar disso, mas Sharpe não conseguia.

— Por que eles fazem isso? — perguntou Vicente, com um tom genuíno de angústia.

Sharpe fechou o telescópio e depois raspou a terra com a ponta da bota direita. No dia seguinte à subida deles para a torre de vigia ele havia secado as botas encharcadas pela chuva junto do fogo, mas as havia deixado perto demais das chamas e o couro rachara.

— Não há regras na guerra — disse ele, desconfortável.

— Há regras — insistiu Vicente.

Sharpe ignorou o protesto.

A DEVASTAÇÃO DE SHARPE

— A maioria dos soldados não é de santos. São bêbados, ladrões, bandidos. Fracassaram em tudo, por isso entram para o exército, ou então algum magistrado desgraçado os obrigou a entrar. Então eles recebem uma arma e a ordem de matar. Em casa, seriam enforcados por isso, mas no exército são elogiados, e você não os trata mal quando eles acham que qualquer matança é permitida. Aqueles garotos — ele apontou com a cabeça para baixo do morro, onde os homens estavam agrupados ao redor dos sobreiros — sabem muito bem que serão castigados se saírem da linha. Mas e se eu os deixasse com as rédeas soltas? Eles arruinariam este país, depois fariam uma confusão na Espanha e nunca parariam até que alguém os matasse. — Ele parou, sabendo que fora injusto com seus homens. — Veja bem, eu gosto deles. Não são dos piores, realmente, apenas azarados, e são soldados tremendamente bons. Não sei. — Franziu o cenho, sem graça. — Mas os sapos? Eles não têm escolha. O alistamento é obrigatório. Algum pobre-diabo está trabalhando como padeiro ou segeiro num dia e no outro está usando uniforme e sendo obrigado a marchar a meio continente de distância. Eles se ressentem disso, e os franceses não açoitam os soldados, de modo que não há como contê-los.

— Você açoita?

— Eu, não. — Pensou em contar a Vicente que fora açoitado uma vez, havia muito tempo, numa praça de armas quente na Índia, mas decidiu que pareceria que estava contando vantagem. — Eu só os levo para trás de um muro e dou-lhes uma surra. É mais rápido.

Vicente sorriu.

— Eu não poderia fazer isso.

— Você sempre poderia lhes dar um mandado judicial — disse Sharpe. — Eu preferiria ser espancado a ser enredado por um advogado. — Talvez, pensou, se tivesse batido em Williamson, o sujeito tivesse se acomodado à autoridade. Talvez não. — A que distância fica o rio? — perguntou.

— Três horas? Não muito mais do que isso.

— Aqui não está acontecendo nada, é melhor irmos.

— Mas e os franceses? — sugeriu Vicente com nervosismo.

— Nenhum aqui, nenhum lá. — Sharpe apontou com a cabeça para o sul. — Nem fumaça, nem pássaros saindo das árvores como se estivessem sendo perseguidos por um gato. E dá para sentir o cheiro dos dragões franceses a quilômetros de distância. Todos os cavalos têm tomaduras e fedem como uma fossa.

Assim, eles marcharam. Ainda havia orvalho no capim. Passaram por uma aldeia deserta que parecia incólume, e Sharpe suspeitou de que os aldeões os haviam visto e se escondido. Certamente havia pessoas ali, porque ele viu roupas secando em dois loureiros, mas mesmo depois que o sargento Macedo berrou dizendo que eram amigos, ninguém ousou aparecer. Uma das peças de roupa penduradas era uma bela camisa de homem com botões de osso, e Sharpe viu Cresacre ficando para trás, para ter um momento sozinho quando os outros estivessem à frente.

— A pena por roubo — gritou Sharpe para seus homens — é o enforcamento. E há boas árvores para enforcar aqui. — Cresacre fingiu não ter ouvido, mas mesmo assim andou mais depressa.

Pararam quando chegaram ao Douro. Barca d'Avintas ainda estava a alguma distância a oeste, e Sharpe sabia que seus homens estavam cansados. Assim, fizeram um bivaque numa floresta no alto de um morro acima do rio. Nenhum barco se movia ali. Mais ao sul, uma única coluna de fumaça oscilava no céu, e a oeste havia uma névoa trêmula que Sharpe suspeitou de que fosse a fumaça dos fogões do Porto. Vicente disse que Barca d'Avintas estava a pouco mais de uma hora, mas Sharpe decidiu esperar até a manhã seguinte antes de marchar de novo. Meia dúzia dos homens mancava porque as botas estavam apodrecendo, e Gataker, que fora ferido na coxa, sentia dor. Um dos homens de Vicente andava descalço, e Sharpe pensou em fazer o mesmo, por causa do estado de suas botas. Mas havia um motivo ainda melhor para a espera.

— Se os franceses estiverem aqui — explicou —, prefiro me esgueirar até eles ao amanhecer. E se não estiverem, temos o dia inteiro para fazer algum tipo de balsa.

— E nós? — perguntou Vicente.

— Ainda quer ir para o Porto?

— O regimento é de lá — disse Vicente. — É nossa casa. Os homens estão ansiosos. Alguns têm família por lá.

— Levem-nos até Barca d'Avintas — sugeriu Sharpe —, depois vão para casa. Mas vão devagar nos últimos quilômetros, vão com cuidado. Vocês vão ficar bem. — Ele não acreditava nisso, mas não podia dizer no que acreditava.

Assim, eles descansaram. Piquetes ficaram de sentinela na borda da floresta enquanto os outros dormiam, e em algum momento depois do meio-dia, quando o calor deixou todo mundo sonolento, Sharpe ouviu trovões distantes, mas não havia nuvens de chuva à vista, o que significava que o trovão tinha de ser o som de canhões, embora ele não pudesse ter certeza. Harper estava dormindo e Sharpe perguntou a si mesmo se não estaria ouvindo apenas o eco dos roncos do irlandês grandalhão, mas depois pensou ter ouvido trovões de novo, porém tão fracos que ele poderia ter simplesmente imaginado. Cutucou Harper.

— O que foi?

— Estou tentando escutar — disse Sharpe.

— E eu estou tentando dormir.

— Escute! — Mas houve silêncio, a não ser pelo murmúrio do rio e o farfalhar das folhas no vento leste.

Sharpe pensou em levar uma patrulha para um reconhecimento de Barca d'Avintas, mas decidiu não fazer isso. Não queria dividir suas forças já perigosamente pequenas, e qualquer perigo que espreitasse no povoado poderia esperar até de manhã. Ao anoitecer pensou ter ouvido trovões de novo, mas então o vento soprou e levou o som embora.

O amanhecer foi silencioso, parado, e o rio suavemente nevoento parecia liso como aço. Luís, que havia se ligado aos homens de Vicente, havia se mostrado um bom sapateiro e costurara algumas das botas mais decrépitas. Ele se oferecera para barbear Sharpe, que balançara a cabeça.

— Vou me barbear depois de cruzar o rio — disse ele.

— Rezo para que sua barba não cresça muito — disse Vicente, e então eles marcharam, seguindo uma trilha que serpenteava pelo terreno elevado. A trilha era rústica, com mato crescido e cheia de buracos, e a caminhada era lenta, mas não viram nenhum inimigo. Então a terra ficou plana, a trilha se transformou numa estradinha que seguia ao lado de alguns vinhedos até Barca d'Avintas, cujas paredes brancas estavam muito iluminadas pelo sol nascente.

Não havia franceses ali. Umas quarenta pessoas haviam retornado para as casas saqueadas e ficaram com medo diante dos maltrapilhos uniformizados que atravessaram a pequena ponte sobre o riacho, mas Vicente acalmou-os. Não havia barcos, disseram as pessoas, os franceses tinham tomado ou queimado todos. Acrescentaram que raramente viam os franceses. Algumas vezes uma patrulha de dragões passava ruidosa pelo povoado, olhava para o outro lado do rio, roubava comida e ia embora. Tinham poucas notícias além disso. Uma mulher que vendia azeite, ovos e peixe defumado no mercado do Porto disse que todos os franceses estavam guardando as margens do rio entre a cidade e o mar, mas Sharpe não deu muito peso às palavras dela. O marido dela, um gigante encurvado com mãos nodosas, admitiu com reservas que talvez fosse possível fazer uma balsa com alguns móveis quebrados do povoado.

Sharpe colocou sentinelas na margem oeste do povoado, onde Hagman fora ferido. Subiu numa árvore e ficou estarrecido ao perceber que podia ver algumas construções dos arredores do Porto no horizonte montanhoso. A grande construção branca de teto plano pela qual se lembrava de ter passado quando conhecera Vicente era a mais óbvia, e ele ficou pasmo ao ver que estavam tão perto. Não se encontravam a mais de oito quilômetros do grande prédio branco, e sem dúvida os franceses teriam sentinelas naquele morro. E sem dúvida deviam ter um telescópio para vigiar os arredores da cidade. Mas estava decidido a atravessar o rio ali, por isso desceu da árvore e estava espanando o casaco quando um rapaz de cabelos revoltos e roupas rasgadas mugiu para ele. Sharpe olhou de volta, perplexo. O rapaz mugiu de novo, depois riu idiotamente antes de dar uma gargalhada. Tinha cabelos ruivos e sujos, olhos grandes e azuis e a boca frouxa, babando. Sharpe percebeu que era um retardado, provavelmente inofensivo. Lembrou-se de Ronnie, um idiota de Yorkshire, que era algemado pelos pais ao toco de um olmo no parque do povoado, onde gritava

A Devastação de Sharpe

229

para as vacas que pastavam, falava sozinho e rosnava para as garotas. Esse homem era parecido, mas também era importuno, pois puxava o cotovelo de Sharpe tentando arrastar o inglês para o rio.

— Fez um amigo, senhor? — perguntou Tongue, achando divertido.

— Ele está sendo um chato desgraçado, senhor — disse Perkins.

— Não está fazendo por mal — disse Tongue. — Só quer que o senhor vá nadar.

Sharpe soltou-se do idiota.

— Qual é o seu nome? — perguntou, depois percebeu que provavelmente não havia muito sentido em falar inglês com um lunático português, mas o idiota ficou tão satisfeito por terem falado com ele que começou a arengar loucamente, riu e ficou se balançando nos dedos dos pés. Depois puxou o cotovelo de Sharpe de novo.

— Vou chamá-lo de Ronnie — disse Sharpe. — O que você quer?

Agora seus homens estavam gargalhando, mas Sharpe pretendia mesmo ir até a margem do rio para ver que tipo de desafio sua balsa enfrentaria, por isso deixou Ronnie puxá-lo. O idiota ia conversando o tempo todo, mas nada fazia sentido. Levou Sharpe até a margem do rio e, quando Sharpe tentou se soltar de seu aperto surpreendentemente forte, Ronnie balançou a cabeça e puxou Sharpe por entre alguns choupos, seguiu em meio aos arbustos densos e por fim soltou o braço de Sharpe e bateu palmas.

— Você não é tão idiota, afinal de contas, não é? — disse Sharpe. — Na verdade, você é um gênio, Ronnie.

Havia um barco. Sharpe tinha visto a grande balsa ser queimada e afundada em sua primeira visita a Barca d'Avintas, mas agora percebeu que devia haver duas embarcações, e aquela era a segunda. Era uma embarcação chata, larga e desajeitada, do tipo que poderia transportar um pequeno rebanho de ovelhas ou mesmo uma carruagem com os cavalos, e haviam posto pedras para afundá-la naquele riacho largo, parecido com uma vala, que seguia por entre as árvores para formar um pequeno remanso. Sharpe perguntou-se por que os aldeões não lhe haviam mostrado aquilo antes e achou que eles temiam todos os soldados, por isso haviam escondido o barco mais valioso até o retorno dos tempos de paz. Os franceses haviam destruído todas as outras embarcações e nunca ficaram sabendo daquela segunda balsa.

— Você é um tremendo gênio, Ronnie — disse Sharpe de novo, depois lhe deu seu último pão, que era o único presente que possuía.

Mas ele também tinha um barco.

E então teve outra coisa, porque o trovão que havia escutado tão distante no dia anterior soou de novo. Só que desta vez estava perto e era inconfundível... e não era nenhum trovão e Christopher havia mentido: não havia paz em Portugal.

Eram disparos de canhão.

CAPÍTULO VIII

O som de tiros vinha do oeste, canalizado pelo vale íngreme do rio, e Sharpe não sabia se a batalha estava sendo travada na margem norte ou sul do Douro. Nem poderia dizer se era uma batalha. Talvez os franceses tivessem estabelecido baterias para proteger a cidade contra um ataque por mar, e essas baterias podiam estar simplesmente atirando contra fragatas curiosas. Ou talvez as armas estivessem simplesmente treinando tiros. Mas uma coisa era certa: ele jamais saberia o que os canhões estavam fazendo a menos que chegasse mais perto.

Ele correu de volta para o povoado, seguido pelo desajeitado Ronnie, que, de modo inarticulado, berrava ao mundo seu feito. Sharpe encontrou Vicente.

— A balsa ainda está aqui — disse. — Ele me mostrou. — E apontou para Ronnie.

— E os canhões? — Vicente parecia perplexo.

— Vamos descobrir o que eles estão fazendo, mas peça aos aldeões para que levantem a balsa. Talvez possamos precisar dela. Mas vamos na direção da cidade.

— Todos nós?

— Todos. Mas diga que quero o barco flutuando no meio da manhã.

A mãe de Ronnie, uma mulher encolhida e encurvada, vestida de preto, tirou o filho de perto de Sharpe e brigou com ele em voz aguda.

Sharpe deu a ela o último pedaço de queijo da mochila de Harper, explicou que Ronnie era um herói, depois liderou seu grupo mal-ajambrado para o oeste, seguindo a margem do rio.

Havia cobertura suficiente. Pomares, olivais, barracões de gado e pequenos vinhedos cobriam a estreita faixa de terreno plano junto à margem norte do Douro. Os canhões, escondidos pelo grande morro onde ficava a construção de teto plano, soavam esporádicos. Os disparos cresciam até uma intensidade de batalha e depois paravam. Durante minutos não havia tiros, ou apenas um canhão disparava, e o som ecoava nos morros do sul, ricocheteava nos do norte e ia reverberando pelo vale.

— Talvez devêssemos ir para o seminário — disse Vicente, apontando para o grande prédio branco.

— Os sapos devem estar lá — respondeu Sharpe, que estava agachado perto de uma cerca viva e por algum motivo mantinha a voz muito baixa. Parecia extraordinário que não houvesse nenhum piquete francês, mas ele tinha certeza de que os franceses deviam ter posto homens na grande construção que dominava o rio a leste da cidade com tanta eficácia quanto um castelo. — O que você disse que era?

— Um seminário. — Vicente viu que Sharpe estava confuso. — Um lugar onde os padres estudam. Eu já pensei em ser padre.

— Santo Deus — exclamou Sharpe, surpreso. — Você queria ser padre?

— Pensei nisso — respondeu Vicente, na defensiva. — Você não gosta de padres?

— Não muito.

— Então fico feliz porque virei advogado — disse Vicente, com um sorriso.

— Você não é advogado, Jorge, é uma porcaria de um soldado, como o resto de nós. — Fez esse elogio e depois se virou quando o último de seus homens chegou à pequena campina, agachando-se atrás da cerca viva. Se os franceses tinham homens no seminário, pensou, ou eles estavam dormindo a sono solto ou, o que era mais provável, tinham visto os uniformes azuis e verdes e os confundiram com os deles próprios. Será que acharam que o azul dos portugueses eram casacas francesas? O azul dos portugueses era mais escuro que as casacas da infantaria francesa, e o verde dos fuzileiros era muito mais escuro do que as casacas dos dragões, mas a distância os uniformes podiam ser confundidos. Ou será que não havia ninguém no prédio? Sharpe pegou o pequeno telescópio e ficou olhando por um longo tempo. O seminário era enorme, um grande bloco branco com quatro andares, e devia haver pelo menos noventa janelas somente na parede sul, mas ele não viu movimento em nenhuma delas, nem havia ninguém no teto plano que tinha uma borda de telhas vermelhas e certamente seria o melhor ponto de observação a leste da cidade.

— Vamos até lá? — instigou Vicente.

— Talvez — respondeu Sharpe com cautela. Sentia-se tentado porque o prédio ofereceria uma vista maravilhosa da cidade, mas ainda não conseguia acreditar que os franceses tivessem deixado o seminário vazio. — Primeiro vamos seguir mais ao longo da margem.

Ele foi na frente com seus fuzileiros. Os casacos verdes fundiam-se melhor com as folhas, oferecendo uma pequena vantagem caso houvesse um piquete francês adiante, mas eles não viram nenhum. Sharpe também não viu qualquer atividade na margem sul, mas os canhões continuavam disparando, e agora, acima da curva do morro do seminário, dava para ver uma nuvem acinzentada de fumaça de canhão sendo impulsionada para o vale do rio.

Agora havia mais construções. Muitas delas eram pequenas casas perto do rio, e seus jardins eram um labirinto de cercas, videiras e oliveiras que escondiam os homens de Sharpe enquanto eles seguiam para o oeste. Acima de Sharpe, à direita, o seminário era uma grande ameaça no céu, com as janelas fechadas, vazias e pretas, e Sharpe não conseguia se livrar do medo de que houvesse uma horda de soldados franceses escondida atrás daquele penhasco de pedra e vidro iluminado pelo sol, mas toda vez que ele olhava, não via qualquer movimento.

Então, subitamente, havia um único soldado francês adiante. Sharpe havia virado uma esquina e o homem estava ali. Encontrava-se no meio de uma rampa calçada de pedras que ia do galpão de um construtor de barcos até o rio e estava se agachando para brincar com um filhote de cachorro. Sharpe sinalizou desesperadamente para seus homens pararem. O inimigo era um soldado de infantaria e encontrava-se a apenas sete ou oito passos deles. Estava absolutamente distraído, de costas para Sharpe, com a barretina e a espingarda no chão, enquanto deixava o cachorrinho mordiscar sua mão direita. E se havia um soldado francês, devia haver outros. Tinha de haver! Sharpe olhou para além do homem, até onde um agrupamento de choupos e arbustos densos limitava a outra ponta da rampa. Haveria uma patrulha ali? Não pôde ver qualquer sinal, nem qualquer atividade em meio aos barracões meio arruinados do estaleiro.

Então o francês ouviu o som de uma bota ou sentiu que estava sendo observado, porque se levantou e se virou, depois percebeu que a espingarda continuava no chão e se curvou para pegá-la, mas se imobilizou quando a carabina de Sharpe foi apontada para o seu rosto. Sharpe balançou a cabeça, depois balançou a carabina para indicar que o francês devia ficar ereto. O homem obedeceu. Ele era jovem, um rapaz pouco mais velho que Pendleton ou Perkins, com rosto redondo e inocente. Parecia apavorado e deu um passo involuntário para trás quando Sharpe avançou depressa em sua direção, depois gemeu quando Sharpe o puxou pela casaca, voltando pela esquina. Sharpe empurrou-o para o chão, tirou sua baioneta da bainha e jogou-a no rio.

— Amarre-o — ordenou a Tongue.

— Corte a garganta dele — sugeriu Tongue. — É mais fácil.

— Amarre-o — insistiu Sharpe — e faça um bom serviço. — Em seguida chamou Vicente com um sinal. — É o único que eu vi.

— Deve haver mais — declarou Vicente.

— Deus sabe onde estão.

Sharpe voltou para a esquina, espiou ao redor e não viu nada, a não ser o cachorrinho, que agora estava tentando arrastar a espingarda do francês puxando-a pela alça. Sinalizou para Harper se juntar a ele.

— Não estou vendo ninguém — sussurrou.

— Ele não podia estar sozinho — disse Harper.

Ainda assim, ninguém se mexeu.

— Quero ir até aquelas árvores, Pat — sussurrou Sharpe, apontando com a cabeça para o outro lado da rampa.

— Corra feito o diabo, senhor — disse Harper, e os dois dispararam pelo espaço aberto e se jogaram no meio das árvores. Nenhuma espingarda soou, ninguém gritou, mas o cachorrinho, achando que aquilo era um jogo, foi atrás deles. — Volte para a sua mãe! — sussurrou Harper para o cão, que simplesmente latiu para ele.

— Meu Deus! — disse Sharpe, não por causa do barulho que o cachorro estava fazendo, mas porque podia ver barcos. Presumia-se que os franceses haviam destruído ou tomado todas as embarcações ao longo do Douro, mas na frente dele, levados pela maré vazante na margem externa e lamacenta de uma grande curva do rio, estavam três barcaças de transporte de vinho. Três! Perguntou a si mesmo se elas teriam sido furadas e, enquanto Harper mantinha o cachorrinho em silêncio, vadeou pela lama pegajosa e subiu a bordo da barcaça mais próxima. As árvores grossas o escondiam de qualquer pessoa que estivesse na margem norte, motivo pelo qual os franceses não haviam visto as três embarcações e, melhor ainda, a barcaça na qual Sharpe subira a bordo parecia bastante incólume. Havia um bocado de água no porão, mas quando Sharpe a provou viu que era doce, de modo que era água de chuva, e não a água salgada da maré que subia duas vezes por dia pelo Douro. Ele andou pelo porão inundado e não encontrou qualquer buraco grande feito por machados, depois subiu num convés lateral, onde seis grandes remos estavam amarrados juntos com pedaços de corda esgarçada. Havia até mesmo um pequeno esquife emborcado na popa com um par de remos velhos, rachados e descorados, meio enfiados sob o casco.

— Senhor! — sussurrou Harper da margem. — Senhor! — Estava apontando para o outro lado do rio. Sharpe olhou por cima da água e viu uma casaca vermelha. Um único cavaleiro, evidentemente inglês, encarou-o de volta. O homem tinha um chapéu de bicos, de modo que era um oficial, mas quando Sharpe acenou ele não respondeu ao gesto. Sharpe achou que o sujeito ficou confuso com seu casaco verde.

A Devastação de Sharpe

— Traga todo mundo para cá, agora — ordenou a Harper, depois olhou outra vez para o cavaleiro. Por um ou dois segundos se perguntou se seria o coronel Christopher, mas aquele sujeito era mais pesado e seu cavalo, como a maioria dos cavalos ingleses, tinha o rabo cotó, ao passo que Christopher, macaqueando os franceses, deixara o rabo de seu animal sem cortar. O homem, que estava mantendo o cavalo perto de uma árvore, virou-se e pareceu falar com alguém, embora Sharpe não pudesse ver ninguém na margem oposta. Depois o sujeito olhou de volta para Sharpe e gesticulou vigorosamente na direção dos três barcos.

Sharpe hesitou. Poderia apostar que o homem tinha um posto superior ao dele e, se atravessasse o rio, iria se ver de novo de volta à disciplina férrea do exército e não estaria mais livre para agir como quisesse. Se mandasse algum de seus homens, seria a mesma coisa. Mas então pensou em Luís e chamou o barbeiro, ajudando-o a passar por cima da grossa amurada da barca.

— Você consegue manobrar um barco pequeno? — perguntou.

Luís pareceu momentaneamente alarmado, depois assentiu com firmeza.

— Consigo, sim.

— Então atravesse o rio e descubra o que aquele oficial inglês quer. Diga-lhe que estou fazendo reconhecimento do seminário. E que há outro barco em Barca d'Avintas. — Sharpe estava adivinhando rapidamente que os ingleses teriam avançado para o norte e haviam sido parados pelo Douro. Presumiu que os tiros de canhão eram das armas que disparavam umas contra as outras de cada lado do rio, mas sem barcos os ingleses estariam impotentes. Onde, diabos, estava a porcaria da marinha?

Harper, Macedo e Luís passaram o bote por cima da amurada e o empurraram pela lama grudenta até o rio. A maré estava subindo, mas ainda faltava um bocado para chegar às barcas. Luís pegou os remos, acomodou-se no banco e, com habilidade admirável, remou para longe da margem. Olhou por cima do ombro para avaliar a direção, depois remou vigorosamente. Sharpe viu outro cavaleiro aparecer atrás do primeiro, também de casaca vermelha e chapéu preto de bicos, e sentiu as amarras do exército estendendo-se para agarrá-lo, por isso pulou da barca e vadeou pela lama até a margem.

— Fique aqui — ordenou a Vicente. — Vou olhar de cima do morro.

Por um momento Vicente pareceu pronto a discutir, depois aceitou o arranjo, e Sharpe convocou seus fuzileiros a segui-lo. Enquanto eles desapareciam entre as árvores, Sharpe olhou para trás e viu que Luís estava quase na outra margem, então eles passaram por um agrupamento de loureiros e Sharpe viu a estrada à frente. Era a estrada por onde ele havia escapado do Porto e, à esquerda, dava para ver as casas onde Vicente havia salvado sua pele. Sharpe não viu nenhum francês. Olhou de novo para o seminário, mas nada se movia ali. Para o diabo, pensou, vamos logo.

Levou seus homens em ordem de escaramuça, subindo o morro que oferecia pouca cobertura. Algumas árvores ressecadas interrompiam o pasto e um telheiro dilapidado ficava na metade da subida, mas, afora isso, era uma armadilha mortal, caso houvesse algum francês na grande construção. Sharpe sabia que deveria ter tido mais cautela, mas ninguém disparou das janelas, ninguém o desafiou, e ele acelerou o passo a ponto de sentir dor nos músculos das pernas porque a encosta era muito íngreme.

Então, de repente, havia chegado em segurança à base do seminário. O térreo tinha pequenas janelas gradeadas e sete portas em arco. Sharpe experimentou uma porta e descobriu que estava trancada e que era tão sólida que, quando a chutou, só conseguiu se machucar. Agachou-se e esperou que seus homens mais lentos o alcançassem. Para o oeste, dava para ver através de um vale que ficava entre o seminário e a cidade, e ele pôde ver onde os canhões franceses, no topo do morro da cidade do Porto, atiravam contra o outro lado do rio, mas o alvo estava oculto por uma colina na margem sul. Havia um convento gigantesco meio escondido no morro, o mesmo convento, lembrou-se Sharpe, de onde os canhões portugueses haviam duelado com os franceses no dia em que a cidade caiu.

— Todo mundo aqui — disse Harper.

A Devastação de Sharpe

Sharpe acompanhou a parede do seminário, feita de enormes blocos de pedra. Foi para o oeste, na direção da cidade. Teria preferido ir para o outro lado, mas sentia que a entrada principal devia ficar na direção do Porto. Todas as portas pelas quais passava estavam trancadas. Por que, diabos, não havia franceses ali? Ele não via nenhum, nem mesmo nos limites da cidade, a oitocentos metros de distância. Em seguida a parede virou para a direita, e ele viu um lance de escada que levava a uma porta cheia de ornamentos. Nenhuma sentinela guardava a entrada, mas finalmente agora ele podia ver franceses. Havia um comboio de carroças numa estrada que passava no vale ao norte do seminário. As carroças, puxadas por bois, eram escoltadas por dragões, e Sharpe usou o pequeno telescópio de Christopher para ver que os veículos estavam cheios de feridos. Então Soult estava mandando seus inválidos de volta à França? Ou estava simplesmente esvaziando os hospitais antes de travar outra batalha? E certamente não estava pensando em invadir Lisboa, porque os ingleses tinham vindo para o norte até o Douro, e isso fez Sharpe achar que Sir Arthur Wellesley devia ter chegado a Portugal para galvanizar as forças britânicas.

A entrada do seminário era emoldurada por um portal com ornamentos que subia até uma cruz de pedra que havia sido lascada por tiros de espingarda. A porta principal, à qual se chegava pela escada, era de madeira com cravos, e quando Sharpe torceu a grande maçaneta de ferro fundido, surpreendeu-se ao ver que estava destrancada. Escancarou a porta usando o cano da carabina e encontrou um corredor vazio, ladrilhado e com paredes pintadas de um verde nauseante. O retrato de um santo meio morto de fome pendia torto na parede, o corpo do santo cheio de buracos de bala. Haviam feito uma pintura grosseira de uma mulher e um soldado francês ao lado do santo, o que provava que os franceses tinham estado no seminário, mas agora não havia nenhum visível. Sharpe entrou, suas botas ecoando nas paredes.

— Jesus, Maria e José — disse Harper, fazendo o sinal da cruz. — Nunca vi um prédio tão grande! — Olhou espantado pelo corredor cheio de sombras. — De quantas porcarias de padres um país precisa?

— Depende do número de pecadores — respondeu Sharpe. — E agora vamos revistar este lugar.

Deixou seis homens no hall de entrada para servir como piquete, depois desceu uma escada e abriu uma das portas em arco que davam para o rio. Essa porta seria seu ponto de fuga, caso os franceses viessem para o seminário. Uma vez garantida essa retirada, Sharpe examinou os dormitórios e banheiros, a cozinha, o refeitório e as salas de leitura do imenso prédio. Móveis quebrados atulhavam cada cômodo, e na biblioteca mil livros estavam espalhados e rasgados no piso de madeira de lei, mas não havia pessoas. A capela fora violada, o altar havia sido quebrado para fazer lenha e o coro fora usado como lavatório.

— Desgraçados — disse Harper baixinho.

Gataker, com a guarda do gatilho pendurada por um último parafuso, olhou boquiaberto para uma pintura amadora de duas mulheres curiosamente unidas a três dragões franceses que havia sido precariamente pintada na parede caiada onde um dia um grande tríptico do nascimento de Jesus ficara sobre o altar.

— Esse aí é bom — disse num tom tão respeitoso quanto o que usaria na exposição de verão da Academia Real.

— Eu gosto de mulheres mais gorduchas — disse Slattery.

— Venham! — rosnou Sharpe. Agora sua tarefa mais urgente era encontrar o depósito de vinho do seminário, pois tinha certeza de que haveria um. Mas quando finalmente descobriu o porão, viu, com alívio, que os franceses já haviam estado ali e que não restava nada além de garrafas quebradas e barris vazios.

— Desgraçados de verdade! — disse Harper com sentimento, mas Sharpe teria destruído as garrafas e os barris para impedir que seus homens bebessem até ficar insensíveis. E esse pensamento o fez perceber que inconscientemente ele já decidira que ficaria naquela grande construção pelo máximo de tempo que pudesse. Sem dúvida os franceses queriam manter o Porto, mas quem tivesse o seminário dominaria o flanco leste da cidade.

A longa fachada, com sua miríade de janelas dando para o rio, era enganadora, porque o prédio era muito estreito; apenas uma dúzia de janelas dava para o lado do Porto, mas nos fundos do seminário, mais longe da cidade, uma longa ala se projetava para o norte. No ângulo das duas alas havia um jardim onde cerca de vinte macieiras haviam sido cortadas para fazer lenha. Os dois lados do jardim que não eram aninhados pelo prédio eram protegidos por um alto muro de pedras cortado por dois bons portões de ferro que se abriam na direção do Porto. Num barracão, escondido atrás de uma pilha de telas que haviam sido usadas para afastar os pássaros das árvores frutíferas, Sharpe encontrou uma velha picareta que entregou a Cooper.

— Comecem a fazer seteiras — disse, apontando para o muro comprido. — Patrick! Encontre mais ferramentas. Destaque seis homens para ajudar Coops. Os demais homens devem ir para a cobertura, mas não devem se mostrar. Entenderam? Devem ficar escondidos.

O próprio Sharpe foi até uma sala grande que, ele suspeitava, havia sido o escritório do diretor do seminário. O cômodo tinha prateleiras como uma biblioteca e fora saqueado como o resto do prédio. Livros rasgados e com as lombadas partidas espalhavam-se em grande quantidade nas tábuas do assoalho, uma grande mesa fora jogada de encontro a uma parede e uma pintura a óleo de um clérigo de aparência devota estava cortada e meio queimada na grande lareira. O único objeto não danificado era um crucifixo, preto como fuligem, pendurado no alto da parede acima da lareira.

Sharpe abriu a janela que ficava logo acima da porta principal do seminário e usou o pequeno telescópio para examinar a cidade, que ficava numa proximidade hipnotizante do outro lado do vale. Então, desobedecendo às suas próprias instruções de que todo mundo deveria ficar escondido, encostou-se no parapeito, numa tentativa de ver o que estava acontecendo na margem sul do rio, mas não pôde ver nada significativo. Então, enquanto ainda estava esticando o pescoço, uma voz estranha ressoou atrás dele.

— Você deve ser o tenente Sharpe. Sou Waters, tenente-coronel Waters, e parabéns, Sharpe, parabéns de verdade.

Sharpe recuou e se virou, vendo um oficial de casaca vermelha passando pela confusão de livros e papéis.

— Sou Sharpe, senhor — admitiu.

— As porcarias dos sapos estão cochilando — disse Waters, um homem atarracado, de pernas arqueadas de tanto cavalgar e rosto marcado pelo tempo. Sharpe achou que ele teria 40 e poucos anos, mas parecia mais velho porque seu cabelo crespo era grisalho. — Eles deveriam ter um batalhão e meio aqui em cima, não é? Isso e umas duas baterias de canhões. Nossos inimigos estão cochilando, Sharpe, cochilando mesmo.

— O senhor é o homem que vi do outro lado do rio? — perguntou Sharpe.

— O próprio. Seu colega português atravessou. Homem esperto! Ele me trouxe de volta, e agora estamos fazendo aquelas malditas barcas flutuarem. — Waters riu. — É trabalho pesado, e se pudermos fazer aquelas desgraças flutuarem, vamos trazer primeiro os Búfalos, depois o resto da 1ª Brigada. Será interessante quando o marechal Soult perceber que nós nos esgueiramos pela porta dos fundos, não é? Há alguma bebida neste prédio?

— Tudo se foi, senhor.

— Bom homem — disse Waters, equivocadamente deduzindo que o próprio Sharpe devia ter removido a tentação antes da chegada dos casacas-vermelhas, depois foi até a janela, tirou um grande telescópio de uma sacola de couro pendurada no ombro e olhou para a cidade do Porto.

— Então o que está acontecendo, senhor? — perguntou Sharpe.

— Acontecendo? Estamos expulsando os sapos de Portugal! Pula, pula, croc, croc, e danem-se, desgraçados mancos. Olhe só! — Waters indicou a cidade. — Não fazem a mínima ideia de que estamos aqui! Seu amigo português disse que vocês ficaram isolados. É verdade?

— Desde o fim de março.

— Pelos deuses, vocês devem estar sem notícias! — O coronel deu as costas para a janela e sentou-se no parapeito, onde contou a Sharpe que Sir Arthur Wellesley havia de fato chegado a Portugal. — Ele veio há menos de três semanas e colocou um pouco de ânimo nas tropas, por Deus, colocou mesmo! Cradock era um sujeito bastante decente, mas não tinha energia, nenhuma energia. De modo que estamos marchando, Sharpe, esquerda, direita, esquerda, direita, e o último a chegar é mulher do padre. O exército inglês está lá. — Ele apontou pela janela, indicando o terreno escondido atrás do alto convento na margem norte. — Parece que as porcarias dos sapos acham que chegaremos pelo mar, de modo que todos os homens deles estão na cidade ou guardando o rio entre a cidade e o mar. — Sharpe sentiu uma pontada de culpa por não ter acreditado na mulher em Barca d'Avintas, que havia lhe contado exatamente isso. — Sir Arthur quer atravessar — continuou Waters —, e seus colegas convenientemente forneceram aquelas três barcas, e você diz que há uma quarta?

— Cinco quilômetros rio acima, senhor.

— Seu trabalho da manhã não foi nada mau, Sharpe — disse Waters com um sorriso amigável. — Só temos de rezar por uma coisa.

— Para que os franceses não nos descubram aqui?

— Exato. Portanto, é melhor eu retirar minha casaca vermelha da janela, não é? — Waters riu e atravessou a sala. — Rezemos para que eles continuem dormindo com seus doces sonhos de sapo, porque assim que acordarem, o dia vai esquentar um bocado, não acha? E cada uma daquelas três barcas pode levar quantos homens? Trinta? E só Deus sabe quanto tempo cada travessia vai demorar. Poderíamos estar enfiando a cabeça na boca do tigre, Sharpe.

Sharpe conteve o comentário de que havia passado as últimas três semanas com a cabeça dentro da boca do tigre. Em vez disso, olhou para o outro lado do vale, tentando imaginar como os franceses se aproximariam quando atacassem. Achou que eles viriam direto da cidade, atravessariam o vale e subiriam a encosta totalmente desprovida de cobertura. O flanco norte do seminário dava para a estrada do vale, e essa encosta era igualmente nua, a não ser por uma árvore solitária com folhas claras que crescia bem no meio da subida. Qualquer um que atacasse o seminário presumivelmente tentaria chegar ao portão do jardim ou à grande porta da frente, o que significaria atravessar um largo terraço pavimentado, onde as carruagens que traziam os visitantes ao seminário podiam fazer a volta e onde uma infantaria que atacasse seria derrubada por espingardas e carabinas atirando das janelas e da cobertura do seminário com sua balaustrada alta.

— É uma armadilha mortal! — O coronel Waters estava compartilhando a vista e evidentemente tendo os mesmos pensamentos.

— Eu não gostaria de ser atacado nesta encosta — concordou Sharpe.

— E não tenho dúvida de que colocaremos alguns canhões na outra margem, para tornar tudo isso um pouco menos saudável — disse Waters, animado.

Sharpe esperava que fosse verdade. Continuava perguntando a si mesmo por que não havia canhões ingleses no amplo terraço do convento acima do rio, o terraço onde os portugueses haviam posto suas baterias em março. Parecia uma posição óbvia, mas pelo jeito Sir Arthur Wellesley optara por colocar sua artilharia embaixo, em meio aos armazéns do porto, que ficavam fora das vistas do seminário.

— Que horas são? — perguntou Waters, depois respondeu à própria pergunta pegando um antiquado relógio de bolso. — Quase 11 horas!

— O senhor é do estado-maior? — perguntou Sharpe, porque a casaca vermelha de Waters, ainda que decorada com algumas tranças de ouro azinhavrado, não tinha cores de regimento.

— Sou um dos oficiais exploradores de Sir Arthur — disse Waters, animado. — Nós cavalgamos à frente para examinar o terreno, como aqueles sujeitos da Bíblia que Josué mandou adiante para espionar em Jericó, lembra-se da história? E a quem uma dona chamada Rahab deu abrigo? Esta é a sorte dos judeus, não é? O povo eleito é recebido por uma prostituta, e eu sou recebido por um fuzileiro, mas acho que isso é melhor do que um beijo molhado de uma porcaria de um dragão francês, não é?

Sharpe sorriu.

— O senhor conhece o capitão Hogan?

— O cara dos mapas? Claro que conheço Hogan. Um sujeito fenomenal, fenomenal! — De repente Waters parou e olhou para Sharpe. — Meu Deus, claro! Você é o fuzileiro dele que desapareceu, não é? Ah, agora eu o situei. Ele disse que você sobreviveria. Muito bem, Sharpe. Ah, aí vêm os primeiros galantes Búfalos.

Vicente e seus homens haviam escoltado trinta casacas-vermelhas morro acima, mas em vez de usar a porta em arco que estava destrancada, eles haviam ido até a frente e agora olhavam boquiabertos para Waters e Sharpe, que, por sua vez, olhavam da janela. Os recém-chegados usavam os vivos cor de couro do 3º Regimento de Infantaria, um regimento de Kent, e estavam suando depois da subida sob o sol quente. Um tenente magro os liderava e ele garantiu ao coronel Waters que mais duas barcas cheias de homens já estavam desembarcando, depois olhou curioso para Sharpe.

— O que, diabos, os fuzileiros estão fazendo aqui?

— Os primeiros no campo e os últimos a sair — disse Sharpe, citando a frase predileta do regimento.

— Primeiros? Vocês devem ter voado por cima do rio. — O tenente enxugou a testa. — Tem alguma água aqui?

— Um barril perto da porta principal — disse Sharpe. — Cortesia do 95º.

Mais homens chegaram. As barcas estavam atravessando o rio para lá e para cá, impelidas pelos remos enormes usados pelas pessoas do local, ansiosas para ajudar, e a cada trinta minutos mais oitenta ou noventa homens subiam o morro. Um grupo chegou com um general, Sir Edward Paget, que assumiu o comando da crescente guarnição. Paget era um homem jovem, ainda com 30 e poucos anos, enérgico e ansioso, que devia seu alto posto à riqueza de sua família aristocrática, mas tinha reputação de ser um general popular com seus soldados. Ele subiu até a cobertura do seminário, onde os homens de Sharpe estavam posicionados agora, e, ao ver o pequeno telescópio de Sharpe, pediu-o emprestado.

— Perdi o meu — explicou ele. — Está em algum lugar na bagagem em Lisboa.

— O senhor veio com Sir Arthur? — perguntou Sharpe.

— Há três semanas — disse Paget, olhando para a cidade.

— Sir Edward é o segundo no comando, depois de Sir Arthur — disse Waters.

— O que não significa muito — disse Sir Edward —, porque ele nunca me conta nada. O que há de errado com a porcaria deste telescópio?

— O senhor tem de ficar segurando a lente externa.

— Pegue o meu — disse Waters, oferecendo o instrumento melhor.

Sir Edward examinou a cidade, depois franziu o cenho.

— Então, o que as porcarias dos franceses estão fazendo? — perguntou num tom perplexo.

— Dormindo — respondeu Waters.

— Não vão gostar quando acordarem, não é? — observou Paget. — Dormindo na casa do guarda-caça com caçadores furtivos espalhados por toda parte! — Ele devolveu o telescópio a Waters e assentiu para Sharpe. — Fico tremendamente feliz por ter alguns fuzileiros aqui, tenente. Ouso dizer que vocês terão algum exercício de tiro ao alvo antes que o dia termine.

Outro grupo de homens subiu o morro. Agora cada janela da pequena fachada oeste tinha um grupo de casacas-vermelhas e um quarto das janelas da longa fachada norte também estava ocupado. Seteiras foram abertas no muro do jardim e guarnecidas com os portugueses de Vicente e a companhia de granadeiros dos Búfalos. Os franceses, imaginando-se seguros no Porto, vigiavam o rio entre a cidade e o mar, enquanto às suas costas, no alto morro do leste, os casacas-vermelhas se reuniam.

O que significava que os deuses da guerra estavam apertando os parafusos.

E algo tinha de se partir.

Dois oficiais estavam postados no hall de entrada do palácio das Carrancas para garantir que todos os visitantes tirassem as botas.

— Sua Graça está dormindo — explicavam, referindo-se ao marechal Nicolas Soult, duque da Dalmácia, cujo apelido agora era rei Nicolas.

O corredor era gigantesco, em arco, alto, lindo, e as botas com saltos duros andando sobre o piso de ladrilhos ecoavam escada acima, até onde o rei Nicolas dormia. No início daquela manhã um hussardo chegara às pressas, suas esporas haviam ficado agarradas no tapete ao pé da escada e ele se esparramara com um estardalhaço terrível de sabre e bainha. O barulho havia acordado o marechal, que em seguida postara os oficiais para garantir que seu sono não fosse perturbado. Os dois oficiais não podiam impedir que a artilharia inglesa disparasse do outro lado do rio, mas talvez o marechal não fosse tão sensível aos tiros de canhão quanto aos sapatos barulhentos.

O marechal tinha 12 convidados para o café da manhã. Todos haviam chegado antes das 9h e tinham sido obrigados a esperar num dos grades salões de recepção no lado oeste do palácio, onde altas portas de vidro se abriam para um terraço decorado com flores plantadas em urnas de pedra esculpida e arbustos de louro que um jardineiro idoso estava aparando com uma tesoura comprida. Os convidados, que eram todos — menos um — homens e todos — menos dois — franceses, caminhavam continuamente pelo terraço, que da balaustrada sul oferecia uma vista até o outro lado do rio e, portanto, uma visão dos canhões que disparavam por cima do Douro. Na verdade, não havia muita coisa a ver, porque os canhões ingleses estavam nas ruas de Vila Nova de Gaia, de modo que, mesmo com a ajuda de telescópios, os convidados viam apenas sopros de fumaça suja e depois ouviam o estrondo das balas rasas acertando os prédios diante do cais da cidade do Porto. A única outra vista digna de ser apreciada eram os restos da ponte flutuante, que os franceses haviam consertado no início de abril, mas que agora havia sido destruída com explosão por causa da aproximação de Sir Arthur Wellesley. Três pontões queimados ainda balançavam presos às âncoras. O resto, junto com a ponte, havia sido despedaçado por explosões e fora levado pela maré até o oceano próximo.

Kate era a única mulher convidada para o café da manhã do marechal, e seu marido fora inflexível na exigência de que ela usasse o uniforme de hussardo, insistência que foi recompensada pelos olhares de admiração dos outros convidados para as longas pernas de sua esposa. O próprio Christopher usava roupas civis, enquanto os outros homens, todos oficiais, vestiam seus uniformes. E, como havia uma mulher presente, eles faziam o máximo para parecer despreocupados com os disparos dos canhões ingleses.

— O que eles estão fazendo — observou um major dos dragões resplandecente com suas *aiguillettes* e os galões de ouro — é atirar contra nossas sentinelas com balas de 6 libras. Estão usando porretes para acertar moscas. — Ele acendeu um charuto, respirou fundo e lançou um olhar longo e apreciativo para Kate. — Com um traseiro assim — disse para o amigo —, ela deveria ser francesa.

— Deveria estar deitada de costas.

— Isso também, claro.

Kate mantinha-se de costas para os oficiais franceses. Sentia vergonha do uniforme de hussardo, que considerava imodesto e, pior ainda, parecia sugerir que ela estava do lado dos franceses.

— Você poderia se esforçar — disse Christopher.

— Estou me esforçando — respondeu ela com amargura. — Estou me esforçando para não aplaudir cada tiro dos ingleses.

— Você está sendo ridícula.

— Estou? — eriçou-se Kate.

— Isto é apenas uma demonstração — explicou Christopher, acenando na direção da fumaça de pólvora que pairava como uma névoa remendada através dos telhados vermelhos de Vila Nova. — Wellesley marchou com seus homens até aqui e não pode ir mais longe. Está preso. Não há barcos, e a marinha não é idiota o bastante para tentar passar pelas fortalezas do rio. Assim, Wellesley vai mandar algumas balas de canhão contra a cidade, depois vai virar de costas e marchar de volta para Coimbra ou Lisboa. Em termos de xadrez, minha cara, isto é um impasse. Soult não pode marchar para o sul porque seus reforços não chegaram, e Wellesley não pode vir mais para o norte porque não tem barcos. E se os militares não puderem forçar uma decisão, os diplomatas terão de resolver o assunto. Motivo pelo qual estou aqui, como vivo tentando lhe dizer.

— Você está aqui porque está do lado dos franceses.

— Esta é uma observação excepcionalmente ofensiva — disse Christopher, rindo. — Estou aqui porque os homens sãos devem fazer todo o possível para impedir que esta guerra continue, e para isso temos de conversar com o inimigo, e não posso conversar com eles se estiver do lado errado do rio.

Kate não respondeu. Não acreditava mais nas explicações complicadas do marido sobre o motivo de ser amigável com os franceses nem em suas elevadas conversas sobre as novas ideias que controlavam o destino da Europa. Em vez disso, agarrava-se à ideia mais simples de ser patriota, e agora só o queria era atravessar o rio e se juntar aos homens do outro lado, mas não havia barcos, nem ponte nem modo de escapar. Ela começou a chorar, e Christopher, enojado com a demonstração de sofrimento da esposa, deu-lhe as costas. Palitou o dente com uma haste de marfim e maravilhou-se pensando que uma mulher tão linda pudesse ser tão presa da ilusão.

Kate limpou as lágrimas com o pulso, depois caminhou até onde o jardineiro podava lentamente os loureiros.

— Como posso atravessar o rio? — perguntou em português.

O homem não olhou para ela; simplesmente continuou podando.

— Não pode.

— Eu preciso!

— Se a senhora tentar, eles atiram. — O homem olhou para ela, observando o uniforme de hussardo justo, depois se virou. — Eles atiram na senhora mesmo assim.

Um relógio no corredor do palácio soou 11h quando o marechal Soult desceu a escadaria grandiosa. Usava um roupão de seda por cima das calças de montaria e da camisa.

— O desjejum está pronto? — perguntou.

— Na sala de recepção azul, senhor — respondeu um ordenança. — E seus convidados estão aqui.

— Bom, bom! — Ele esperou enquanto as portas eram abertas, depois cumprimentou os visitantes com um sorriso largo. — Ocupem seus lugares, por favor. Ah, vejo que estamos sendo informais. — Esta última observação foi porque o desjejum estava arrumado em rescaldos de prata num grande aparador, e o marechal caminhou levantando tampas. — Presunto! Esplêndido. Rins assados na panela, excelente! Carne! Um pouco de língua, também, bom, bom. E fígado. Parece gostoso. Bom dia, coronel! — Este cumprimento foi para Christopher, que respondeu fazendo uma reverência para o marechal. — Que bom que você veio — continuou Soult. — E trouxe sua bela esposa? Ah, estou vendo-a. Bom, bom. Sente-se aqui, coronel. — O marechal apontou para uma cadeira ao lado da que ele ocuparia. Soult gostava do inglês que havia traído os conspiradores que teriam se amotinado caso Soult tivesse se declarado rei. O marechal ainda tinha essa ambição, mas reconhecia que precisaria derrotar o exército inglês e português que ousara avançar de Coimbra antes de assumir a coroa e o cetro.

Soult ficara surpreso com o avanço de Sir Arthur Wellesley, mas não alarmado. O rio estava vigiado e haviam garantido ao marechal que não existiam barcos na margem oposta. Assim, para o rei Nicolas, os ingleses podiam ficar sentados na margem sul do Douro e girar os polegares para sempre.

As altas janelas chacoalharam em sintonia com o ribombar dos canhões, e o som fez o marechal dar as costas para os rescaldos.

— Nossos artilheiros estão um tanto animados hoje, não?

— São principalmente ingleses, senhor — respondeu um auxiliar.

— Fazendo o quê?

— Disparando contra nossas sentinelas no cais — disse o auxiliar. — Estão tentando acertar em moscas com balas de 6 libras.

Soult gargalhou.

— É esse o alardeado Wellesley, hein? — Ele sorriu para Kate e indicou que ela deveria ocupar o lugar de honra à sua direita. — É tão bom ter uma bela mulher como companhia no desjejum!

— Melhor ter uma antes do desjejum — observou um coronel da infantaria, e Kate, que falava mais francês do que os homens sabiam, ficou ruborizada.

Soult encheu seu prato com fígado e presunto, depois se sentou.

— Eles estão tentando acertar as sentinelas — disse. — E o que nós estamos fazendo?

— Fogo contrário de bateria, senhor — respondeu o auxiliar. — O senhor não pegou rim? Posso trazer um pouco?

— Ah, sim, Cailloux. Gosto de rins. Alguma novidade do castelo? — O castelo de São ficava na margem norte do Douro, onde o rio encontrava o mar, e contava com uma pesada guarnição, capaz de deter um ataque marítimo dos ingleses.

— Eles informaram sobre duas fragatas fora do alcance, senhor, mas nenhuma outra embarcação à vista.

— Ele está tremendo, não é? — observou Soult com satisfação. — Esse tal de Wellesley é um frouxo. Sirva-se de café, coronel — disse a Christopher. — E, por favor, ponha uma xícara para mim também. Obrigado. — Soult pegou um pãozinho e um pouco de manteiga. — Falei com Vuillard ontem à noite, e ele está inventando desculpas. Centenas de desculpas.

— Mais um dia, senhor — disse Christopher —, e nós teríamos capturado o morro.

Kate, com os olhos vermelhos, olhou para seu prato vazio. Nous, dissera o marido, "nós".

— Mais um dia? — reagiu Soult com escárnio. — Ele deveria ter tomado aquele morro em um minuto, no próprio dia em que chegou! — Soult havia chamado Vuillard e seus homens de volta de Vila Real de Zedes no instante em que soubera que os portugueses e ingleses avançavam a partir de Coimbra, mas ficara aborrecido ao saber que um número tão grande de homens fracassara em expulsar uma força tão pequena. Não que isso importasse; o que importava agora era que Wellesley precisava aprender uma lição.

Soult não achava que isso seria muito difícil. Sabia que Wellesley tinha um pequeno exército e era fraco em artilharia. Sabia disso porque o capitão Argenton fora preso cinco dias antes e agora estava desembuchando tudo que sabia e tudo que havia observado em sua segunda visita aos ingleses. Argenton chegara a se encontrar com o próprio Wellesley e o francês vira os preparativos para o avanço aliado, e o aviso dado a Soult por Argenton havia permitido que os regimentos franceses ao sul do rio saíssem do caminho de uma força enviada para cercá-los pela retaguarda. De modo que agora Wellesley estava preso do lado oposto do Douro e sem barcos para fazer a travessia a não ser alguma embarcação trazida pela marinha britânica — um perigo que, aparentemente, não existia. Duas fragatas balouçando em alto-mar! Isso não faria o duque da Dalmácia se abalar em suas botas.

Argenton, que recebera a promessa de permanecer vivo em troca de informações, fora capturado graças à revelação de Christopher, e isso colocava Soult em dúvida com o inglês. Christopher também revelara os nomes dos outros homens da conspiração: Donadieu, do 47°; os irmãos Lafitte, do 18° dos Dragões; além de três ou quatro outros oficiais experientes, e Soult decidira não agir contra eles. A prisão de Argenton seria um alerta, e todos eram oficiais populares, e não lhe parecia sensato provocar ressentimentos no exército com uma sucessão de pelotões de fuzilamento. Ele deixaria claro aos oficiais que sabia quem eles eram, depois sugeriria que a vida deles dependeria da conduta futura que tivessem. Melhor ter esses homens no bolso do que no túmulo.

Kate estava chorando, mas não fazia barulho, as lágrimas simplesmente rolavam por suas bochechas, e ela as limpava numa tentativa de esconder seus sentimentos, mas Soult havia notado.

— Qual é o problema? — perguntou, gentilmente.

— Ela teme, senhor — disse Christopher.

— Ela teme?

Christopher sinalizou na direção da janela, que ainda chacoalhava sob o estrondo dos canhões.

— Mulher e batalha, senhor, não se misturam.

— Só entre os lençóis — disse Soult, afavelmente. — Diga-lhe que não tem o que temer. Dentro de algumas semanas receberemos reforços. — Ele parou para que a tradução fosse feita e esperou que estivesse certo ao dizer que os reforços chegariam logo; caso contrário, não sabia como continuaria com a invasão de Portugal. — Marcharemos para o sul para provar as alegrias de Lisboa. Diga-lhe que teremos paz em agosto. Ah! O cozinheiro!

Um francês gorducho, com bigode extravagante, havia entrado no salão. Usava um avental sujo de sangue e uma faca de aparência maligna enfiada no cinto.

— Mandou me chamar, senhor. — Ele parecia estar com má-vontade.

— Ah! — Soult empurrou a cadeira para trás e esfregou as mãos. — Precisamos planejar o jantar, sargento Deron, o jantar! Pretendo receber 16 pessoas. O que sugere?

— Tenho enguias.

— Enguias! — respondeu Soult, feliz. — Recheadas com savelha na manteiga e cogumelos? Excelente.

— Vou fazê-las em filés — disse o sargento Deron com teimosia. — Vou fritar os filés com salsa e servi-los com molho de vinho tinto. E para a entrada tenho cordeiro. Cordeiro muito bom.

— Bom! Gosto de cordeiro. Pode fazer um molho de alcaparra?

— Molho de alcaparra! — Deron pareceu enojado. — O vinagre vai afogar o cordeiro — disse, indignado —, e é cordeiro bom, tenro e gordo.

— Um molho de alcaparra muito delicado, talvez? — sugeriu Soult.

Os canhões ascenderam a uma fúria súbita, sacudindo as janelas e chacoalhando as gotas de cristal dos dois lustres acima da mesa comprida, mas tanto o marechal quanto o cozinheiro ignoraram o som.

— O que farei — disse Deron numa voz que sugeria que não poderia haver discussão — é assar o cordeiro com gordura de ganso.

— Bom, bom — respondeu Soult.

— E guarnecê-lo com cebolas, presunto e alguns cèpes.

Um oficial de aparência agitada, suando e vermelho devido ao calor do dia, entrou na sala.

— Senhor!

— Um momento — disse Soult, franzindo o cenho, depois olhou outra vez para Deron. — Cebolas, presunto e um pouco de cèpes? — repetiu. — E talvez pudéssemos acrescentar alguns lardons, sargento? Lardons vão bem com cordeiro.

— Vou guarnecer com um pouco de presunto cortado — disse Deron, estoicamente — algumas cebolas pequenas e alguns cèpes.

Soult rendeu-se.

— Sei que o gosto será soberbo, realmente soberbo. E, Deron, obrigado por este desjejum. Obrigado.

— Teria sido melhor se fosse comido logo depois de preparado — disse Deron, depois fungou e saiu da sala.

Soult riu para as costas do cozinheiro que se afastava, depois fez um muxoxo para o recém-chegado que o havia interrompido.

— Você é o capitão Brossard, não? Quer um pouco de desjejum? — O marechal indicou com uma faca de manteiga que Brossard deveria ocupar a cadeira na extremidade da mesa. — Como vai o general Foy?

Brossard era auxiliar de Foy e não tinha tempo para desjejum, nem mesmo para um informe sobre a saúde do general Foy. Trouxera notícias e, por um segundo, sentiu-se incapaz de se calar por mais tempo sobre elas, mas então se controlou e apontou para o leste.

— Os ingleses estão no seminário, senhor.

Soult encarou-o por um instante, não acreditando no que ouvira.

— Estão o quê?

— Os ingleses. No seminário, senhor.

— Mas Quesnel garantiu-me que não havia barcos! — protestou Soult. Quesnel era o governador francês da cidade.

— Nenhum na margem deles, senhor. — Todos os barcos da cidade haviam sido tirados da água e empilhados nos cais, onde estavam disponíveis para uso dos franceses, mas não serviriam a ninguém que viesse do sul. — Mas, mesmo assim, eles estão atravessando — disse Brossard. — Já estão no morro.

Soult sentiu o coração falhar. O seminário ficava num morro que dominava a estrada para Amarante, e essa estrada era sua linha vital para

A DEVASTAÇÃO DE SHARPE

os depósitos na Espanha e também a conexão entre a guarnição do Porto e os homens do general Loison no Tâmega. Se os ingleses cortassem essa estrada, poderiam destruir o exército francês parte por parte, e a reputação de Soult seria destruída junto com seus homens. O marechal levantou-se, derrubando a cadeira em sua raiva.

— Diga ao general Foy para empurrá-los de volta para o rio! — rugiu. — Agora! Vão! Empurrem-nos para o rio!

Os homens saíram correndo da sala, deixando Kate e Christopher sozinhos. Kate viu a expressão de pânico absoluto no rosto do marido e sentiu um júbilo feroz. As janelas chacoalhavam, os lustres balançavam e os ingleses estavam chegando.

— Ora, ora, ora! Temos fuzileiros em nossa congregação! Somos realmente abençoados. Não sabia que havia homens do 95° ligados à 1ª Brigada. — Quem falava era um homem corpulento e rubicundo, de rosto afável e já um pouco calvo. Se não fosse o uniforme, pareceria um fazendeiro amigável, e Sharpe podia imaginá-lo numa cidade-mercado inglesa, encostado numa cancela, cutucando ovelhas gordas e esperando o início de um leilão de animais. — Vocês são muito bem-vindos — disse a Sharpe.

— Aquele é o Papai Hill — disse Harris a Pendleton.

— Ora, ora, rapaz — estrondeou o general Hill —, você não deveria usar o apelido de um oficial a uma distância em que ele pudesse ouvir. Poderia ser punido!

— Desculpe, senhor. — Harris não pretendera falar tão alto.

— Mas você é fuzileiro, por isso está perdoado. E um fuzileiro muito maltrapilho, devo dizer! O que será do exército quando sequer nos vestimos direito para a batalha, hein? — Ele riu para Harris, depois enfiou a mão no bolso e pegou um punhado de amêndoas. — Uma coisinha para ocupar sua língua, rapaz.

— Obrigado, senhor.

Agora havia dois generais no telhado do seminário. O general Hill, comandante da 1ª Brigada, cujas forças estavam atravessando o rio e cuja natureza gentil lhe rendera o apelido de "Papai", havia se juntado a Sir Edward Paget bem a tempo de ver três batalhões franceses virem dos subúrbios a leste da cidade e se formarem em duas colunas que atacariam a colina do seminário. Os três batalhões estavam no vale, sendo empurrados e pressionados a se enfileirar por sargentos e cabos. Uma coluna viria direto para a fachada do seminário, enquanto a outra estava se formando perto da estrada de Amarante, para atacar o flanco norte. Mas os franceses também sabiam que os reforços ingleses estavam chegando constantemente ao seminário, e por isso haviam mandado uma bateria de canhões para a margem do rio com ordens de afundar as três barcaças. As colunas aguardavam que os artilheiros abrissem fogo, provavelmente na esperança de que, uma vez que as barcaças fossem afundadas, os artilheiros virassem as peças para o seminário.

E Sharpe, que estivera perguntando a si mesmo por que Sir Arthur Wellesley não pusera canhões no convento do outro lado do rio, viu que havia se preocupado sem motivo, porque nem bem as baterias francesas apareceram, uma dúzia de canhões ingleses, que estavam parados fora das vistas nos fundos do terraço do convento, foi empurrada à frente.

— Aquele é o remédio para os franceses! — exclamou o general Hill quando a grande fileira de canhões apareceu.

O primeiro a disparar foi um obuseiro de cinco polegadas e meia, o equivalente inglês da peça que havia bombardeado Sharpe no morro da torre. Era carregado com Shrapnel, uma arma que só os ingleses usavam e que fora inventada pelo tenente-coronel Shrapnel, e o modo como funcionava era um segredo muito bem-guardado. O projétil, cheio de balas de espingarda ao redor de uma carga central de pólvora, destinava-se a fazer um chuveiro com essas balas e os estilhaços do invólucro sobre as tropas inimigas. Mas para funcionar direito precisava explodir pouco antes do alvo, de modo que o ímpeto da bala levasse os projéteis mortais contra o inimigo, e essa precisão exigia que os artilheiros cortassem as espoletas com habilidade especial. O artilheiro do obuseiro tinha essa habilidade. O obuseiro estrondeou e recuou; a granada voou em arco sobre o rio, deixando o fiapo revelador de fumaça atrás de si, e explodiu vinte metros antes e seis metros acima do principal canhão francês no momento em que este estava sendo preparado. A explosão rasgou o ar em vermelho e branco, as balas e os estilhaços gritaram voando para baixo e todos os cavalos da guarnição francesa foram eviscerados, e todos os homens da artilharia francesa, todos os 14, foram mortos ou feridos, enquanto o canhão era jogado fora da carreta.

— Minha nossa — disse Hill, esquecendo-se das boas-vindas sangrentas com que havia comemorado a visão das baterias inglesas. — Coitados, minha nossa!

Os gritos de comemoração dos soldados ingleses no seminário foram abafados pelo enorme estrondo dos outros canhões ingleses abrindo fogo. De seu ninho de águia na margem sul eles dominavam a posição francesa, e suas Shrapneis, as granadas comuns e as balas rasas varriam os canhões franceses com efeito pavoroso. Os artilheiros franceses abandonaram suas peças, deixaram os cavalos relinchando e morrendo e fugiram. Então os canhões ingleses giraram seus parafusos de elevação ou baixaram as cunhas dos obuseiros e começaram a derramar um tiro após o outro na massa de soldados da coluna francesa mais próxima. Rasgaram-na pelo flanco, mandando balas rasas nas fileiras cerradas, explodindo Shrapneis acima da cabeça das tropas e matando com uma facilidade terrível.

Os oficiais franceses olharam em pânico para sua artilharia despedaçada e ordenaram que a infantaria subisse a encosta. Os tambores no coração das duas colunas começaram seu ritmo incessante, e a fila da frente começou a andar, enquanto outra bala rasa chicoteava entre os homens abrindo um rasgo vermelho nos uniformes azuis. Homens gritavam e morriam, mas os tambores continuavam tocando e os soldados soltavam seu grito de guerra:

— *Vive l'Empereur!*

Sharpe, que vira colunas antes, estava perplexo com aquelas. O exército inglês lutava contra outras infantarias arrumadas em duas fileiras, nas nessas fileiras cada homem podia usar sua espingarda, e se a cavalaria os ameaçasse, eles marchavam e giravam num quadrado de quatro fileiras, e ainda assim cada homem podia usar sua espingarda, mas os soldados no coração daquelas duas colunas francesas jamais poderiam disparar sem acertar os homens da frente.

Essas duas colunas tinham cerca de quarenta homens lado a lado e vinte em cada fileira. Os franceses usavam essa formação, um grande bloco de homens, porque era mais simples convencer os conscritos a avançar desse modo e porque, contra tropas mal treinadas, a visão de uma grande massa de homens era amedrontadora. Mas contra os casacas-vermelhas? Isso era suicídio.

— *Vive l'Empereur!* — gritavam os franceses no mesmo ritmo dos tambores, ainda que o grito fosse meio fraco porque as duas formações subiam encostas íngremes e os homens estavam sem fôlego.

— Deus salve nosso bom rei Jorge — cantou o general Hill numa voz de tenor surpreendentemente boa. — Vida longa ao nobre Jorge, não atirem alto demais. — Ele cantou as últimas quatro palavras, e os homens no telhado riram. Hagman puxou a pederneira de sua carabina e apontou para um oficial francês que estava subindo laboriosamente a encosta com um sabre na mão. Os fuzileiros de Sharpe estavam na ala norte do seminário, diante da coluna que não era atacada pelos canhões britânicos no terraço do convento. Uma nova bateria acabara de se organizar na margem sul do rio e estava acrescentando seu fogo ao das duas baterias no morro do convento, mas nenhum canhão inglês podia ver a coluna do norte, que teria de ser rechaçada somente por fogo de carabina e espingarda. Os portugueses de Vicente cuidavam das seteiras no muro norte do jardim, e agora havia tantos homens no seminário que cada seteira tinha três ou quatro deles, de modo que cada um podia disparar, depois recuar e recarregar a arma enquanto outro ocupava seu posto. Sharpe viu que alguns casacas-vermelhas tinham vivos e punhos verdes. Os Berkshires, pensou, o que significava que todos os Búfalos estavam no prédio e novos batalhões vinham chegando.

— Mirem nos oficiais! — gritou Sharpe aos seus fuzileiros. — Espingardas, não disparem! Esta ordem é somente para carabinas. — Ele fez a distinção porque uma espingarda, disparada daquela distância, era um tiro desperdiçado, mas as carabinas de seus fuzileiros seriam mortais. Esperou um segundo e respirou. — Fogo!

O oficial escolhido por Hagman sacudiu-se para trás, ambos os braços no ar, o sabre dando um salto mortal por cima da coluna. Outro oficial estava de joelhos segurando a barriga, e um terceiro segurava o ombro. A frente da coluna passou por cima do cadáver e a linha de casacas-azuis pareceu estremecer enquanto mais balas se chocavam contra ela, então as longas fileiras francesas, em pânico devido ao assobio das balas de carabina que passavam junto aos seus ouvidos, dispararam contra o seminário. A saraivada foi de rachar os tímpanos, a fumaça cobriu a encosta como uma névoa marinha e as balas de espingardas bateram nas paredes do seminário e despedaçaram os vidros das janelas. Os disparos serviram ao menos para esconder os franceses durante alguns metros, mas então eles reapareceram através da fumaça e mais carabinas dispararam e outro oficial caiu. A coluna dividiu-se para passar pela árvore solitária, em seguida as longas fileiras se reuniram depois de passar por ela.

Os homens no jardim começaram a disparar, então os casacas-vermelhas se amontoaram nas janelas do seminário e, junto com os homens de Sharpe no telhado, puxaram os gatilhos. Espingardas espocaram, a fumaça se adensou, as balas acertaram os homens que seguiam nas primeiras fileiras da coluna, derrubando-os, e os homens que avançavam atrás perdiam a coesão enquanto tentavam não pisar nos colegas mortos ou feridos.

— Disparar baixo! — gritou um sargento dos Búfalos para seus homens. — Não desperdicem o chumbo de Sua Majestade!

O coronel Waters estava levando cantis de reserva para os homens no telhado, que ficavam ressecados por morder os cartuchos. O salitre na pólvora secava a boca depressa e os homens engoliam a água entre os disparos.

A coluna que atacava a face oeste do seminário já estava despedaçada. Aqueles franceses estavam sendo assolados por fogo de carabina e espingarda, mas o canhoneio que vinha da margem sul do rio era muito pior. Os artilheiros raramente recebiam um alvo tão fácil, a chance de pegar de enfiada o flanco de uma coluna de infantaria inimiga, e trabalhavam como demônios. Shrapneis estouravam no ar, disparando ferozes tiras de fumaça em trajetórias loucas, balas rasas ricocheteavam e martelavam em meio às fileiras e bombas explodiam no coração da coluna. Três tocadores de tambor foram acertados por estilhaços, depois uma bala rasa arrancou a cabeça de outro menino que tocava tambor, e quando os instrumentos ficaram silenciosos, os soldados de infantaria perderam o ânimo e começaram a se esgueirar para trás. Saraivadas de espingardas eram cuspidas dos três andares superiores do seminário, que agora parecia estar pegando fogo por causa da fumaça de pólvora que saía densa de todas as janelas. As seteiras lançavam jatos de chamas, as balas acertavam as fileiras bambas, e então os franceses da coluna do oeste começaram a recuar mais depressa. Este movimento para trás se transformou em pânico, e eles se desorganizaram.

Alguns franceses, em vez de recuar para a cobertura das casas no lado seguro do vale — casas que mesmo agora estavam sendo acertadas por balas rasas, de modo que os caibros e a alvenaria se despedaçavam e os primeiros incêndios queimavam nos destroços —, corriam para se juntar ao ataque do lado norte, que era abrigado do fogo dos canhões pelo seminário. Essa coluna do norte continuava se aproximando. Estava recebendo um castigo pavoroso, mas engolia as balas de carabina e espingarda, e os sargentos e oficiais empurravam continuamente os homens para as primeiras fileiras, para substituir os mortos e feridos. E assim a coluna subia lentamente o morro, mas ninguém nas fileiras francesas havia realmente pensado no que eles fariam quando chegassem ao topo do morro, onde não havia nenhuma porta virada em sua direção. Os franceses teriam de rodear o prédio e tentar atravessar o grande portão do jardim, e quando os homens das primeiras filas não viram aonde ir, simplesmente pararam de avançar e começaram a atirar. Uma bala acertou a manga de Sharpe. Um tenente recém-chegado, que integrava o regimento de Northampshire, caiu para trás com um suspiro e uma bala na testa. Ficou caído de costas, morto antes de tombar, parecendo estranhamente em paz. Os casacas-vermelhas haviam posto seus cartuchos e apoiado as varetas no parapeito coberto de telhas para tornar a recarga mais rápida, mas agora havia tantos ingleses no teto que eles se empurravam uns aos outros enquanto disparavam contra a massa confusa de franceses que se retorciam na própria fumaça. Um francês correu bravamente adiante para atirar através de uma seteira, mas foi acertado antes de chegar ao muro. Sharpe havia disparado um tiro, depois ficou apenas observando seus homens. Pendleton e Perkins, os mais jovens, riam enquanto atiravam. Cooper e Tongue estavam recarregando para Hagman, sabendo que ele era um atirador melhor, e o velho caçador derrubava calmamente um homem depois do outro.

Uma bala de canhão passou gritando acima de sua cabeça, e Sharpe girou para ver que os franceses haviam posto uma bateria no morro a oeste, nos limites da cidade. Havia lá uma pequena capela com uma torre de sino, e Sharpe viu a torre desaparecer em meio à fumaça, depois desmoronar em ruínas enquanto as baterias inglesas do convento atiravam contra os canhões franceses recém-chegados. Um homem de Berkshire virou-se para olhar e uma bala atravessou sua boca, mutilando-lhes os dentes e a língua, e ele xingou incoerentemente, cuspindo um jorro de sangue.

— Não olhem para a cidade! — gritou Sharpe. — Continuem atirando! Continuem atirando!

Centenas de franceses estavam disparando espingardas morro acima, e a vasta maioria dos tiros simplesmente era desperdiçada contra as paredes de pedra, mas algumas encontravam alvos. Dodd tinha um ferimento no braço esquerdo, mas continuava disparando. Um casaca-vermelha foi acertado na garganta e morreu sufocado. A árvore solitária na encosta norte tremia ao ser acertada pelas balas, e pedaços de folhas voavam junto com a fumaça das espingardas francesas. Um sargento dos Búfalos caiu para trás com uma bala nas costelas, e então Sir Edward Paget mandou que os homens do lado oeste do telhado, que tinham visto a coluna que lhes fora mandada ser derrotada, acrescentassem seu fogo ao lado norte. As espingardas chamejavam, tossiam e cuspiam, a fumaça se adensava, e Sir Edward ria para Papai Hill.

— Desgraçados corajosos! — Sir Edward teve de gritar acima do ruído de espingardas e carabinas.

Bernard Cornwell

— Eles não vão aguentar, Ned — gritou Hill de volta. — Não vão aguentar.

Hill estava certo. Os primeiros franceses já estavam recuando morro abaixo por causa da inutilidade de atirar contra muros de pedra. Sir Edward, exultante com essa vitória fácil, foi até o parapeito olhar o inimigo que recuava e ficou ali parado, os galões dourados refletindo o sol fraco devido à fumaça, olhando a coluna inimiga se desintegrar e fugir, mas alguns franceses teimosos ainda disparavam, e de repente Sir Edgar ofegou, pôs a mão no cotovelo, e Sharpe viu que a manga da elegante casaca do general estava rasgada e que um pedaço serrilhado de osso branco aparecia em meio à lã retalhada e à carne sangrenta e dilacerada.

— Jesus — xingou Paget. Estava sentindo uma dor terrível. A bala havia despedaçado seu cotovelo e subido pelo bíceps. Ele estava meio curvado para a frente, devido à agonia, e muito pálido.

— Levem-no para os médicos lá embaixo — ordenou Hill. — Você vai ficar bem, Ned.

Paget obrigou-se a permanecer de pé. Um auxiliar havia tirado um cachecol e estava tentando amarrar o ferimento do general, mas Paget afastou-o.

— O comando é seu — disse a Hill com os dentes trincados.

— Está bem — respondeu Hill.

— Continuem atirando! — gritou Sharpe para seus homens. Não importava que os canos das carabinas estivessem quase quentes demais para ser tocados; o que importava era impelir o resto dos franceses morro abaixo ou, melhor ainda, matá-los. Outro som de passos anunciou que mais reforços haviam chegado ao seminário, porque os franceses ainda não haviam descoberto um modo de impedir a travessia do rio. A artilharia inglesa, os reis deste campo de batalha, estava acertando qualquer artilheiro francês que ousasse mostrar o rosto. A intervalos de instantes uma brava guarnição francesa corria até os canhões abandonados no cais na esperança de acertar uma bala rasa numa barcaça, mas todas as vezes eram golpeados por um Shrapnel e até por lanternetas, porque a nova bateria inglesa, à beira d'água, estava suficientemente perto para usar aquela munição mortal contra o outro lado do rio. As balas de espingardas voavam das bocas dos canhões espalhando-se como balins, matando seis ou até mesmo sete homens de uma vez, e depois de um tempo os artilheiros franceses abandonaram os esforços e simplesmente se esconderam nas casas atrás do cais.

E então, subitamente, não havia franceses disparando na encosta norte. O capim estava horrendo, coberto de cadáveres e feridos, espingardas caídas e pequenos incêndios que as buchas das espingardas haviam causado, mas os sobreviventes haviam fugido para a estrada de Amarante, no vale. A árvore solitária parecia ter sido atacada por gafanhotos. Um tambor rolou morro abaixo, fazendo um som áspero. Sharpe viu uma bandeira francesa através da fumaça, mas não pôde ver se o mastro tinha uma águia no topo.

— Cessar fogo! — ordenou Hill.

— Limpem os canos! — gritou Sharpe. — Verifiquem as pederneiras!

Porque os franceses retornariam. Disso ele tinha certeza. Eles retornariam.

CAPÍTULO IX

Mais homens chegavam ao seminário. Um grupo de civis portugueses chegou com espingardas de caça e sacos de munição, escoltado por um padre gorducho que foi aplaudido pelos casacas-vermelhas quando surgiu no jardim com um bacamarte com boca em forma de trombeta, como aqueles usados pelos cocheiros de diligência para repelir os salteadores de estrada. Os Búfalos haviam acendido os fogos na cozinha de novo e agora preparavam grandes caldeirões de chá ou de água quente para o pessoal do telhado. O chá limpava a garganta dos soldados e a água quente lavava as espingardas e carabinas. Dez cunhetes de munição reserva também foram levados para cima, e Harper encheu sua barretina com os cartuchos, que não eram tão bons quanto os fornecidos aos fuzileiros, mas que numa emergência serviriam.

— E é isso que o senhor chama de emergência? — perguntou, espalhando os cartuchos ao longo do parapeito, onde as carabinas e as varetas estavam apoiadas. Os franceses iam se juntando no terreno baixo ao norte. Se tivessem qualquer bom senso, pensou Sharpe, traz morteiros para aquele terreno baixo, mas até agora nenhum havia aparecido. Talvez todos os morteiros estivessem a oeste da cidade, guardando-a contra a marinha real, e longe demais para serem trazidos rapidamente.

Seteiras extras foram abertas no muro norte do jardim. Dois soldados do batalhão de Northampshire levaram dois enormes barris de recolhimento de água da chuva até o muro e puseram a porta do telheiro do

A DEVASTAÇÃO DE SHARPE

jardim em cima deles, formando uma plataforma de tiro de onde podiam disparar por cima do muro.

Harris trouxe uma caneca de chá para Sharpe, depois olhou para a esquerda e para a direita antes de pegar uma coxa de galinha — fria — em sua cartucheira.

— Achei que o senhor também gostaria disso.

— Onde conseguiu?

— Achei, senhor — disse Harris, vagamente. — E tenho uma para o senhor também, sargento. — Harris deu uma coxa a Harper, depois pegou um peito, espanou um pouco de pólvora solta e mordeu-o, faminto.

Sharpe descobriu que estava esfomeado, e o gosto da galinha era delicioso.

— De onde isso veio? — insistiu.

— Acho que era o jantar do general Paget, senhor — confessou Harris —, mas ele provavelmente perdeu o apetite.

— Acho que sim — disse Sharpe —, e é uma pena deixar uma boa galinha ser desperdiçada, não é? — Ele se virou enquanto um tambor soava e viu que os franceses estavam formando as fileiras de novo, mas desta vez apenas do lado norte do seminário. — Aos seus postos! — gritou, jogando o osso da galinha longe, no jardim. Agora alguns franceses carregavam escadas, presumivelmente saqueadas nas casas que estavam sendo derrubadas pelos canhões ingleses. — Quando eles chegarem — gritou —, mirem nos homens que estão com as escadas.

Mesmo sem os tiros de carabina ele duvidava que os franceses pudessem chegar suficientemente perto para encostar as escadas no muro do jardim, mas não fazia mal ter certeza. A maioria de seus fuzileiros havia usado a interrupção na luta para carregar os canos limpos com balas enroladas em couro e pólvora de primeira, o que significava que seus primeiros tiros seriam mortalmente precisos. Depois disso, quando os franceses chegassem mais perto, o barulho aumentasse e a fumaça ficasse mais densa, eles usariam cartuchos, deixariam os pedaços de couro nas caixas das coronhas e assim sacrificariam a precisão em troca da velocidade. Sharpe carregou sua carabina, usando uma bucha, mas nem bem havia recolocado a vareta no lugar, o general Hill estava ao seu lado.

— Nunca disparei uma carabina — disse ele.

— É muito parecida com uma espingarda, senhor — disse Sharpe, sem jeito por ter sido escolhido por um general.

— Posso? — Hill estendeu a mão para a arma, e Sharpe entregou-a.

— É muito bonita — disse Hill, pensativo, acariciando o flanco do Baker.

— Nem um pouco desajeitada como uma espingarda.

— É uma coisa maravilhosa — disse Sharpe com fervor.

Hill apontou a arma morro abaixo e pareceu a ponto de engatilhar e atirar, mas de repente a devolveu a Sharpe.

— Eu adoraria experimentar — disse —, mas se errasse a mira, todo o exército saberia, não é? E eu nunca sobreviveria a isso. — Ele falou alto, e Sharpe entendeu que havia sido um participante involuntário numa pequena peça de teatro. Hill não estava realmente interessado na carabina, mas sim em afastar a mente dos homens da ameaça abaixo. No processo, havia lisonjeado-os sutilmente ao sugerir que podiam fazer algo que ele não conseguiria e os havia deixado rindo. Sharpe pensou no que acabara de ver. Admirava aquilo, mas também admirava Sir Arthur Wellesley, que nunca teria usado uma demonstração desse tipo. Sir Arthur ignoraria os homens, e os homens, por sua vez, lutariam como demônios para receber sua relutante aprovação.

Sharpe jamais havia perdido muito tempo perguntando-se por que alguns homens nasciam para ser oficiais e outros não. Ele havia atravessado aquela fronteira, mas isso não tornava o sistema nem um pouco menos injusto. No entanto, reclamar da injustiça do mundo era o mesmo que resmungar porque o sol era quente ou por que algumas vezes o vento mudava de direção. A injustiça existia, sempre existira e sempre existiria, e o milagre, aos olhos de Sharpe, era que alguns homens, como Hill e Wellesley, mesmo tendo se tornado ricos e privilegiados por meio de vantagens injustas, ainda fossem soberbos no que faziam. Nem todos os generais eram bons, muitos eram tremendamente ruins, mas em geral Sharpe tivera a sorte de ser comandado por homens que conheciam o trabalho. Sharpe não se importava que Sir Arthur Wellesley fosse filho de um aristocrata, que tivesse comprado o caminho das promoções e que fosse frio como o sentimento de caridade de um advogado. O desgraçado narigudo sabia vencer, e era isso o que importava.

E o que importava agora era vencer aqueles franceses. A coluna, muito maior que a primeira, estava avançando, impelida pelas baquetas dos tambores. Os franceses gritaram comemorando, talvez para ganhar confiança, e deviam estar encorajados pelo fato de que os canhões ingleses do outro lado do rio não podiam vê-los. Mas então, para o júbilo dos britânicos, um Shrapnel disparado por um obuseiro explodiu pouco à frente do centro da coluna. Os artilheiros ingleses estavam disparando às cegas, seus projéteis passando em arco por cima do seminário, mas estavam disparando bem, e o primeiro tiro matou as comemorações dos franceses.

— Só carabinas! — gritou Sharpe. — Atirem quando estiverem prontos. Não desperdicem a bucha! Hagman? Pegue o grandalhão com o sabre.

— Estou vendo, senhor — disse Hagman, mudando a posição da carabina para mirar o oficial que caminhava à frente e se arriscava a ser alvo da próxima rajada.

— Olhem as escadas — lembrou Sharpe aos outros, depois foi até o parapeito, pôs o pé esquerdo na borda e a carabina no ombro. Apontou para um homem com uma escada, mirando a cabeça do sujeito na expectativa de que a bala caísse acertando-o na parte de baixo da barriga ou na virilha. O vento estava no rosto de Sharpe, de modo que não desviaria a bala. Ele disparou e ficou imediatamente cego pela fumaça. Hagman disparou em seguida, depois houve os estalos das outras carabinas. As espingardas continuaram em silêncio. Sharpe foi para a esquerda, para ver além da fumaça, e notou que o oficial que carregava o sabre havia desaparecido, assim como todos os homens que haviam sido baleados. Tinham sido engolidos pela coluna que avançava por sobre as vítimas. Então Sharpe viu uma escada reaparecer, que um homem da quarta ou quinta fileira havia apanhado. Ele tateou a cartucheira à procura de outra bala e começou a recarregar.

Não olhou para a carabina enquanto a recarregava. Só fazia o que fora treinado para fazer, o que podia fazer dormindo, e enquanto ele punha a escorva na carabina, as primeiras balas de espingarda foram disparadas do muro do jardim, depois as espingardas abriram fogo das janelas e do teto, e de novo o seminário foi envolto em fumaça e barulho. Os tiros de canhão ribombavam acima, tão perto que uma vez Sharpe quase se abaixou, e o projétil explodiu acima da encosta. Projéteis e balas de espingarda rasgaram as fileiras francesas. Agora havia quase mil homens no seminário, protegidos por paredes de pedra e com um alvo escancarado. Sharpe disparou outra vez morro abaixo, depois andou de um lado para o outro atrás de seus homens, olhando. Slattery precisava de uma nova pederneira e Sharpe deu-lhe uma, depois a mola real de Tarrant quebrou-se e Sharpe substituiu a arma pela antiga carabina de Williamson, que Harper tinha carregado desde que eles haviam saído de Vila Real de Zedes. Os tambores do inimigo soavam mais perto, e Sharpe recarregou sua carabina enquanto as primeiras balas das espingardas francesas batiam nas pedras do seminário.

— Eles estão disparando às cegas — disse Sharpe aos seus homens. — Disparando às cegas! Não desperdicem seus tiros. Procurem alvos. — Isso era difícil por causa da fumaça que pairava sobre a encosta, mas às vezes alguns sopros de vento agitavam a névoa e revelavam uniformes azuis, e os franceses estavam suficientemente perto para que Sharpe visse rostos. Ele mirou num homem com um bigode enorme, disparou e perdeu o sujeito de vista enquanto a fumaça brotava do cano da carabina.

O barulho da luta era espantoso. Espingardas estalando incessantemente, os tambores ressoando, as bombas dos canhões estourando no alto — e por trás de toda essa violência havia o som de homens gritando desesperados. Um casaca-vermelha tombou perto de Harper, o sangue formando uma poça ao lado de sua cabeça até que um sargento o arrastou para longe do parapeito, deixando uma mancha de vermelho brilhante no chumbo do teto. Ao longe — tinha de ser na margem sul do rio — uma banda tocava "The Drum Major", e Sharpe batucou na coronha da carabina uma vez acompanhando o ritmo. Uma vareta de espingarda francesa veio girando pelo ar e bateu na parede do seminário, evidentemente disparada por um conscrito que entrara em pânico e havia puxado o gatilho antes de tirá-la do cano. Sharpe lembrou-se de como, em Flandres, em sua primeira batalha como soldado casaca-vermelha, a arma de um homem havia falhado, mas mesmo assim o sujeito continuara recarregando, puxando o gatilho, recarregando, e, quando a limparam depois da batalha, encontraram 16 cargas inúteis enfiadas no cano. Qual era mesmo o nome do sujeito? Ele era de Norfolk, apesar de estar num regimento de Yorkshire, e chamava todo mundo de "bor". Sharpe não conseguiu lembrar seu nome, e isso o incomodou. Uma bala de espingarda passou assobiando junto ao seu rosto, outra acertou o parapeito e despedaçou uma telha. No jardim, os homens de Vicente e os casacas-vermelhas não estavam mirando com as espingardas, mas apenas enfiando os canos pelas seteiras, puxando os gatilhos e saindo do caminho para que o próximo usasse o buraco. Agora havia alguns casacos-verdes no jardim, e Sharpe achou que devia ser uma companhia do 60º, o batalhão de Fuzileiros Americanos do Rei, que era ligado à brigada de Hill e agora se juntava à luta. Achou que eles fariam melhor se subissem para o telhado do que tentando disparar seus Bakers pelas seteiras. A árvore da encosta norte estava se sacudindo como se houvesse um vendaval, e praticamente não restava nenhuma folha nos galhos lascados. A fumaça subia por entre os gravetos, agora nus como se fosse inverno e constantemente estremecidos pelas balas.

Sharpe pôs a escorva na carabina, encostou-a no ombro, procurou um alvo, viu um amontoado de uniformes azuis muito perto do muro do jardim e mandou a bala contra eles. O ar sibilava com as balas. Desgraça, por que os malditos não recuavam? Um corajoso grupo de franceses tentou correr pelo flanco oeste do seminário para chegar ao grande portão, mas os canhões ingleses no convento os viram e os projéteis estalavam pretos e vermelhos, espalhando sangue no terraço pavimentado e nas pedras caiadas do muro do jardim. Sharpe viu seus homens fazendo careta enquanto tentavam forçar novas balas nos canos sujos de pólvora. Não havia tempo para limpar as carabinas, de modo que eles simplesmente socavam as balas e puxavam o gatilho. Disparavam e disparavam de novo, e os franceses faziam o mesmo, um louco duelo de balas. E acima da fumaça, do outro lado do vale ao norte, Sharpe viu uma horda de nova infantaria francesa jorrando para fora da cidade.

Dois homens em mangas de camisa carregavam cunhetes pelo telhado do seminário.

— Quem precisa? — gritavam, parecendo vendedores das ruas de Londres. — Chumbo fresco! Quem precisa? Chumbo fresco! Pólvora nova! — Um dos auxiliares do general Hill estava carregando cantis de água até o parapeito, enquanto o próprio Hill, de rosto vermelho e ansioso, permanecia de pé perto dos casacas-vermelhas para ser visto compartilhando o perigo. Ele captou o olhar de Sharpe e fez uma careta, como a sugerir que aquele trabalho era mais difícil do que havia previsto.

Mais soldados chegaram ao telhado, homens com novas espingardas e cartucheiras cheias, e com eles estavam os fuzileiros do 60°, cujo oficial deve ter percebido que estava no lugar errado. Ele cumprimentou Sharpe com a cabeça e ordenou que seus homens fossem para o parapeito. Jatos de chamas iam para baixo, a fumaça se adensava, e ainda assim os franceses tentavam abrir caminho através de paredes de pedra sem ter nada além do fogo de espingardas. Dois franceses conseguiram escalar o muro do jardim, mas hesitaram no topo e foram agarrados e puxados para o chão, sendo espancados até a morte pelas coronhas das espingardas. Sete casacas-vermelhas mortos estavam deitados em outro trecho do jardim, as mãos se enrolando na morte e o sangue dos ferimentos endurecendo lentamente e ficando preto, mas a maioria dos mortos ingleses estava nos corredores do seminário, arrastados para longe das grandes janelas que eram os melhores alvos para os frustrados franceses.

Agora toda uma nova coluna vinha subindo a encosta, fazendo inchar as fileiras despedaçadas da primeira, mas embora os homens cercados no seminário não pudessem saber, esses recém-chegados eram o sintoma da derrota francesa. O marechal Soult, desesperado por novas tropas para atacar o seminário, havia retirado toda a infantaria da cidade, e o povo do Porto, sentindo que não estava sendo vigiado pela primeira vez desde o fim de março, correu até o rio e arrastou seus barcos para fora de armazéns,

A Devastação de Sharpe

lojas e quintais dos fundos, onde os ocupantes os haviam mantido sob guarda. Agora as pessoas remavam um enxame dessas pequenas embarcações através do rio, passando pelos restos despedaçados da ponte flutuante até o cais de Vila Nova de Gaia, onde a Brigada de Guardas estava esperando. Um oficial espiou ansioso para o outro lado do Douro, certificando-se de que os franceses não estavam aguardando numa emboscada no cais oposto, depois gritou para seus homens embarcarem. Os guardas foram levados à cidade, e ainda mais barcos apareceram e mais casacas-vermelhas atravessaram. Soult não sabia, mas sua cidade estava ficando cada vez mais cheia de inimigos.

E os homens que estavam atacando o seminário também não sabiam, pelo menos até os casacas-vermelhas aparecerem no lado leste da cidade, e a essa altura a segunda coluna gigantesca havia subido para a tempestade mortal de balas que voavam dos muros, do telhado e das janelas do seminário. O barulho rivalizava com o de Trafalgar, onde Sharpe ficara atordoado com o estrondo incessante dos grandes canhões dos navios, mas esse ruído era mais agudo enquanto as descargas das espingardas se fundiam num guincho fantasmagórico e cortante. A encosta mais alta do morro do seminário estava encharcada de sangue, e os franceses sobreviventes usavam os corpos de seus colegas mortos como proteção. Alguns tambores ainda tentavam impelir as colunas enfraquecidas, mas então veio um grito de um sargento francês, e o grito se espalhou, e de repente a fumaça estava se dissipando e a encosta se esvaziando, enquanto os franceses viam a Brigada de Guardas avançando pelo vale.

Os franceses correram. Haviam lutado corajosamente, investindo com espingardas contra paredes de pedra, mas agora estavam em pânico, e toda a disciplina desapareceu enquanto eles fugiam para a estrada em direção a Amarante, ao leste. Outras forças francesas, dentre as quais havia cavalaria e artilharia, vinham correndo da parte mais alta da cidade, escapando da enchente de casacas-vermelhas que chegava pelo Douro e fugindo da vingança dos moradores da cidade, que caçavam pelos becos e ruas para encontrar franceses feridos, que atacavam com peixeiras ou porretes.

Havia gritos e uivos nas ruas da cidade do Porto, mas apenas um silêncio estranho no seminário todo marcado por cicatrizes de balas. Então o general Hill pôs as mãos em concha.

— Atrás deles! — gritou. — Atrás deles! Quero uma perseguição!

— Fuzileiros! A mim! — gritou Sharpe. E conteve seus homens para não irem na perseguição. Já haviam suportado o bastante, e era hora de lhes dar um descanso. — Limpem as armas — ordenou, e assim eles ficaram, enquanto os casacas-vermelhas e os fuzileiros da 1ª Brigada formavam fileiras do lado de fora do seminário e em seguida marchavam para o leste.

Uns vinte mortos ficaram no telhado. Havia longas tiras de sangue que mostravam por onde eles haviam sido puxados para longe do parapeito. A fumaça ao redor do prédio dissipou-se lentamente até o ar ficar limpo outra vez. As encostas abaixo do seminário estavam cheias de mochilas francesas abandonadas e corpos franceses, nem todos mortos. Um homem ferido arrastou-se para longe entre as flores de tasneiras manchadas de sangue. Um cão farejou um cadáver. Corvos chegaram com suas asas pretas para provar os mortos, e mulheres e crianças saíram correndo das casas no vale para começar o saque. Um homem ferido tentou se soltar de uma garota que não podia ter mais de 11 anos, e ela pegou uma faca de carne no cinto do avental, uma faca que fora amolada com tanta frequência que a lâmina era pouco mais que um sussurro de aço fino preso a um cabo de osso. A menina cortou a garganta do francês, depois fez uma careta porque o sangue dele havia espirrado em seu colo. Sua irmã menor estava arrastando seis espingardas pelas alças. Os pequenos incêndios provocados pelas buchas soltavam fumaça entre os cadáveres, onde o gorducho padre português, com o arcabuz ainda na mão, fazia o sinal da cruz sobre os franceses que ele ajudara a matar.

Enquanto os franceses vivos, num pânico desorganizado, fugiam.

E a cidade do Porto fora recapturada.

A carta, endereçada ao senhor Richard Sharpe, estava esperando no console da lareira da Bela Casa — e era um milagre que tivesse sobrevivido porque naquela tarde um grupo de homens da Artilharia Real fez da casa seu alojamento, e a primeira coisa que eles fizeram foi quebrar a mobília da sala para fazer fogo, e a carta era ideal para servir como acendalha, mas o capitão Hogan chegou pouco antes de o fogo ser aceso e conseguiu recuperar o papel. Ele viera procurando por Sharpe e perguntara aos artilheiros se alguma mensagem havia sido deixada na casa, achando que talvez fosse de Sharpe.

— Ingleses moram aqui, pessoal — disse aos artilheiros enquanto abria a carta, que não estava lacrada. — Portanto, limpem os pés e deixem tudo limpo quando saírem. — Ele leu a breve mensagem e pensou durante um tempo. — Acho que nenhum de vocês viu um oficial alto, do 95º de fuzileiros, não é? Não? Bem, se ele aparecer, digam para ir ao Palácio das Carrancas.

— Para onde, senhor? — perguntou um artilheiro.

— O prédio grande embaixo do morro — explicou Hogan. — O quartel-general.

Hogan sabia que Sharpe estava vivo porque o coronel Waters tinha dito que o encontrara naquela manhã, mas embora Hogan tivesse percorrido as ruas, ele não encontrara Sharpe, e, assim, dois ordenanças foram mandados para revirar a cidade em busca do fuzileiro desgarrado.

Uma nova ponte flutuante estava sendo construída sobre o Douro. A cidade estava livre outra vez e comemorava com bandeiras, vinho e música. Centenas de prisioneiros franceses encontravam-se sob guarda num armazém, e uma longa fileira de canhões franceses capturados estava parada no cais do rio, onde os navios mercantes ingleses — capturados quando a cidade caíra — agora mostravam suas bandeiras de novo. O marechal Soult e seu exército haviam marchado para o leste em direção à ponte de Amarante, que os franceses haviam capturado recentemente, e não faziam a mínima ideia de que o general Beresford, o novo comandante do exército português, tinha recapturado a ponte e estava esperando por eles.

— Se eles não puderem atravessar em Amarante — perguntou Wellesley naquela noite —, aonde irão? — A pergunta foi feita na sala azul de recepção do Palácio das Carrancas, onde Wellesley e seu estado-maior haviam comido uma refeição que, evidentemente, fora preparada para o marechal Soult e que havia sido encontrada ainda quente nos fogões do palácio. A refeição era de cordeiro, de que Sir Arthur gostava, mas tão enfeitado com cebolas, tiras de presunto e cogumelos que, para ele, o gosto ficara estragado. — Eu achava que os franceses apreciavam a culinária — resmungou, depois exigiu que um ordenança lhe trouxesse da cozinha uma garrafa de vinagre. Jogou em cima do cordeiro, raspou as cebolas e os cogumelos ofensivos e decidiu que a refeição estava muito melhor.

Agora, com os restos da comida levados embora, os oficiais se reuniram ao redor de um mapa desenhado à mão, que o capitão Hogan havia aberto sobre a mesa. Sir Arthur passou um dedo sobre o mapa.

— Eles vão querer voltar para a Espanha, claro — disse. — Mas como?

Havia esperado que o coronel Waters, o oficial explorador de maior patente, respondesse à pergunta, mas Waters não havia percorrido o norte do país, de modo que o coronel assentiu para o capitão Hogan, o oficial de menor patente na sala. Hogan havia passado as semanas anteriores à invasão de Soult mapeando a região de Trás os Montes, as montanhas ermas do norte onde as estradas se retorciam, os rios corriam depressa e as pontes eram poucas e estreitas. Agora mesmo havia tropas portuguesas marchando para interceptar essas pontes e negar aos franceses as estradas que os levariam de volta às suas fortalezas na Espanha, e Hogan bateu no espaço vazio no mapa, ao norte da estrada que ia do Porto para Amarante.

— Se Amarante estiver tomada, senhor, e nossos colegas capturarem Braga amanhã — Hogan fez uma pausa e olhou para Sir Arthur, que assentiu irritado —, então Soult está encalacrado, encalacrado de verdade. Terá de atravessar a serra de Santa Catarina, e naquelas montanhas não há estradas carroçáveis.

— O que há por lá? — perguntou Wellesley, olhando para o vazio amedrontador do mapa.

— Trilhas de cabras — disse Hogan —, lobos, caminhos estreitos, ravinas e camponeses muito furiosos. Assim que ele chegar aqui, senhor — Hogan bateu no mapa ao norte da serra de Santa Catarina —, terá uma estrada razoável que irá levá-lo para casa, mas para chegar a essa estrada

A DEVASTAÇÃO DE SHARPE

terá de abandonar seus carroções, seus canhões, seus reparos... na verdade, tudo que não possa ser carregado por um homem ou uma mula.

Trovões rosnaram sobre a cidade. O som da chuva começou, depois ficou mais forte, batendo no terraço e chacoalhando nas altas janelas sem cortinas.

— Tempo desgraçado — resmungou Wellesley, sabendo que isso tornaria mais lenta a perseguição aos franceses derrotados.

— Chove para os ímpios também, senhor — observou Hogan.

— Desgraçados, eles também — eriçou-se Wellesley. Não sabia o quanto gostava de Hogan, que ele havia herdado de Cradock. Para começar, o infeliz era irlandês, o que lembrava a Wellesley de que ele próprio nascera na Irlanda, fato do qual não se orgulhava em particular, e o sujeito obviamente não era bem-nascido, e Sir Arthur gostava que seus ajudantes de campo viessem de boas famílias. No entanto, reconhecia que esse preconceito era pouco razoável e estava começando a suspeitar que o calado Hogan tinha muita competência. E o coronel Waters, que Wellesley aprovava, falava muito calorosamente do irlandês.

— Então — disse Wellesley, resumindo a situação —, eles estão na estrada entre aqui e Amarante e não podem voltar sem lutar conosco nem podem avançar sem encontrar Beresford, de modo que devem ir para as montanhas do norte. E para onde irão depois disso?

— Para esta estrada aqui, senhor — respondeu Hogan, apontando com um lápis para o mapa. — Vai de Braga a Chaves, senhor, e se ele conseguir passar por Ponte Nova e chegar a Ruivaens, que é um povoado aqui — ele parou e fez uma marca a lápis no mapa —, há uma trilha que irá levá-lo para o norte, pelas montanhas, até Montalegre, e isso fica pertinho da fronteira. — Os auxiliares de Sir Arthur estavam amontoados ao redor da mesa de jantar, olhando para o mapa iluminado por velas, mas um homem, uma figura magra e pálida vestida com elegantes roupas civis, não se incomodou em se interessar; apenas se esticou languidamente numa poltrona, onde conseguiu passar a impressão de que estava entediado com aquela conversa sobre mapas, estradas, montanhas e pontes.

BERNARD CORNWELL

— E esta estrada, senhor — continuou Hogan, fazendo um traço com o lápis desde Ponte Nova até Montalegre —, é um verdadeiro diabo. É totalmente enrolada. É preciso andar cinco quilômetros para avançar meio quilômetro. E, melhor ainda, senhor, ela atravessa dois rios, pequenos, mas em fendas profundas com correntezas, e isso significa pontes altas, e se os portugueses puderem cortar uma dessas pontes, monsieur Soult estará perdido, senhor. Estará preso. Só pode levar seus homens através das montanhas, e eles terão o diabo nos calcanhares o tempo todo.

— Que Deus ajude os portugueses a ir depressa — grunhiu Wellesley, fazendo uma careta diante do som da chuva, que, ele sabia, tornaria mais lentos seus aliados que estavam avançando pelo interior numa tentativa de interromper as estradas pelas quais os franceses poderiam chegar à Espanha. Eles já as haviam cortado em Amarante, mas agora precisariam marchar mais para o norte, enquanto o exército de Wellesley, logo depois do triunfo no Porto, teria de perseguir os franceses. Os ingleses eram os batedores que empurravam a caça na direção dos canhões portugueses. Wellesley olhou para o mapa. — Você desenhou isso, Hogan?

— Sim, senhor.

— E é confiável?

— É, senhor.

Sir Arthur grunhiu. Se não fosse pelo tempo, pensou, pegaria Soult e todos os homens dele, mas a chuva tornaria a perseguição tremendamente difícil, o que significava que quanto mais cedo começasse, melhor. Assim, foram mandados ajudantes de campo com ordens de que o exército inglês se pusesse em marcha ao amanhecer. Em seguida, com as ordens dadas, Sir Arthur bocejou. Precisava tremendamente de algum sono antes da manhã e já ia se virar quando a grande porta foi aberta e um fuzileiro muito molhado, muito maltrapilho e muito barbado entrou. Ele viu o general Wellesley, pareceu surpreso e instintivamente prestou continência.

— Santo Deus — disse Wellesley, azedamente.

— Creio que o senhor conhece o tenente... — começou Hogan.

— Claro que conheço o tenente Sharpe — reagiu Wellesley com rispidez. — Mas o que quero saber é que diabos ele está fazendo aqui. O 95° não está conosco.

Hogan tirou os candelabros dos cantos do mapa e deixou que a folha de papel se enrolasse.

— Ele está aqui por minha causa, Sir Arthur — disse ele, calmamente. — Encontrei o tenente Sharpe e seus homens vagueando como ovelhas perdidas e tomei-os aos meus cuidados, e desde então ele vem me escoltando em minhas viagens à fronteira. Eu não poderia ter enfrentado as patrulhas francesas sozinho, Sir Arthur, e o senhor Sharpe foi de grande conforto.

Enquanto Hogan dava a explicação, Wellesley apenas encarava Sharpe.

— Você estava perdido? — perguntou, friamente.

— Fui interceptado, senhor.

— Durante a retirada para La Coruña?

— Sim, senhor. — Na verdade, a unidade de Sharpe estivera se retirando para Vigo, mas a distinção não era importante, e Sharpe aprendera havia muito tempo, a manter as respostas aos oficiais superiores o mais breves possível.

— Então que diabos andou fazendo nestas últimas semanas? — perguntou Wellesley com mordacidade. — Escondendo-se feito um covarde?

— Sim, senhor — respondeu Sharpe, e os oficiais do estado-maior enrijeceram-se diante da sugestão de insolência que pairou na sala.

— Eu ordenei que o tenente encontrasse uma jovem inglesa que estava perdida, senhor — apressou-se Hogan em explicar. — Na verdade, ordenei que ele acompanhasse o coronel Christopher.

A menção a esse nome foi como o estalar de um chicote. Ninguém falou, mas o jovem civil que estivera fingindo dormir na poltrona e que arregalara os olhos com surpresa quando o nome de Sharpe foi mencionado pela primeira vez, agora prestou muita atenção. Era um rapaz dolorosamente magro e pálido, como se temesse o sol, e havia algo felino, quase feminino, em sua aparência delicada. As roupas, muito elegantes, cairiam

BERNARD CORNWELL

bem numa sala de estar londrina ou num salão parisiense, mas aqui, em meio aos uniformes sujos e aos oficiais bronzeados do estado-maior de Wellesley, ele parecia um cãozinho mimado no meio de lobos. Agora estava sentado ereto e olhava atentamente para Sharpe.

— O coronel Christopher — disse Wellesley, rompendo o silêncio.

— Então você esteve com ele? — perguntou a Sharpe.

— O general Cradock ordenou que eu ficasse com ele, senhor — disse Sharpe, em seguida tirou a ordem do general do bolso e pôs sobre a mesa.

Wellesley nem olhou para o papel.

— O que diabo Cradock estava fazendo? — perguntou, rispidamente. — Christopher nem mesmo é um oficial devidamente comissionado; é um bajulador desgraçado do Ministério do Exterior! — Essas últimas palavras foram cuspidas para o rapaz, que, em vez de reagir, fez um gesto aéreo com os dedos delicados da mão direita, como se não desse importância. Então ele capturou o olhar de Sharpe e transformou o gesto num pequeno aceno de boas-vindas. E, com um tremor de reconhecimento, Sharpe percebeu que era lorde Pumphrey, que ele havia conhecido em Copenhague. O lorde, Sharpe sabia, tinha uma misteriosa proeminência no Ministério do Exterior, mas Pumphrey não ofereceu explicação para sua presença no Porto enquanto Wellesley pegava a ordem do general Cradock, lia e jogava o papel na mesa. — Então, o que Christopher ordenou que você fizesse?

— Que ficasse num lugar chamado Vila Real de Zedes, senhor.

— E fazer o que lá? Rezar?

— Ser morto, senhor.

— Ser morto? — perguntou Sir Arthur em tom perigoso. Sabia que Sharpe estava sendo impertinente e, ainda que o fuzileiro já tivesse salvado sua vida, Sir Arthur estava preparado para lhe dar um tapa.

— Ele levou uma força francesa à aldeia, senhor. Eles nos atacaram.

— Sem muita eficiência, parece — disse Wellesley com sarcasmo.

— Não muita, senhor — concordou Sharpe —, mas eram 1.200 homens contra apenas 60 de nós. — Não disse mais nada, e houve silêncio no salão enquanto os homens avaliavam as chances. Vinte contra um. Outro trovão sacudiu o céu e um raio luziu no oeste.

— Mil e duzentos, Richard? — perguntou Hogan numa voz que sugeria que Sharpe talvez quisesse baixar o número.

— Provavelmente havia mais, senhor — disse Sharpe, estoicamente. — O 31° *Léger* nos atacou, mas estavam apoiados por pelo menos um regimento de dragões e um obuseiro. Mas só um, senhor, e nós os expulsamos. — Ele parou, e ninguém falou de novo. Sharpe lembrou-se de que não havia prestado tributo ao seu aliado, por isso se virou de novo para Wellesley. — Eu tinha comigo o tenente Vicente, senhor, do 18° português, e seus cerca de trinta homens nos ajudaram um bocado, mas lamento informar que ele perdeu dois homens e eu também perdi dois. E um dos meus homens desertou, senhor. Lamento muito isso.

Houve outro silêncio, muito mais longo, durante o qual os oficiais olharam para Sharpe e Sharpe tentou contar as velas na mesa grande. Então lorde Pumphrey rompeu o silêncio.

— Está dizendo, tenente, que o senhor Christopher levou essas tropas para atacá-lo?

— Sim, senhor.

Pumphrey sorriu.

— Ele as levou? Ou foi levado por elas?

— Ele as levou — disse Sharpe, vigorosamente. — E teve o desplante desgraçado de subir o morro e me dizer que a guerra havia terminado e que deveríamos descer para que os franceses cuidassem de nós.

— Obrigado, tenente — disse Pumphrey com civilidade exagerada.

Houve outro silêncio, então o coronel Waters pigarreou.

— O senhor deve se lembrar — disse baixinho — de que foi o tenente Sharpe que nos forneceu nossa marinha hoje de manhã. — Em outras palavras, ele estava dizendo para Sir Arthur Wellesley demonstrar ao menos um pouco de gratidão.

Mas Sir Arthur não estava no clima para demonstrar gratidão. Apenas olhou para Sharpe, e então Hogan lembrou-se da carta que havia resgatado da Bela Casa e tirou-a do bolso.

— É para você, tenente — disse, estendendo o papel para Sharpe. — Mas não estava lacrada, por isso tomei a liberdade de ler.

Sharpe desdobrou o papel.

— Ele está indo com os franceses — leu Sharpe — e me obrigando a acompanhá-lo e não quero. — Estava assinado Kate e claramente fora escrita numa pressa lacrimosa.

— Presumo que o "ele" seja Christopher, não? — perguntou Hogan.

— Sim, senhor.

— Então o motivo para a senhorita Savage ter se ausentado em março — prosseguiu Hogan — foi o coronel Christopher?

— Sim, senhor.

— Ela gosta dele?

— Ela se casou com ele — disse Sharpe, que ficou perplexo ao perceber que lorde Pumphrey ficara espantado.

— Algumas semanas antes — contou Hogan a Wellesley — o coronel Christopher estava cortejando a mãe da senhorita Savage.

— Alguma coisa dessa ridícula história de romance vai nos ajudar a determinar o que Christopher está fazendo? — perguntou Sir Arthur com aspereza considerável.

— É engraçado, no mínimo — disse Pumphrey. Ele se levantou, espanou um grão de poeira de uma das mangas e sorriu para Sharpe. — O senhor realmente disse que Christopher se casou com esta jovem?

— Sim, senhor.

— Então ele é um garoto mau — disse Sir Pumphrey, todo feliz —, pois ele já é casado. — O lorde claramente gostou da revelação. — Casou-se com a filha de Pearce Courtnell há dez anos, na feliz crença de que ela valia oito mil libras por ano, depois descobriu que mal valia um vintém. Ouvi dizer que não é um casamento feliz. E será que posso observar, Sir Arthur, que as notícias do tenente Sharpe respondem às nossas perguntas sobre a verdadeira aliança do coronel Christopher?

— Respondem? — perguntou Wellesley, perplexo.

A Devastação de Sharpe

281

— Christopher não pode ter esperanças de sobreviver a um casamento bígamo se pretende fazer seu futuro na Grã-Bretanha ou num Portugal livre — observou lorde Pumphrey. — Mas na França? Ou num Portugal governado pela França? Os franceses não vão se importar com quantas mulheres ele deixou em Londres.

— Mas você disse que ele quer retornar.

— Apresentei uma sugestão de que ele desejaria fazer isso — corrigiu Pumphrey. — Afinal de contas, ele andou jogando dos dois lados da mesa, e se achar que estamos vencendo, sem dúvida vai querer retornar, bem como, sem dúvida, vai negar que se casou com a senhorita Savage.

— Ela pode ter outra opinião — observou Wellesley secamente.

— Se estiver viva para verbalizá-la, coisa que duvido — disse Pumphrey. — Não, senhor, ele não é de confiança, e ouso dizer que meus chefes em Londres ficariam imensamente gratos se o senhor o removesse do cargo.

— É o que você quer?

— Não é o que eu quero — contradisse Pumphrey e, para um homem de aparência tão frágil e delicada, fez isso com força considerável. — É o que Londres quereria.

— Tem certeza? — perguntou Wellesley, claramente não gostando das insinuações de Pumphrey.

— Ele tem conhecimentos que poderiam nos embaraçar — admitiu Pumphrey —. Inclusive os códigos do Ministério do Exterior.

Wellesley soltou sua grande gargalhada eqüina.

— Provavelmente ele já os deu aos franceses.

— Duvido, senhor — disse Pumphrey, examinando as unhas com o cenho ligeiramente franzido. — Em geral um homem segura as melhores cartas até o fim, e no fim Christopher vai querer barganhar, seja conosco ou com os franceses, e devo dizer que o governo de Sua Majestade não deseja qualquer das duas eventualidades.

— Então deixo o destino dele consigo, meu lorde — disse Wellesley com nojo óbvio. — E como sem dúvida isso significa trabalho sujo, é melhor que eu lhe empreste os serviços do capitão Hogan e do tenente Sharpe.

BERNARD CORNWELL

Quanto a mim? Vou para a cama. — Ele assentiu rapidamente e saiu da sala, seguido por seus auxiliares carregando maços de papéis.

Lorde Pumphrey pegou uma jarra de vinho verde na mesa e foi até sua poltrona, onde se sentou com um suspiro exagerado.

— Sir Arthur me deixa com os joelhos fracos — disse, fingindo não perceber a reação chocada no rosto de Sharpe e Hogan. — Você realmente salvou a vida dele na Índia, Sharpe?

Sharpe não disse nada, e Hogan respondeu por ele.

— É por isso que ele trata Sharpe tão mal — disse o irlandês. — O Narigão não suporta ser devedor... e em especial não suporta ser devedor de um patife malcomportado como Sharpe.

Pumphrey estremeceu.

— Sabe do que nós, do Ministério do Exterior, menos gostamos? Ir para o estrangeiro. São lugares tão desconfortáveis! Mas aqui estou, e acho que devemos cumprir nossos deveres.

Sharpe havia ido até uma das altas janelas, de onde olhava para a escuridão úmida.

— Quais são os meus deveres? — perguntou.

Lorde Pumphrey serviu-se de um copo bem cheio de vinho.

— Falando sem rodeios, Richard — disse ele —, seu dever é encontrar o senhor Christopher e... — Ele não terminou a frase. Em vez disso passou um dedo pela garganta, gesto que Sharpe viu espelhado na janela escura.

— Quem é Christopher, afinal? — quis saber Sharpe.

— Ele era um thruster, Richard — disse Pumphrey, a voz ácida de desaprovação. — Um thruster bem esperto no Ministério do Exterior. — Um thruster era um homem que abria caminho com violência até a frente do campo enquanto cavalgava na direção dos cães e que, ao fazer isso, incomodava dezenas de outros caçadores. — No entanto, algumas pessoas achavam que ele tinha um futuro muito bom — continuou Pumphrey —, se simplesmente pudesse conter sua compulsão para complicar as coisas. Christopher gosta de intriga, gosta mesmo. Por necessidade, o Ministério do Exterior lida com questões secretas, e ele gosta dessas coisas. Contudo, apesar disso, Christopher era considerado um homem a caminho de se tornar um excelente diplomata, e no ano passado o enviaram para cá, a fim de que ele descobrisse qual era o humor dos portugueses. Havia boatos, felizmente infundados, de que um grande número de pessoas, em especial no norte, era bastante simpático aos franceses, e Christopher deveria apenas determinar a extensão dessa simpatia.

— A embaixada não poderia fazer isso? — perguntou Hogan.

— Não sem ser notada — disse o lorde — e não sem causar alguma ofensa a uma nação que, afinal de contas, é nossa mais antiga aliada. E suspeito que se você despachar alguém da embaixada para fazer perguntas, tudo o que vai conseguir são as respostas que as pessoas querem que você ouça. Não, Christopher deveria ser um cavalheiro inglês em viagem pelo norte de Portugal, mas, como você observou, a oportunidade lhe subiu à cabeça. Na ocasião Cradock foi suficientemente idiota para lhe dar um posto honorário, e assim Christopher começou a chocar suas tramas. — Lorde Pumphrey olhou para o teto, pintado com deidades festejando e ninfas dançando. — Minha suspeita é que o senhor Christopher estava apostando em todos os cavalos no páreo. Sabemos que ele estava encorajando um motim, mas suspeito fortemente que ele tenha traído os amotinados. O encorajamento era para nos garantir que trabalhava pelos nossos interesses, e a traição colocou-o no agrado dos franceses. Ele está decidido a ficar do lado vencedor, não é? Mas a intriga principal, claro, era enriquecer à custa das damas Savage. — Pumphrey fez uma pausa, depois deu um sorriso beatífico. — Sempre admirei os bígamos. Uma esposa seria demais para mim, mas ter duas!

— Ouvi o senhor dizer que ele quer voltar? — perguntou Sharpe.

— É o que deduzo. James Christopher não é homem de queimar suas pontes, a não ser que não tenha alternativa. Ah, sim, tenho certeza de que ele está tramando algum modo de retornar a Londres caso não tenha oportunidade com os franceses.

— Agora eu devo atirar no desgraçado cara de merda — disse Sharpe.

— Não é exatamente como nós, do Ministério do Exterior, expressaríamos a questão — disse lorde Pumphrey com ar severo —, mas vejo que você captou a essência. Vá e atire nele, Richard, e que Deus abençoe essa sua carabina.

— E o que o senhor está fazendo aqui? — perguntou Sharpe.

— Além de me sentir exoticamente desconfortável? Fui mandado para supervisionar Christopher. Cradock, adequadamente, informou o caso a Londres, e Londres ficou empolgada com a ideia de subornar o exército de Bonaparte em Portugal e na Espanha, mas achou que era necessário alguém com sabedoria e boa capacidade de avaliação para levar adiante a trama. E assim, naturalmente, pediram que eu viesse.

— E agora podemos esquecer a trama — observou Hogan.

— Podemos mesmo — respondeu Pumphrey, acidamente. — Christopher levou um tal de capitão Argenton para falar com o general Cradock — explicou a Sharpe —, e quando Cradock foi substituído, Argenton atravessou as fileiras para conferenciar com Sir Arthur. Queria promessas de que nossas forças não iriam intervir se houvesse um motim francês, mas Sir Arthur não quis saber de suas maquinações e disse-lhe para enfiar o rabo entre as pernas e voltar para as trevas de onde tinha vindo. De modo que nada de tramas, nada de mensageiros misteriosos com capas e adagas, apenas os simples e antiquados soldados. Infelizmente parece que estou sobrando e, o senhor Christopher, se o bilhete de sua amiga é digno de crédito, foi com os franceses, o que deve significar, acho, que ele acredita que eles ainda vencerão esta guerra.

Hogan havia aberto a janela para sentir o cheiro da chuva, mas agora se virou para Sharpe.

— Precisamos ir, Richard. Temos coisas a planejar.

— Sim, senhor. — Sharpe pegou sua velha barretina e tentou desamassar a aba, depois pensou em outra pergunta. — Senhor?

— Richard? — respondeu lorde Pumphrey, sério.

— Lembra-se de Astrid? — perguntou sem jeito.

— Claro que me lembro da bela Astrid — respondeu Pumphrey com voz macia. — A agradável filha de Ole Skovgaard.

A DEVASTAÇÃO DE SHARPE

— Eu estava me perguntando se o senhor teria notícias dela. — Sharpe estava ruborizando.

Lord Pumphrey tinha notícias dela, mas nenhuma que quisesse contar a Sharpe, porque a verdade era que Astrid e o pai estavam nas sepulturas, depois de terem tido a garganta cortada por ordem de Pumphrey.

— Ouvi dizer — informou o lorde gentilmente — que houve uma epidemia em Copenhague. Malária, talvez? Ou seria cólera? Infelizmente, Richard — ele abriu as mãos.

— Ela morreu?

— Temo que sim.

— Ah — disse Sharpe sem jeito. Ele ficou abalado, piscando. Uma vez havia pensado que poderia deixar o exército e viver com Astrid... e assim fazer uma vida nova nas decências limpas da Dinamarca. — Sinto muito — disse.

— Eu também — respondeu lorde Pumphrey com facilidade. — Sinto muitíssimo. Mas diga-me, Richard, quanto à senhorita Savage. Podemos presumir que ela é bonita?

— É. É, sim.

— Foi o que pensei — disse lorde Pumphrey, resignado.

— E vai morrer — rosnou Hogan para Sharpe —, se você e eu não corrermos.

— Sim, senhor — respondeu Sharpe, apressando-se.

Hogan e Sharpe caminhavam pela noite chuvosa, subindo o morro até uma escola que Sharpe havia requisitado como alojamento para seus homens.

— Você sabia — disse Hogan com irritação considerável — que lorde Pumphrey é maricas?

— Claro que eu sabia que ele é maricas.

— Ele poderia ser enforcado por isso — observou Hogan com satisfação indecente.

— Mesmo assim gosto dele.

BERNARD CORNWELL

286

— Ele é uma cobra. Todos os diplomatas são. Piores que advogados.

— Ele não é metido — disse Sharpe.

— Não há nada, nada em todo o mundo que lorde Pumphrey queira mais do que se envolver com você, Richard. — Ele riu, seu estado de ânimo recuperado. — E como, diabos, vamos encontrar aquela pobre garota e seu marido podre, hein?

— Nós? O senhor também vai?

— Isto é importante demais para ser deixado com um insignificante tenente inglês. Esta é uma tarefa que precisa da sagacidade dos irlandeses.

Assim que chegaram à escola, Sharpe e Hogan acomodaram-se na cozinha, onde os ocupantes franceses da cidade haviam deixado uma mesa incólume. Como deixara seu bom mapa no quartel-general de Wellesley, Hogan usou um pedaço de carvão para desenhar uma versão mais tosca sobre o tampo lavado da mesa. Da sala principal, onde os homens de Sharpe haviam espalhado seus cobertores, veio o som de risos de mulheres. Seus homens, refletiu Sharpe, estavam na cidade há menos de um dia e já haviam encontrado uma dúzia de jovens.

— É o melhor modo de aprender a língua, senhor — dissera Harper. — E todos nós temos muito pouco estudo, como o senhor sabe.

— Certo! — Hogan chutou a porta da cozinha, fechando-a. — Olhe o mapa, Richard. — Ele mostrou como os ingleses haviam subido pela costa de Portugal e desalojado os franceses do Porto e como, ao mesmo tempo, o exército português havia atacado no leste. — Eles tomaram Amarante, o que é bom, porque significa que Soult não pode atravessar aquela ponte. Ele está preso, Richard, preso, por isso não tem escolha. Terá de ir para as montanhas do norte, encontrar uma estradinha por aqui — o carvão fez um som áspero enquanto ele traçava uma linha ondulada na mesa. — E é uma estrada desgraçada, e se os portugueses conseguirem continuar nesse tempo medonho, vão interceptar a estrada aqui. — O carvão fez uma cruz. — É uma ponte chamada Ponte Nova. Lembra-se dela?

A Devastação de Sharpe

Sharpe balançou a cabeça. Tinha visto tantas pontes e estradas de montanha com Hogan que não conseguia mais lembrar qual era qual.

— A Ponte Nova naturalmente é tão velha quanto as montanhas, e um barril de pólvora a fará despencar no precipício, e então, Richard, monsieur Soult estará completamente fornicado. Mas ele só estará fornicado se os portugueses conseguirem chegar lá. — Ele ficou sombrio, porque o tempo não estava propício para uma marcha rápida pelas montanhas. — E se eles não puderem interceptar Soult na Ponte Nova, há meia chance de o pegarem no Saltador. Desse você se lembra, não é?

— Desse eu me lembro, senhor.

O Saltador era uma ponte no alto das montanhas, um vão de pedra que saltava por um precipício fundo e estreito, e o arco espetacular recebera esse apelido: o Saltador. Sharpe lembrava-se de Hogan mapeando-o, lembrava-se de uma pequena aldeia de casas baixas feitas de pedra, mas lembrava-se principalmente do rio rolando numa corrente borbulhante sob a ponte muito alta.

— Se eles forem até o Saltador e o atravessarem — disse Hogan —, podemos dar-lhes adeus e desejar-lhes boa sorte. Terão escapado. — Ele encolheu-se quando o estalo de um trovão o fez se lembrar do tempo. — Ah, bem — suspirou —, só podemos fazer o máximo possível.

— E vamos fazer exatamente o quê? — quis saber Sharpe.

— Bem, Richard, esta é uma pergunta muito boa. — Hogan serviu-se de uma pitada de rapé, fez uma pausa e em seguida espirrou violentamente. — Deus me ajude, mas os médicos dizem que isso limpa os tubos dos brônquios, o que quer que isso seja. Bem, pelo que vejo, pode acontecer uma coisa ou outra. — Ele bateu no risco de carvão que marcava a Ponte Nova. — Se os franceses forem parados nessa ponte, a maioria vai se render, eles não terão escolha. Alguns vão para as montanhas, claro, mas vão encontrar camponeses armados por todo canto, procurando gargantas e outras partes para cortar. De modo que encontraremos o senhor Christopher com o exército quando este se render ou, o que é mais provável, ele vai fugir e afirmar que é um prisioneiro inglês que escapou. Neste caso, nós vamos para as montanhas, vamos encontrá-lo e encostá-lo na parede.

BERNARD CORNWELL

— Verdade?

— Isso preocupa você?

— Eu preferiria enforcá-lo.

— Ah, bem, podemos discutir o método quando chegar a hora. Mas pode acontecer a segunda coisa, Richard: talvez os franceses não sejam interceptados na Ponte Nova, caso em que precisaremos chegar ao Saltador.

— Por quê?

— Pense em como aquilo era, Richard. Uma ravina profunda, encostas íngremes por toda parte, o tipo de lugar onde alguns fuzileiros poderiam ser muito malignos. E se os franceses estiverem atravessando a ponte, vamos vê-los, e suas carabinas Baker terão de fazer o necessário.

— Podemos chegar suficientemente perto? — perguntou Sharpe, tentando se lembrar do terreno em volta da ponte saltadora.

— Há penhascos, ribanceiras altas. Tenho certeza de que você pode chegar a menos de duzentos passos.

— Isso vai bastar — disse Sharpe, sério.

— Portanto, de um modo ou de outro, temos de acabar com ele. — Hogan recostou-se outra vez. — Ele é um traidor, Richard. Provavelmente não é tão perigoso quanto acha, mas se chegar a Paris, sem dúvida os monsieurs vão sugar o cérebro dele e descobrir algumas coisas que preferiríamos que eles não soubessem. E se ele voltar para Londres, é um sujeito escorregadio o suficiente para convencer aqueles idiotas de que esteve sempre trabalhando no nosso interesse. De modo que, considerando tudo, Richard, eu diria que ele estará melhor morto.

— E Kate?

— Não vamos atirar nela — disse Hogan em tom reprovador.

— Em março o senhor ordenou que eu a resgatasse. Essa ordem continua de pé?

Hogan olhou para o teto, que estava enegrecido de fumaça e rasgado por ganchos de aparência mortal.

— No curto tempo em que conheci você, Richard, notei que possui uma tendência lamentável para vestir uma armadura brilhante e sair para resgatar damas. O rei Artur, que Deus tenha sua alma, iria adorá-lo. Mandaria você lutar contra todo cavaleiro malvado da floresta. Resgatar Kate Savage é importante? Na verdade, não. O principal é punir o senhor Christopher, e temo que a senhorita Kate terá de correr seus riscos.

Sharpe olhou para o mapa a carvão.

— Como chegamos à Ponte Nova?

— Andando, Richard, andando. Vamos atravessar as montanhas, e as trilhas não são feitas para cavalos. Você passaria metade do tempo puxando-os, preocupando-se com a alimentação deles, cuidando dos cascos e desejando não estar com eles. Já algumas mulas... eu selaria algumas mulas e levaria, mas onde vamos encontrar mulas esta noite? Ou usamos mulas ou vamos a pé, mas de qualquer modo só podemos levar alguns homens, os melhores e em melhor forma física, e temos de partir antes do amanhecer.

— O que faço com o resto dos meus homens?

Hogan pensou sobre o assunto.

— O major Potter poderia usá-los para ajudar a guardar os prisioneiros aqui, não é?

— Não quero perdê-los quando voltar para Shorncliffe. — Sharpe temia que o segundo batalhão estivesse fazendo indagações sobre os fuzileiros perdidos. Eles poderiam não se incomodar com o desaparecimento do tenente Sharpe, mas a ausência de vários atiradores de elite seria definitivamente lamentada.

— Meu caro Richard, se você acha que Sir Arthur vai perder a seguir uns poucos bons fuzileiros, não o conhece nem de longe tanto quanto acha. Ele vai mover céus e terras para manter vocês aqui. E você e eu temos de nos mover como o diabo até a Ponte Nova, antes de todo mundo.

Sharpe fez uma careta.

— Os franceses têm um dia de vantagem.

— Não têm, não. Como são idiotas, eles foram para Amarante, o que significa que não sabiam que os portugueses haviam recapturado o lugar. Mas agora devem ter descoberto a situação, embora eu duvide que eles partam para o norte antes do amanhecer. Se formos depressa, podemos ultrapassá-los. — Ele franziu o cenho, olhando para o mapa. — Só consigo ver um problema de verdade, além de lutar contra o senhor Christopher quando chegarmos lá.

— Um problema?

— Eu sei achar o caminho para a Ponte Nova partindo de Braga, mas e se os franceses já estiverem na estrada de Braga? Teremos de ir para as montanhas, e é uma região erma, Richard, um lugar onde é fácil se perder. Precisamos de um guia e temos de encontrá-lo depressa.

Sharpe riu.

— Se o senhor não se incomoda em viajar com um oficial português que pensa que é filósofo e poeta, acho que conheço o homem certo.

— Sou irlandês, não há nada que nós amemos mais do que a filosofia e a poesia.

— E, além disso, ele é advogado.

— Se nos levar à Ponte Nova, sem dúvida Deus vai perdoá-lo por isso.

O riso das mulheres era alto, mas estava na hora de acabar com a festa. Estava na hora de uma dúzia dos melhores homens de Sharpe remendar as botas e encher as caixas de cartucheiras.

Estava na hora da vingança.

CAPÍTULO X

Kate estava sentada num canto da carruagem, chorando. A carruagem não ia a lugar nenhum. Nem mesmo era uma carruagem de verdade, nem de longe tão confortável quanto o frágil cabriolé da quinta, que fora abandonado no Porto, e nem de longe tão substancial quanto a que sua mãe havia levado para o sul, atravessando o rio, em março. E como Kate desejava ter ido com a mãe! Mas em vez disso fora golpeada pelo romance e pela certeza de que a realização do amor lhe traria céus dourados, horizontes límpidos e júbilo sem fim.

Em vez disso estava num carro de aluguel de duas rodas trazido do Porto, com teto de couro vazando, molas quebradas e um capão meio morto entre as varas. E a carruagem não ia a lugar nenhum porque o exército francês em fuga estava preso na estrada para Amarante. A chuva batia no teto, riscava as janelas, pingava no colo de Kate, e ela não se importava, apenas se encolhia num canto e chorava.

A porta foi aberta e o capitão Christopher enfiou a cabeça.

— Vai haver alguns estrondos — disse ele —, mas não precisa se alarmar. — Ele fez uma pausa, decidiu que não aguentava os soluços, por isso simplesmente fechou a porta. Depois a abriu de novo. — Eles estão inutilizando os canhões — explicou. — Esta é a causa do barulho.

Kate não poderia se importar menos. Perguntou a si mesma o que seria dela, e o horror de suas perspectivas era tão apavorante que ela

A DEVASTAÇÃO DE SHARPE

irrompeu em lágrimas novas no exato momento em que os primeiros canhões eram disparados, cano contra cano.

Na manhã seguinte à queda do Porto, o marechal Soult fora acordado com a notícia espantosa de que o exército português havia retomado Amarante e que, portanto, a única ponte pela qual ele poderia levar os canhões, armões, carros de munição, carroções e carretas de volta às fortalezas francesas na Espanha estava em mãos inimigas. Um ou dois homens mais impetuosos haviam sugerido uma luta para atravessar o rio Tâmega, mas batedores informaram que os portugueses estavam ocupando Amarante com força total, que a ponte fora minada e que havia uma dúzia de canhões dominando a pista, que seria necessário um dia de luta dura e sangrenta para atravessar, e mesmo então provavelmente não restaria ponte nenhuma, pois os portugueses sem dúvida iriam explodi-la. E Soult realmente não tinha um dia inteiro. Sir Arthur Wellesley estaria avançando a partir do Porto, o que lhe deixava como única opção abandonar todo o transporte por rodas: todos os carroções, todos os armões e carros de munição, todas as carretas, todas as forjas de campanha e todos os canhões. Tudo isso teria de ser deixado para trás, e 20 mil homens, 5 mil civis que acompanhavam o exército, 4 mil cavalos e um número quase igual de mulas teriam de se esforçar ao máximo para atravessar as montanhas.

Mas Soult não deixaria bons canhões franceses para o inimigo usar contra ele. Assim, cada arma foi carregada com 4 libras de pólvora e duas balas e foram postas cano contra cano. Os artilheiros lutavam para manter seus bota-fogos acesos na chuva. E então, sob a palavra de comando, tocavam os dois pavios de junco e a pólvora se acendia até as câmaras sobrecarregadas, os canhões disparavam um contra o outro, saltavam para trás numa explosão esmagadora de fumaça e chamas, sendo então deixados com os canos rasgados e amassados. Alguns artilheiros choravam enquanto destruíam suas armas, ao passo que outros apenas xingavam enquanto usavam facas e baionetas para rasgar os sacos de pólvora, que foram deixados estragando na chuva.

A infantaria recebeu ordem de tirar tudo das mochilas e dos embornais, deixando apenas comida e munição. Alguns oficiais ordenaram inspeções e insistiram em que os homens jogassem fora os saques da campanha. Talheres, candelabros, pratos, tudo tinha de ser abandonado junto à estrada enquanto o exército partia para as montanhas. Os cavalos, os bois e as mulas que puxavam os canhões, as carretas e os armões foram mortos a tiros para que não ficassem com o inimigo. Os animais gritavam e esperneavam enquanto morriam. Os feridos que não podiam andar foram deixados em suas carroças e receberam espingardas para que ao menos tentassem se proteger contra os portugueses que logo os encontraram e em seguida tentariam uma vingança contra os homens impotentes. Soult ordenou que o tesouro militar, 11 grandes barris de moedas de prata, fosse posto junto à estrada para que cada homem pudesse se servir de um punhado enquanto passava. As mulheres levantavam as saias, juntavam nelas as moedas e caminhavam com seus homens. Os dragões, hussardos e chasseurs puxavam seus cavalos. Milhares de homens e mulheres estavam subindo para os morros estéreis, deixando para trás carroças cheias de garrafas de vinho, vinho do Porto, cruzes de ouro roubadas de igrejas e pinturas ancestrais saqueadas das paredes das grandes casas do norte de Portugal. Os franceses tinham pensado que haviam conquistado um país, que estavam apenas esperando alguns reforços para aumentar suas fileiras enquanto marchavam para Lisboa, e nenhum deles entendia por que subitamente se viam diante do desastre ou por que o rei Nicolas os estava levando numa retirada trôpega sob aquela chuva torrencial.

— Se você ficar aqui — disse Christopher a Kate —, vai ser estuprada.

— Já fui estuprada — respondeu ela —, noite após noite!

— Ah, pelo amor de Deus, Kate! — Vestido com roupas civis, Christopher estava parado junto à porta aberta da carruagem, a chuva pingando da ponta de seu chapéu de bicos. — Não vou deixar você aqui. — Ele enfiou a mão, puxou-a pelo pulso e, apesar dos gritos e da luta, tirou-a da carruagem. — Ande, desgraçada! — rosnou ele e a arrastou encosta acima. Kate só estava fora da carruagem havia alguns segundos e seu uniforme azul de hussardo, que Christopher havia insistido para que ela usasse, já estava encharcado. — Isto não é o fim — disse Christopher,

A DEVASTAÇÃO DE SHARPE
295

apertando seu pulso dolorosamente. — Os reforços não chegaram, só isso! Mas nós vamos voltar.

Apesar do sofrimento, Kate ficou pasma com o "nós". Será que ele estava falando dos dois? Ou dos franceses?

— Quero ir para casa — chorou ela.

— Pare de ser maçante e continue andando! — Ele puxou-a. As botas novas de Kate, com solas de couro, escorregavam no caminho. — Os franceses vão ganhar esta guerra — insistiu Christopher. Ele não tinha mais certeza disso, mas quando avaliava o equilíbrio de poder na Europa, conseguia se convencer de que era verdade.

— Quero voltar ao Porto! — soluçou Kate.

— Não podemos!

— Por quê? — Ela tentou soltar-se e, mesmo não conseguindo se livrar do aperto, pôde fazer com que ele parasse. — Por quê?

— Simplesmente não podemos. Agora, ande! — Ele puxou-a de novo, não querendo dizer a ela que ele não podia retornar ao Porto porque aquele desgraçado do Sharpe estava vivo. Santo Deus no céu, mas o maldito era apenas um tenente velho para o posto e, como ele ficara sabendo agora, vinha das fileiras, mas Sharpe sabia demais, e isso era prejudicial para Christopher. Assim, o coronel precisaria encontrar um porto seguro de onde, usando os métodos discretos que ele conhecia tão bem, poderia mandar uma carta para Londres. Então, em segredo, poderia avaliar, pela resposta, se Londres acreditava em sua história de que fora obrigado a demonstrar uma aliança para com os franceses, visando engendrar um motim que teria libertado Portugal. E essa história lhe parecia convincente, só que Portugal estava sendo liberto de qualquer modo. Mas nem tudo estava perdido. Seria sua palavra contra a de Sharpe e, independentemente de qualquer coisa, Christopher era um cavalheiro, e Sharpe decididamente não era. Haveria, claro, o problema delicado do que fazer com Kate se fosse chamado a Londres, mas provavelmente poderia negar que o casamento havia acontecido. Consideraria os informes a respeito uma consequência das fantasias de Kate. As mulheres eram dadas às fantasias, isso era notório. O que Shakespeare dissera? "Fragilidade, teu nome é mulher." Assim, ele afirmaria sinceramente que o serviço religioso da Vila Real de Zedes não fora um casamento de fato e que havia passado por aquilo somente para preservar os rubores de Kate. Era um jogo, ele sabia, mas havia jogado cartas por tempo suficiente para saber que algumas vezes as jogadas mais ultrajantes pagavam os maiores prêmios.

E se o jogo fracassasse, e se ele não pudesse salvar sua carreira em Londres, provavelmente isso não importaria, porque se agarrava à crença de que no fim os franceses certamente venceriam e ele estaria de volta à cidade do Porto, onde, por falta de outros conhecimentos, os advogados deveriam considerá-lo marido de Kate e ele seria rico. Kate aceitaria isso. Ela se recuperaria quando estivesse de volta, como certamente estaria, ao conforto e ao lar. Até agora, era verdade, ela fora infeliz, o júbilo no casamento se transformando em horror no quarto, mas as éguas jovens costumavam se rebelar contra o bridão, mas depois de uma ou duas chicotadas ficavam dóceis e obedientes. E Christopher desejava esse resultado para Kate porque sua beleza ainda o empolgava. Arrastou-a até onde Williamson, agora seu serviçal, segurava o cavalo.

— Monte — ordenou a Kate.

— Quero ir para casa! — disse ela.

— Suba! — Ele quase a acertou com o rebenque que estava enfiado sob a sela, mas então Kate humildemente o deixou colocá-la no cavalo. — Segure as rédeas, Williamson — ordenou Christopher. Não queria que Kate virasse o cavalo e o instigasse para o oeste. — Segure com força, homem.

— Sim, senhor — disse Williamson. Ele ainda usava seu uniforme de fuzileiro, mas havia trocado a barretina por um chapéu de couro com aba larga. Na retirada do Porto havia pegado uma espingarda francesa, uma pistola e um sabre, e as armas o faziam parecer formidável, uma aparência que servia de conforto para Christopher. O coronel necessitava de um empregado depois que o seu havia fugido, mas queria ainda mais um guarda-costas, e Williamson desempenhava esse papel de modo soberbo. Contava a Christopher histórias de brigas em tavernas, de lutas loucas com facas e porretes, de disputas de boxe com os punhos nus, e Christopher lambia tudo isso quase com tanta ânsia quanto ouvia as amargas reclamações de Williamson sobre Sharpe.

Em troca, Christopher havia prometido a Williamson um futuro dourado.

— Aprenda a falar francês — aconselhara ao desertor — e você poderá entrar para o exército deles. Mostre que é bom, e eles vão lhe dar um posto. Eles não são escrupulosos no exército francês.

— E se eu quiser ficar com o senhor?

— Sempre fui um homem que recompensa a lealdade, Williamson — dissera Christopher, e assim os dois combinavam bem, ainda que, neste momento, suas fortunas estivessem em maré vazante enquanto, com milhares de outros fugitivos, subiam em meio à chuva, eram chicoteados pelo vento e não viam nada adiante além da fome, das encostas vazias e das pedras molhadas da serra de Santa Catarina.

Atrás deles, na estrada do Porto para Amarante, uma triste trilha de carretas e carroças abandonadas permanecia sob o aguaceiro. Os franceses feridos vigiavam ansiosos, rezando para que os ingleses em perseguição aparecessem antes dos camponeses, mas os camponeses estavam mais perto do que os casacas-vermelhas, muito mais perto, e logo suas formas escuras foram vistas movendo-se depressa na chuva, e em suas mãos havia facas brilhantes.

E na chuva as espingardas dos feridos não dispariam.

E, assim, começaram os gritos.

Sharpe teria gostado de levar Hagman na perseguição a Christopher, mas o velho caçador não estava totalmente recuperado do ferimento no peito, de modo que Sharpe foi obrigado a deixá-lo para trás. Levou 12 homens, os que tinham melhor forma física e eram mais inteligentes, e todos reclamaram com veemência quando foram enfileirados na chuva do Porto antes do amanhecer, porque tinham a barriga azeda do vinho, a cabeça dolorida e o humor irritado.

— Mas não tão irritado quanto o meu — alertou Sharpe. — Portanto, não façam tanta confusão.

Hogan foi com eles, assim como o tenente Vicente e três de seus homens. Vicente ficara sabendo que três carruagens de correspondência estavam indo para Braga às primeiras luzes e dissera a Hogan que os veículos eram notoriamente rápidos e viajariam por uma estrada boa. Os cocheiros, que levavam sacos de correspondências que haviam ficado esperando a retirada dos franceses para que pudessem ser entregues em Braga, tiveram o prazer de abrir espaço para os soldados, que desmoronaram sobre os sacos de cartas e caíram no sono.

Passaram pelos restos das defesas ao norte da cidade em meio à luz tênue e úmida do alvorecer. A estrada era boa, mas as carruagens do correio eram retardadas porque os guerrilheiros haviam derrubado árvores que atravessaram na pista, e cada barricada levava meia hora ou mais para ser afastada.

— Se os franceses soubessem que Amarante havia caído — disse Hogan a Sharpe —, teriam recuado por esta estrada e nós nunca os alcançaríamos! Veja bem, não sabemos se a guarnição deles em Braga partiu com o resto.

Tinha partido, e a correspondência chegou junto com uma tropa de cavalaria britânica que foi recebida pelos habitantes que gritavam em comemoração e cuja alegria não podia ser abafada pela chuva. Hogan, com sua casaca azul de engenheiro, foi confundido com um prisioneiro francês, e algumas pessoas jogaram bosta de cavalo nele antes que Vicente conseguisse convencer a multidão de que Hogan era inglês.

— Irlandês, por favor! — protestou Hogan.

— É a mesma coisa — disse Vicente, distraído.

— Santo Deus no céu — reagiu Harper, enojado, depois riu porque a multidão insistiu em carregar Hogan nos braços.

A estrada principal de Braga ia para o norte atravessando a fronteira até Pontevedra, mas a leste uma dúzia de trilhas subia para os morros, e uma delas, prometeu Vicente, os levaria até a Ponte Nova. Mas essa era a mesma estrada que os franceses tentariam alcançar, e por isso ele alertou Sharpe de que talvez eles tivessem de usar as montanhas sem trilhas.

— Se tivermos sorte — disse Vicente —, estaremos na ponte em dois dias.

— E quanto tempo até o Saltador? — perguntou Hogan.

— Mais meio dia.

— E quanto tempo os franceses vão demorar?

— Três dias. Eles devem levar três dias. — Vicente fez o sinal da cruz. — Rezo para que demorem três dias.

Passaram a noite em Braga. Um sapateiro consertou as botas dos homens, insistiu em não aceitar dinheiro e usou seu melhor couro para fazer solas novas, que foram cravejadas de pregos para dar mais tração no terreno alto e molhado. O homem deve ter trabalhado a noite toda, pois de manhã timidamente presenteou Sharpe com capas de couro para as carabinas e espingardas. As armas haviam sido protegidas da chuva com rolhas enfiadas nos canos e trapos enrolados nos fechos, mas as capas de couro eram muito melhores. O sapateiro havia passado banha de carneiro nas costuras para deixá-las à prova d'água, e Sharpe, como seus homens, ficou absurdamente satisfeito com o presente. Eles receberam tanta comida que acabaram dando a maior parte para um padre que prometeu distribuí-la entre os pobres, e então, no amanhecer batido pela chuva, marcharam. Hogan ia montado porque o prefeito de Braga o havia presenteado com uma mula, um animal de passo firme com temperamento péssimo e um olho vesgo, que Hogan selou com um cobertor e seguiu com os pés quase tocando o chão. Ele sugeriu que usassem a mula para carregar as armas, mas de todo o grupo Hogan era o mais velho e o menos em forma, de modo que Sharpe insistiu em que ele montasse.

— Não tenho ideia do que iremos encontrar — disse Hogan a Sharpe enquanto subiam pelas montanhas pedregosas. — Se a Ponte Nova foi demolida, como deve ter sido, os franceses vão se espalhar. Eles estarão fugindo para salvar a vida, e teremos dificuldade de encontrar o senhor Christopher em todo aquele caos. Ainda assim, precisamos tentar.

— E se a ponte não tiver sido demolida?

— Vamos atravessá-la quando a alcançarmos — disse Hogan, depois riu. — Ah, meu Deus, odeio esta chuva. Já tentou usar rapé na chuva, Richard? É como cheirar vômito de gato.

Seguiram para o leste através de um amplo vale cercado por montanhas altas e pálidas, coroadas por pedregulhos cinza. A estrada ficava ao sul do rio Cavado, que corria límpido e fundo por meio de pastagens luxuriantes saqueadas pelos franceses, de modo que nenhum boi ou ovelha pastava o capim de primavera. As aldeias haviam sido prósperas, mas agora estavam quase desertas, e as poucas pessoas que restavam eram cautelosas. Hogan, como Vicente e seus homens, usava azul, que também era a cor dos casacos do inimigo, e os casacos verdes dos fuzileiros podiam ser confundidos com uniformes de dragões franceses a pé. A maioria das pessoas, se é que supunha alguma coisa, achava que os ingleses usavam vermelho, razão pela qual o sargento Macedo, prevendo a confusão, havia encontrado uma bandeira portuguesa em Braga, que passara a carregar numa haste feita de um galho de freixo. A bandeira mostrava o brasão de Portugal sob uma grande cruz dourada e tranquilizava as pessoas que reconheciam o emblema. Nem todos reconheciam, mas assim que os aldeões falavam com Vicente, faziam de tudo pelos soldados.

— Pelo amor de Deus — disse Sharpe a Vicente —, diga para esconderem o vinho.

— Eles são amigáveis, sem dúvida — observou Harper, enquanto deixavam outro pequeno povoado onde os montes de esterco eram mais altos do que as casas. — Não são como os espanhóis. Aqueles podiam ser frios. Nem todos, mas alguns eram uns filhos da mãe.

— Os espanhóis não gostam dos ingleses — disse Hogan.

— Não gostam dos ingleses? — perguntou Harper, surpreso. — Então, afinal de contas, eles não são filhos da mãe. São só cautelosos, não é? Mas o senhor estava dizendo que os portugueses gostam dos ingleses?

— Os portugueses odeiam os espanhóis, e quando há um vizinho maior que você detesta, você procura a ajuda de um amigo grande.

— Então quem é o amigo grande da Irlanda, senhor?

— Deus, sargento — respondeu Hogan. — Deus.

A DEVASTAÇÃO DE SHARPE

301

— Santo Deus no céu — disse Harper, devotamente, olhando para o céu chuvoso —, pelo amor de Cristo, acordai.

— Por que você não luta pela porcaria dos franceses? — rosnou Harris.

— Já chega! — disse Sharpe, rispidamente.

Marcharam em silêncio por um tempo, depois Vicente não conseguiu conter a curiosidade.

— Se os irlandeses odeiam os ingleses — perguntou —, por que lutam por eles? — Harper riu da pergunta, Hogan ergueu o olhar para o céu cinzento e Sharpe só fez um muxoxo.

A estrada, agora que estavam longe de Braga, não era tão bem conservada. Havia capim crescendo no centro, entre os sulcos feitos pelos carros de boi. Os franceses não haviam rapinado tão longe, de modo que havia alguns rebanhos de ovelhas sujas e de gado bovino, mas assim que um vaqueiro ou pastor via os soldados, rapidamente levava seus animais para longe. Vicente ainda estava perplexo e, não tendo conseguido uma resposta dos companheiros, tentou de novo.

— Realmente não entendo por que os irlandeses lutam pelo rei inglês — disse ele com voz muito séria. Harris respirou fundo como se fosse responder, mas um olhar selvagem de Sharpe o fez mudar de ideia. Harper começou a assobiar "Over the Hills and Far Away", depois não conseguiu evitar uma gargalhada diante do silêncio tenso que finalmente foi rompido por Hogan.

— É a fome — explicou o engenheiro a Vicente —, a fome, a pobreza e o desespero, e porque há pouquíssimo trabalho para um bom homem em casa e também porque sempre fomos um povo que gosta de uma boa briga.

Vicente ficou intrigado com a resposta.

— E isso é verdadeiro para o senhor, capitão?

— Para mim, não — admitiu Hogan. — Minha família sempre teve algum dinheiro. Não muito, mas nunca tivemos de raspar o solo fino para ganhar o pão de cada dia. Não: entrei para o exército porque gosto de ser engenheiro. Gosto de coisas práticas, e esse era o melhor modo de fazer o que eu gostava. Mas alguém como o sargento Harper? — Ele olhou para Harper. — Ouso dizer que ele está aqui porque, caso contrário, morreria de fome.

— Verdade — disse Harper.

— E você odeia os ingleses? — perguntou Vicente a Harper.

— Cuidado — rosnou Sharpe.

— Odeio a porcaria do chão onde os desgraçados pisam, senhor — disse Harper alegremente, depois viu Vicente lançar um olhar perplexo para Sharpe. — Eu não disse que odiava todos eles — acrescentou Harper.

— A vida é complicada — disse Hogan, vagamente. — Quero dizer, ouvi falar que há uma legião portuguesa no exército francês, não é?

Vicente ficou sem graça.

— Eles acreditam nas idéias francesas, senhor.

— Ah! Ideias — disse Hogan. — São muito mais perigosas do que grandes ou pequenos vizinhos. Não acredito em lutar por ideias. — Ele balançou a cabeça, pesaroso. — O sargento Harper também não.

— Não? — perguntou Harper.

— Não, não mesmo — rosnou Sharpe.

— Então em que você acredita? — quis saber Vicente.

— Na trindade, senhor — disse Harper solenemente.

— Na trindade? — Vicente ficou surpreso.

— A carabina Baker, o sabre-baioneta e eu — disse Sharpe.

— Nessa também — admitiu Harper, rindo.

— É o seguinte — disse Hogan, tentando explicar. — É como estar numa casa onde há um casamento infeliz e você faz uma pergunta sobre fidelidade. Causa embaraço. Ninguém quer falar nisso.

— Harris! — alertou Sharpe, vendo o fuzileiro ruivo abrir a boca.

— Eu só ia dizer, senhor — disse Harris —, que há uma dúzia de cavaleiros no morro ali adiante.

Sharpe virou-se bem a tempo de ver os cavaleiros desaparecendo por sobre a crista. A chuva estava forte demais e a luz muito fraca para ver se usavam uniforme, mas Hogan sugeriu que os franceses podiam ter mandado patrulhas de cavalaria à frente da retirada.

A Devastação de Sharpe

— Eles vão querer saber se tomamos Braga — explicou —, pois, se não tivermos tomado, eles virão para cá e tentarão escapar na direção de Pontevedra.

Sharpe olhou para o morro distante.

— Se houver uma desgraça de uma cavalaria por perto — disse —, não quero ser apanhado na estrada. — Era o único lugar numa paisagem de pesadelo onde os cavaleiros teriam alguma vantagem.

Assim, para evitar cavaleiros inimigos, eles seguiram para o norte pelo terreno selvagem. Isso significava atravessar o Cavado, coisa que conseguiram num vau profundo que só levava às altas pastagens de verão. Sharpe olhava continuamente para trás, mas não viu qualquer sinal de cavaleiros. O caminho subia para uma terra difícil. Os morros eram íngremes, os vales eram profundos e o terreno elevado era desprovido de qualquer coisa além de tojo, samambaias, capim fino e enormes pedras arredondadas, algumas equilibradas tão precariamente sobre as outras que davam a impressão de que um toque de criança poderia lançá-las nos precipícios. O capim servia apenas para algumas ovelhas de pêlos emaranhados e algumas cabras de aparência feroz, das quais os lobos da montanha e os linces selvagens se alimentavam. A única aldeia por onde passaram era um lugar pobre, com altos muros de pedra ao redor das pequenas hortas. Cabras alimentavam-se em pastos do tamanho de pátios de estalagens e algumas cabeças de gado ossudo olhavam a passagem dos soldados. Eles subiram ainda mais, ouvindo os sinos das cabras em meio às pedras e passando por um pequeno oratório com montes de flores de tojo desbotadas. Vicente fez o sinal da cruz ao passar pelo oratório.

Viraram de novo para o leste, seguindo uma crista pedregosa onde as grandes pedras arredondadas tornariam impossível qualquer cavalaria se formar e atacar. Sharpe continuava olhando para o sul, mas não viu mais nada. Mas houvera cavaleiros, e haveria mais, porque ele ia se encontrar com um exército desesperado que num único dia fora lançado do sucesso iminente para a derrota abjeta.

Era difícil viajar nas montanhas. Eles descansavam a cada hora, depois continuavam andando. Todos estavam encharcados, exaustos e com frio. A chuva era implacável e agora o vento havia se virado para o leste, de modo que vinha direto contra o rosto deles. As alças das carabinas roçavam nos ombros molhados até arrancar a pele, mas pelo menos naquela tarde a chuva parou, ainda que o vento permanecesse forte e frio. Ao anoitecer, sentindo-se tão cansado como na terrível retirada para Vigo, Sharpe guiou-os para baixo da encosta até um pequeno povoado deserto composto de baixas choupanas de pedra cobertas de turfa.

— Exatamente como na minha terra — disse Harper, feliz. Os lugares mais secos para dormir eram dois compridos silos em forma de caixão cujo conteúdo era protegido dos ratos porque se sustentavam em colunas de pedra em forma de cogumelo. A maioria dos homens se enfiou nos espaços apertados, enquanto Sharpe, Hogan e Vicente compartilharam a choupana menos danificada, onde Sharpe conseguiu acender um fogo usando acendalha úmida e fez um chá.

— É a habilidade mais essencial para um soldado — disse Hogan quando Sharpe levou-lhe o chá.

— Qual? — perguntou Vicente, sempre ansioso para aprender a nova profissão.

— Fazer fogo com madeira molhada — respondeu Hogan.

— O senhor não deveria ter um serviçal? — perguntou Sharpe.

— Deveria, mas você também, Richard.

— Não gosto de serviçais.

— Nem eu — respondeu Hogan —, mas você fez um ótimo serviço com esse chá, Richard, e se Sua Majestade algum dia decidir que não quer que um patife londrino seja um de seus oficiais, eu lhe darei um emprego como meu serviçal.

Piquetes foram montados, mais chá foi feito e tabaco úmido foi instigado a se acender em cachimbos de barro. Hogan e Vicente começaram uma discussão apaixonada sobre um homem chamado Hume, de quem Sharpe nunca ouvira falar e que vinha a ser um filósofo escocês morto. Mas como parecia que o escocês morto havia proposto que não existia certeza, Sharpe perguntou-se por que alguém se incomodaria em lê-lo, quanto mais em discutir sobre ele. No entanto, a ideia divertiu Hogan e

Vicente. Sharpe, entediado com a conversa, deixou-os com seu debate e foi inspecionar os piquetes.

Começou a chover de novo, em seguida estrondos de trovão sacudiram o céu e raios chicotearam as rochas altas. Sharpe agachou-se com Harris e Perkins num oratório parecido com uma caverna, onde algumas flores desbotadas estavam diante de uma estátua da Virgem Maria com aparência tristonha.

— Jesus está chorando de verdade — anunciou-se Harper enquanto chegava pelo aguaceiro —, e a gente poderia estar com aquelas donas no Porto. — Ele se enfiou no meio dos três homens. — Não sabia que o senhor estava aqui — disse. — Trouxe um pouco de suco de piquete para os garotos. — Ele segurava um cantil de madeira com chá quente. — Meu Deus, não dá para ver porcaria nenhuma aí fora.

— Tempo igual ao da sua terra, sargento? — perguntou Perkins.

— Como você saberia, garoto? Em Donegal, agora, o sol nunca pára de brilhar, todas as mulheres dizem sim e os guarda-caças têm pernas de pau. — Ele entregou o cantil a Perkins e espiou para a escuridão molhada.

— Como vamos encontrar o seu sujeito nesse tempo, senhor?

— Deus sabe se vamos encontrar.

— Isso importa, agora?

— Quero meu telescópio de volta.

— Jesus, Maria e José — disse Harper —, o senhor vai entrar no meio do exército francês e pedir o telescópio?

— Algo assim. — O dia inteiro Sharpe havia sido assolado por um sentimento de que todo aquele esforço poderia ser inútil, mas isso não era motivo para que não se esforçasse. E parecia certo que Christopher fosse punido. Sharpe acreditava que as lealdades do homem estavam em suas raízes, que eram impossíveis de ser movidas, mas Christopher evidentemente acreditava que elas eram negociáveis. Isso porque Christopher era inteligente e sofisticado. E, se Sharpe conseguisse o que queria, ele logo estaria morto.

O amanhecer foi frio e molhado. Eles subiram de novo para as alturas cheias de pedras, deixando para trás o vale enevoado. Agora a chuva era fraca, mas ainda vinha contra o rosto. Sharpe ia à frente e não via ninguém — e continuou a não ver ninguém mesmo quando uma espingarda espocou e uma nuvem de fumaça floriu ao lado de uma rocha. Mergulhou em busca de cobertura enquanto uma bala batia na pedra e assobiava em direção ao céu. Todos os outros se abrigaram, a não ser Hogan, que estava montado em sua mula feia, mas Hogan teve a presença de espírito de gritar em português:

— Inglês, Inglês!

Ele estava meio em cima e meio embaixo da mula, temendo outra bala, mas esperando que sua afirmação de ser inglês a impedisse.

Uma figura maltrapilha, vestida com peles de cabra, surgiu de trás da pedra. O homem tinha uma barba vasta, nenhum dente e um riso largo. Vicente chamou-o, e os dois tiveram uma conversa rápida, no fim da qual Vicente se virou para Hogan.

— Ele se chama Javali e diz que sente muito, mas não sabia que éramos amigos. Pede que vocês o perdoem.

— Javali? — perguntou Hogan.

Vicente suspirou.

— Cada homem nesta região se dá um apelido e procura um francês para matar.

— É só ele? — perguntou Sharpe.

— Só.

— Então ele é idiota demais ou corajoso demais — disse Sharpe, depois sucumbiu a um abraço de Javali e um bafo insuportável. A arma do sujeito parecia antiqüíssima. A coronha de madeira, presa ao cano por antiquados aros de ferro, estava rachada, e os próprios aros estavam enferrujados e frouxos, mas Javali tinha uma bolsa de lona cheia de pólvora solta e uma variedade de balas de espingarda de diferentes tamanhos. E insistiu em acompanhá-los quando soube que poderia haver franceses para matar. Tinha uma faca curva de aparência maligna enfiada no cinto e um pequeno machado pendurado num pedaço de corda esgarçada.

Sharpe continuou andando. Javali falava sem parar e Vicente traduziu parte de sua história. Seu nome verdadeiro era Andrea, e ele era um pastor de cabras de Bouro. Era órfão desde os 6 anos e achava que agora estava com 25, mas parecia muito mais velho. Trabalhava para uma dúzia de famílias protegendo seus animais dos linces e lobos, tinha vivido com uma mulher, disse com orgulho, mas os dragões vieram, estupraram-na quando ele não estava, e sua mulher, que segundo ele tinha um humor pior do que o de um bode, devia ter usado uma faca contra os estupradores, pois eles a haviam matado. Javali não parecia muito chateado com a morte da mulher, mas mesmo assim estava decidido a vingá-la. Deu um tapinha na faca e depois na virilha, para mostrar o que tinha em mente.

Javali pelo menos conhecia os caminhos mais rápidos pelo terreno elevado. Estavam viajando bem ao norte da estrada que haviam deixado quando Harris viu os cavaleiros, e essa estrada passava pelo amplo vale que agora se estendia para o leste. O Cavado se retorcia ao lado da estrada, algumas vezes desaparecendo em meio aos agrupamentos de árvores, enquanto córregos, alimentados pela chuva, tombavam dos morros para engrossar o rio.

A estimativa de dois dias, que Vicente havia feito, foi arruinada pelo clima, e eles passaram a noite seguinte no alto dos morros, meio protegidos da chuva pelas grandes pedras. De manhã continuaram andando, e Sharpe viu como o vale do rio havia se estreitado até virar quase nada. No meio da manhã estavam acima de Salamonde. E em seguida, olhando para trás, pelo vale onde a névoa da manhã ia desaparecendo, viram outra coisa.

Viram um exército. Um exército que vinha num enxame ao longo da estrada e dos campos de cada lado, uma vastidão de homens e cavalos sem nenhuma ordem em particular, uma horda que tentava escapar de Portugal e do exército inglês que agora os perseguia a partir de Braga.

— Precisamos correr — disse Hogan.

— Eles vão levar horas para subir por aquela estrada — disse Sharpe, apontando com a cabeça na direção do povoado construído no ponto em que o vale finalmente se estreitava até um desfiladeiro de onde a estrada, em vez de seguir no terreno plano, se retorcia ao lado do rio e ia para os morros. Por enquanto os franceses podiam se espalhar em campos e marchar com uma frente ampla, mas assim que passassem de Salamonde, estariam restritos à estrada estreita e cheia de sulcos fundos. Sharpe pegou o bom telescópio de Hogan emprestado e olhou para o exército francês. Pôde ver que algumas unidades marchavam em boa ordem, mas a maioria se arrastava frouxamente. Não havia canhões, carroças nem carruagens, de modo que, se o marechal Soult realmente conseguisse escapar, teria de rastejar de volta à Espanha e explicar ao seu senhor como havia perdido tudo de valor. — Deve haver 20 mil, 30 mil homens lá embaixo — disse, espantado, enquanto devolvia o telescópio a Hogan. — Vão levar quase um dia inteiro para atravessar aquela aldeia.

— Mas estão com o diabo nos calcanhares — observou Hogan —, e isso encoraja os homens a ser rápidos.

Eles foram em frente. Um sol débil finalmente iluminou as montanhas pálidas, mas chuvaradas cinzentas caíam ao norte e ao sul. Atrás deles os franceses eram uma massa escura que pressionava contra a extremidade estreita do vale pela qual, como grãos de areia escorriam pela ampulheta, eles jorravam em Salamonde. Fumaça subia da aldeia enquanto as tropas de passagem saqueavam e queimavam.

Agora a estrada francesa para a segurança começava a subir. Seguia o desfiladeiro formado pelo Cavado com suas águas brancas, que se retorcia descendo das montanhas em grandes curvas e algumas vezes saltava por séries de precipícios em cachoeiras nevoentas. Um esquadrão de dragões liderava a retirada francesa, cavalgando adiante para farejar qualquer guerrilheiro que pudesse tentar emboscar a vasta coluna. Se os dragões viram Hogan e seus homens no alto das montanhas ao norte, não fizeram qualquer esforço para alcançá-los, pois os fuzileiros e os soldados portugueses estavam muito longe e muito no alto, e além disso os franceses tinham outras coisas com que se preocupar, porque no fim da tarde os dragões chegaram à Ponte Nova.

Sharpe já estava acima da Ponte Nova, olhando-a. Era ali que a retirada francesa poderia ser interrompida, porque o povoado minúsculo que se grudava ao terreno elevado logo depois da ponte estava cheio de homens e, ao ver pela primeira vez a Ponte Nova do alto dos morros, Hogan ficara em júbilo.

— Conseguimos! — disse ele. — Conseguimos! — Mas então apontou o telescópio para a ponte e seu bom humor desapareceu. — São das Ordenanças — disse. — Não há um uniforme de verdade ali. — E olhou por mais um minuto. — Não há uma única porcaria de canhão — disse com amargura —, e os idiotas nem destruíram a ponte.

Sharpe pegou o telescópio de Hogan emprestado para olhar a ponte. Ela possuía dois fortes esteios de pedra, um em cada margem, e o rio era atravessado por duas grandes traves sobre as quais uma pista de madeira fora construída. Os homens das Ordenanças, presumivelmente não querendo reconstruir totalmente a ponte quando os franceses fossem derrotados, haviam retirado a pista de tábuas, mas tinham deixado as duas enormes traves no lugar. Depois haviam cavado trincheiras na extremidade do povoado, do lado leste da ponte, de onde poderiam cobrir com fogo de espingardas a ponte meio danificada.

— Pode servir — grunhiu Sharpe.

— E o que você faria se fossem os franceses? — perguntou Hogan.

Sharpe olhou para o desfiladeiro, depois se virou de novo para o oeste. Podia ver a serpente escura do exército francês chegando pela estrada, porém mais atrás ainda não havia qualquer sinal de uma perseguição inglesa.

— Esperaria até o anoitecer, depois atacaria atravessando as traves. — As Ordenanças eram uma tropa entusiasmada, mas mal passavam de uma ralé, mal armada e praticamente sem treinamento, e esse tipo de tropa podia ser levado facilmente ao pânico. Pior, não havia muitos ordenanças na Ponte Nova. Seria mais do que o suficiente se a ponte estivesse totalmente destruída, mas as duas traves eram um convite aos franceses. Sharpe apontou o telescópio para a ponte outra vez. — Aquelas traves têm largura suficiente para que se ande por cima delas. Eles vão atacar à noite. Na esperança de pegar os defensores dormindo.

— Só esperemos que os ordenanças fiquem acordados — disse Hogan. Em seguida apeou da mula. — E o que faremos é esperar.

BERNARD CORNWELL

— Esperar?

— Se eles ficarem parados aqui — explicou Hogan —, este é um lugar tão bom quanto qualquer outro para procurar o senhor Christopher. E se eles atravessarem...? — Deu de ombros.

— Eu deveria descer até lá — disse Sharpe — e dizer-lhes para se livrarem daquelas traves.

— E como eles fariam isso? — perguntou Hogan. — Com os dragões disparando da outra margem? — Os dragões haviam apeado e se espalhado na margem oeste, e Hogan podia ver os sopros de fumaça de suas clavinas. — É tarde demais para ajudar, Richard, tarde demais. Você fica aqui.

Eles fizeram um acampamento precário no meio das pedras. A noite caiu rapidamente porque a chuva havia retornado e as nuvens cobriram o sol poente. Sharpe deixou seus homens acenderem fogueiras para fazer chá. Os franceses veriam as fogueiras, mas isso não importava, pois quando a escuridão encobriu os morros, uma infinidade de chamas apareceu nos terrenos elevados. Os guerrilheiros estavam se reunindo. Vinham de todo o norte de Portugal para ajudar a destruir o exército francês.

Um exército que estava com frio, molhado, faminto, exausto e num beco sem saída.

O major Dulong ainda fumegava por causa de sua derrota em Vila Real de Zedes. O hematoma no rosto havia sumido, mas a lembrança de ter sido rechaçado doía. Algumas vezes pensava no fuzileiro que o derrotara e desejava que o sujeito fosse do 31º *Léger*. Também desejava que o 31º *Léger* pudesse se armar com carabinas, mas isso era como desejar a lua, porque o imperador não queria ouvir falar daquelas armas. Muito complicadas, muito lentas, arma de mulher, dizia. *Vive le fusil*. Agora, junto à velha ponte chamada de Ponte Nova, onde a retirada francesa estava bloqueada, Dulong fora chamado a se apresentar ao marechal Soult porque haviam dito ao marechal que aquele era o melhor e mais corajoso soldado de todo o seu exército. Dulong aparentava isso, pensou o marechal, com seu uniforme maltrapilho e o rosto cheio de cicatrizes. Dulong havia tirado a pluma espalhafatosa de sua barretina e enrolado-a em tecido oleado, que amarrara à bainha do sabre. Esperava usar aquela pluma quando seu regimento entrasse marchando em Lisboa, mas pelo visto isso não ia acontecer. Pelo menos não nesta primavera.

Soult caminhou com Dulong até um morro baixo, de onde podiam ver a ponte com suas duas traves, bem como ver e ouvir os ordenanças gritando e zombando do outro lado.

— Não são muitos — observou Soult. — Trezentos?

— Mais — resmungou Dulong.

— Então, como você pode se livrar deles?

Dulong olhou a ponte através de um telescópio. As traves tinham cerca de um metro de largura, mais do que o suficiente, mas a chuva sem dúvida as deixava escorregadias. Levantou o telescópio para ver que os portugueses haviam cavado trincheiras de onde poderiam atirar diretamente ao longo das traves. Mas a noite seria escura, pensou, e a lua estaria encoberta por nuvens.

— Eu levaria cem voluntários — disse —, cinquenta para cada trave, e iria à meia-noite. — A chuva estava piorando e o crepúsculo era frio. As espingardas portuguesas, Dulong sabia, estariam encharcadas, e os homens atrás delas, gelados até os ossos. — Cem homens — garantiu ao marechal —, e a ponte é sua.

Soult assentiu.

— Se tiver sucesso, major, mande-me a notícia. Mas se fracassar? Não quero saber. — Ele se virou e foi andando.

Dulong retornou ao 31º *Léger* e pediu voluntários. E não ficou surpreso quando todo o regimento se apresentou. Assim, escolheu uma dúzia de bons sargentos e deixou que eles selecionassem o resto. Em seguida alertou-os para o fato de que a luta seria feia, fria e molhada.

— Vamos usar baionetas — disse — porque as espingardas não vão disparar nesse tempo. Além disso, uma vez que vocês tenham dado um tiro, não terão tempo de recarregar. — Pensou em lembrá-los de que lhe deviam uma demonstração de coragem depois da relutância em avançar contra o fogo dos fuzileiros no morro da torre da Vila Real de Zedes, depois decidiu que, de qualquer modo, todos sabiam disso. Assim, segurou a língua.

Os franceses não acenderam fogueiras. Reclamaram, mas o marechal Soult insistiu. Do outro lado do rio as Ordenanças acreditavam estar seguras, e por isso os homens fizeram um fogo numa das casas bem acima da ponte, onde seus colegas podiam se manter aquecidos. O casebre tinha uma janela pequena, e pelo vidro sem postigo escapava luz apenas suficiente para se refletir nas traves molhadas que cruzavam o rio. Os reflexos débeis tremeluziam na chuva, mas serviam como guias para os voluntários de Dulong.

Partiram à meia-noite. Duas colunas, cinquenta homens em cada. Dulong disse-lhes que deveriam cruzar a ponte correndo e ele próprio liderou a coluna da direita, com o sabre desembainhado. Os únicos sons eram o rio sibilando embaixo, o vento gritando nas pedras, as batidas de seus pés e um grito breve quando um homem escorregou e caiu no Cavado. E em seguida Dulong estava subindo a encosta. Encontrou a primeira trincheira vazia e achou que os ordenanças haviam procurado abrigo nos casebres que ficavam logo depois da segunda trincheira, e os idiotas nem ao menos haviam deixado uma sentinela junto à ponte. Até um cão teria servido para alertar sobre um ataque francês, mas tanto os homens quanto os cães estavam protegidos do mau tempo.

— Sargento! — sussurrou o major. — As casas! Façam uma limpeza!

Os portugueses ainda estavam dormindo quando os franceses chegaram. Tinham vindo com baionetas e sem misericórdia. As duas primeiras casas caíram rapidamente, seus ocupantes sendo mortos praticamente antes de acordar, mas seus gritos alertaram os demais ordenanças, que correram para a escuridão e foram recebidos pela infantaria mais bem treinada do exército francês. As baionetas fizeram o trabalho e os gritos das vítimas completaram a vitória, porque os sobreviventes, confusos e apavorados com os sons terríveis na noite escura, fugiram. Quinze minutos depois da meia-noite Dulong estava se esquentando junto ao fogo que iluminara seu caminho para a vitória.

O marechal Soult tirou a medalha da Légion d'Honneur de sua casaca e prendeu-a no peito do paletó esgarçado do major Dulong. Depois, com lágrimas nos olhos, o marechal beijou o major nas duas bochechas. Porque o milagre havia acontecido e a primeira ponte pertencia aos franceses.

Kate enrolou-se num cobertor de sela úmido e ficou parada junto ao seu cavalo exausto, olhando inexpressivamente enquanto a infantaria francesa cortava pinheiros, arrancava os galhos e depois levava os troncos aparados até a ponte. Mais madeira foi trazida dos casebres, e as empenas tinham apenas tamanho suficiente para a largura da pista da ponte, mas tudo isso demorou, porque a madeira bruta precisava ser amarrada junta para que os soldados, os cavalos e as mulas pudessem atravessar em segurança. Os soldados que não estavam trabalhando amontoavam-se para se proteger da chuva e do vento. De repente parecia ser inverno. Disparos de espingardas soavam distantes, e Kate soube que era o povo do campo que vinha para atirar nos invasores odiados.

Uma *cantinère*, uma das mulheres rudes que vendiam café, chá, agulhas, linha e dúzias de outras pequenas amenidades aos soldados, sentiu pena de Kate e trouxe-lhe uma caneca de lata cheia de café morno com um pouquinho de conhaque.

— Se eles demorarem muito mais — disse ela, apontando com a cabeça para os soldados que reconstruíam a estrada da ponte —, vamos todos estar deitados de costas com um dragão inglês em cima. Assim pelo menos vamos ganhar alguma coisa com essa campanha! — Ela riu e voltou às suas duas mulas, carregadas de mercadorias. Kate bebericou o café. Nunca se sentira tão fria, molhada e sofrida. E sabia que só podia culpar a si mesma.

Williamson olhou para o café, e Kate, inquieta pelo olhar dele, foi para o outro lado do cavalo. Ela não gostava de Williamson; não gostava da expressão faminta de seus olhos, e temia a ameaça do desejo nu que ele sentia por ela. Será que todos os homens eram animais? Christopher, apesar de toda a sua civilidade elegante durante o dia, gostava de infligir dor à noite, mas então Kate se lembrou do beijo suave que Sharpe lhe dera e sentiu lágrimas vindo-lhe aos olhos. E o tenente Vicente era um homem gentil, pensou. Christopher gostava de dizer que havia dois lados no mundo, assim como havia peças pretas e brancas no tabuleiro de xadrez, e Kate soube que havia escolhido o lado errado. Pior, não sabia como encontrar o caminho de volta para o lado certo.

Christopher voltou caminhando pela coluna parada.

— Isso é café? — perguntou, animadamente. — Bom, preciso de alguma coisa para me esquentar. — Em seguida pegou a caneca dela, bebeu tudo e depois jogou-a longe. — Mais alguns minutos, querida, e estaremos a caminho. Mais uma ponte depois desta, e teremos atravessado as montanhas e estaremos longe, na Espanha. Você terá uma cama de verdade outra vez, hein? E um banho. Como está se sentindo?

— Com frio.

— Difícil acreditar que estamos em maio, hein? É pior na Inglaterra. Mesmo assim, não dizem que a chuva é boa para a pele? Você está mais linda do que nunca, querida. — Ele parou enquanto algumas espingardas soavam a oeste. O barulho continuou alto por alguns segundos, ecoando para lá e para cá em meio às laterais íngremes do desfiladeiros, depois sumiu. — Estão expulsando os bandidos. É cedo demais para os perseguidores nos alcançarem.

— Rezo para que nos alcancem.

— Não seja ridícula, minha cara. Além disso, temos uma brigada de boa infantaria e um par de regimentos de cavalaria como retaguarda.

— Temos? — perguntou Kate indignada. — Eu sou inglesa!

Christopher lançou-lhe um sorriso muito sofrido.

— Como eu, querida, mas o que queremos acima de tudo é a paz. A paz! E talvez esta retirada seja a coisa perfeita para convencer os franceses a deixar Portugal em paz. É nisso que estou trabalhando. Na paz.

A DEVASTAÇÃO DE SHARPE

Havia uma pistola no coldre de sela de Christopher bem ao lado de Kate, e ela ficou tentada a pegar a arma, encostar na barriga dele e puxar o gatilho, mas nunca havia disparado uma arma, não sabia se a pistola de cano longo estava carregada e, além disso, o que lhe aconteceria se Christopher não estivesse ali? Williamson iria machucá-la, pensou, e por algum motivo lembrou-se da carta que conseguira deixar para o tenente Sharpe, a carta que ela havia colocado no tampo da lareira da Bela Casa sem que Christopher visse. Pensou agora em como era uma carta idiota. O que estava tentando dizer a Sharpe? E por que a ele? O que esperava que ele fizesse?

Olhou para o morro distante. Havia homens no alto da crista e Christopher virou-se para ver o que ela estava olhando.

— Mais escória — disse ele.

— Patriotas — insistiu Kate.

— Camponeses com armas enferrujadas — disse Christopher, acidamente —, que torturam os prisioneiros e não fazem nenhuma ideia dos princípios que estão em jogo nesta guerra. São as forças da velha Europa — insistiu ele —, homens supersticiosos e ignorantes. Inimigos do progresso. — Ele fez uma careta, depois desafivelou um dos alforjes para certificar-se de que sua casaca do uniforme, vermelha com a frente preta, estava dentro. Se os franceses fossem obrigados a se render, aquela casaca era seu passaporte. Ele iria para os morros, e se os guerrilheiros o encurralassem, ele os convenceria de que era um inglês escapando dos franceses.

— Estamos indo, senhor — disse Williamson. — A ponte está consertada. — Ele bateu na testa prestando continência a Christopher, depois olhou de lado para Kate. — Quer ajuda para montar, senhora?

— Eu me viro — respondeu Kate, friamente, mas foi obrigada a largar o cobertor úmido para subir na sela, e soube que Christopher e Williamson estavam olhando para suas pernas naquela calça justa de hussardo.

Gritos de comemoração vieram da ponte quando os primeiros cavaleiros guiaram seus animais pela pista precária. O som instigou a infantaria a se levantar, pegar as espingardas e as mochilas e arrastar os pés na direção da passagem improvisada.

— Mais uma ponte — garantiu Christopher a Kate —, e estaremos em segurança.

Só mais uma ponte. O Saltador.

E acima deles, no alto dos morros, Richard Sharpe já estava indo para lá. Para a última ponte de Portugal. O Saltador.

CAPÍTULO XI

Foi ao amanhecer que Sharpe e Hogan viram que seus temores haviam se cumprido. Várias centenas de soldados de infantaria franceses haviam atravessado a Ponte Nova, as Ordenanças não passavam de corpos numa aldeia saqueada, e enérgicos grupos de trabalho estavam refazendo a pista sobre a água branca do Cavado. O desfiladeiro comprido e sinuoso ecoava com tiros esporádicos de espingardas quando os camponeses de Portugal, atraídos pelo exército em retirada como corvos pela carne, faziam disparos de longe. Sharpe viu uma centena de voltigueurs em ordem aberta subir um morro para expulsar um corajoso bando que ousara chegar a menos de duzentos passos da coluna parada. Houve uma agitação de tiros, os escaramuçadores franceses limparam o morro e depois voltaram à estrada apinhada. Não havia sinal de qualquer perseguição inglesa, mas Hogan achava que o exército de Wellesley ainda estava meio dia de marcha atrás dos franceses.

— Ele não deve ter seguido os franceses diretamente — explicou. — Não deve ter atravessado a serra de Santa Catarina como eles. Deve ter ficado nas estradas, por isso foi primeiro a Braga e agora está marchando para o leste. Quanto a nós... — Olhou para a ponte capturada. — É melhor irmos para o Saltador — disse, sério —, pois é nossa última chance.

Para Sharpe parecia não haver chance nenhuma. Mais de 20 mil fugitivos franceses escureciam o vale abaixo, Christopher estava perdido em algum lugar daquela massa, e Sharpe não sabia como iria encontrar o renegado. Mas ajeitou o sobretudo puído, pegou a carabina e foi atrás de Hogan, que, como pôde ver, estava igualmente pessimista, enquanto Harper, impertinentemente, demonstrava uma alegria estranha, mesmo quando tiveram de vadear por um afluente do Cavado que corria com água até o nível da cintura através de um desfiladeiro íngreme em direção ao rio maior. A mula de Hogan empacou diante da água fria e rápida, e o capitão propôs abandonar o animal, mas então Javali deu um tapa com força na cara dela e, enquanto a mula ainda estava piscando, ele a pegou e literalmente a carregou através do riacho largo. Os fuzileiros aplaudiram essa demonstração de força, enquanto a mula, em segurança na margem oposta, tentava morder com seus dentes amarelos o pastor, que simplesmente lhe deu outro tapa.

— Rapaz útil, esse aí — disse Harper em tom de aprovação. O grande sargento irlandês estava encharcado até os ossos e com tanto frio e cansaço quanto qualquer dos outros homens, mas parecia gostar das dificuldades. — Isso não é pior do que cuidar dos rebanhos na minha terra — declarou enquanto continuavam andando. — Lembro que uma vez meu tio estava levando a pé para Belfast um rebanho de carneiros, carne de primeira, e metade dos desgraçados saiu numa corrida de merda quando nem havíamos chegado a Letterkenny! Meu Deus, todo aquele dinheiro desperdiçado!

— Vocês pegaram os carneiros de volta? — perguntou Perkins.

— Está brincando, garoto. Eu procurei metade da noite e tudo o que consegui foi um tapa no ouvido, dado pelo meu tio. Veja bem, foi culpa dele, nunca havia transportado sequer um rebanho de coelhos e não sabia qual era a frente e qual era o traseiro de uma ovelha, mas disseram-lhe que carne de carneiro dava um bom dinheiro em Belfast, por isso ele roubou o rebanho de um pão-duro em Colcarney e partiu para fazer fortuna.

— Há lobos na Irlanda? — quis saber Vicente.

— De casacas vermelhas — respondeu Harper, e viu Sharpe fazer um muxoxo. — Meu avô dizia que tinha visto um bando deles em Derrynagrial — continuou depressa. — Segundo ele, eram grandes, com olhos vermelhos e dentes do tamanho de lápides de cemitério, e ele disse à minha avó que eles o perseguiram até a ponte de Glenleheel, mas ele estava bêbado. Meu Deus, ele sabia encher a cara.

Javali quis saber do que eles estavam falando e imediatamente começou a contar histórias sobre lobos que haviam atacado suas cabras, como havia lutado contra um tendo apenas um pedaço de pau e uma pedra afiada, depois disse que havia criado um filhote de lobo e contou que o padre da aldeia havia insistido em matá-lo porque o diabo vivia nos lobos. O sargento Macedo disse que era verdade e descreveu como uma sentinela em Almeida fora devorada por lobos numa noite fria de inverno.

— Vocês têm lobos na Inglaterra? — perguntou Vicente a Sharpe.

— Só advogados.

— Richard! — censurou Hogan.

Agora estavam indo para o norte. A estrada que os franceses usariam da Ponte Nova à fronteira com a Espanha serpenteava subindo as montanhas até encontrar outro afluente do Cavado, o Misarella, e a ponte Saltador atravessava o trecho mais alto deste rio. Sharpe preferiria ter descido para a estrada e marchado à frente dos franceses, mas Hogan, não. Disse que o inimigo colocaria dragões do outro lado do Cavado assim que a ponte estivesse consertada, e a estrada não era lugar para ser apanhado por cavaleiros. Assim, eles permaneceram no terreno elevado, que ficava cada vez mais áspero, pedregoso e difícil. O progresso era dolorosamente lento porque os homens eram obrigados a fazer longos desvios quando precipícios ou encostas cobertas de seixos barravam-lhes o caminho, e para cada quilômetro que avançavam tinham de andar três. Sharpe sabia que agora os franceses estavam avançando pelo vale e ganhando terreno depressa, porque o progresso deles era sinalizado por espaçados tiros de espingardas, disparados dos morros acima do desfiladeiros do Misarella. Esses tiros, dados de muito longe por homens movidos pelo ódio, soavam cada vez mais próximos até que, no meio da manhã, os franceses apareceram.

Uma centena de dragões vinha à frente, mas não muito atrás deles estava a infantaria, e esses homens não eram uma ralé em pânico — eles marchavam em boa ordem. No momento em que os viu, Javali grunhiu incoerentemente e pegou um punhado de pólvora na sacola, metade da qual derramou enquanto tentava empurrar pelo cano da espingarda. Enfiou uma bala, escorvou a espingarda e atirou na direção do vale. Não pareceu que tivesse acertado o inimigo, mas ele fez uma pequena dança animada e carregou a espingarda outra vez.

— Você estava certo, Richard — disse Hogan, pesaroso. — Deveríamos ter usado a estrada. — Agora os franceses os estavam ultrapassando.

— O senhor estava certo — respondeu Sharpe. — Pessoas como ele — e balançou a cabeça na direção do barbudo Javali — teriam atirado contra nós durante toda a manhã.

— Talvez. — Hogan balançou montado na mula, depois olhou de novo para os franceses. — Vamos rezar para que o Saltador tenha sido quebrado — disse, mas não parecia esperançoso.

Eles tiveram de descer numa depressão entre dois morros, depois precisaram subir de novo por outra encosta encurvada, cheia daquelas enormes pedras redondas. Perderam de vista o rápido Misarella e os franceses na estrada ao lado, mas podiam ouvir os disparos ocasionais de espingardas que falavam dos guerrilheiros atirando contra o vale.

— Deus permita que os portugueses tenham chegado à ponte — disse Hogan pela décima ou vigésima vez desde o amanhecer. Se tudo tivesse dado certo, as forças portuguesas que avançavam para o norte, paralelas ao exército de Sir Arthur Wellesley, deviam ter bloqueado os franceses em Ruivaens, cortando a última estrada para o leste até a Espanha, depois teriam mandado uma brigada para os morros, fechando a última rota de fuga no Saltador. Se tudo tivesse dado certo, os portugueses agora deviam estar barrando a estrada da montanha com canhões e infantaria, mas se o mau tempo tivesse diminuído o ritmo de sua marcha, assim como havia diminuído a velocidade da perseguição de Wellesley, os únicos homens que estariam esperando pelo marechal Soult no saltador seriam mais ordenanças.

Havia mais de mil deles, pouco treinados e mal armados, mas um major inglês do estado-maior português havia cavalgado na frente para lhes dar orientação. Sua recomendação mais forte foi para que destruíssem a ponte, porém muitos ordenanças vinham das difíceis montanhas da fronteira, e o alto arco sobre o Misarella era a linha vital de seu comércio, razão pela qual eles se recusaram a cumprir o conselho do major Warren. Em vez disso aceitaram derrubar os parapeitos da ponte e estreitar a pista quebrando suas pedras com grandes marretas, mas insistiram em deixar uma fina tira de pedra para atravessar a ravina profunda. E para defender o fino arco, fizeram barricadas do lado norte da ponte com um abatis feito de arbustos de espinheiro. Atrás desse obstáculo formidável, e de cada lado dele, levantaram parapeitos de terra, atrás dos quais poderiam se abrigar enquanto atirassem contra os franceses com espingardas velhas e caçadeiras. Não havia artilharia.

A largura da tira de ponte que restava era suficiente apenas para deixar uma carroça de fazenda atravessar a ravina do rio. Isso significava que, quando os franceses fossem embora, o comércio do vale poderia ser retomado enquanto a pista e os parapeitos eram reconstruídos. Mas para os franceses essa tira estreita significaria apenas uma coisa: segurança.

Hogan foi o primeiro a ver que a ponte não estava totalmente destruída. Desceu da mula e xingou violentamente, depois emprestou seu telescópio a Sharpe, que olhou para os restos da ponte. Já havia fumaça de espingardas cobrindo as duas margens, enquanto os dragões da vanguarda francesa disparavam por cima da ravina e as Ordenanças, em seus redutos improvisados, atiravam de volta. O som das espingardas era fraco.

— Eles vão atravessar — disse Hogan com tristeza. — Vão perder muitos homens, mas vão liberar a ponte.

Sharpe não respondeu. Hogan estava certo, pensou. Nesse momento os franceses não se esforçavam para tomar a ponte, mas sem dúvida estavam montando uma equipe de ataque, o que significava que ele teria de encontrar um local de onde seus homens pudessem atirar contra Christopher quando ele passasse pelo arco estreito. Não havia nenhum lugar assim deste lado do rio, mas na margem oposta do Misarella havia um penhasco alto onde se postavam cem ou mais ordenanças. O penhasco devia estar a menos de duzentos passos da ponte, longe demais para as espingardas portuguesas, mas seria um local perfeito para suas carabinas e, se Christopher chegasse ao centro da ponte, seria recebido por uma dúzia de balas de carabina.

O problema era chegar ao penhasco, que não ficava longe, talvez a oitocentos metros, mas entre Sharpe e aquele tentador terreno elevado havia o Misarella.

— Temos de atravessar esse rio — disse Sharpe.

— Quanto tempo isso vai demorar? — perguntou Hogan.

— Quanto tempo for necessário. Não temos escolha.

Os disparos de espingardas cresciam de intensidade, estalando como espinheiro queimando, depois diminuíam gradualmente antes de retornarem à vida. Os dragões estavam se reunindo na margem norte para sufocar os defensores com tiros, mas Sharpe não podia fazer nada para ajudar.

Assim, por enquanto, ele se afastou.

No vale do Cavado, a apenas vinte quilômetros da guarda avançada que lutava contra as ordenanças na ravina do Misarella, as primeiras tropas inglesas alcançaram a retaguarda de Soult, que protegia os homens e mulheres que ainda estavam atravessando a Ponte Nova. As tropas inglesas eram dragões ligeiros, que podiam fazer pouco mais do que trocar fogo de clavinas com as tropas francesas, que estavam espalhadas na estrada para encher o vale entre o rio e os penhascos do sul. Mas não muito atrás dos dragões marchava a Brigada de Guardas, e atrás deles havia um par de canhões de 3 libras, canhões que disparavam balas tão leves que eram chamados de brinquedos, mas nesse dia, quando mais ninguém era capaz de usar artilharia, os dois brinquedos valiam seu peso em ouro.

A retaguarda francesa esperava enquanto, a vinte quilômetros dali, a vanguarda se preparava para atacar o Saltador. Dois batalhões de infantaria assaltariam a ponte, mas estava claro que eles seriam aniquilados se a grossa barreira de espinheiros não fosse retirada da extremidade da ponte. O abatis, que tinha mais de um metro de altura e uma espessura igual, havia sido feito com duas dúzias de espinheiros amarrados juntos e mantidos no lugar com o peso de toras, formando um obstáculo gigantesco. Assim, foi proposto, pelo bem da maioria, sacrificar alguns. Um destacamento seria designado para começar o ataque, e era grande a chance de morrerem na ação, mas, ao fazer isso, limpariam o caminho para os companheiros. Em geral esses bandos suicidas eram usados contra as brechas fortemente defendidas em fortalezas inimigas, mas o bando de hoje deveria atravessar o estreito resto de uma ponte e morrer sob o fogo de espingardas, e enquanto morresse deveria limpar o abatis feito de espinhos. O major Dulong, do 31º *Léger*, com a nova medalha da Légion d'Honneur brilhando no peito, apresentou-se como voluntário para liderar a Esperança Vã. Desta vez não poderia usar a escuridão, e o inimigo era muito mais numeroso, mas seu rosto duro não demonstrava qualquer apreensão enquanto calçava um par de luvas e enrolava o fiel do sabre no punho, para não perder a arma no caos que antevia quando os espinheiros estivessem sendo arrancados e jogados longe. O general Loison, que comandava a vanguarda francesa, ordenou que cada homem disponível fosse para a margem do rio, inundar as ordenanças com tiros de espingardas, clavinas e até pistolas, e quando o ruído subiu até uma intensidade ensurdecedora, Dulong levantou o sabre e balançou-o à frente, como sinal para avançar.

A companhia de escaramuça, de seu próprio regimento, correu pela ponte. Apenas três homens podiam andar lado a lado na estreita tira de pedra, e Dulong estava na fileira da frente. Os ordenanças rugiram em desafio e uma saraivada de tiros espocou do parapeito de terra mais próximo. Dulong foi alvejado no peito, ouviu a bala acertar sua medalha, escutou claramente o estalo de uma costela se partindo e soube que a bala devia estar em seu pulmão, mas não sentiu dor. Tentou gritar, mas sua respiração foi muito curta. No entanto, começou a puxar os espinheiros com a mão enluvada. Mais homens chegaram, abarrotando a pista estreita da ponte. Um deles escorregou e caiu gritando no tumulto branco do Misarella. Balas acertavam a Esperança Vã, o ar não passava de fumaça, ruídos agudos e balas sibilando, mas então Dulong conseguiu jogar toda uma seção do abatis no rio e viu-se uma abertura de tamanho suficiente para um homem passar e grande o bastante para salvar um exército encurralado. Ele cambaleou por ela, o sabre erguido, cuspindo bolhas de sangue enquanto respirava com dificuldade. Um grito enorme veio de trás quando o primeiro batalhão de apoio correu para a ponte com baionetas caladas. Os sobreviventes de Dulong afastaram o resto do abatis de espinhos, uma dúzia de voltigueurs mortos foi chutada sem cerimônia para a ravina, e de repente o Saltador estava escuro com as tropas francesas. Elas soltavam um grito de guerra enquanto chegavam, e os ordenanças, a maioria dos quais ainda estava recarregando depois de tentar impedir a Esperança Vã de Dulong, agora fugiam. Centenas de homens correram para o oeste, subindo para as montanhas para escapar das baionetas. Dulong parou junto à barreira de terra mais próxima, abandonada, e ali se dobrou, o sabre pendurado pelos fiéis amarrados ao pulso e um longo fio de sangue misturado com saliva escorrendo-lhe da boca. Fechou os olhos e tentou rezar.

— Uma maca! — gritou um sargento. — Façam uma maca. Encontrem um médico!

Dois batalhões franceses expulsaram as Ordenanças para longe da ponte. Alguns portugueses ainda se demoravam num alto penhasco à esquerda da estrada, mas estavam longe demais para que seus tiros de espingarda significassem algo além de um incômodo minúsculo, por isso os franceses os deixaram lá, vendo um exército escapar.

Pois o major Dulong havia aberto as últimas mandíbulas da armadilha e a estrada para o norte estava aberta.

No terreno elevado ao sul do Misarella, Sharpe ouviu os tiros furiosos de espingarda e soube que os franceses deviam estar atacando a ponte. Rezou para que as ordenanças conseguissem detê-los, mas sabia que fracassariam. Eram soldados amadores, os franceses eram profissionais — e embora homens fossem morrer, ainda assim os franceses atravessariam o Misarella. E logo que as primeiras tropas tivessem passado, o resto do exército certamente iria atrás.

Portanto, ele tinha pouco tempo para atravessar o rio que rolava branco em sua profunda ravina rochosa — e teve de seguir mais de um quilômetro e meio corrente acima antes de encontrar um local onde eles pudessem passar com dificuldade pelas encostas íngremes e pela água que a chuva tornara mais caudalosa. A mula teria de ser abandonada, porque a ravina era tão íngreme que nem mesmo Javali pôde obrigar o bicho a descer o penhasco e cruzar a água rápida. Sharpe ordenou que seus homens tirassem as bandoleiras das espingardas e carabinas, depois as afivelassem ou amarrassem umas às outras para fazer uma corda comprida. Javali, desprezando essa ajuda, desceu para o Misarella, vadeou e começou a subir pelo outro lado, mas Sharpe, temendo a perda de algum de seus homens com uma perna quebrada naquelas montanhas, foi mais lentamente. Os homens desceram usando a corda como apoio, depois passaram as armas. O rio mal teria uns 12 passos de largura, mas era fundo e a água fria puxava as pernas de Sharpe enquanto ele liderava a travessia. As pedras no fundo eram escorregadias e irregulares. Tongue caiu e foi varrido alguns metros rio abaixo antes de conseguir se arrastar para a margem.

— Desculpe, senhor — conseguiu dizer com os dentes chacoalhando enquanto a água escorria de sua cartucheira. Demorou mais de quarenta minutos para que todos atravessassem a ravina e subissem do outro lado, onde, de um pico de rocha, Sharpe pôde ver as colinas da Espanha cobertas de nuvens.

Viraram para o leste, em direção à ponte, no momento em que começou a chover de novo. Durante toda a manhã os aguaceiros escuros haviam descido oblíquos a eles, mas agora uma chuvarada caiu diretamente sobre eles, e então um estrondo de trovão ribombou no céu. Adiante, mais ao sul, havia um trecho de luz solar clareando as montanhas pálidas, mas acima de Sharpe o céu ficou mais escuro e a chuva mais forte, e ele soube que as carabinas teriam dificuldade para disparar num aguaceiro tão grande. Não disse nada. Todos estavam com frio e desanimados, os franceses estavam escapando e Christopher talvez já tivesse passado pelo Misarella e estivesse a caminho da Espanha.

À esquerda a estrada cheia de capim crescido serpenteava até as últimas montanhas de Portugal, e eles podiam ver dragões e soldados de infantaria subindo lentamente pelas curvas tortuosas da estrada, mas esses homens estavam a oitocentos metros de distância e o penhasco ficava logo adiante. Javali, que já estava no cume, avisou ao resto dos ordenanças, que esperavam entre samambaias e pedregulhos, que os homens uniformizados que se aproximavam eram amigos. Os portugueses, cujas espingardas eram inúteis na chuva forte, haviam sido reduzidos a jogar pedras, que ricocheteavam na face leste do penhasco e não passavam de um incômodo pequeno para o jorro de franceses que atravessavam a fina linha vital por cima do Misarella.

Sharpe descartou os ordenanças que queriam lhe dar as boas-vindas e deitou-se na borda do penhasco. A chuva golpeava as pedras, derramava-se pelo penhasco e tamborilava em sua barretina. Um trovão estrondeou no alto e logo foi erguido por outro a sudoeste, e Sharpe reconheceu o segundo som como sendo de canhões. Esse barulho significava que o exército de Sir Arthur Wellesley devia ter alcançado os franceses e que sua artilharia abrira fogo, mas esse fogo estava a quilômetros dali, atrás da Ponte Nova, e aqui, no último obstáculo, os franceses estavam escapando.

Ofegando pelo esforço de subir o penhasco, Hogan deixou-se cair ao lado de Sharpe. Estavam tão perto da ponte que podiam ver os bigodes no rosto dos soldados franceses, bem como as listas marrons e pretas da saia comprida de uma mulher. Ela caminhava ao lado de seu homem, carregando sua espingarda e seu filho, e tinha um cachorro amarrado ao cinto por um pedaço de barbante. Atrás deles um oficial puxava um cavalo que mancava.

— Isso que estou ouvindo é canhão? — perguntou Hogan.

— Sim, senhor.

— Deve ser de 3 libras — supôs Hogan. — Seria bom ter uns dois brinquedinhos daqueles aqui.

Mas não tinham. Tinham apenas Sharpe, Vicente e seus homens. E um exército que estava escapando.

Na Ponte Nova, os artilheiros haviam levado os dois canhões de brinquedo para a crista de um morro baixo acima da retaguarda francesa. Ali não estava chovendo. Uma pancada ocasional vinha das montanhas, mas mesmo assim as espingardas podiam disparar, e a Brigada de Guardas carregou as armas, calou as baionetas e depois se formou para avançar em coluna de companhias.

E os canhões, os desprezados canhões de 3 libras, abriram fogo contra os franceses. As balas pequenas, pouco maiores que uma laranja, atravessaram as fileiras densas e ricochetearam nas pedras matando mais franceses, a banda dos Guardas de Coldstream começou a tocar "Rule Britannia" e as grandes bandeiras foram desfraldadas no ar úmido. As balas de 3 libras golpearam de novo, cada tiro deixando um comprido jorro de sangue no ar como se uma gigantesca faca invisível estivesse retalhando as fileiras francesas. As duas companhias ligeiras de guardas e uma companhia de casacos-verdes do 60º, os Fuzileiros Americanos do Rei, estavam avançando em meio ao amontoado de pedregulhos e muros baixos de pedra contra o flanco esquerdo dos franceses, e as espingardas e carabinas Baker começaram a pegar sua cota de oficiais e sargentos franceses. Escaramuçadores franceses, homens do renomado 4º *Léger*, um regimento escolhido por Soult para guardar a retaguarda porque o 4º era famoso por sua firmeza, correu para fazer os escaramuçadores ingleses recuarem, mas as carabinas eram demais para eles. Nunca haviam enfrentado um fogo de longa distância tão preciso, e os *voltigueurs* recuaram.

— Leve-os adiante, Campbell, leve-os adiante! — gritou Sir Arthur Wellesley para o comandante da brigada, e assim o primeiro batalhão dos Coldstreams e o primeiro batalhão do 3º Regimento de Infantaria de Guarda marcharam em direção à ponte. Suas barretinas altas faziam-nos parecer enormes, os tambores da banda bateram com toda a força, as carabinas estalaram e os dois canhões de 3 libras escoicearam abrindo mais dois sulcos sangrentos pelas compridas fileiras de franceses.

— Eles vão quebrar — disse o coronel Waters. Ele havia servido como guia de Sir Arthur durante todo o dia e estava olhando a retaguarda francesa pelo telescópio. Podia ver os inimigos oscilando, os sargentos correndo para trás e para a frente em meio às fileiras para colocar os homens em ordem. — Eles vão quebrar, senhor.

— Rezemos para que sim — disse Sir Arthur —, rezemos para que sim. — E se perguntou o que estaria acontecendo lá adiante, onde a rota de fuga dos franceses fora bloqueada. Já possuía uma vitória, mas até que ponto seria completa?

Os dois batalhões de guardas, ambos com o dobro de tamanho de um batalhão comum, marchavam firmes, e suas baionetas eram 2 mil pontos de luz no vale escurecido pelas nuvens, cujas cores eram vermelho, branco, azul e dourado acima deles. E à frente os franceses tremiam, os canhões disparavam de novo e a névoa sangrenta tremeluzia em duas linhas compridas mostrando onde as balas rasas haviam rasgado as fileiras.

E Sir Arthur Wellesley nem olhava para os guardas. Estava olhando para as montanhas, onde um grande aguaceiro preto bloqueava a visão.

— Deus permita que a estrada esteja cortada — disse com fervor.

— Amém — concordou o coronel Waters. — Amém.

A estrada não estava bloqueada porque pedras se apoiavam por cima do Misarella e uma fila aparentemente interminável de franceses passava pelo arco. Sharpe os observava. Eles andavam como homens vencidos, cansados e carrancudos, e pela expressão que traziam no rosto dava para ver como se ressentiam do punhado de oficiais engenheiros que os cutucavam para passar pela ponte. Em abril aqueles homens eram os conquistadores do norte de Portugal e achavam que já iam marchar para o sul e capturar Lisboa. Haviam saqueado todo o país ao norte do Douro: tinham dilapidado casas e igrejas, estuprado mulheres, matado homens e cantado como galos sobre um monte de esterco, mas agora haviam sido chicoteados, derrubados e perseguidos, e o som distante dos dois canhões dizia que seu sofrimento ainda não terminara. E acima deles, nas cristas dos morros pedregosos, podiam ver dezenas de homens amargos, que só esperavam um desgarrado para que suas facas fossem afiadas e as fogueiras acesas — e cada francês do exército ouvira histórias dos cadáveres com mutilações horríveis encontrados nas terras altas.

Sharpe só os observava. De vez em quando o arco da ponte era liberado para que um cavalo recalcitrante fosse instigado a passar sobre a pista estreita. Os cavaleiros eram peremptoriamente ordenados a descer das selas e havia dois hussardos disponíveis para vendar os animais e guiá-los pela tira de pedra que restava. A chuva diminuiu e depois ficou forte outra vez. Estava escurecendo, um crepúsculo inatural trazido por nuvens negras e véus de chuva. Um general, o uniforme pesando devido aos enfeites encharcados, seguiu seu cavalo vendado pela ponte. A água borbulhava branca lá embaixo, saltando nas pedras da ravina, retorcendo-se em poços, espumando pelo Cavado. O general saiu rapidamente da ponte e depois teve dificuldade para montar de novo no cavalo. Os ordenanças zombaram dele e atiraram-lhe uma saraivada de pedras, mas os projéteis apenas ricochetearam nas partes mais baixas do penhasco e rolaram inofensivos na direção da estrada.

Pelo telescópio, que ele precisava enxugar constantemente, Hogan estava observando os franceses amontoados atrás da ponte.

— Onde está você, senhor Christopher? — perguntou com amargura.

— Talvez o desgraçado tenha ido na frente — disse Harper com voz opaca. — Se eu fosse ele, senhor, estaria na frente. Ele só quer ir embora.

— Talvez — admitiu Sharpe. — Talvez. — Achava que Harper provavelmente estava certo e que Christopher talvez já estivesse na Espanha com a vanguarda francesa, mas não havia como saber.

— Vamos vigiar até o anoitecer, Richard — sugeriu Hogan numa voz chapada que não conseguia esconder seu desapontamento.

A Devastação de Sharpe

Sharpe conseguia enxergar até um quilômetro e meio para trás na estrada, completamente atulhada de homens, mulheres, cavalos e mulas que se arrastavam em direção ao gargalo do Saltador. Duas macas foram transportadas pela ponte, e a visão dos homens feridos provocou gritos de triunfo dos ordenanças no penhasco. Outro homem, com a perna quebrada, passou mancando com uma muleta improvisada. Estava em agonia, mas era melhor continuar lutando com as mãos em bolhas e uma perna sangrando do que ficar para trás e ser apanhado pelos guerrilheiros. Sua muleta escorregou na pedra da ponte e ele caiu pesadamente. Seu sofrimento provocou mais um jorro de palavrões dos ordenanças. Um soldado de infantaria francês apontou a espingarda para os portugueses que provocavam, mas quando puxou o gatilho, a fagulha caiu sobre pólvora úmida e nada aconteceu, exceto que as zombarias ficaram ainda mais ruidosas.

E então Sharpe o viu. Viu Christopher. Ou melhor, viu Kate primeiro, reconheceu o oval de seu rosto, o contraste entre a pele clara e o cabelo pretíssimo, a beleza evidente mesmo nesse crepúsculo antecipado, escuro, molhado e medonho, e viu, surpreso, que ela estava usando um uniforme francês. Aquilo era estranho, pensou, mas então viu Christopher e Williamson ao lado do cavalo dela. O coronel vestia roupas civis e estava tentando abrir caminho à força pela multidão para atravessar a ponte e se ver livre de seus perseguidores. Sharpe pegou o telescópio de Hogan, enxugou as lentes e olhou. Christopher, pensou ele, parecia mais velho, quase envelhecido com alguma coisa grisalha no rosto. Então virou as lentes para a direita e viu o rosto carrancudo de Williamson, o que o fez sentir um jorro de pura raiva.

— Você o viu? — perguntou Hogan.

— Está lá — respondeu Sharpe, em seguida pousou o telescópio, tirou a carabina de dentro da nova capa de couro e apoiou o cano numa borda de pedra.

— É ele mesmo. — Agora Harper tinha visto Christopher.

— Onde? — quis saber Hogan.

— A vinte metros da ponte, senhor — disse Harper —, ao lado do cavalo. E aquela no cavalo é a senhorita Kate. E, meu Deus! — Harper tinha visto Williamson. — Aquele é o...

— É — respondeu Sharpe, bruscamente, sentindo-se tentado a apontar a carabina para o desertor em vez de para Christopher.

Hogan estava olhando pelo telescópio.

— Moça bonita — disse ele.

— Ela faz o coração bater mais rápido, sem dúvida — respondeu Harper.

Sharpe deixou o fecho da carabina coberto, na esperança de manter a pólvora seca, e agora tirou o pedaço de pano, puxou a pederneira e apontou para Christopher, mas nesse exato momento o céu estrondeou com um trovão, e a chuva, que já era pesada, tornou-se ainda mais feroz e despencou em torrentes, fazendo Sharpe xingar. Agora ele nem podia ver Christopher! Levantou a carabina bruscamente e olhou para o ar turvo preenchido de tiras prateadas, uma chuva de estourar nuvens, um dilúvio digno de fazer alguém construir uma arca. Meu Deus! Não podia ver nada! Nesse momento a tira de um raio cortou o céu ao meio, enquanto a chuva martelava como os cascos do diabo. Sharpe apontou o cano para o céu e puxou o gatilho. Sabia o que ia acontecer, e aconteceu. A fagulha morreu, a carabina estava inútil, por isso ele jogou a arma no chão, levantou-se e desembainhou o sabre.

— Que diabo você está fazendo? — perguntou Hogan.

— Vou pegar a porcaria do meu telescópio.

E foi na direção dos franceses.

O 4º *Léger*, considerado uma das melhores unidades de infantaria do exército de Soult, quebrou, e os dois regimentos de cavalaria quebraram com ele. Os três regimentos haviam estado bem postados, dominando uma pequena crista que atravessava a estrada nas proximidades da Ponte Nova, mas a visão da Brigada de Guardas, as balas de carabina que constantemente acertavam o alvo e os golpes penetrantes dos dois canhões de 3 libras haviam acabado com a retaguarda francesa. A tarefa deles havia sido interromper a perseguição britânica, depois recuar lentamente e destruir a Ponte Nova que fora consertada, mas em vez disso eles correram.

Dois mil homens e mil e quatrocentos cavalos estavam convergindo para a pista improvisada sobre o Cavado. Nenhum deles tentou lutar. Deram as costas e fugiram, e toda a escura massa em pânico foi esmagada contra a margem do rio enquanto os guardas vinham por trás.

— Movam os canhões! — Sir Arthur esporeou o cavalo em direção aos artilheiros cujas armas haviam queimado dois grandes leques de capim na frente dos canos. — Movam-nos! — gritou. — Movam-nos! Vão atrás deles! — Estava começando a chover mais forte, o céu escurecia e forcados de raios deslizavam sobre os morros ao norte.

Os canhões foram movidos cem metros mais para perto da ponte e em seguida empurrados pela encosta norte do vale até um pequeno terraço, de onde podiam mandar suas balas rasas contra os franceses amontoados. A chuva sibilava e soltava vapor dos canos quando os primeiros tiros espocaram e o sangue lançou sua névoa vermelha acima da retaguarda rompida. O cavalo de um dragão relinchou, empinou e matou um homem com os cascos. Mais balas de canhão acertaram o alvo. Alguns franceses, aqueles que estavam atrás e sabiam que jamais alcançariam a ponte, viraram-se de novo, largaram as armas e levantaram as mãos. Os guardas abriram fileiras para deixar que os prisioneiros passassem, em seguida cerraram as fileiras e soltaram uma saraivada de tiros que acertou as costas da massa francesa. Os fugitivos estavam se empurrando, lutando para abrir caminho para a ponte, e a congestão na pista sem balaustradas era tão grande que homens e cavalos eram forçados para as bordas, caindo aos gritos no Cavado. Os dois canhões continuavam atirando, agora disparando contra a própria Ponte Nova, ensanguentando os caibros e os troncos caídos que eram a única fuga da retaguarda. As balas rasas mandavam mais homens e cavalos para as bordas desprotegidas da ponte, tantos que os mortos e agonizantes formaram uma represa embaixo. O ponto alto da invasão de Portugal pelos franceses fora uma ponte na cidade do Porto, onde centenas de pessoas haviam morrido em pânico, e agora os franceses estavam em outra ponte quebrada, e as mortes no Douro estavam sendo vingadas. E os canhões continuavam golpeando os franceses, e de vez em quando uma espingarda ou carabina disparava apesar da chuva, e os ingleses formavam uma linha vingativa que convergia para o horror que era a Ponte Nova. Mais franceses se renderam. Alguns estavam chorando de vergonha, sofrimento, fome e frio enquanto cambaleavam de volta. Um capitão do 4º *Léger* largou sua espada e em seguida, enojado, pegou-a e partiu a lâmina fina sobre o joelho antes de ser feito prisioneiro.

— Cessar fogo! — gritou um oficial do Coldstream.

Um cavalo agonizante relinchou. A fumaça das espingardas e dos canhões perdeu-se na chuva e o leito do rio era de dar pena, com os gemidos de homens e animais que haviam quebrado os ossos quando caíram da ponte. A represa de mortos e agonizantes — tanto soldados quanto cavalos — era tão alta que o Cavado estava se acumulando atrás dela e secando mais abaixo, embora um fio de água avermelhada de sangue escapasse da pilha humana. Um francês ferido tentou se arrastar para fora do rio e morreu justo quando chegava ao topo da margem, onde os homens do Coldstream estavam recolhendo os inimigos feridos. Os médicos afiavam os bisturis em assentadores e tomavam goles fortificantes de conhaque. Os guardas tiraram as baionetas das espingardas e os artilheiros descansaram ao lado dos canhões de 3 libras.

Porque a perseguição havia acabado e Soult havia saído de Portugal.

Sharpe desceu direto pela escarpa íngreme do penhasco, saltando imprudentemente entre as pedras e rezando para não escorregar no capim encharcado. Agora a chuva martelava e o trovão abafava o ruído distante dos canhões na Ponte Nova. Estava ficando cada vez mais escuro, o crepúsculo e a tempestade se combinando para lançar um negrume infernal sobre as selvagens montanhas do norte de Portugal. Mas era a pura intensidade da chuva que mais colaborava para obscurecer a ponte. Entretanto, quando se aproximou da base do penhasco, onde o terreno começava a ficar plano, Sharpe viu que o Saltador estava subitamente vazio. Um cavalo sem cavaleiro estava sendo conduzido pela passagem estreita, e o animal servia como um obstáculo para os homens que vinham atrás. Então Sharpe viu um hussardo puxando o cavalo e Christopher, Williamson e Kate caminhando logo atrás do animal selado. Um grupo de soldados de infantaria se afastava da ponte quando Sharpe saiu da chuva com o sabre desembainhado, e os soldados olharam para ele, atônitos. Um homem adiantou-se para interceptá-lo, mas Sharpe disse-lhe em duas palavras curtas o que fazer, e o sujeito, embora não falasse inglês, teve o bom senso de obedecer.

Então Sharpe estava sobre o Saltador e o hussardo que puxava o cavalo simplesmente o encarou, boquiaberto. Christopher o viu e virou-se para fugir, mas outros homens já vinham subindo pela ponte, de modo que não havia como sair pelo outro lado.

— Matem-no! — gritou Christopher para Williamson e para o hussardo, e foi o francês que, obedientemente, começou a desembainhar o sabre, mas o sabre de Sharpe sibilou na chuva e a mão do sujeito foi praticamente decepada no punho. Então Sharpe cravou a lâmina no peito do hussardo. Houve um grito, e o cavaleiro caiu no Misarella. O cavalo, aterrorizado pelos raios e pelo piso inseguro da ponte, deu um grande relincho e passou correndo por Sharpe, quase o derrubando. Suas ferraduras provocaram fagulhas nas pedras, em seguida ele sumiu, e Sharpe encarou Christopher e Williamson sobre a crista fina do Saltador.

Kate gritou ao ver o sabre.

— Suba o morro! — gritou Sharpe para ela. — Ande, Kate, ande! E você, seu desgraçado, me devolva o telescópio.

Christopher tentou impedir Kate, mas Williamson passou correndo pelo coronel e obstruiu sua mão. Kate, vendo a segurança a poucos metros, teve o bom senso de passar correndo por Sharpe. Williamson tentou segurá-la, então viu o sabre de Sharpe girando em sua direção e conseguiu aparar o golpe com sua espingarda francesa. O choque entre sabre e arma de fogo fez Williamson recuar um passo, mas Sharpe acompanhou-o, rosnando, o sabre saltando como uma língua de cobra, forçando

Williamson a dar outro passo atrás. E então Christopher empurrou o desertor de novo para a frente.

— Mate-o! — berrou para Williamson, e o desertor fez o melhor que pôde, girando a arma como um porrete enorme, mas Sharpe recuou do golpe selvagem, em seguida avançou e seu sabre cortou a chuva, acertando Williamson na lateral da cabeça e decepando parcialmente sua orelha. Williamson cambaleou. O chapéu de couro com aba larga havia contido parte do golpe do sabre, mas a simples força do golpe fez Williamson cambalear de lado na direção da borda irregular da ponte. Sharpe, que continuava atacando, deu uma estocada, e a ponta da lâmina cortou o casaco verde do desertor, parou numa costela e mandou Williamson pela borda. Ele gritou, e então Christopher estava sozinho no alto cume em arco do Saltador.

Christopher olhou para seu inimigo de casaco verde, não acreditava no que via. Tentou falar, porque as palavras sempre haviam sido sua melhor arma, mas descobriu que estava mudo e que Sharpe vinha em sua direção. Nesse momento uma onda de franceses veio por trás do coronel e começou a empurrá-lo na direção do sabre de Sharpe. Christopher não teve coragem para desembainhar sua espada e assim, em puro desespero, acompanhou Williamson para a escuridão chuvosa da ravina do Misarella. Pulou.

Vicente, Harper e o sargento Macedo, que haviam seguido Sharpe morro abaixo, encontraram Kate.

— Cuide dela, senhor! — gritou Harper para Vicente, depois correu com o sargento Macedo para a ponte bem a tempo de ver Sharpe saltando. — Senhor! — gritou Harper. — Ah, Jesus, desgraçado! — xingou. — Aquele canalha maldito! — Em seguida guiou Macedo ao longo da estrada justo no momento em que um bando de soldados de infantaria, de casacas azuis, saía da ponte, mas se algum francês achou estranho os soldados inimigos estarem na margem do Misarella, não deu qualquer sinal disso. Tudo o que eles queriam era escapar, de modo que correram para o norte, na direção da Espanha, enquanto Harper examinava a margem e olhava para a ravina tentando enxergar Sharpe. Podia ver cavalos mortos

A DEVASTAÇÃO DE SHARPE

337

entre as pedras e parcialmente submersos na água branca, bem como os corpos esparramados de uma dúzia de franceses que haviam caído do alto do Saltador, mas da casaca escura de Christopher e do casaco verde de Sharpe não podia ver nada.

Williamson havia caído direto na parte mais funda da ravina e por acaso pousara num poço redemoinhante do rio que tinha profundidade suficiente para aliviar a queda. Além disso, havia se chocado com o cadáver de um cavalo, o que amortecera ainda mais sua queda. Christopher teve menos sorte. Caiu perto de Williamson, mas bateu com a perna numa pedra; de repente seu tornozelo era uma massa de dor e a água do rio era fria como gelo. Agarrou-se a Williamson e procurou ao redor, desesperado. Não viu qualquer sinal de perseguição, mas sabia que Sharpe não poderia ficar muito tempo na ponte, diante dos franceses que se retiravam.

— Leve-me para a margem — disse a Williamson. — Acho que quebrei o tornozelo.

— O senhor vai ficar bem. Eu estou aqui. — Williamson passou um braço pela cintura do coronel e ajudou-o a ir para a margem mais próxima.

— Onde está Kate?

— Fugiu, senhor, fugiu, mas vamos encontrá-la. Vamos encontrá-la. Cá estamos, senhor, podemos subir aqui. — Williamson puxou Christopher para as pedras ao lado da água e procurou um modo fácil de subir a lateral da ravina. Em vez disso, no entanto, viu Sharpe. Xingou.

— O que é? — Christopher estava sentindo dor demais para notar alguma coisa.

— O palhaço de casaco verde — disse Williamson, em seguida desembainhou o sabre que havia tomado de um oficial francês morto na estrada perto do seminário. — O desgraçado do Sharpe.

Sharpe havia escapado da onda de franceses saltando para a lateral da ravina, onde havia um pequeno pé de tojo agarrado a uma laje de pedra. O tronco dobrara-se sob seu peso, mas aguentara, e ele havia conseguido achar um apoio para o pé na rocha molhada. Em seguida deslizara pela grande lateral redonda da pedra até cair no rio, mas o sabre continuava em sua mão e diante dele estava Williamson — e ao lado do desertor estava Christopher, molhado e aterrorizado. A chuva sibilava ao redor deles enquanto a ravina escura era fantasmagoricamente iluminada por um raio.

— Meu telescópio — disse Sharpe para Christopher.

— Claro, Sharpe, claro. — Christopher levantou as abas da casaca encharcada, tateou dentro de um dos bolsos e pegou o telescópio. — Não estragou! — disse em tom alegre. — Só peguei emprestado.

— Ponha naquela pedra — ordenou Sharpe.

— Não estragou nem um pouco! — disse Christopher, pondo o precioso aparelho na pedra. — E parabéns, tenente! — Christopher cutucou Williamson, que tudo o que fazia era olhar para Sharpe.

Sharpe deu um passo mais para perto dos dois, que recuaram. Christopher empurrou Williamson de novo, tentando fazê-lo atacar Sharpe, mas o desertor estava cauteloso. A espada mais longa que ele já havia usado numa luta era um sabre-baioneta, mas essa experiência não o havia treinado para lutar com um sabre — e sobretudo contra uma lâmina de açougueiro como o pesado sabre de cavalaria que Sharpe segurava. Assim, ele deu um passo atrás, esperando uma oportunidade.

— Fico feliz por você estar aqui, Sharpe — disse Christopher. — Eu estava me perguntando como me livrar dos franceses. Eles estavam de olho em mim, como você pode imaginar. Tenho um monte de coisas para contar a Sir Arthur. Ele se saiu bem, não foi?

— Ele se saiu bem — concordou Sharpe — e quer você morto.

— Não seja ridículo, Sharpe! Nós somos ingleses! — Christopher havia perdido o chapéu quando pulara, e a chuva estava achatando seu cabelo. — Não assassinamos pessoas.

— Eu assassino — disse Sharpe, dando mais um passo para a frente. Christopher e Williamson recuaram mais.

Christopher viu Sharpe pegar o telescópio.

— Não está estragado, viu? Eu cuidei bem dele. — O coronel teve de gritar para ser ouvido acima da chuva forte e do estrondo do rio que corria por entre as pedras. Empurrou Williamson de novo, mas o sujeito recusava-se obstinadamente a atacar, e Christopher então se viu preso numa laje escorregadia entre o penhasco e o rio. Vendo-se sem saída, o coronel resolveu parar de tentar sair da encrenca pela conversa e simplesmente empurrou o desertor na direção de Sharpe.

— Mate-o! — gritou para Williamson. — Mate-o!

O forte empurrão nas costas pareceu assustar Williamson, que mesmo assim levantou o sabre e tentou golpear a cabeça de Sharpe. Houve um grande clangor quando as duas lâminas se encontraram, então Sharpe chutou o joelho esquerdo do desertor, um chute que fez a perna de Williamson se dobrar, e Sharpe, que parecia não estar fazendo qualquer esforço específico, passou o sabre pelo pescoço de Williamson, derrubando-o para trás e para a direita. Em seguida o sabre atravessou o casaco verde do fuzileiro e cravou-se em sua barriga. Sharpe torceu a lâmina para que não ficasse presa pela sucção de carne e retirou-a do corpo de Williamson, enquanto o via mergulhar de cabeça no rio.

— Odeio desertores — disse. — Odeio realmente esses desertores desgraçados.

Christopher havia visto seu homem ser derrotado, bem como havia visto que Sharpe não precisara lutar para fazer isso.

— Não, Sharpe — disse ele. — Você não entende! — Tentou pensar nas palavras que fariam Sharpe hesitar, dar um passo atrás, mas a mente do coronel estava em pânico e as palavras não saíam.

Sharpe olhou para Williamson. Por um momento ele tentou lutar para sair do rio, mas o sangue correu vermelho de seu pescoço e sua barriga, e de repente ele se virou para trás e seu rosto feio afundou na água.

— Eu realmente odeio os desertores — disse Sharpe de novo, depois olhou para Christopher. — Esse sabre serve para alguma coisa, além de palitar seus dentes, coronel?

Entorpecido, Christopher desembainhou sua espada esguia. Ele havia sido treinado para usá-la. Costumava gastar um bom dinheiro, do qual mal podia dispor, para frequentar o Salão de Armas de Horace Jackson, na Jermyn Street, onde havia aprendido as mais finas graças da esgrima — e onde até havia merecido elogios relutantes do próprio grande

Jackson. Mas lutar no piso de tábuas cobertas de giz da Jermyn Street era uma coisa, e enfrentar Richard Sharpe na ravina do Misarella era outra totalmente diferente.

— Não, Sharpe — disse ele, enquanto o fuzileiro se aproximava. Em seguida, vendo que a grande espada vinha em sua direção, levantou, em pânico, sua lâmina.

A estocada de Sharpe fora uma provocação, uma sondagem para ver se Christopher lutaria, mas Sharpe estava olhando nos olhos do inimigo e sabia que aquele sujeito morreria como um cordeiro.

— Lute, desgraçado — disse, estocando de novo, e de novo Christopher teve uma reação débil. Mas então o coronel viu uma pedra no centro do rio e pensou que poderia saltar para ela, de onde conseguiria chegar à margem oposta e subir para a segurança. Assim, girou o sabre num golpe louco para ganhar espaço para o salto, depois se virou e pulou, mas o tornozelo quebrado se dobrou, a pedra estava molhada sob suas botas e ele escorregou... e teria caído no rio se Sharpe não tivesse segurado seu paletó. Christopher caiu na laje, a espada inútil na mão e o inimigo acima dele.

— Não — implorou. — Não. — Olhou para Sharpe. — Você me salvou, Sharpe — disse, percebendo o que havia acabado de acontecer e com uma esperança súbita invadindo-o. — Você me salvou.

— Eu não poderia tirar o que está nos seus bolsos, coronel, se você estivesse debaixo d'água — disse Sharpe. Então seu rosto se retorceu de raiva enquanto ele cravava o sabre.

Christopher morreu na laje de pedra logo acima do poço onde Williamson havia se afogado. A água sobre o corpo do desertor correu com outro sangue vermelho, depois o vermelho se derramou na corrente principal, onde foi diluído, transformando-se primeiro em cor-de-rosa, depois em nada. Christopher se retorceu e gorgolejou, porque o sabre de Sharpe havia perfurado sua traqueia, o que foi um ato de misericórdia, pois permitiu-lhe uma morte mais rápida do que ele merecia. Sharpe viu o corpo do coronel ter um espasmo e então ficar imóvel, em seguida mergulhou o sabre na água para limpá-lo, enxugou-o do melhor modo que pôde na casaca de Christopher, depois fez uma busca rápida nas roupas do coronel e encontrou três moedas de ouro, um relógio quebrado com caixa de prata e uma pasta dobrável, de couro, atulhada de papéis que provavelmente interessariam a Hogan.

— Idiota desgraçado — disse para o corpo, depois olhou para cima, para a noite que vinha chegando, e viu uma grande sombra na borda da ravina. Por um segundo pensou que devia ser um francês, mas então escutou a voz de Harper.

— Ele está morto?

— Nem lutou. Williamson também.

Sharpe subiu pela lateral da ravina até chegar perto de Harper, e o sargento baixou a carabina para puxar Sharpe pelo resto do caminho. O sargento Macedo estava ali. Como os três não podiam retornar ao penhasco porque os franceses estavam na estrada, abrigaram-se da chuva numa fenda que se formara onde uma das grandes pedras redondas fora partida por uma geada. Sharpe contou a Harper o que havia acontecido, depois perguntou se o irlandês tinha visto Kate.

— O tenente está com ela, senhor. Na última vez em que vi a senhorita Kate, ela estava chorando um bocado, enquanto ele a abraçava, dando-lhe uns bons tapinhas nas costas. As mulheres gostam de um bom choro, já notou, senhor?

— Já, já.

— Faz com que elas se sintam melhor — disse Harper. — É engraçado que não funciona com a gente.

Sharpe deu uma das moedas de ouro a Harper, a segunda a Macedo e ficou com a terceira. A escuridão havia caído. A noite prometia ser longa, fria e faminta, mas Sharpe não se importou.

— Consegui meu telescópio de volta — disse a Harper.

— Achei que conseguiria.

— Nem estava quebrado. Pelo menos acho que não. — O vidro não fez barulho quando ele sacudiu, por isso ele achou que estava inteiro.

A chuva amainou e Sharpe tentou escutar, mas não ouviu nada além do roçar dos pés franceses nas pedras do Saltador, o sopro do vento, o som do rio e a chuva caindo. Não ouviu tiros de canhão. Portanto, aquela luta distante na Ponte Nova havia terminado e ele não duvidava que resultara em uma vitória. Os franceses estavam partindo. Eles haviam conhecido Sir Arthur Wellesley e ele lhes dera uma surra, uma surra de verdade, e Sharpe sorriu disso, porque embora Wellesley fosse uma fera gelada, pouco amistosa e metida a besta, ele era um soldado tremendamente bom. E havia causado uma devastação ao rei Nicolas. E Sharpe havia ajudado. Tinha feito sua parte. Era a devastação de Sharpe.

NOTA HISTÓRICA

Mais uma vez Sharpe rouba os méritos de outro homem. Na verdade, foi um barbeiro português que remou um esquife através do Douro e alertou o coronel Waters sobre a existência de três barcaças abandonadas na margem norte do rio, mas fez isso por iniciativa própria e não havia tropas britânicas na margem norte na ocasião, assim como nenhum fuzileiro do 95o ajudou na defesa do seminário. Os franceses acreditavam que haviam destruído ou removido todas as embarcações do rio, mas não perceberam aquelas três barcaças, que então começaram um desajeitado serviço de transporte que levou os casacas-vermelhas para o seminário, que, inexplicavelmente, fora deixado desguarnecido. A história do Shrapnel que destruiu a principal equipe de artilheiros franceses é tirada de *A History of the Peninsular War*, de Oman, Vol. II. O general Sir Edward Paget foi ferido no braço naquela luta. Perdeu o braço, retornou à Inglaterra para se recuperar e então voltou à península como general da Primeira Divisão, mas continuou sem sorte, pois foi capturado pelos franceses. Os britânicos perderam 77 homens mortos ou feridos na luta no seminário, ao passo que as baixas francesas foram pelo menos três ou quatro vezes maiores. Os franceses também fracassaram em destruir a balsa em Barca d'Avintas, que voltou à tona na manhã do ataque e transportou dois batalhões de infantaria da Legião Alemã do Rei e o 14o de Dragões Ligeiros, uma força que poderia ter causado sérios problemas aos franceses que fugiam do Porto, mas o general encarregado das unidades,

A DEVASTAÇÃO DE SHARPE

George Murray, mesmo avançando para o norte até a estrada de Amarante, ficou apenas olhando o inimigo passar. Mais tarde, naquele dia, o general Charles Stewart liderou o 14º de Dragões Ligeiros num ataque magnífico que rompeu a retaguarda francesa, mas ainda assim Murray recusou-se a avançar com sua infantaria, de modo que tudo aconteceu um pouco tarde demais. Provavelmente eu denegri o marechal Soult ao sugerir que ele estava conversando com seu cozinheiro enquanto os ingleses atravessavam o rio, mas ele realmente dormiu no ponto até quase as 11 horas daquela manhã, e qualquer coisa que seu cozinheiro tenha preparado para o jantar foi de fato comido por Sir Arthur Wellesley.

O seminário ainda existe, mas agora foi engolido pelos subúrbios do Porto, porém uma placa registra sua defesa em 12 de maio de 1809. Outra placa, no cais perto do local onde a magnífica ponte de Eiffel agora atravessa o desfiladeiro, registra os horrores de 29 de março, quando os refugiados portugueses se amontoaram na ponte flutuante quebrada. Há duas explicações para os afogamentos. Uma afirma que as tropas portuguesas em retirada puxaram a ponte levadiça para impedir que os franceses a usassem, e a segunda explicação, que eu prefiro, é que o simples peso dos refugiados fez afundar as balsas centrais, que em seguida se partiram sob a pressão do rio. Qualquer que seja a verdade, o resultado foi o horror de centenas de pessoas, na maioria civis, sendo empurradas para as extremidades partidas e se afogando no Douro.

Com a captura da cidade do Porto, o marechal Soult havia conquistado o norte de Portugal e, enquanto juntava as forças para a marcha até Lisboa, de fato flertou com a ideia de se tornar rei. Mais do que flertou, tentou convencer seus oficiais generais, tentou ganhar apoio entre os portugueses e sem dúvida encorajou o *Diário do Porto*, um jornal estabelecido durante a ocupação francesa da cidade e editado por um padre que apoiava essa ideia chocante. Não é difícil adivinhar o que Napoleão acharia de uma autopromoção dessas, e provavelmente foi a perspectiva do desprazer do imperador, mais do que qualquer outra coisa, que convenceu Soult a abandonar a ideia.

Mas era uma ideia real, que rendeu a Soult o apelido de "rei Nicolas" e quase provocou um motim, que seria lidcrado pelos coronéis Donadieu e Lafitte, além de vários outros oficiais atualmente desconhecidos, e o capitão Argenton realmente fez duas viagens através das linhas para consultar os ingleses. Argenton queria que os ingleses usassem sua influência sobre os portugueses para convencê-los a encorajar Soult a se declarar rei, pois quando Soult fizesse isso, o motim irromperia, e então Donadieu e os outros supostamente levariam o exército de volta à França. Os britânicos receberam o pedido de encorajar esse absurdo bloqueando as estradas a leste, que iam para a Espanha, mas deixando as do norte livres. Sir Arthur Wellesley, chegando a Lisboa para receber o comando de Cradock, encontrou-se com Argenton e descartou a trama imediatamente. Então Argenton retornou a Soult, foi traído e preso, mas recebeu a promessa de ficar vivo se revelasse tudo o que sabia, e entre essas revelações estava o fato de que o exército britânico, longe de se preparar para sair de Portugal, estava se preparando para atacar em direção ao norte. O alerta deu a Soult a chance de recuar suas forças avançadas do sul do Douro, que, caso contrário, poderiam ficar presas por um ambicioso movimento em círculo que Wellesley havia iniciado. A carreira de Argenton não estava encerrada. Ele conseguiu escapar de seus captores, alcançou o exército britânico e recebeu salvo-conduto para chegar à Inglaterra. Então, por algum motivo, decidiu retornar à França, onde foi capturado de novo — e desta vez, fuzilado. Também vale notar, enquanto estamos discutindo complôs sinistros, que as aspirações que Christopher atribui a Napoleão, aspirações de um "sistema europeu, um código de leis europeu, um judiciário europeu e somente um povo na Europa: os europeus", foram de fato articuladas por Bonaparte.

A devastação de Sharpe é uma história que começa e termina em pontes, e as narrativas de como o major Dulong do 31º Léger capturou a Ponte Nova e em seguida o Saltador são verdadeiras. Ele era um personagem estilo Sharpe, que desfrutava uma extraordinária reputação de coragem, mas foi ferido no Saltador e não pude descobrir seu destino subsequente. Ele salvou o exército de Soult praticamente sozinho, por isso merecia vida longa e morte tranqüila — e certamente não merece receber um papel fracassado na história fictícia da fictícia aldeia da Vila Real de Zedes.

A precisão de Hagman para acertar um alvo a setecentos passos parece um pouco boa demais para que se possa acreditar, mas baseia-se num evento real que ocorreu no ano anterior, durante a retirada de Sir John Moore em La Coruña. Tom Plunkett (um "fuzileiro impressionantemente vulgar", como diz Christopher Hibbert em seu livro *Corunna*) disparou o "tiro milagroso" que matou o general francês Colbert a uma distância de cerca de setecentos metros. O tiro, com todo o direito, ficou famoso entre os fuzileiros. Li uma publicação recente segundo a qual o alcance máximo da carabina Baker era de apenas trezentos metros, fato que teria surpreendido os homens de verde que achavam essa distância a média.

O marechal Soult, que na época ainda era apenas duque da Dalmácia, foi obrigado a recuar depois que Wellesley atravessou o Douro, e a história de sua retirada é descrita no romance. Os franceses deveriam ser interceptados e obrigados a se render, mas é fácil fazer essas críticas tanto tempo depois do acontecimento. Se os portugueses ou os ingleses tivessem marchado um pouco mais depressa ou se as ordenanças tivessem destruído a Ponte Nova ou o Saltador, Soult estaria acabado, mas uma pequena dose de sorte e o heroísmo singular do major Dulong resgataram os franceses. Sem dúvida o clima teve muito a ver com a fuga. A chuva e o frio daquele início de maio foram muito piores do que o normal e diminuíram a velocidade da perseguição. Além disso, como observou Sir Arthur Wellesley num relatório ao primeiro-ministro, um exército que abandona todos os seus canhões, veículos e feridos pode se mover muito mais depressa do que um exército que mantém seu equipamento pesado, mas mesmo assim a fuga dos franceses foi uma oportunidade perdida depois da brilhante vitória no Porto.

Hoje a cidade do Porto cresceu tanto que envolveu o seminário, de modo que é difícil ver como era o terreno no dia em que os Búfalos atravessaram o rio, mas para qualquer pessoa interessada em ver o seminário, ele pode ser encontrado no largo do padre Balthazar Guedes, uma pequena praça acima do rio. O melhor guia para o campo de batalha, na verdade para todos os campos de batalha de Sir Arthur Wellesley em Portugal e na Espanha, é *Wellington's Peninsular War*, de Julian Paget, editado por Leo Cooper. O livro guiará você através do rio até o mosteiro de Serra do Pilar, onde há um memorial da batalha, construído no lugar onde Wellesley pôs seus canhões com tanta eficiência, e qualquer visita a essa margem sul deve incluir os armazéns das vinícolas do vinho do Porto, muitos dos quais ainda pertencentes a ingleses. Há restaurantes esplêndidos no cais do norte, onde a placa lembra os afogados de 29 de março de 1809. O palácio das Carrancas, onde tanto Soult quanto Wellesley tiveram seus quartéis-generais, é agora o Museu Nacional Soares dos Reis e pode ser encontrado na rua de Dom Manuel II. Tanto a Ponte Nova quanto o Saltador ainda existem, mas infelizmente estão embaixo d'água, porque ambas foram submersas para formar um reservatório, mas vale a pena visitar a área, por sua beleza selvagem e espetacular.

Soult escapou, mas sua incursão em Portugal lhe havia custado 6 mil de seus 25 mil homens, e pouco menos de metade daqueles foram mortos ou capturados durante a retirada. Ele também perdeu sua bagagem, seus meios de transporte e todos os cinquenta canhões. Na verdade, o exército foi subjugado e a derrota foi maciça, mas não encerrou os desígnios franceses para Portugal. Eles retornariam no ano seguinte e teriam de ser expulsos de novo.

Portanto, Sharpe e Harper marcharão outra vez.

Este livro foi composto na tipologia New Baskerville
BT, em corpo 10,5/16, e impresso em papel off-white,
no Sistema Digital Instant Duplex da Divisão
Gráfica da Distribuidora Record.